U0120364

中国文学图像简史

ZHONGGUO WENXUE
TUXIANG JIANSHI

赵宪章 · 主编

执行主编

包兆会　吴　昊

副主编

赵敬鹏　何　萃　张乃午

学术顾问

许　结　邹广胜　李昌舒　沈亚丹　李彦锋

周　群　沈卫威　马俊山　汪正龙　黄万华

江苏凤凰教育出版社
Phoenix Education Publishing, Ltd

图书在版编目(CIP)数据

中国文学图像简史/赵宪章主编;包兆会,吴昊执行主编.—南京:江苏凤凰教育出版社,2023.3
ISBN 978-7-5743-0564-9

Ⅰ.①中… Ⅱ.①赵…②包…③吴… Ⅲ.①中国文学—古代文学史 Ⅳ.①I209.2

中国国家版本馆 CIP 数据核字(2023)第 045879 号

中国文学图像简史

主　　编	赵宪章
执行主编	包兆会　吴　昊
副 主 编	赵敬鹏　何　萃　张乃午
策划编辑	李明非　周敬芝
责任编辑	王　岚
装帧设计	夏晓烨
出版发行	江苏凤凰教育出版社(南京市湖南路1号A楼　邮编210009)
苏教网址	http://www.1088.com.cn
照　　排	南京前锦排版服务有限公司
印　　刷	江苏凤凰通达印刷有限公司(电话：025-57572508)
厂　　址	南京市六合区冶山镇(邮编：211523)
开　　本	787毫米×1092毫米　1/16
印　　张	20
版　　次	2023年3月第1版
印　　次	2023年3月第1次印刷
书　　号	ISBN 978-7-5743-0564-9
定　　价	72.00元
网店地址	http://jsfhjycbs.tmall.com
公 众 号	苏教服务(微信号：jsfhjyfw)
邮购电话	025-85406265,025-85400774
盗版举报	025-83658579

苏教版图书若有印装错误可向承印厂调换
提供盗版线索者给予重奖

目 录

绪 论

"中国文学图像",即指与中国文学相关的图像。中国的"文学"概念有狭义、广义之别,文学与非文学的界限含混不清,受其影响,"文学图像"的概念也不是精准而分明:书法图像(书像)、神话传说图像、诗意图、小说插图、曲本插图、连环图画,以及文学作品的影视改编等最具代表性,而子学图、史传图、高士图、蒙学图、宣教图、宗教图等,则属于文学图像的外延部分。

中国文学源远流长、丰富多彩,与其相关的图像艺术也源远流长、丰富多彩。简要描述中国文学图像的历史,将不同时段的文学图像及其特征呈现出来,讨论这些图像与文学文本(语言艺术)存在怎样的关系等,是《中国文学图像简史》(以下简称《简史》)的基本任务和总体目标。这一任务和目标之达成,无论对文学专业还是对艺术专业的学习者,抑或对一般文艺爱好者,都是很有意义的:对于文学专业而言,语言艺术一旦延伸到图像艺术,学习者的视野会变得开阔而悠远,可由此体验到艺术之间的相关性、共通性;对于艺术专业而言,图像一旦与文学相关联,其人文背景会变得更加厚实、深远,技巧分析可以被人文精神进一步激活,有助于改善学习者的艺术感受力,增强学习者的艺术理解力;对于一般文艺爱好者而言,文学与艺术的相关性、与文学相关的艺术等,显然构筑了一个新颖的世界。总之,本书主要面向大学教育和文艺爱好者,也算是一个跨学科的尝试,尝试文学与艺术的跨越与融合、专业教育与通识教育的交汇与贯通。

现就本《简史》需要明确的几个主要问题略作阐发。

第一节　文学图像与图像文学

"文学图像"概念的提出,意味着"非文学图像"的存在,后者指与文学无关的图像。"非文学图像"不仅有天象图、地理图、工程图、科技图、名物图等非艺术图像,也有纯粹的图像艺术,例如,没有任何文学关联或背景的抽象艺术,以及山水画、花鸟画等一般图像艺术。

就文学图像本身而言,可以划分为很多种类。当然,选择不同的参照标准会有不同的划分方法,而将不同的划分方法罗列出来,有助于多角度理解文学图像。

首先,参照不同的观看机制,可将文学图像划分为视像和识像两类。"视像"即视觉直观图像,例如,诗意图、小说插图等,直接诉诸视觉,目之所及就是它的存在。"识像"即识别图像,观看本身不是目的,观看是为了识别,最典型的是文字文本阅读:既需要识别字像所指,理解字词含义,也可以欣赏书写本身,即其书像表意。"书像表意"就是人们常说的书法艺术。这涉及"字像"与"书像"的关系:字像约等于字形,是语言的代码,字像书写使语言成为可见的;书像是字像书写留下来的笔墨踪迹,可欣赏的书像就是书法艺术。因此,字像之字义与书像之书意完全是两码事,特别是草书,字像隐匿在了书像的背后,字意与书意建构了"图-底"关系,形成了书法艺术的独特魅力。总之,"视像"是一般意义上的直观图像,"识像"则是需要诉诸知性识别的图像;二者尽管都是图像,却诉诸不同的"观看":"视像"是直接的、直观的;而对于"识像"的观看意在识别,观看与识别密不可分。①

其次,参照静止或运动,可将文学图像区分为静观的和施为的。"施为"是语言学概念,语言学中的"施为句"是相对于"表达句"而言的。20 世纪上半叶出现的言语行为理论将"施为"概念进一步泛化,认为"言"就是"行",强调"以言行事"的普遍性。但是,语言学中的"施为"和"行事",与物理学意义上的"运动"并不相同;就像电影、电视等动态图像,只是"看上去"在动,与现实界的物理运动并不是

---

① 赵宪章:《文学书像论——语言艺术与书写艺术的图像关系》,载《清华大学学报》2021 年第 1 期。

同一个概念。在这一点上,图像作为表意符号之"动态",与语言表意中的"施为"近似,必须将其与现实的、物理学意义上的"运动"区别开来。这一区别之所以是必要的,在于防止将图像世界与物理世界混为一谈,从而使前者的虚拟本质被掩盖;而掩盖图像的虚拟本质或将虚拟世界现实化,有可能导致人类意想不到的、不愿意接受的负面后果——视假为真或真假不分,就像柏拉图的"洞穴之喻"。这就是将文学图像区分为"静观"与"施为",而不使用传统的"静态"与"动态"概念的意义之所在。

再次,可以参照图像制作技术,将其区分为"手绘""机绘"与"数绘",这也是有史以来文学图像的三大历史形态。"手绘"是自古以来传统的图像制作方式(包括手工刻画),借助于简单的工具作用于对象,所以表意机能也是有限的,仅仅诉诸视觉"静观"。"机绘"是照相机出现之后的图像制作方式,包括后来的电影、电视等,使用了较为先进的工具和较为复杂的技术。机绘图像完美地实现了图像的再现(复制)功能。"机绘"使图像由"静观"开始转向"施为",图像的表意机能也因此大大增强。"数绘"是在数码技术的支持下以互联网为典型载体的图像制作。它不仅接续了机绘图像的"施为"表意,而且建构了超文本、超真实、元宇宙,图像的机能被赋予超强的诱惑力,甚至可以超越人的自控力而使其深陷其中。参照上述不同的制作技术进行图像分类,有助于我们理解图像的诱惑机能。例如,沉迷数码图像的"网瘾"之类,一般不会出现在前两种图像的观看中,特别不可能出现在静观的手绘图像中,无论它的画面多么美妙,怎样吸引人,如何令人流连忘返,使人"三月不知肉味","静观"决定了它不可能突破情感控制的阈限。当然,本书的后置时限是 20 世纪上半叶,不涉及数码图像,仅仅将其作为理解前两种图像(主要是静观手绘图像)的参照。

如果我们进一步思考文学图像的类别,还可以将"文学图像"与"图像文学"区别开来,后者是指以影视为代表的文学改编。在这类所谓的"文学图像"中,文学已被图像所吞噬、所消解、所反刍,受众的"文学接受"直接面对的是图像而非"白纸黑字";也就是说,作为语言艺术的文学文本已被彻底图像化了,"文学图像"已经蝶变为"图像文学"。如果说手绘图像与文学的关系是副/主关系(图像为副、文学为主),那么,在影视等图像文学中,原有的关系已被彻底颠覆——图像僭越语言而成为叙事主体,语言被嵌入、潜入、融化在施为图像中。这是一个巨大的、跨越式的改变,盖因影视改编虽然源自文学,但其本体存在已由语言置换为图像,并且是更具诱惑力的"施为"图像。此外,由于影视作为"图像文学"使语言叙事成为可见,尽管与源作的关系是"撷取""重构",而非整体再现,但对感官的直接冲击力,绝非文学源作所可比拟。就此而言,严格意义上的"文学图像史"不应包括影视改编,因为那属于另外一个世界和论域;在文学图像史的论域中,文学的影视改编其实是文学与传统文学图像的终结。①

这就需要我们从根本上思考文学图像与图像文学的关系,正如马克思所说:"人体解剖对于猴体解剖是一把钥匙。反过来说,低等动物身上表露的高等动物的征兆,只有在高等动物本身已被认识之后才能理解。"②一方面,对文学图像的理解有赖于对图像文学的理解,只有立足于"高等"级别的图像文学,才能发现"低等"级别中的问题,正确把握文学图像研究的大方向;另一方面,理解"高等"级别的图像文学,又必须依托对文学图像的理解,因为后者是前者的"细胞",静观图像的动态组合使施为图像"看起来"在运动,图像文学的基因潜伏在"低等"级别的文学图像中。

第二节　中国文学图像史概观

既然是"中国文学图像史",就需要在本书的开篇对其概貌作一简要描述。最主要的是历史分期问题,恰当的历史分期有益于我们对它的宏观把握。

需要明确的是:无论文学史分期还是图像史分期,都不能与朝代更替划等号,但又不能完全脱离朝代更替。后者为历史分期提供了时间链条,从而规定了历史言说的顺序和停顿。就"中国文学图像史"而言,关于它的分期应顾及"文学"和"图像"两个方面;尤其是前者,因为"文学图像"是一个偏正词组,即"文学的图像"。又由于文学是语言的艺术,所以,"中国文学图像史"分期还应顾及汉语史。

---

① 朱国华:《电影:文学的终结者》,载《文学评论》2003 年第 2 期。
② 【德】马克思、恩格斯:《马克思恩格斯全集》第 46 卷(上),人民出版社 1995 年版,第 43 页。

从某种意义上说,文学图像是文学语象的延宕和视觉化,它使不可见的文学语象成了可见的。而汉语语象必然影响到文学图像,汉语史也就必然影响到文学图像史。总之,只有确立多维参照,才能有效避免臆断。

当然,无论"顾及"什么,无论选择多少参照,最根本的还是要立足于"文学图像"本身,即就中国文学图像的不同历史形态做出客观分析。所谓"历史形态",当然是指它的主要方面和总体特征,即其在整个历史过程中的特殊性,特别是语言艺术与图像艺术的关系特征,或曰"语图关系""文图关系"方面的总体特征,并非拘泥于个别现象或个别特征。

据此,以笔者之见,中国文学图像的历史,大体可以划分为四个时期:1. 先秦两汉——萌发生成期;2. 晋唐——生发完善期;3. 宋元——范式塑形期;4. 明代以降——延展再生期。

需要说明的是:如此描述中国文学图像的历史及其分期,主要还是基于作为"视像"(画像)的文学图像;因为,相对于作为"识像"的书法艺术,"视像"毕竟是中国文学图像史的主体部分。单就书法艺术史而言,晋唐才是其范式塑形的黄金期。"识像"与"视像"的这种历史错位,显然与其各自的功能密切相关,特别是在实用性方面,两种文学图像的差异是显著的——语言文字作为"识像"的实用性,应是其备受宠爱从而早熟的重要原因。①

现在就上述四个时期略作分析。

一、萌发生成期(先秦两汉)

实际上,包括文学图像在内的一切图像,究竟是何时萌发的,是一个无法确定具体时间的难题,就像我们无法确定语言的萌发时间一样;此难题不仅有待更多的考古发现,更涉及我们对"图像"的定义。例如,原始"刻画"与"图像"是否应该有所区别,又该如何区别,等等,就是一个尚未明确的问题,所以,我们只能对此搁置不议。但是,有一点还是清楚的:"象形"是所有古文字的基本构形规律,这说明人类的文字都是由图像脱颖而出的,是图像的抽象化与概念化。就汉字发展史而

---

① "识像"和"视像"各自的功能及其特殊性是什么,又是什么导致二者的历史错位? 这显然是一个十分复杂的问题,容后专门另论。

言,它不仅是图像的抽象化与概念化,而且一直与图像保持着某种血缘关系,从而使"书写"成为一门图像艺术。至汉末,中国书法完成了篆、隶、楷、行、草五体演化,关于书法的理论批评也开始出现,标志这一独特的书像艺术从早期萌发到最终生成。此乃这一时段最重要的文学图像,同时也是中国文学图像中最为独特的艺术类型。

先秦两汉文学(广义)存储了丰富的图像母题,包括西王母、伏羲女娲、湘君湘夫人、黄帝问道广成子等神话传说,孔子问老子、叔齐伯夷采薇、商山四皓、伏生授经、文姬归汉、苏武牧羊、庄子叹骷髅、渔父垂钓等散文叙事,以及《诗经》《楚辞》与汉赋、民歌中的经典人事与场景等,成了当时与后世图像模仿的经典母题。这是先秦两汉在中国文学图像史上极其重要的特色,也是我们将这一时段称为"萌发生成期"的缘由——中国文学图像其来有自,且资源丰富、取之不竭,可谓源远流长。

将这一时段称为"萌发生成期",更重要的缘由当然是文学图像本身。书像艺术如前所述,不再赘述,一般视觉图像(视像)同样如是。就内容而言,本时段文学图像侧重伦理宣教,如列女传图;就材质而言,壁画与石刻非常丰富,但技术尚处于力求形似的阶段,如汉画像砖石;就风格而言,崇尚古朴与壮丽,装饰性与象征性明显,特别是那些寄托情感的砖石雕刻。在这一意义上,本时段的文学图像,大多可以归为滥觞之作,在技术上也为后世奠定了基础。

二、 生发完善期(晋唐)

如前所述,晋唐是中国书像艺术的范式塑形期;但是,这一定义并不适用于一般图像艺术。作为"视像"的一般图像艺术,例如绘画,仍旧"人大于山,水不容泛"[①]。顾恺之强调"以形写神",宗炳强调"以形媚道",他们对"形"的强调从反面说明当时的画作"形似"理想尚未完全达成:"形似"理想尚未达成而何谈"写神"与"媚道"?"形似"达成的标志是图像对于自然视觉的迎合,即"看上去"逼真而非象征,"逼真"取代"象征"是"形似"理想得以达成的主要表征;"人大于山,水不容泛"

---

① 张彦远著,俞剑华注释:《历代名画记》,上海人民美术出版社 1964 年版,第 26 页。

就不能说"逼真",或者说"逼真"尚未完全取代"象征"。

晋唐文学图像艺术又是对先秦两汉文学图像艺术的生发与完善,具体说来主要表现在如下几个方面:

（一）文学图像趋向注重抒发个人情感

尽管晋唐时期道德宣教的风气仍然强劲,但通过文学图像抒发个人情感的做法事实上笼罩了整个中国文学图像史。最典型的是顾恺之的《洛神赋图》,该作品真实地再现了曹植在《洛神赋》中表达的情感世界,从而使看上去有违伦常的男女之情,成了可见且可欣赏的。而在《云台山图》《雪霁望五老峰图》中,甚至在非文学图像中,顾恺之也常常寄情山水,即通过山水卧游寄托自己的闲适和情趣。至于王献之的小楷《洛神赋》,更是将这一主题推向了正宗与经典地位,即以"有书为证"的方式肯定了源作的情感表达。这应当是中国文学图像的重要转折,因为它触及艺术与"宣教"的分殊。

（二）文学图像趋向种类多样化、理论经典化

如果说先秦两汉的文学图像多是壁画或雕画的话,那么,晋唐文学图像的种类可谓丰富多样:不仅出现了《洛神赋图》那样的绢本卷轴画,还出现了《璇玑图》那样的文本图像;不仅出现了图像模仿语言的诗意画,而且出现了语言模仿图像的题画诗(画赞);不仅延续了图像再现经史的传统,而且出现了以道释为主题的宗教图像;不仅经由诗文提供了许多新的图像母题,而且在书论、画论方面也空前繁荣,并被后世证明是中国图像论的经典。张彦远将画题分为人物、屋宇、山水、鞍马、鬼神、花鸟六门,可见这一时段的绘画已经抵达"全科"景观。顾恺之曰,"画人最难,次山水,次狗马,其台阁一定器耳,差易为也"[①],说明当时对各画科的实践与体认已经相当全面。

（三）文图关系趋向显在而紧密

文学图像既然是与文学相关的图像,那么,二者的相关性愈显著、愈紧密,愈可以称之为纯正的文学图像。先秦两汉时期,由于许多文学图像没有题款、标识,所以,必须具有文学修养的观者才能辨识;也就是说,文学与图像的相关性不甚显

---

① 张彦远著,俞剑华注释:《历代名画记》,上海人民美术出版社1964年版,第24页。

著和紧密。晋唐时期则不同,辽宁博物馆藏《洛神赋图》就将赋文全文题写在了画面的空白处。唐代的题画诗尽管尚未题写在画面上,但是其诗画关系已经显在而紧密,例如杜甫的《画鹰》,原画已不知所踪,但是只要阅读《画鹰》这首诗,这幅鹰画便能活灵活现如在目前,可谓咏画不离画,画龙点睛,相得益彰。此乃文学图像史的重大转折:文图之潜在的、若明若暗的关系,转变成了显在的、紧密的关系。

三、 范式塑形期(宋元)

将宋元视为中国文学图像的范式塑形期,主要基于如下理由:

(一)宋元时期实现了文学与图像的深度融合

如果说此前的题画诗还没有题写在画面上,诗与画在物理空间上是分离的,所以只能称之为"咏画诗"或"画赞"的话,那么,宋元的题画诗不仅空前繁荣,而且被题写在了画面上,诗画开始共享同一个文本。诗与画是否共享同一个文本,对于文图融合而言具有里程碑意义,因为,这意味着一个新的"格式塔"的出现:同一首题画诗,是否被题写在画面上,无论是对绘画的观看还是对诗的理解与欣赏,受众所面对的都是两个不同的对象。就像历史上许多非常优秀的题画诗,一旦游离画面(绘画损坏,诗被记录),就有可能弱化它的可欣赏性。所以,脱离画面的题画诗很难在诗史上与所谓"纯诗"相提并论,无论前者的思想与艺术价值如何。宋元时期,由于题画诗被题写在了画面上,导致画与诗都发生了重要变化:一方面,画面留白成了必须,构成了画面的有机部分;另一方面,题诗不再"咏画不离画","诠释图像"演变为"引申画意",或起于画题扬长而去,或借题发挥以"比德",开创了题诗超越画本体之先河。于是,文学与图像不再是对话关系,而是"你中有我,我中有你",如水乳之交融、浑然一体。如果就文学与图像分别而言,"诗的画意"和"画的诗意",分别成为宋元时期文学与图像的重要特点。这也是二者深度融合的普遍性见证。

(二)宋元时期的文学图像具有范式意义

宋元文学贡献了许多新的图像母题,《岳阳楼记》《醉翁亭记》《秋声赋》《爱莲说》《窦娥冤》《赵氏孤儿》《汉宫秋》《梧桐雨》《西厢记》等作品,对图像艺术产生了直接的、重大的、持续性的影响,"暗香疏影""山静日长""岁寒三友""赤壁赋"成为当时和后世脍炙人口的经典图像母题。宋元时期出现了张先、文同、苏轼、李公麟、王庭筠、赵秉文、元好问、郑思肖、赵孟頫等一大批诗画兼擅或诗书画兼擅者,他们对形塑文学图像的范式产生了巨大影响,起到引领作用。宋代建立了"以诗考画"制度,宋徽宗率先用瘦金体在画面上题诗,宋宁宗为马远的《踏歌图》题写王安石的诗句,宋理宗为马麟的《看云图》题写王维的诗句,宋高宗的吴皇后为《青山白云图》题诗等,皇家的提倡与身体力行,在权力层面使文学与图像的深度融合制度化、范式化。就图像艺术本身而言,无论院体画、文人画还是民间美术,宋元时期都达到了很高的艺术水平,李公麟的《孝经图》、马和之的《诗经图》、李唐的《采薇图》、张渥的《九歌图》等一直为后人所称道。当时的著名画家如郭忠恕、范宽、苏轼、李公麟、宋徽宗、赵孟頫、黄公望、吴镇、朱德润、王蒙、王冕、倪瓒等,都以各种形式参与了文图融合的建构与实践,示范作用明显而持续。

（三）宋元时期的文学图像具有开先意义

宋元时期存在同一文学母题被多位画家频繁摹绘的现象,如赵孟頫、黄公望、吴镇、王蒙、倪瓒、朱德润等人都绘有渔父图,钱选、何澄等人各有自己的《归去来兮图》,何澄、赵孟頫、张渥、盛懋、唐棣、王蒙、钱选等人都有《桃花源记》诗意图……这是中国文学图像关系史上重要的"语图漩涡"现象,具有开先意义。[①] 包括唐代李益的《早行》诗被画家(佚名)图绘之后,元好问又在此画上题诗,诗画如此反复摹仿之"语图漩涡",属于文学图像的高等级形态,也是文学图像之鼎盛时代的特征。另外,宋元话本作为明清小说的先声,其中的插图也开创了后世小说的基本图式,在文学图像史上同样具有开先地位。其重要性还表现在苏轼的"诗画一律""士人画""尚意"等观念被普遍接受,从而对当时和后世的文人画、写意画大行其道产生了深远影响。总之,无论"语图漩涡"现象的出现,还是小说插图之滥觞,抑或"诗画一律"等观念的明确提出,以及文人画、写意画在后世成为中国画之大宗,宋元都堪称范式塑形的重要时期。

四、延展再生期（明代以降）

明朝在时间段上约等于西方的文艺复兴时期,但是两者在文化方面却展现出

① 关于"语图漩涡",参见赵宪章:《文学成像的起源与可能》,载《文艺研究》2014 年第 9 期。

两种不同的走向:文艺复兴名义上是"回到古希腊",实际上是西方文化的自我更新。表现在绘画方面,就是基于科学理性的视觉思维开始觉醒。尽管题材中还有许多宗教内容,但已被赋予个性解放的新思想,人体解剖、焦点透视、写生与写实等观念、技法替代了传统的勾线填色。与此不同,中国明代艺术却看不出在哪些关键方面与传统不同,包括清代艺术在内,其自我更新的力度显然不能与西方相提并论。例如题画诗、诗意画、小说插图、书像艺术等文学图像的重要形式,多是历史传统的延续,最多在"写意"的程度上更加激进,笔墨更加自主和自由。直至晚清机绘施为图像的出现,中国文学图像史才萌发了新的契机。所以,用"延展"标示明代以降的文学图像是合适的。

当然,这并不是说明代以降的中国文学图像没有任何新东西,只是相对而言,即相对前一时段之宋元和同一时段之域外,在范式方面主要是延续了传统。但是,文学图像史并非仅仅是范式问题,尽管"范式"是关键,还涉及其他许多方面;而在其他方面,明代以降的文学图像还是有自己的新生与发展的。

(一)文学图像母题进一步丰富

文学图像母题是文学图像的新出处,明清小说和曲本无疑是其主要方面。当然,许多明清小说或曲本并非明清时代的独创或定本,《三国演义》《水浒传》《西游记》《西厢记》等就是"世代累积"的结果;但是,经过明清文人的进一步加工、演绎,原有的人物和故事被描写得更加引人入胜,其精彩程度大大增强,足以使人叹为观止,所以能被图像艺术所青睐。随着版刻技术的进步,考虑到图书在售卖和被阅读时能够吸引读者眼球,令读者赏心悦目,大量插图便进入了小说和曲本世界。小说和曲本插图的灵感来自民间讲唱之"立铺",①一旦成为范式或经典,又可以逃逸册页而自由地独立叙事,于是,包括民间艺术在内的图像艺术也就有了更加丰富的画题,这些文学图像又会反过来使小说和曲本产生更广泛的社会影响。至于明代以降独创或定型的小说和曲本,例如《聊斋志异》《红楼梦》《牡丹亭》《雷峰塔传奇》《梁山伯祝英台全传》等同样如是,只要有版刻、有读者,就有文本插图和各种民间图像相继出现,并且会吸引许多一流画家参与到此类文学图像的创作

---

① 参见赵宪章:《小说插图与图像叙事》,载《文艺理论研究》2018 年第 1 期。

中，达到"无书不插图，无图不精工"①的地步。

（二）诗画唱和的延展与再生

明代以降，越来越多的画家参与了诗意图的创作，或在画作上题诗，诗画唱和成为这一时段文学图像的又一亮点。就画题而言，"屈子行吟""兰亭修禊""浔阳送客"等传统题材得以延续；此外，在原创的花鸟画、山水画上题诗也成了时尚。明四家、江左四王、遗民四僧、扬州八怪，直至民国时代的一些画家，无不以诗画唱和见长。明代以降的诗画唱和有两个显著特点：一是文人画的"文人性"逐步增强，严谨画法被视为"匠气""俗气"，诗与书作为"画外功夫"高于画之本体，画本体跌落为言说的"由头"，语图关系在中国画里的主宾位置被彻底颠倒；二是"援诗入画"演变为"援书入画"，即将书法艺术纳入其中，诸如徐渭的《墨葡萄图》和郑燮的《竹石图》等，"诗画唱和"演化为"诗书画唱和"。伴随着"诗（书）画唱和"成为风尚，《唐诗画谱》《诗余画谱》《晚笑堂画传》以及《程氏墨苑》等应运而生。如果考虑到诗画唱和应当包括诗人（文人）肖像及其相关图像，即所谓高士图、雅集图等的话，那么，本时段的文学图像可谓非常丰富和独特。

（三）"俗文学图像"跃升为文学图像的主流

依照传统文学观念，相对于诗文而言，小说、戏曲属于"俗文学"，它们是明清和民国的主流文体。俗文学之"俗"是相对于贵族、士人而言的，是面向民间与大众的文学。由此类文体所演绎的图像艺术，当然也就有民间化和大众化的性质和风格。其实，这一倾向从宋代开始就已初露端倪，当时的版刻技术就为文本插图奠定了基础，至明代愈来愈盛，一跃而成为时代艺术的主流。这显然与市民社会的生成密切相关，同时也不无西方文化的影响；特别是晚清以降，各种报刊和画报蜂拥而至，西学、西画和西洋景展现了另外一个世界，助推了文学图像的民间化、大众化。从图像母题来看，民间文学图像并不排斥传统诗文的再现，但是，明清小说与戏曲外溢出年画、叶子、剪纸、雕刻、扇面等美术作品，更具有鲜明的时代特点和民间特征。当然，有些图像母题既来自小说或戏曲，也有民间故事本身的演绎，两条线索相互交织，很难区分，例如孟姜女故事、钟馗故事、梁祝故事、白蛇传故事

---

① 郑振铎：《中国古代木刻画史略》，上海书店出版社 2006 年版，第 49 页。

等。此类"俗文学图像"也受到西画的影响,画家们开始借鉴西法以便跟上时代。直至机绘和施为图像的出现,广大受众眼界大开,中国文学图像史进入了一个新时代。

第三节　研究中国文学图像史的方法与意义

中国文学图像史是一个新的学术论域,应该探索正确的、适宜的研究方法,以便收获较大裨益。而研究方法的选择与确定,很大程度上取决于研究对象的性质。

毫无疑问,文学图像史的研究对象是"文学的图像"。这个偏正结构的词组决定了文学的本位属性,这是基本的学术立场,也是研究的出发点,然后才延宕到与其相关的图像,并且紧紧盯着二者之间的关系。

"文学"是什么?文学是语言的艺术。这是自从亚里士多德以来就确立了的文学定义,无论后学提出多少新定义都没能颠覆这一原初,说明它已积淀为文学常识而不容置疑。这一定义也意味着文学语言的特殊性,即被后学名之为"形象思维"或"象语言"的艺术——文学通过"语象"而不是通过概念与世界发生联系。于是,语象和图像的关系也就成了文学图像史的核心论题,甚至可以说"语象"和"图像"一起构成了该研究的基本范畴。

之所以需要明确"语象"在文学图像史研究中的核心地位,并与"图像"一起构成该论域的基本范畴,在于语象之"象"和图像之"像"存在着天然联系,二者的不同只表现为前者是心理的、想象的,后者是物理的、可见的。所谓"文学图像",实质上是对作品文本语象的模仿和外化;文学图像虽源自文学语象,但不可能一一对应。一般而言,文学图像是文学语象的筛选或重组、浓缩或延宕、变形或变相,等等。[①] 无论怎样,文学的图像呈现必定来自作品的语象蕴涵,或者说文学语象是文学图像的生成之源,而"文学的图像化",说到底是"语象外化为图像",不可见

---

① 笔者曾将诗意图概括为应文直绘、旁见侧出、语篇重构、喻体成像和统觉引类等五大范式。参见赵宪章:《诗歌的图像修辞及其符号表征》,载《中国社会科学》2016 年第 1 期。

的心象物化为视觉图像。因此,文学图像史只有立足于语象和图像的比较,才能发现文学和艺术的内在关联及其互文规律,才能对两种符号的互动及其所重构的图像世界进行有效阐释。这就是我们所倡导的研究方法。

将语象和图像作为基本理论范畴,或者说将二者的比较研究作为文学图像史研究的基本方法,不仅是研究对象使然,而且有另外的、更深层和更现实的意义,那就是发生在我们身边的、时时可以体感到的、在"文学遭遇图像时代"的背后隐藏着的整个人类所面临的符号危机,人文学术对此应该有所回应。

"图像时代"对文学所带来的负面影响已经人所共知。我们还应该看到的是,在这一负面影响的背后,更有整个人类所面临的符号危机——语言和图像作为人类有史以来最主要的两种表意符号,传统的唱和、和谐关系已被"图像时代"所颠覆。包括文学在内(文学较为典型),语言的原有领地正被图像所替代、所僭越,例如影视改编对文学阅读的替代与僭越。问题在于这一趋势才刚刚开始:图像在技术的支持下,表意机能及其诱惑力魔幻般地增强;而语言表意,与技术几乎没有关系。也就是说,图像对语言的替代与僭越不但不会止步,而且会呈现出一往无前的强势,并且会愈演愈烈,看不见终结。那么,长此以往,人类的语言、思维、思想、情感、文化与社会交往等,将会发生怎样的变化? 语言符号可能患"渐冻症"吗? 语言艺术可能回缩到"杭育杭育"派吗? 这不是儿戏,而是一个严肃的未来学问题。但是,我们甚或整个人类,对此还知之甚少。尽管20世纪以来的现象学、存在论等对此有所触及,但是这方面的认知才刚刚开始,甚至无法从学理上解释家长们何以希望自家孩子喜好读书而非沉迷于"读图"。这就意味着它不仅是一个极具学理性的问题,同时也是日常生活中的现实问题,是一门"顶天立地"的学问。文学与图像、语象与图像的比较分析,正是在这一意义上确立了自己的人文关怀和现实意义。

事实上,回溯文学图像研究这一新学的最初兴起,关注语图符号的关系恰恰就是它的初衷。以"国际词语与图像研究会"为例,从1987年成立伊始,该学会就明确将语图关系作为"词语与图像"研究的目标。这从其会员发表的一些论文就可以明确看出,诸如《词语与图像中的讽刺》《莫里斯早期作品中词语与图像的整合》《时间的斑点——视觉/听觉叙事》《标题中的图像、符号和词语——16和17

世纪科技书籍的版面和扉页》《美国早期现代主义中的词语与视觉》《表现主义的图像修辞：词语和图画共轭的符号学方面》，等等。在这一意义上，应当把1987年定义为这门新学问的开始。我国的相关研究当在21世纪之后，2010年前后大规模展开。

符号学自从20世纪80年代传入我国以来，应该说已经取得不少进展，特别是在译介和评述西方理论方面成绩卓著。如果说有什么遗憾的话，那就是面对中国本土的意识有待提升，面对现实的针对性有待加强，面对精神世界的人文关怀有待重建。因为，中国历史文化有其特殊性，我们有自己的传统和问题，应当建构具有中国特色的符号学。如果我们将符号学移植到文学与图像关系的研究中，或者说以文学与图像的关系为视域研究符号学问题，那么，一种新的"比较符号学"或将产生。如是，这将是一个极富民族特色的符号学——语图比较符号学——或将呈现于世界学人面前。这个设想之所以是可能的，就在于语言和图像是人类有史以来所创造的最伟大的两种符号，是人类社会最普遍、最具功能价值的两种符号，也可以说是人作为"符号动物"的两翼。将二者进行比较研究不仅具有当代意义，而且有益于丰富传统符号学的基本理论，也是符号学自身发展的需要。

如果立足于本土资源建构符号学，或者说借鉴符号学的观念与方法重新反观中国文学图像史，就会呈现一幅颇具民族特色的语图关系史图卷。仍以诗画关系为例略作说明。

在中国文学图像史的视野中，中国题画诗与画本体的关系经历了三次嬗变：1. 晋唐，题画诗咏画不离画；2. 宋元，诠释图像演变为引申画意；3. 明清，画本体成了言说的"由头"，语言和图像在中国画里的主宾位置被彻底颠倒。换言之，中国题画诗最初是由语图对话开始的，然后语图共享同一个文本，最后居然是语言排挤、挤对图像，图像逐渐退缩而被语言取而代之。如果将这一历史嬗变纳入语图符号学的视野，就可发现原因在于语言是实指符号、图像是虚指符号，而实指的必然是强势的、虚指的必然是弱势的，所以才有上述历史进程而不是相反方向。① 西方语图或文图关系并不是这样，比较明显的是照相技术发明之后，西方

---

① 参见赵宪章：《语图互仿的顺势与逆势——文学与图像关系新论》，载《中国社会科学》2011年第3期。赵宪章：《语图符号的实指和虚指——文学与图像关系新论》，载《文学评论》2012年第2期。

开始强调图像与语言的分离,主张图像的独立自主成为主导倾向,于是有了现代绘画和抽象艺术的出现。这就是中西语图关系的不同历史方向。鉴于此,我们不赞成将"图像独立"作为全世界的普遍大法,更不赞成以此为口实主张中国画的"独立言说"(例如删除题诗)。这就是借鉴符号学方法研究中国文学图像史以及语图关系所获得的新知。

毫无疑问,这一"新知"是原创的、中国的、现代的,是中学借鉴西学的产物。同样毫无疑问的是,沿着这条路径反观中国文学图像史,一定会有更多、更大、更有意义的收获。这既是本书所努力的方向,也是留给读者和学界的思考——希望本书的读者或学者在这方面特别用心,通过批阅本书激活独立思考的能力:一方面思考文学与图像的关系,另一方面通过文图关系思考语图关系,以及中国文图关系的民族性。在这一过程中,中国的"语图比较符号学"会自然生成,无须人为炒作,就像新兴的文学与图像研究那样,没有任何非学术的外力引发,全是源自学术的内在驱力,自然而然地生成、繁荣。

当然,还可以列举很多中国文学图像关系史的学术研究方法和研究意义,诸如"跨学科""话语重建""弘扬传统"之类,多是老生常谈,或是官宣之言,恕不重述。

要点与思考

1. 什么是"文学图像"？它与"图像文学"有什么不同？

2. 就中国文学图像的某些特点或历史分期问题谈谈自己的看法。

3. 尝试将"语图比较符号学"用于文学与图像关系的分析。

延伸阅读

1. 高建平:《文学与图像的对立与共生》,《文学评论》2005 年第 6 期。

2. 赵宪章:《"文学图像论"之可能与不可能》,《山东师范大学学报》2012 年第 4 期,或《中国文学图像关系史·代序》,《中国文学图像关系史·先秦卷》,江苏凤凰教育出版社 2020 年版。

3. 朱国华:《电影:文学的终结者》,《文学评论》2003 年第 2 期。

第一章
先秦两汉文学图像

先秦两汉文学图像是整个中国文学图像的肇端,与先秦两汉文学本身密切相关。先秦两汉时期的主流文学观偏向实用而不是审美,"文"的自觉要到魏晋以后。这一背景决定了先秦两汉文学的特点:1.确立了诗骚传统,《诗经》与《楚辞》两部经典文学作品诞生,还出现了汉乐府民歌。2.散文比较发达,先秦有《左传》《战国策》等历史散文和《庄子》《孟子》等诸子散文;到了汉代,除了历史散文《史记》等之外,还出现了如贾谊的《过秦论》等政论散文。3.汉代文学关注自身的"丽","诗人之赋丽以则,辞人之赋丽以淫"[①],汉赋的特点就是"丽"。

这一时期文学图像的特点首先是汉字所具有的图像性,其次,文学图像被用来教化百姓和再现丰富多彩的生活,还有神话故事和民间传说所呈现的神仙世界、死后的世界以及用图像祈福。

这一时期的文图关系体现在先秦时期的文图一体上,史前的岩画,青铜器上的铭文、甲骨文等都兼具文字和图像的功能属性;也体现在文图的相互模仿上:既有文对图的模仿和演绎,如《天问》《大雅》等若干诗篇因宗庙壁画而成文,《鲁灵光殿赋》中有对鲁灵光殿的摹写;也有图对文的模仿,如汉画像对先秦和同时代史传文学的模仿。另外,这一时期文图关系紧密,中国的"象思维"影响了先秦两汉文图的生成,滋生了中国大量的丰富的文图现象,使文学与图像因着象(像)具有了互仿的可能性。

---

① 汪荣宝撰,陈仲夫点校:《法言义疏三·吾子》(新编诸子集成)(全二册),中华书局1987年版,第49页。

本章共分七节,第一节介绍本时段文学中的图像母题,第二节是文学图像概观,第三节介绍《诗经》图,第四节介绍《楚辞》图,第五节介绍《山海经》图,第六节介绍本时段文学人物图,第七节是本时段文学图像欣赏。

第一节 先秦两汉文学中的图像母题

先秦两汉文学依据文学文体的不同,可细分为神话传说、诗赋和散文,这三种不同的文学文体都有着相应的图像母题。

一、 神话传说中的图像母题

西王母、伏羲女娲、湘君湘夫人、黄帝问道广成子等神话传说成了后世图像的母题,这些神话传说主要记载在《山海经》《楚辞》《列子》《庄子》等古籍中。

(一)西王母图像母题

关于西王母传说有文字记载的先秦文献有《山海经》《穆天子传》《庄子》等。从先秦到东汉,文献中西王母的神话形象发生了很多变化,《山经》在《山海经》中成书最早,所以西王母最早的出处应是《山海经·西山经》,此时西王母作为氏族或部落神的形象出现:"又西三百五十里,曰玉山,是西王母所居也。西王母其状如人,豹尾虎齿而善啸,蓬发戴胜,是司天之厉及五残。"①"其状如人",头"戴胜","豹尾虎齿",是一个半人半兽的形象;此后,《山海经·大荒西经》中也记载了她"豹尾虎齿":"西海之南,流沙之滨……有人戴胜,虎齿,(有)豹尾,穴处,名曰西王母。此山万物尽有。"②《山海经·海内北经》和《山海经·大荒西经》中提到了她"戴胜"这一形象,③《山海经·海内北经》中还增加了西王母身边的役者三青鸟,西王母开始以宇宙神的形象出现。④ 在战国中期以后的《穆天子传》中记载了"天

---

① 袁珂校注:《山海经校注》,上海古籍出版社 1980 年版,第 50 页。
② 同上,第 407 页。
③ 同上,第 306 页,第 407 页。
④ 同上,第 306 页。

子觞西王母于瑶池之上"的故事,在此故事中西王母俨然以神仙的形象出现,乙丑,天子觞西王母于瑶池之上……西王母又为天子吟曰:"……我惟帝女,彼何世民,又将去子。吹笙鼓簧,中心翔翔。世民之子,唯天之望。"①

先秦时期的西王母以两种形象出现:一是早期作为氏族或部落神再到宇宙神的形象;二是后期西王母经过仙化和人化,以神仙形象出现,《穆天子传》中的西王母最具代表性。作为传说传承中的西王母在汉代进一步被人化,她与东方的仙话结合在一起,比如与后羿的传说结合在一起,成了能赐长生不老之药,给这个世界带来太平、祥瑞的祝福之神。在文学图像中,汉画像中的西王母形象往往以宇宙神或掌握不死之药之神的形象出现。

魏晋南北朝时期,西王母的图像出现在甘肃酒泉西北部戈壁滩上墓葬的墓顶和墓壁上。宋代以后,有以西王母为主角的祝寿图,如刘松年的《瑶池献寿图》,方椿年的《瑶池献寿图》。从元代开始,蟠桃图、王母祝寿图非常多,如元代张渥的《瑶池仙乐图》、明代唐寅的《王母赠寿图》、清代任伯年的《群仙祝寿图》等。清代以后,西王母图像更多以版画形式出现在《山海经》诸图本中,如蒋应镐、汪绂、成或因等人的绘本中。

(二)伏羲女娲图像母题

伏羲女娲是先秦神话故事中的神,记载在《山海经》《楚辞》《周易》等书中。《周易》记载"古者包牺氏之王天下……始作八卦"②,《庄子·大宗师》记载"伏戏氏得之,以袭气母",唐成玄英疏曰:"伏戏,三皇也,能伏牛乘马,养伏牺牲,故谓之伏牺也。"③伏羲在这里成了人类始祖,教导人们从事农牧。在汉初文献中,伏羲成了东方之帝,"其帝太皞",高诱注:"太皞,伏羲氏,以木德王天下之号,死,祀于东方,为木德之帝。"④"执规而治春。"⑤

女娲神话最早记载在《山海经·大荒西经》中:"有神十人,名曰女娲之肠,化为神,处栗广之野。横道而处。"郭璞注:"女娲,古神女而帝者,人面蛇身,一日中

---

① 王天海译注:《穆天子传全译》卷三,贵州人民出版社 1997 年版,第 63 页。
② 黄寿祺、张善文译注:《周易译注》,上海古籍出版社 2001 年版,第 572 页。
③ 郭庆藩撰,王孝鱼点校:《庄子集释》,中华书局 1985 年版,第 248 页。
④ 吕不韦著,陈奇猷校释:《吕氏春秋新校释》,上海古籍出版社 2002 年版,第 4 页。
⑤ 何宁撰:《淮南子集释》,中华书局 1998 年版,第 184 页。

七十变。"①《楚辞·天问》中写道："女娲有体，孰制匠之？"王逸注："传言：女娲人头蛇身，一日七十化。"②女娲此时是"人面蛇身"形象。汉代女娲还有一形象，"炼五色石以补苍天"③和"抟黄土作人"④。

在阴阳思想的影响下，本属于不同神话系统的伏羲、女娲，在汉代结合在了一起，两者的图像也由一神构图演变成两神同时构图，成为对偶神。汉画像石中的伏羲女娲图，主要出现在石砖或石墓的石阙、门柱、壁上，起到保佑墓主、庇佑生者的心理祈望的作用。至东汉中后期，随着西王母信仰高峰的到来，伏羲、女娲开始与西王母共同构图，伏羲、女娲继而进入西王母长生世界，成为其中的生育神。伏羲、女娲此时保留的基本形态是人面蛇身、蛇尾相交、手执规矩。

汉文化传入西域后，伏羲、女娲的故事也传入西域，在南北朝及唐代，众多伏羲女娲图出现在少数民族的墓葬中，这些图像色彩艳丽、构图奇异、线条飘逸，呈现出独特的异域风格。唐代以后，西域墓葬中的伏羲女娲图渐渐消失。

在宋元明清画家的笔下，伏羲、女娲的绘画不再限于对偶神两尾缠绕的形态，而是回归分开构图，例如，宋代马麟的《伏羲坐像》，元末李康的《伏羲像》，清初萧云从的《女娲像》，晚清任伯年的《女娲炼石图》等。明清《山海经》诸图，如蒋应镐本、成或因本等，还保留着女娲人首蛇身的原始形象。

（三）湘君湘夫人图像母题

湘君湘夫人神话故事也成了历代绘画的图像母题。湘君和湘夫人以舜之二妃（娥皇、女英）的传说为原型。其故事主要记载在《楚辞·九歌》中。《楚辞·九歌·湘夫人》以湘君思念湘夫人的语调来写，描绘思念遥望、盼而不见的惆怅之情，"搴汀洲兮杜若，将以遗兮远者"。《湘君》则以湘夫人思念湘君为主题，表达久候湘君却不依约聚会的怨慕神伤之情，"望夫君兮未来，吹参差兮谁思？"明确记载湘君与舜之二妃关系的是《史记·秦始皇本纪》："（始皇）乃西南渡淮水……至湘山祠。逢大风，几不得渡。上问博士曰：'湘君何神？'博士对曰：'闻之，尧女，舜之妻,而葬此。'"①刘向《列女传》记载:"有虞二妃者,帝尧之二女也。长娥皇、次女英……二妃死于江湘之间,俗谓之湘君。"②

由于《九歌》在中国文学史上具有举足轻重的地位,湘君、湘夫人又被演绎成神话故事,历代表现湘君、湘夫人的绘画作品很多,宋代李公麟,元代张渥、赵孟頫,明代陈洪绶,清代萧云从、门应兆等都绘过《九歌》图。将二湘绘在一起的有文徵明、任熊、张大千等人创作的《湘君湘夫人》。李公麟、萧云从笔下的湘君、湘夫人,突出了二湘是配偶神的特点,文本依据是《楚辞》。赵孟頫、张渥、文徵明等绘的《湘君湘夫人》为两女,受文献《史记》《列女传》等影响。

(四)黄帝问道广成子图像母题

流传至今的神仙列传故事黄帝问道广成子,最早记载于《庄子·在宥》,主要讲述黄帝如何虚心向道家神仙代表人物广成子请教"治国"和"治身"之道,文中具体描述了黄帝两次见广成子的情形:"黄帝立为天子十九年,令行天下,闻广成子在于空同之(上)[山],故往见之……黄帝退,捐天下,筑特室,席白茅,闲居三月,复往邀之。"③"广成子南首而卧,黄帝顺下风膝行而进,再拜稽首而问曰"④,黄帝在广成子面前,"膝行""稽首",显示了他求道时的谦卑和恭敬。

黄帝问道广成子的故事也被后世诸多典籍转载修葺,如《抱朴子》《神仙传》《历世真仙体道通鉴》等,东晋时期神仙道教代表人物葛洪说:"言黄帝仙者,见于道书及百家之说者甚多。"⑤

较早以黄帝问道广成子为题材的画作是金代道士杨世昌和南宋画家翟汝文各自所绘的《崆峒问道图》,其后众多文人士子甚至民间匠人都参与到了以此故事为绘画题材的创作中。元代赵孟頫和明代石锐均绘有《轩辕问道图》,明代傅涛和戴进分别绘有《崆峒问道图》和《洞天问道图》。

明代记载仙佛一类故事的民间小说有王世贞所辑《列仙全传》和洪自诚所撰

---

① 司马迁:《史记·秦始皇本纪》,中华书局1959年版,第248页。
② 王照圆:《列女传补注》,华东师范大学出版社2012年版,第1—2页。
③ 郭庆藩撰,王孝鱼点校:《庄子集释》中华书局1985年版,第379—380页。
④ 同上,第381页。
⑤ 王明:《抱朴子内篇校释》,中华书局1980年版,第219页。

《月旦堂仙佛奇踪》,两书中各有《黄帝见广成子图》版画一幅。

二、 诗赋中的图像母题

(一)《诗经》中的图像母题

《诗经》十五国风中的《豳风》《唐风》成了后世的图像母题。

豳诗七篇产生于豳地。豳地在今陕西旬邑、彬县一带,是中国古代农业的发源地。自古以来,农事乃民生之本、为政者关心之重,在《诗经》众多篇目中,以农业为题材的作品《豳风·七月》尤其受历代画家的关注。《七月》是《豳风》,也是《诗经》中最长的一首诗,全篇八十余句,它从七月开始,详细记录了豳地人民一年四季的习俗与生活面貌:农耕的辛苦,女子"殆及公子同归"的伤悲,对劳动果实落入谁手的担忧,以及最后农事完成,觥筹交错的盛况,等等,甚至连庄稼的种类、春耕、秋收、冬藏、采桑、缝衣、建房、酿酒、劳役、宴飨等无所不写,连打枣、煮豆等细枝末节都被作者循循道来。

晋明帝司马绍和唐代阎立本曾分别绘有《豳诗七月图》和《豳风图》,但已散佚。宋代马远和马和之各绘有《豳风图》,元代林卷阿也绘有《豳风图》,明代谢时臣和文徵明均绘有《豳风图》,清代唐岱、沈源也曾合笔绘《七月》图,清代还有吴求的《八月剥枣》和《缝衣》图,以及黄钺的《豳风介寿图》《豳风十二月图册》等。

《唐风》也是《诗经》中常被后世描绘的一个图像主题。在十五国风中,"唐风"指《诗经》中的晋国诗文。当时的晋国在今山西太原以南沿汾水流域一带。《唐风》共十二篇,有感叹时光流逝要及时行乐的,如《蟋蟀》:"蟋蟀在堂,岁聿其莫……好乐无荒,良士瞿瞿……"[1]也有描述男女新婚之夜的欢乐和贺婚中的戏谑之情的,如《绸缪》:"今夕何夕,见此良人? 子兮子兮,如此良人何? ……今夕何夕,见此粲者? 子兮子兮,如此粲者何?"[2]

宋代马和之绘有十二幅《唐风》图,如《蟋蟀》《有杕之杜》《无衣》《绸缪》《羔裘》等。清代乾隆时期的《御笔诗经图》中也绘有《唐风》,与马和之所绘《唐风》存在差别,但两者均由十二个段落构成,图绘之顺序、内容都分别与诗相对应。不过,马

---

① 程俊英译注:《诗经译注》,上海古籍出版社 1985 年版,第 197—198 页。
② 同上,第 205 页。

和之据毛诗绘制《唐风图》，而《御笔诗经图》的作者在绘制《唐风》时取部分《诗集传》之意，并在某些方面抛弃了马氏的构图和内容。

（二）《楚辞》中的图像母题

《楚辞·九歌》中的山鬼形象历代有颇多版画绘制。《楚辞》中山鬼的原型问题，学术界一直关注并热烈讨论，其中最有代表性的观点认为《山鬼》形象乃是山神。明代汪瑗认为："谓之《山鬼》者何也？……盖鬼神可以通称也。此题曰《山鬼》，犹曰山神山灵云耳。"[①]近人陆侃如也认为，《山鬼》是楚人祭祀山神的乐歌。今人马茂元认为"山鬼即山中之神。称之为鬼，因为不是正神"[②]。

《山鬼》采用山鬼内心独白的方式叙说，全诗幻想与现实交织，具有浓郁的浪漫色彩。作者以人神结合的方法塑造了美丽的山鬼形象："若有人兮山之阿，被薜荔兮带女萝。既含睇兮又宜笑，子慕予兮善窈窕。乘赤豹兮从文狸，辛夷车兮结桂旗。"[③]这种人神合一的形象塑造，正是屈原诗歌的一贯风格。

千百年来，人们对《九歌·山鬼》中的山鬼形象充满想象。画家们用他们的画笔勾勒出自己心目中的山鬼，或精怪，或男性，或女性，或美少年。如宋代李公麟在全景版的《九歌图》中，将"山鬼"塑造成"人形、有毛"的"精怪"；元代张渥在《九歌图》中把山鬼描绘成"披薜荔""带女萝""乘赤豹"的眉清目秀美少年；元代赵孟頫，明代仇英、杜堇以及清代萧云从的《九歌图》中的山鬼都是女性，清代罗聘《山鬼图》中的山鬼形象更像仕女，后来傅抱石等画家也延续了山鬼婀娜多姿的女性形象；明代陈洪绶《九歌图册》中的山鬼则变成了面露丑陋的男性。

（三）汉赋中的图像母题

汉赋中对上林苑"圣域"的描写始于司马相如的《上林赋》。司马相如在《上林赋》中描述了"上林"的地理风貌和丰饶物产："独不闻天子之上林乎？左苍梧，右西极。丹水更其南，紫渊径其北……荡荡乎八川分流，相背而异态。东西南北，驰

① 汪瑗：《楚辞集解》，北京古籍出版社 1999 年版，第 137 页。
② 马茂元选注：《楚辞选》，人民文学出版社 1998 年版，第 77 页。
③ 洪兴祖撰：《楚辞补注》卷二《九歌章句·第二》，中华书局 1983 年版，第 79 页。

骛往来。"①也写了天子校猎的场面:"射游枭,栎蜚遽。择肉而后发,先中而命处。弦矢分,艺殪仆。"②后来,扬雄的《羽猎赋》、班固的《西都赋》、张衡的《西京赋》中都提到了上林地区的地理风貌和物产特点。扬雄的《羽猎赋》记载:"武帝广开上林,东南至宜春、鼎湖、御宿、昆吾;旁南山西,至长杨、五柞;北绕黄山,濒渭而东,周袤数百里。"③班固的《西都赋》记载:"若乃观其四郊,浮游近县,则南望杜、霸,北眺五陵。名都对郭,邑居相承……西郊则有上囿禁苑,林麓薮泽……四百余里。离宫别馆,三十六所"④。张衡的《西京赋》记载:"上林禁苑,跨谷弥阜……缭垣绵联,四百余里。"⑤"上林"文学在汉赋中得到了前所未有的集中展现。

"上林文学"中上林苑辽阔的地理风貌以及遍布其中的奇异山水、珍禽异兽、离宫别馆、良石美玉、天子校猎等成了历代画家绘摹的对象。有文献记载西晋卫协曾作《上林苑图》,南宋赵伯驹绘过《上林图》。如今较有名的传世《上林图》是明代仇英摹写的《子虚上林图》(又名《天子狩猎图》)⑥。

三、 散文中的图像母题

先秦两汉时期的散文包括历史散文和诸子散文。历史散文中的孔子向老子问礼,叔齐、伯夷采薇而食,秦末汉初隐居在商山的四隐士,以及伏生授经、文姬归汉、苏武牧羊等故事都成了后世的图像母题。先秦诸子散文中的庄子叹骷髅、渔父故事也成了后世图像的母题。

先秦散文中记载了很多有关孔子向老子问礼的事,《吕氏春秋》《礼记》《庄子》等都有记载。《庄子》中有关这方面的记载多达五处。孔子一生曾多次向老子问礼,其中有一则是孔子年轻时问礼老子于鲁国巷党的故事,即《礼记·曾子问》载:"孔子曰:'昔者吾从老聃助葬于巷党,及堩,日有食之'"。⑦ 也有孔子年轻时再次

① 萧统编,李善注:《昭明文选》,上海古籍出版社1986年版,第361—362页。

② 同上,第372—373页。

③ 同上,第388页。

④ 同上,第8—10页。

⑤ 同上,第64页。

⑥ 仇英真作《子虚上林图》下落不明,摹仿仇英《上林图》的伪作很多,目前收藏在台北"故宫博物院"的两个藏本是其中较好的。

⑦ 朱彬撰,饶钦农点校:《礼记训纂》(全二册)卷七,中华书局1998年版,第309页。

问礼老子于周都洛邑(今洛阳)的故事:"鲁南宫敬叔言鲁君曰:'请与孔子适周。'鲁君与之一乘车,两马,一竖子俱,适周问礼,盖见老子云。"[1]孔子年老时在一个名为沛的地方问道于老子的故事出自《庄子·天运》,书中记载:"孔子行年五十有一而不闻道,乃南之沛见老聃"[2]。汉代的画像首先以图像的方式记载了孔子见老子的故事。据统计,发现孔子问礼于老子的汉画主要分布于山东嘉祥齐山、宋山等地,在陕西也发现过一幅。元代盛懋作有《老子授经图卷》,明代有佚名或无款的《孔子问老子图》,清代髡残绘有《孔子见老子图》。

先秦有叔齐、伯夷。周灭商后,他们耻食周粟,采薇而食,饿死于首阳山。《吕氏春秋·诚廉》记载了两人不食周粟的故事:"伯夷、叔齐闻之,相视而笑曰:'嘻!异乎哉!此非吾所谓道也……今天下暗,周德衰矣。与其并乎周以漫吾身也,不若避之以洁吾行。'二子北行,至首阳之下而饿焉。"[3]西汉司马迁在《史记·伯夷列传》中又补充了伯夷、叔齐不食周粟采薇而食的细节:"武王已平殷乱,天下宗周,而伯夷、叔齐耻之,义不食周粟,隐于首阳山,采薇而食之。及饿且死,作歌。其辞曰:'登彼西山兮,采其薇矣。以暴易暴兮,不知其非矣。神农、虞、夏忽焉没兮,我安适归矣?于嗟徂兮,命之衰矣!'遂饿死于首阳山。"[4]伯夷、叔齐采薇的故事成了后世图像的母题。南宋画家李唐、梁楷画有《采薇图》,清代吕焕成画有《深山采薇图》,另有苏六朋的《西山采薇图》、石涛的《采薇图》。近人有张大千的《落日采薇图》、溥儒的《倚杖采薇图》、黄胄的《采薇图》等。

《史记·留侯世家》中记载了秦末汉初四位隐士的名号与事迹,他们分别是东园公、夏黄公、绮里季、甪里先生。这四人向来蛰居商山,年龄都八十有余,刘邦多次征召而不得,他们后来出山辅佐太子刘盈,世称之为"商山四皓"。"四人从太子,年皆八十有余,须眉皓白,衣冠甚伟。上怪之,问曰:'彼何为者?'四人前对,各言名姓,曰东园公,甪里先生,绮里季,夏黄公。上乃大惊,曰:'吾求公数岁,公辟

---

① 司马迁:《史记·孔子世家第十七》,中华书局1959年版,第1909页。

② 陈鼓应注译:《庄子今注今译》(修订版),商务印书馆2007年版,第438页。

③ 吕不韦著,陈奇猷校释:《吕氏春秋新校释》,上海古籍出版社2002年版,第640—641页。

④ 司马迁:《史记·伯夷列传》,中华书局1959年版,第2123页。

逃我。'"①扬雄的《解嘲》载:"蔺生收功于章台,四皓采荣于南山。"②班固的《汉书·王贡两龚鲍传》中也提到:"汉兴有园公、绮里季、夏黄公、甪里先生,此四人者,当秦之世,避而入商洛深山,以待天下之定也……四人既至,从太子见,高祖客而敬焉,太子得以为重,遂用自安。"③后人用"商山四皓"来泛指有名望的隐士,通过他们拒绝高祖之聘隐逸商山,后又出山辅助太子的事迹,来传达人生进退有度的精神境界,这种进退自如成了后世文人士大夫的精神理想。最早反映这一题材的作品有汉代彩漆绘制的《商山四皓》④、南朝砖画《商山四皓》⑤等。

传世的商山四皓绘画作品有五代南唐王齐翰的《四皓图卷》,宋代李公麟的《商山四皓会昌九老图》,元代佚名的青绿设色作品《商山四皓图》,明代张路的《商山四皓》和谢时臣的《四皓图》,清代扬州八怪中的黄慎也创作了多幅商山四皓图。

伏生授经的故事记载在《史记·儒林列传》中。伏生是秦博士,山东济南人,在秦焚书时,他私自把《尚书》藏在墙壁内。汉朝平定天下之后,伏生寻回藏在墙内的《尚书》,但佚失多篇,只找回二十九篇。他主要在齐鲁地区民间讲学,教授《尚书》。汉文帝时,"欲求能治《尚书》者,天下无有",本想召伏生来讲《尚书》,怎奈此时伏生已年老体迈,"不能行",只好派晁错"往受之"。伏生授经晁错是传授经书学术的典范故事,也成了后世画家绘摹的对象。唐代的王维、明代的杜堇和崔子忠、清代的黄慎、晚清的黄山寿都有传世的《伏生授经图》。

苏武牧羊的故事记载在《汉书·李广苏建传》中。苏武是苏建的儿子,他是西汉杜陵(今陕西西安)人。天汉元年(前100),苏武奉命以中郎将身份出使匈奴,被扣留。匈奴贵族多次威逼利诱,欲使其投降,但苏武威武不屈,匈奴只好把他送到环境恶劣的"无人处"北海边牧羊。苏武在"掘野鼠去草实而食之"的条件下,依然保持节操,"杖汉节牧羊,卧起操持,节旄尽落"。苏武滞留匈奴十九年,持节不屈,至汉昭帝始元六年(前81)方获释归汉。他坚贞不屈的爱国情操对后世产生

① 司马迁:《史记·留侯世家》,中华书局1959年版,第2046—2047页。

② 扬雄:《解嘲》,见扬雄著,林贞爱校注:《扬雄集校注》,四川大学出版社2001年版,第140页。

③ 班固撰,颜师古注:《汉书·王贡两龚鲍传第四十二》,中华书局1962年版,第3056页。

④ 《商山四皓》,汉代彩漆绘,朝鲜平壤博物馆藏。参见林树中:《海外藏中国历代名画》第一卷,湖南美术出版社1998年版,图版第8—9页。

⑤ 商山四皓砖画,南朝陶器,长38厘米,高19厘米,厚6厘米,现藏于河南博物院,河南邓县出土。

了深远影响,《汉书》赞其"使于四方,不辱君命"①。宋代的佚名,清代的黄慎、任颐、俞明以及近人傅抱石等,都有传世的《苏武牧羊图》。

文姬归汉的故事记载在《后汉书·列女传》有关"董祀妻"的条目中。蔡文姬,名琰,字文姬,陈留郡圉县(今河南省杞县)人,是东汉著名学者蔡邕的女儿,"名琰,字文姬。博学有才辩,又妙于音律"。蔡文姬初嫁河东人卫仲道,夫亡后归居家中。时值天下动乱,四处交兵。董卓在长安被诛后,蔡文姬之父蔡邕曾因董卓所迫,受官中郎将而获罪,为司徒王允所囚,并被处死狱中。蔡文姬则于兵荒马乱中为南匈奴所掳,被迫嫁于南匈奴左贤王,留匈奴十二年,生二子。曹操平素与蔡邕交好,痛惜其没有后嗣,于是派使者以金璧将文姬赎归,嫁给陈留董祀。这就是"文姬归汉"故事的来源。《隋书·经籍志》中载蔡文姬作品一卷,现存五言《悲愤诗》,骚体《悲愤诗》各一首,古乐府琴曲歌辞《胡笳十八拍》一首。由于《后汉书》所记载的蔡文姬生平十分简略,又没有收入《胡笳十八拍》,故论者大多以为是伪作。

文姬归汉故事中既有民族大统一的含义,又有浓郁的人性和人情,历史上与该故事有关的绘画作品屡见不鲜。有关文姬归汉的绘画作品形成两个系列:一是以单幅绘画的形式描绘一景,或表现文姬与二子分别时的伤感场面,或表现文姬一行人归汉途中的情景,此类描绘多遵照《后汉书》中的记载。这方面的图像作品有南宋陈居中和金代张瑀的《文姬归汉图》,明代仇英和李士达的扇页《文姬归汉图》。二是根据《胡笳十八拍》②的内容,以组合画的形式描绘文姬归汉的全过程,按照诗歌十八拍的内容展开绘画,大致是一拍入一画。这方面有明代仇英以及清代樊圻的《胡笳十八拍图》,清代任薰的《蔡文姬》图。

先秦诸子散文中的庄子叹骷髅、渔父故事也成了后世图像的母题。

庄子叹骷髅的寓言故事出自《庄子·至乐》,讲述的是庄子与路边骷髅的一次谈话,内容涉及庄子对生与死的看法,表达了庄子在乱世之中的"乐死恶生"的生命观。这个故事自产生后,历来广为传诵,对后世绘画产生了不少影响。"庄子之

---

① 班固撰,颜师古注:《汉书·李广苏建传》,中华书局 1962 年版,第 2469 页。
② 在《胡笳十八拍图》系列中,存在一类图画,虽名为《胡笳十八拍图》,却不是按照蔡文姬《胡笳十八拍》诗进行创作的,而是参照唐代诗人刘商所作的同名诗进行创作的。刘商"拟蔡琰《胡笳曲》"创作了《琴曲歌辞·胡笳十八拍》。

楚,见空髑髅,髐然有形。撤以马捶,因而问之……夜半,髑髅见梦曰:'子之谈者似辩士,视子所言,皆生人之累也,死则无此矣……死,无君于上,无臣于下;亦无四时之事,从然以天地为春秋,虽南面王乐,不能过也。'"①故事叙述的是庄子在去往楚国的路上,遇见一空骷髅,于是便大发感慨,问起了骷髅的死因,并列举了导致其死亡的几方面因素,比如贪生失理、亡国之事、斧钺之诛、冻馁之患等。夜里,骷髅入梦,对庄子表达了死后至乐的想法,认为人"死"则拥有"南面王乐",而"生"则复有"人间之劳",因而拒绝了庄子对其"复生"的提议。后世画家取材故事中的"骷髅"意象,用以感慨人世无常,或借"骷髅"传教度人,点拨贪恋人世还未悟道之人。南宋李嵩绘有《骷髅幻戏图》,建于元代的永乐宫重阳殿如今保存着《叹骷髅》壁画,明代顾炳所辑《顾氏画谱》收录了《骷髅图》,此作是顾氏摹仿南宋李嵩的《骷髅幻戏图》而成。与"庄子叹骷髅"寓言故事有关的存世图像中最著名的是清代罗聘的《鬼趣图》。

先秦文献记载渔父(钓者)内容的有《庄子·渔父》《庄子·秋水》《楚辞·渔父》《吕氏春秋·谨听》《吕氏春秋·首时》等。

《庄子·渔父》中记载有"须眉交白,被发揄袂"②的渔父,下船来听孔子弦歌鼓琴,并与孔子和孔子的弟子对话,并提出"法天贵真,不拘于俗"③的思想,其远去之时,淡然潇洒,不曾犹疑,给后人留下体悟大道、不拘于俗的智者形象。《庄子·秋水》中"钓于濮水"的庄子则是一个淡泊名利、鄙弃权势、逍遥避世的钓者形象:"庄子曰:'往矣!吾将曳尾于涂中。'"④屈原的《楚辞·渔父》写的是自己与渔父的对话,用对比的手法表现二人观念的冲突,屈原"宁赴湘流,葬于江鱼之腹中",而渔父认为,"圣人不凝滞于物,而能与世推移。世人皆浊,何不淈其泥而扬其波?"呈现的是与世推移、遵循时命的渔父形象。《吕氏春秋·谨听》《吕氏春秋·首时》中记载的姜太公也是为后世熟知的钓者形象,他在渭水边垂钓以观文王,等待被任用。

---

① 郭庆藩撰,王孝鱼点校:《庄子集释》,中华书局 1985 年版,第 617—619 页。
② 同上,第 1023 页。
③ 同上,第 1032 页。
④ 同上,第 604 页。

于是,"渔父"成了中国文化中"隐逸"的符号和象征,其题材深受中国古代文人画家喜爱,中国绘画史上有很多对渔父的图绘。以此为题材的绘画在魏晋南北朝时已出现,戴逵、史艺、史道硕、史文敬等画家都创作过渔父图。唐宋时期,众多画家以渔父为题材作画,《宣和画谱》对此有记载。传世的有北宋许道宁的《渔父图》,南宋马远的《秋江渔隐图》《寒江独钓图》,以及李唐的《清溪渔隐图》;元代萨都剌的《严陵钓台图》,倪瓒的《渔庄秋霁图》;明代张路和吴伟的《渔父图》,沈周的《江邨渔乐图》;清代蓝瑛的《云壑藏渔图》《桃花渔隐图》等。元明清时期绘渔父图较为著名的是吴镇和"扬州八怪"之一的黄慎,他们绘过多幅《渔父图》。

第二节　先秦两汉文学图像概观

作为中国文学图像的肇端,先秦两汉文学图像有自己的特点,特别是诞生于先秦的汉字所具有的图像性,决定了文学书写也可以是一门艺术。

一、 先秦两汉文学图像的特点

(一)汉字具有图像性

中国的汉字具有图像性,史前岩画、图形文字以及甲骨文中的视觉造型等,都是古人表意的图像性体现。

中国文字之所以有图像性,恰如"六书"所指出的,象形是其造字和用字的基础[1]。在汉字构造法中,表示字的相同或相近发音的声旁,与指示字的意思或类属的形旁等,都是象形的要素。程抱一就分析过汉语的这种现象,他以"伴"字为例:"伴"由一个人字旁"亻"和另一个独体字音读"bàn"的"半"构成,"独体字'半'的意思是一半,与人字旁'亻'结合在一起,它唤起'另一半'或'分享的人'的意念,并协助强调合体字'伴'的确切含义:伴侣"[2]。在程抱一看来,汉字作为图画文字和表意文字,与世界的指称关系并不是任意的,"这种符号系统建立在与真实世界

---

① 其他造字和用字的方法有指事、形声、会意、转注、假借。

② [法]程抱一著,涂卫群译:《中国诗画语言研究》,江苏人民出版社 2006 年版,第 8—9 页。

的密切关系的基础上,取消无缘由的做法和任意性,从而在符号与世界,并由此在人与宇宙之间没有中断,这似乎是中国人自始至终努力走向的目标"①。中国汉字之所以与世界建立密切联系,正是"象思维"在中间起着推动作用,象形文字复制了事物的外部特征,表意文字"通过基本笔画来形象地表现事物,这些基本笔画的结合揭示了事物的本质以及事物之间的隐秘联系"②。

汉字的图像性使书写成为书像艺术。人们在书写时,存储在记忆中的语言成为可见的;被书写的字像就是书像,被欣赏的书像就是艺术。无论是脑海中的"字像",还是可见的被书写的字像(书像),都是通过汉字"因象明义",通过书像言志言情。

(二)图像具有教化功能

李泽厚认为,先秦文化经由先"由巫到礼"再"释礼归仁"的发展过程,中国的文化成了巫君合一、"政教(宗教)合一"的文化。③ 这种由巫、王、圣密切结合的政权,使权力的地位至高无上,王权统率和驾驭一切领域。作为先秦两汉文化一部分的图像符号,自然要为至上的王权服务。④ 王权需要通过图像来贯彻其伦理意图和社会纲常,由此,图像的教化功能变得十分突出。

先秦人物画的一个重要功能是教化功能。商周时期,就有把历史上的著名人物或重要故事绘制于庙堂以劝诫世人的记载。《孔子家语·观周篇》载:"孔子观乎明堂,睹四门墉(墙壁)有尧舜之容、桀纣之象,而各有善恶之状、兴废之诫焉。又有周公相成王,抱之负斧扆,南面以朝诸侯之图焉。"⑤先秦两汉时期除了人物画外,图像的教化功能也渗透在一些表示身份的服饰、旌旗、宫室、器用之图中,这些图像传递了人物的地位、等级,礼制文明和人伦秩序等信息。

由于历代统治者认识到绘画尤其是肖像画具有"成教化,助人伦"的作用,他们通过图画功臣和圣贤肖像以作褒扬,通过绘画暴君奸臣以作贬低,从而让平民

---

① [法]程抱一著,涂卫群译:《中国诗画语言研究》,江苏人民出版社 2006 年版,第 9 页。

② 同上,第 10 页。

③ 具体参见李泽厚《由巫到礼 释礼归仁》(三联书店 2015 年版)中的"由巫到礼""释礼归仁"部分。

④ "既然巫政是密切结合的,法器的占有便是掌握政权的一个重要手段,也就是说艺术品的掌握便是政治权力占有的象征。"(张光直:《中国青铜时代》,三联书店 1999 年版,第 280 页。)

⑤ 杨朝明、宋立林主编:《孔子家语通解》,齐鲁书社 2013 年版,第 128 页。

和官员在瞻观这些肖像画时或生敬仰之心,或生厌恶之情,从而达到鉴戒贤愚的教化之功。曹植在《画赞序》中阐述了人物肖像画"成教化,助人伦"的作用:"观画者,见三皇五帝,莫不仰戴;见三季暴主,莫不悲惋;见篡臣贼嗣,莫不切齿;见高节妙士,莫不忘食……是知存乎鉴戒者图画也。"①

(三)图像是对生活世界的再现

汉代受帝国扩张和阴阳思想的影响,盛行宇宙论的观念。受此观念影响,作家的写作和图像的绘摹,都展示出统摄宇宙一切万物(包括日常生活)的气概。前者如司马相如所言:"赋家之心,苞括宇宙,总览人物。"②或如司马迁所称,写《史记》"究天人之际,通古今之变,成一家之言"③。后者常见于汉画像中所呈现的汉代各种社会场景,不仅有日常的祭祀宴饮、狩猎弋射、宫室建筑、车马出行,甚至也有日常的乐舞、庖厨、建鼓、百戏、六博、投壶等画面,这些都是反映汉代人生活的一些重要场面,展现了帝国的强盛和汉代人对生活的热情投入。有学者把汉画像的内容分为四类,第一类便是社会生活类,包括了农耕、狩猎、捕鱼、手工业劳动、车骑出行、聚会、庖厨、宴饮、乐舞百戏等方面。④

汉墓画像中的日常生活之像包括了吃(庖厨、宴饮)、穿(纺织)、住(建筑)、行(车骑出行)、玩(狩猎、乐舞百戏),这些画面有的表现墓主的日常生活,有的表现当时上层社会的日常活动,寄托墓主生前和死后对该生活世界的向往。汉画像中还有对农耕、盐井、春米、采桐、纺织、捕鱼、手工业劳动、养老等底层生活世界的展示。汉代人对日常生活温情的追求,对宴饮和娱乐歌舞场面的热衷,反映出汉代人对自我享受的关注。

(四)图像是对神仙世界的想象

学界关于汉画像的分类均含"神鬼祥瑞"类,有些还详细列出了神仙世界的人、兽、物:伏羲、女娲、西王母、东王公、玉兔、蟾蜍、九尾狐、三青鸟、三足乌及各种祥禽瑞兽、神怪等。⑤ 其中,人们比较熟悉的神仙和神仙故事有西王母、后羿射十

① 张彦远著,俞剑华注释:《历代名画记》,上海人民美术出版社1964年版,第5页。
② 葛洪集,成林、程章灿译注:《西京杂记全译》卷二,贵州人民出版社1993年版,第65页。
③ 班固撰,颜师古注:《汉书·司马迁传第三十二》,中华书局1964年版,第2735页。
④ 蒋英炬、杨爱国:《汉代画像石与画像砖》,文物出版社2003年版,第44页。
⑤ 同上。

日、嫦娥奔月、伏羲女娲、牛郎织女等。

汉代底层中小官吏和经济富裕者热衷于使用画像石作为墓葬装饰。底层生活世界是他们所熟悉的,所以,在汉画像石上有农夫、奴仆、小吏、武士等众多汉代底层人物的图像。底层中小官吏和经济富裕者也向往死后可以进入长生世界。

在汉画像中,常常绘有方士引导墓主成仙。墓主在通向神(仙)世界的过程中,有龙、凤等瑞兽、神鸟护送和引导,墓主登临天门后就可以直接进入仙界,还可求取仙药。以往,成仙者的身份只有古时的帝王、圣贤和英雄等,如今中小官吏、普通民众等也可获得这样的机会。

总之,不少汉画像中描绘了天国仙境,寄托着时人长生不死与道化升仙的理想。汉人关注自我享受,体现在生前对长寿、富贵、成仙的追求,死后对永生世界的向往。在汉画像世界中,神仙世界离墓主并不遥远,神也不再像过去那样阴森可怕,神仙信仰的具体化、世俗化,使得汉画像造型风格具有写意性的日常温情。

（五）图像具有祈福功能

在汉代墓室、祠堂、棺椁、石阙画像中,有一些瑞应图,表达了时人的祈福观念。汉画像中的祥瑞图式可分为天降祥瑞、地出瑞应与人事祈福等三个方面。天降祥瑞图式有太一崇拜、日月合璧等。地出瑞应图式有动物与植物两大类,瑞应动物有麒麟、凤凰、龙、九尾狐、比肩兽等,祥瑞植物有嘉禾、灵芝、建木、松柏等。[①] 人事祈福主要表现在人求长寿、健康、财富、官位等方面。祈财仪式图中常有五铢钱与摇钱树,以及象征财富的鱼儿与莲花;祈寿仪式图中往往出现鸠杖及持鸠杖者,而一个长者获得持鸠杖的权利,意味着他获得了被养老和敬仰的待遇;祈求长寿的图像中常常出现"西王母",因为"西王母"是掌管长生的神。一些人事祥瑞图中还可能画有一些奇怪的动植物,如猴马图、射雀图中"猴""雀"的发音相近于"侯""爵",于是猴马图、射雀图被赋予了"射侯""射爵"的吉祥意义。

祥瑞图式是汉画像中一个重要的部分。祥瑞图是人们趋吉避凶,追求吉祥康寿的一种心理表现,是汉人建构的一个理想世界。汉代人对祥瑞图式的追求,体现的是汉代民间中下层人们的一种信仰,也是汉代谶纬思想影响的结果。

---

① 参见顾颖:《汉画像祥瑞图式研究》,苏州大学,设计艺术学博士论文,2015 年。

（六）图像具有装饰性

汉画像中专门有花纹图案类作品,常画有平行条纹、菱纹、十字穿环(壁)纹、连环纹等,这些装饰性图像线条柔和,显示出日常温情的倾向,而不同于先秦青铜器图案中神秘、怪诞的花纹和线条。在先秦时代,T形纹以及C、CC、S等曲线纹,作为青铜纹饰中最简略的辅助纹样,以奇特的造型方式和雄健坚硬的装饰风格,强化了青铜器主体纹样(龙纹)的神性,给主体纹样增添了狰狞、怪诞与神秘感。但汉画像中的装饰性图案不是这样,它抒发了一种写意性的日常温情。例如,在升仙的车子上加饰衬托车轮的流云,使车子犹如在太空飞驰,这种图案虽极具神秘色彩,但因人们相信通过它可以进入神仙世界,反而拉近了两者之间的距离。

汉画像中装饰性图像的出现,表明汉人在图像意识方面不单单关注图像的实用性,也开始意识到图像自身的装饰和审美功能。

二、 先秦两汉图像中的文学再现

汉画像中有一类内容与历史人物相关,仅"武梁祠"画像石上就包含君王、忠臣、志士、列女、孝子、刺客等各个阶层的人物画像,后文将有专题赏析,现在仅列举其中非常流行的一个故事《孔子见老子图》。

汉画像石《孔子见老子图》的总数约三十幅,其分布地点相当广泛,散布于黄河中下游与长江中下游广大地区。山东地区所见者最多,大约占其总数的百分之八十,这可能与山东是儒家发源地密切相关。①

各地出土的汉画像石《孔子见老子图》的主题与古典文献中"孔子适周问礼"的记载基本一致。"孔子见老子问礼"的故事,在先秦两汉文献中多有记载,所有汉画像石《孔子见老子图》中对于孔子和老子形象的刻画基本上是一致的:孔子带领数量不等的学生前往拜谒老子,孔子持雉作为赞礼躬身向老子致意,在孔子身后恭立着手持简册的弟子似在准备记录,而老子手持曲杖或拱手以礼相迎孔子。

1955年,陕西省绥德县刘家沟出土的《绥德刘家沟汉墓门右立柱画像》中有

---

① 参见李强:《汉画像石〈孔子见老子图〉考述》,载《华夏考古》2009年第2期。

第一章 先秦两汉文学图像

033

《孔子见老子图》①。1959 年,山东省安丘市董家庄也出土了《孔子见老子图》②。在这两幅图中,孔子和老子之间出现了一位或手推双轮车或手持圆环的稚童形象。此稚童据说叫项橐。项橐为何出现在孔子见老子的画像中已难考。但在先秦两汉的文献中,有对项橐与孔子关系的记载,如《战国策·秦策五》载:"甘罗曰:'夫项橐生七岁而为孔子师。'"③《淮南子·修务训》中也有记载:"夫项橐七岁为孔子师,孔子有以听其言也。"④汉魏时期嵇康的《圣贤高士传》中明确地提到了项橐与孔子皆是老子的学生:"大项橐与孔子俱学于老子,俄而大项橐为童子,推蒲车而戏;孔子候之,遇而不识,问:'大项居何在?曰:'万流屋是。'到家而知是项子也,交之,与之谈。"⑤

汉画像中大量呈现了创世神与氏族神,如伏羲女娲和西王母等。在先秦两汉时期,这些图像与文学(文献)呈现相互摹仿与共生的关系。先秦文献没有记载伏羲是人首蛇身,伏羲和女娲是单独的神,分属不同的神话体系;但在汉画像中,伏羲女娲除有单独出现外,也有双身出现;尤其在东汉后期乃至后世,伏羲女娲几乎都是以合体的形象出现,并且两者尾部交缠,面部相对,人首蛇身或人首龙身。两尾交缠的伏羲女娲图所体现出来的是汉代人的生殖思想,这种表现生殖思想的伏羲女娲图在东汉应劭的《风俗通义》轶文中有所说明:"女娲祷祠神祈而为女媒,因置昏(现用"婚")姻,行媒始行明矣……女娲,伏希之妹。"⑥

这一时期,西王母图像与同时期有关西王母的文学记载也存在着相互交替前进或并进的现象,先有《山海经》《穆天子传》中的西王母形象,后有汉代的西王母画像;而汉代的西王母画像又影响和促进了汉赋中有关西王母形象的创作,古代文学学者许结对此有一概括:"如'西王母'的形象与故事,在汉代文与图中均不乏呈现。汉画中的'西王母图'分别见于山东嘉祥县汉墓出土画像石(两幅)、洛阳偃

---

① 中国画像石全集编辑委员会:《中国画像石全集·第5卷·陕西山西汉画像石》,山东美术出版社、河南美术出版社 2000 年版,第 139 页。

② 中国画像石全集编辑委员会:《中国画像石全集·第1卷·山东汉画像石》,山东美术出版社、河南美术出版社 2000 年版,第 103 页。

③ 缪文远等译注:《中华经典藏书·战国策》,中华书局 2007 年版,第 100 页。

④ 何宁撰:《淮南子集释》(新编诸子集成)卷十九《修务训》,中华书局 1998 年版,第 1356 页。

⑤ 戴明扬校注:《嵇康集校注》,人民文学出版社 1962 年版,第 404 页。

⑥ 应劭撰,王利器校注:《风俗通义校注》(下),中华书局 2010 年版,第 599 页。

师辛村新莽墓壁画,以及'西王母青玉座屏'(河北省定县南北陵头村 42 号中山王刘畅墓出土)等……如果再对照作为文学文本的司马相如《大人赋》与扬雄《甘泉赋》的描写,其由前者的'白首戴胜而穴处'到后者以'西王母欣然而上寿'以配甘泉宫祀'太一'之神的美事,倡扬'天阃决兮地垠开,八荒协兮万国谐'的'德化'思想,亦可观觇其间的变化。"①实际上,东方朔的《七谏》、司马相如的《大人赋》、庄忌的《哀时命》、王褒的《九怀》、刘向的《九叹》以及扬雄的《太玄赋》,在写主人公远游天地四方寻求长寿永生的神仙和仙药时,大多提到了西王母,尤其在《大人赋》中对西王母有很多正面的描写,赋中提到了昆仑、白首:"戴胜而穴处兮,亦幸有三足乌为之使。必长生若此而不死兮,虽济万世不足以喜!"与汉代画像中的西王母头戴玉胜,独自穴居高山之巅,身边伴有三足乌相吻合。

先秦壁图对先秦文学产生的影响主要表现在《诗经·大雅》和《楚辞·天问》的写作。李山认为,《诗经·大雅》中的《大明》《思齐》《绵》《皇矣》《生民》《公刘》等篇章,都是周王大祭祖先之时面对宗庙壁图上祖先人物及其业绩的述赞之辞,并提出了三重证据论证其"图赞说"。他所提出的三重证据主要表现在:其一,《大明》和《皇矣》中多次出现的"此"和"维此",这两个近指性限定词可以表明诗人面对的是宗庙中的壁图;其二,《大明》《皇矣》《生民》《公刘》部分章节之所以具有强烈的画面感,是由于它们是宗庙壁图语言的拓本;其三,诗篇表述地理名谓之时,显示的方位意识也是图赞说的证据之一。② 可以说,李山的"图赞说"是在细读《诗经·大雅》文本之后,从微观层面来说明其与壁图的关系。若从语言学角度考察,我们也会发现,《诗经·大雅》中出现的大量状态形容词也许与参照壁图写作有关。《诗经·大雅》中出现了相当数量的名词作叠根的状态形容词,与祭祖颂歌和周族史诗密切有关的十八篇中共出现了八十九次,这些状态形容词或是描摹人物情态,或是形容植物状态,或是细致刻画场景中的画面和声音,总之都是对画面感的刻意强调,表明这些诗篇的作者在创作之时是有所参照的,而参照的对象就是明堂中的祖先画像及歌颂其丰功伟业的场面。

《楚辞》中与先秦壁图关系最为密切的篇章首推《天问》。东汉王逸的《楚辞章

---

① 许结:《汉代文学与图像关系叙论》,载《社会科学》2017 年第 2 期。
② 李山:《〈诗·大雅〉若干诗篇图赞说及由此发现的〈雅〉〈颂〉间部分对应》,《文学遗产》2000 年第 4 期。

句·天问序》云:"屈原放逐,忧心愁悴;彷徨山泽,经历陵陆。嗟号昊旻,仰天叹息。见楚有先王之庙及公卿祠堂,图画天地山川神灵,琦玮僪佹,及古圣贤怪物行事。周流罢倦,休息其下,仰见图画,因书其壁,呵而问之,以渫愤懑,舒泻愁思。"①按照王逸的说法,当时的楚国已经拥有规模宏大的宗庙壁图,屈原的《天问》正是在参观了这些楚先王庙与祠堂的壁画之后有感而发,进而"呵壁"问天的情感流露,"呵壁说"也由此发轫。《天问》开篇时的"白蜺婴茀,胡为此堂? 安得夫良药,不能固臧?"②一句即是参照壁图而作的明证。"白蜺婴茀"指的是白云缭绕的样子,这种摹态状物的方式明显是受到在明堂之中看到的壁画的影响,因为按照常识,白云不会在宗庙祠堂之内出现,而壁画却很容易借助于白色的彩绘表现出来,所以王逸注释此句时强调《天问》是屈原见壁图而作:"蜺,云之有色似龙者也。茀,白云逶移(现用迤)若蛇者也。言此有蜺茀,气逶移相婴,何为此堂乎? 盖屈原所见祠堂也。"③

先秦文学对先秦壁图的摹仿与当时的图像媒介有关系。先秦壁图主要绘制在祠堂、宫廷建筑的墙面,这类墙面外层涂抹的白灰适合作画。汉代壁图在工艺和内容上都较之先秦壁画有较大进步。汉赋中与壁画有关的作品有王延寿的《鲁灵光殿赋》、刘歆与王褒的《甘泉宫赋》和李尤的《辟雍赋》等。东汉造纸术的发明不仅对书籍的保存有很大影响,也深刻影响了绘画的载体,魏晋南北朝、隋唐五代、宋元明清时期纸质绘画成为主流,由于朝代更替频繁,保存有先秦壁图的明堂之类建筑物极易毁于战火,墙壁自身材料的特性也使得它不容易像汉画像石那样被埋藏于地下进而得到很好的保存,因此,先秦之后,壁图这种特殊的绘画模式被帛画、汉画像石、汉画像砖、纸质绘画等逐渐取代。

三、 先秦两汉文学图像对后世的影响

先秦两汉文学图像对后世的影响有两个个案比较突出:一是列女传图,二是书像艺术。

---

① 洪兴祖:《楚辞补注·天问章句第三》,中华书局1983年版,第85页。
② 同上,第101页。
③ 同上。

汉代之后,不仅出现了许多注解《列女传》的著作,而且种类繁多、形态各异的列女图也是层出不穷。刘向编撰的《列女传》独具特色的地方就是配有图像。

刘向在《列女传》中所采用的颂、图结合的编撰方式对后世图像产生了两个方面的影响。

首先是对图像类型的影响。刘向采用了两种方式对《列女传》中的图像进行演绎:一是采用纸本图像的方式,据《汉书·艺文志》记载,"刘向所序六十七篇",曰《新序》《说苑》《世说》《列女传颂图》也"①;二是采用屏风图像的方式,据《七略别录》记载,"臣向与黄门侍郎歆所校《列女传》,种类相从为七篇,以著祸福荣辱之效,是非得失之分,画之于屏风四堵"②。可见,刘向曾在四堵屏风上描绘七篇《列女传》故事。后世用图像演绎《列女传》时沿袭了纸本图像和屏风图像这两种方式,而纸本图像成了后世图像演绎《列女传》的主流。刘向之后,《列女传》的屏风图像越加流行起来,《后汉书·宋弘列传》载:"弘当宴见,御坐新屏风,图画列女,(光武)帝数顾视之。"③如今,传世的绘有列女的屏风图像,较早的是北魏司马金龙墓出土的木板漆画屏风,该屏风绘制的是《列女传》中的内容。再后来,宋代以后,随着印刷术的发明,《列女传》的版画图像也开始出现。

其次是对图像与文字结合方式的影响。在刘向编撰《列女传颂图》之前,《列女传》在民间和宫廷分别以口头文学和图像的方式传播,比如武梁祠的列女传图就是目前所能看到的最早传世的列女传图之一。当刘向编撰完成《列女传》并将其图像化之后,《列女传》的文本成了文字与图像并存的编撰方式;其中,文字对图像内容进行了肯定,即"图赞"。这种以"图赞"方式出场的《列女传》文图形式,在东晋顾恺之的《列女仁智图》中得到传承。宋元之后,随着纸张的普及和印刷术的发明,《列女传》以版画形式流传,插图本《列女传》便呈现"语图合体"和"语图互文"的状态。

先秦两汉时期,作为视觉图像的汉字书像,对后世书法也产生了重大影响。

---

① 张舜徽:《汉书艺文志通释·诸子略·儒家》,湖北教育出版社1990年版,第123页。
② 刘向、刘歆、姚振宗辑录,邓俊捷校补:《七略别录佚文·七略佚文》,上海古籍出版社2008年版,第48页。
③ 范晔:《后汉书·宋弘列传》,中华书局1965年版,第904页。

殷、周、秦三代是篆书的时代。小篆作为古文字在中国文字发展史上有着举足轻重的地位，是当今文字的鼻祖。小篆出现于战国，成熟于秦代，经过历朝历代的发展，形成了很有特色的书体。而自秦末至汉代，隶书则逐渐成为流行的标准字体。

笔法、结构和章法是书法不可缺少的三要素。隶书的出现对后来书像的笔法、结构和章法均产生了深远的影响，这种影响主要表现在以下几个方面。

首先，表现在笔法上的变化，化繁为简。甲骨文多是从图画文字演变过来的，所以它的象形程度比较高；由于它被刻在甲骨上，所以笔画比较细，直笔比较多。金文(大篆)较甲骨文来说，字形圆转，大小均匀，笔道肥粗。小篆和隶书的出现让笔画变得简单、圆润和流畅，隶书将篆书的圆笔变为方笔，将篆书的曲线变为直线。隶书使汉字告别了延续几千年的古文字而开今文字之先河，从而成为汉字此后发展的主流方向。

其次，表现为先秦两汉奠定了汉字字像及其书体的基本模式，篆、隶、楷、行、草五种书体陆续出现。五种书体各有自己的书写规律，篆书和隶书是其他书体的基础。至唐代，楷书登峰造极，它也是由隶书演变而来的。楷书字形方正严整，笔画平直，有撇、捺和勾，改变了隶书的波势挑法，笔画平稳，去掉了隶书的波折。隶书不仅演变为章草，即便现在仍在使用的印刷体，都受到楷书的影响。

其重要影响还表现在先秦两汉时期汉字书写从注重实用性延展到注重艺术性，汉字及其书写被赋予艺术的美感和价值，为魏晋南北朝时期书法艺术的崛起奠定了最直接的基础。

第三节 《诗经》图

一、《诗经》图的历史

文献记述的《诗经》图不在少数。扬之水在《马和之〈诗经图〉》一文中推测有关《诗经》图很早就已出现。战国铜器上对某些事物的刻画、意境的描绘，大约与

《诗经》中《小雅·宾之初筵》《豳风·七月》等篇目中的场景相符,但这些图画中并没有出现榜题或任何说明,令后人很难考证画之用意。除了取诗意作画的美术作品外,在魏晋南北朝时期还出现了陆玑的《草木鸟兽虫鱼疏》,对动植物的外貌、产地、功能等进行了详细的解说,开创了名物图这一图说《诗经》的方式。这种新形式在唐代得到继承,出现了《毛诗草木虫鱼图》二十卷、《毛诗物象图》等。《历代名画记》卷三《述古之秘画珍图》中首先记载了已散轶的《诗经》图,包括《韩诗图十四》《诗纬图一》,这些作品只留下画名,其他不详。

郑樵的《图谱略·记无》中收录有成伯玙的《毛诗草木虫鱼图》,程修己撰有《毛诗草木虫鱼图》和《古贤君臣之像》。

元明两代有多位画家以《诗经》为题材绘祝寿图。元代郭畀绘有以豳诗为题材的祝寿图《豳风介寿图》。明代倪元璐也以豳诗为主题,绘《豳风八图赞为蒋八公宫庶太夫人寿》。清代早已亡佚,仅见于画史著录的诗经图,有黄甲云的《豳风图》、张坦的《豳风图》和管希宁的《豳风图》。

传世《诗经》图以马和之的作品和《御笔诗经全图书画合璧》为代表。

马和之,钱塘(今浙江杭州)人,绍兴中登第。他善画人物、山水,笔法飘逸,自成一家。高、孝两朝,深重其画……官至工部侍郎。[1] 马和之画《诗经》图是有历史背景的。当时,宋高宗赵构对于经学极其称道,对于《诗经》尤为留意,认为"写字当写经书,不惟学字,又得经书不忘"[2]。每当高宗手书《诗经》,便留下后面的空白,诏令马和之给每一章都配上图画。继马和之《诗经》图以后,至清乾隆时期又出现了完整的诗经图,这就是《御笔诗经图》[3]。乾隆帝弘历也雅好丹青艺事,经常授旨宫廷画家作画,当时的《诗经》图,主要由弘历授旨而作。

明清传世的《诗经》图还有元代林卷阿的《七月图》;明代文徵明的《七月图》,谢时臣的《豳风图》和《鹿鸣嘉宴图》;清代萧云从的《陈风图》,唐岱、沈源的《七月

---

[1] 对马和之的记载最早见南宋陈善《杭州志》,后转载于王原祁等撰,孙霞整理:《佩文斋书画谱》,文物出版社 2013 年版,第 2228 页。

[2] 于安澜编:《画史丛书》(第四册),见《南宋院画录》卷三,上海人民美术出版社,1963 年版,第 43 页。

[3] 《御笔诗经图》,全名《御笔诗经全图书画合璧》(共三十册),为乾隆皇帝以真、草、篆、隶四体书写《诗经》三百一十一篇;复命宫廷画师临摹南宋画家马和之所绘《诗经》图,辅以水墨配图,现存于台北"故宫博物院"。

图》,吴求的《豳风图》,单畴书的《邶风图》等。

二、《诗经》图的特点

(一)对文本的选择各有侧重

《诗经图》的特别之处在于所绘图像对文本的选择各有侧重,在上述以《诗经》为蓝本的图像中,有依据传注画图的,也有依据诗句或篇名作图的,还有偏离《诗经》相关文本的图像。

总的来说,图像对文本的选择大致有以下四种情况:

1.画的内容或内涵与《诗集传》或《毛诗训诂传》的诠释相合,比如上述马和之《唐风》中的《绸缪》《山有枢》,还有《小雅·鹿鸣》《陈风·东门之枌》等,都依据《毛诗训诂传》作画。

2.仍依据《诗集传》或《毛诗训诂传》的释义作图,若遇到难以用图像表现的情况时,则依诗句创作。在《御笔诗经图》之《邶风·匏有苦叶》中,画家难以直接用图像表示此诗为"刺淫乱之诗",因此,只按照"招招舟子,人涉卬否"一句作图,只见站立于船首的船夫一边撑船一边向岸边回眸之人招手。

3.单纯按照诗篇的题名或诗句而绘制。比如吴求的《八月剥枣》《缝衣图》,《御笔诗经图》中的《陈风·防有鹊巢》《秦风·黄鸟》《周南·樛木》《豳风·鸱鸮》等。

4.偏离《诗经》相关文本的原有内涵,并演变为带有其他意义的图绘。

(二)呈现多类型图绘

虽然多数《诗经》图脱离不了政教色彩,但从《诗经》文本延展出去的图像类型还是多样化的,它们大抵分为两类:一类是从绘画这一艺术角度对《诗经》进行解读;另一类则是百科全书式或词典式的图解《诗经》,比如名物图和地理图。

从绘画角度出发的《诗经》图,在让《诗经》文本图像化的过程中时常采用直接诠释的方式,比如图绘题名或部分诗句,从某种程度上来说具有插图的特点。而名物图和地理图则与前述的政教没有关联,它虽然也依据《诗经》文本创作,但主要体现的是客观再现的功能。

第四节 《楚辞》图

一、《楚辞》图的历史

关于《楚辞》图历史方面的研究,已有学者作过总结。著名文学史家郑振铎辑《楚辞图》一百九十七幅,并作《楚辞图解题》[①],是对历代有代表性的部分《楚辞图》所作的初步整理和介绍。饶宗颐的《楚辞书录》中著录了李公麟以来的《楚辞图》及其汇刊本共二十一种,考证甚详。此后,姜亮夫在他的《楚辞书目五种·楚辞图谱提要》[②]及崔富章在《楚辞书目五种续编》[③]"图谱提要"部分著录了历代屈原画像和楚辞画之作者、版本、各家序跋等,都有很高的文献价值,涉及的绘画远多于《楚辞图》的收录。

自从李公麟创作《九歌图》以后,元、明、清各代均有优秀画家对此题材不断地进行再创作。李公麟,字伯时,初隐居于龙眠山,自号龙眠山人,庐江舒县(今安徽舒城)人。南宋的《画录广遗》云:"李伯时博古善画,尤长于佛神人物。率不入色,而精微润澈,六法该畅。世谓王右丞后身。有离骚九歌图……传于世。"[④]但其真迹如今已流失,流传下来的多为同时代画师的临摹作品。其一为故宫博物院所藏甲本,九图,图中绘一百六十人,有景界;其二为故宫博物院所藏乙本;其三为黑龙江博物馆藏孙承泽旧藏本,纸本,十一图,只描鬼神之像而无景界;其四为辽宁省博物馆馆藏王樨题跋本,白描,九段,有山水树石屋宇等景界。由此可见,李伯时所创《九歌图》基本分为两种:一是有景界的,另一是无景界的。虽然流传诸多的《九歌图》作品均为后人伪作,但起码在这些临摹李龙眠的图画中我们还能品味出"白描"技法的生动传神之处。

元代画家张渥一生绘制过多组《九歌图》。张渥,字叔厚,号贞期生,淮南人,

---

① 郑振铎:《楚辞图》,人民文学出版社 1955 年版。
② 姜亮夫:《楚辞书目五种·楚辞图谱提要》,中华书局 1961 年版。
③ 崔富章:《楚辞书目五种续编》,上海古籍出版社 1993 版。
④ 同②,第 369 页。

生年不详,约卒于 1356 年。他于元顺帝年间在江淮苏杭一带从事艺术活动,著有《九歌图》《湘君湘夫人图》等。他以白描人物著称于世,临摹过李公麟本,有"妙绝当世"之称,但是他画中的人物形象别具巧思,卷首绘有憔悴忧伤而意志坚定的屈原像,表现了画家对诗人的同情和崇敬,这在李公麟原作中未曾见到。张渥的《九歌图》有好几个版本,如吉林省博物院的馆藏版本,该本为张氏赠送言思齐之物,元代吴睿(字孟思)篆九歌本文。明代詹景凤的《东图玄览》(《佩文斋书画谱》九十九引)云:"吾休刘氏,世藏有二卷,一为元人张叔厚临龙眠居士《九歌图》。吾孟思以小篆书九歌。皆能品。"①

明清《楚辞》作品的艺术形式更加丰富。明代以降,注解屈原作品成为画家抒发国家忧思、感喟怀才不遇、投射个人身世的渠道。陈洪绶、萧云从是《楚辞图》创作的代表人物,他们的作品别具一格。陈洪绶,字章侯,号老莲,诸暨人。创作了《九歌图》十一幅及屈原像一幅,前有老莲自序。《退庵金石书画·跋》记载陈洪绶有《饮酒读骚图轴》。以版画形式为《楚辞》作插图,始于陈洪绶。陈洪绶传世的作品有两种:一种是绘画原作,一种是木刻插图。萧云从,安徽当涂人。萧云从人物画的代表作是六十四幅《离骚图》。《离骚图》的初刊时间是在顺治四年(1647)萧云从回到芜湖之后不久。他另外创作了《天问》五十四图,《九歌》九图,《三闾大夫》《卜居》《渔夫》三篇合为一图。

明清较有名的《楚辞图》还有明代文徵明的《湘君湘夫人图》、董其昌的《九歌图》、仇英的《离骚九歌图》、杜堇的《离骚九歌图》,清代丁观鹏的《九歌图》、门应兆的《离骚图》等。

二、《楚辞》图的特点

(一)画家关注作者的人格魅力

屈原本人的人格魅力与他在作品中所传达出的精神是高度统一的,正因为有着这样的统一以及屈原自身的人格魅力,历代画家在图绘《离骚》时也会不自觉地绘制屈原像,而画家对屈原作品的图绘也是对作者屈原的一种敬仰。

---

① 卢辅圣主编:《中国书画全书》第四册,上海书画出版社 1993 年版,第 9 页。

（二）图绘受注本的影响

历代的注本也是画家在创作绘画作品时所参考的重要标准，如对湘君、湘夫人画像的创作，不同画家对二湘的身份有着不同的理解，故创作出来的作品也各有不同，而这些不同与他们所选择参考的注本有关。再比如，姜亮夫认为，李公麟的《九歌图》有两个版本为真，一是纸本分十一段的，二是绢本分六段的，分六段的场景图绘则依《文选》所选六神：东皇太乙、少司命、云中君、湘君、湘夫人、山鬼六段。[①]

（三）呈现多类型图绘

由于《楚辞》内容丰富，后世画家或侧重绘制《楚辞》中的神话人物，如李公麟、陈洪绶等；或绘制《天问》中的天象地理图，如萧云从；或描绘草木植物图，如门应兆绘有《香草图》十六幅。因绘制内容不同，图像文本也呈现出不同的类型，描绘人物的成为绘画作品，而天象地理图则归为图形类，草木植物图则属于名物图。

第五节 《山海经》图

一、《山海经》图的历史

明代之前的《山海经》图几乎均未传世，因此，我们只能从相关文献记载中寻找明代以前《山海经》图的脉络。

汉代以前的《山海经》图大多是禹鼎图、宗庙壁画、巫图等，这些都是最原始状态的《山海经》古图。明代注家杨慎的《山海经后序》云："则九鼎之图，其传固出于终古、孔甲之流也，谓之曰《山海图》，其文则谓之《山海经》。至秦而九鼎亡，独图与经存。"[②]袁珂云："《山海经》尤其是以图画为主的《海经》部分所记的各种神怪异人，大约就是古代巫师招魂之时所述的内容大概。其初或者只是一些图画，图画的解说全靠巫师在作法事时根据祖师传授、自己也临时编凑一些的歌词……于

---

① 姜亮夫：《楚辞书目五种·楚辞图谱提要》，中华书局1961年版，第369—370页。
② 杨慎：《升庵著述序跋·山海经补注序》，云南人民出版社1985年版，第38页。

是有那好事的文人根据巫师歌词的大意将这些图画作了简单的解说,故《海经》的文字中,每有'两手各操一鱼'(《海外南经》)……这类的描述,见得确实是说图之词。"[1]

清代毕沅在《山海经新校正》中指出,《淮南子·地形训》与《海外经》在描述远国异民时,内容上大致吻合,但方位与叙述顺序并不相同,"是汉时犹有《山海经图》,各依所见为说,故不同也"[2],说明汉武帝时《山海经》图尚存。

西汉刘歆校订《山海经》一十八篇,形成了《山海经》定本,由此经文相对固定,图像却依旧经历着不断的变化。刘向、刘歆父子在校经时并没有提及《山海经》图,应该当时图已不存。到了汉明帝赐王景《山海经》《河渠书》《禹贡图》来治水时,只提及《禹贡图》,可见当时《山海经》应该只剩经文了。由此推测《山海经》图亡佚的大致时间为西汉晚期。

郭璞是第一个系统注释《山海经》的学者,他见过《山海经》图。清代郝懿行的《山海经笺疏·叙》曰:"然郭所见图即已非古。古图当有山川道里。今考郭所标出,但有畏兽、仙人,而于山川脉络,即不能案图会意,是知郭亦未见古图也。"[3]晋代诗人陶渊明在隐居时曾写《读〈山海经〉十三首》的组诗,诗亦云"流观山海图"。郭璞与陶渊明所见图都是晋代所传之图,应该是《山海经》图失传后有人根据经文的内容补绘的,与古图相差甚远,后来也已佚失。

南朝梁武帝时,张僧繇根据经文重绘了《山海经》图二百四十七幅,乃异物兽形图。可见,在古图亡佚后,后世之人依据经文重绘《山海经》图,由"依图写文"变为"据文绘图"。

唐代张彦远在《历代名画记》中列举了九十七种"古之秘画珍图":"古之秘画珍图固多,散逸人间,不得见之,今粗举领袖,则有……山海经图(六,又钞图一)……大荒经图(二十六)。"[4]而此处所列多为书籍插图,所以《山海经》图是被看作插图性质的,但张彦远并未言及《山海经》图具体面貌如何。

---

① 袁珂:《袁珂神话论集》,四川大学出版社1996年版,第15页。
② 郭璞注,毕沅校:《山海经》,上海古籍出版社1989年版,第82页。
③ 郝懿行:《山海经笺疏》,上海古籍出版社2019年版,第428页。
④ 张彦远著,俞剑华注释:《历代名画记》,上海人民美术出版社1964年版,第76—82页。

宋代的《山海经》图有以下几种:

宋真宗时,舒雅根据张僧繇的残图重绘《山海经》图十卷,乃异物兽形图。

《中兴书目》载无名氏的《山海经》图十卷,有图有文,乃异物兽形图。欧阳修所见乃山川地貌图。由于古图亡佚已久,这些图应该皆为"据文绘图"而成。

明代有以胡文焕本、蒋应镐本为代表的《山海经》图。胡文焕的图说是综合一段或多段《山海经》经文、郭璞的《图赞》、相关典籍及文献记录等提供的信息,同时合并《山海经》中同类或相似神、兽的特征而写成,其图像呈现出不同于经文的面貌。蒋应镐的《山海经(图绘全像)》(十八卷)本是独创性很强的一个图本,有突出的风格。蒋本图像的背景一般是树林、水流、岩石、山体、植物等,于其中加入画面的主体——奇神异兽,读者对它们生活的环境便一目了然。比如"嚣"的背景有山、树木和水流,表现了它生活在山林中;虎蛟的背景是流水和河岸的石头,读者一看便知它生活在水中;《西山经》中西王母的背后有大团云雾和山体,表明了她是住在山中的天神。郝懿行在《山海经笺疏·叙》中曾推测"古图当有山川道里",蒋本的这种有环境刻画的图像,一方面可以使读者更清晰直观地读懂《山海经》的经文与图,另一方面也可谓是对古图的一种"回归"。明代诸图本中,只有蒋本描绘了经文中所出现的"神山"——列姑射山和蓬莱山。在明代诸图本中,蒋本与经文的符合程度最高。

清代《山海经》图以吴任臣本、汪绂本为代表。

《山海经广注》《增补绘像山海经广注》《山海经绘图广注》均为吴任臣注,其地位可想而知。吴任臣的《山海经广注》康熙图本是清代最早的《山海经》图本,康熙六年(1667)刊行,共一百四十四幅图,采用一神一图的编排格局。此版本在传承链条上起到了承上启下的重要作用,其中的图像相当一部分取自明代的胡本[1],而之后的乾隆吴本、近文堂吴本、毕本和郝本都以该版本为摹本。吴任臣所处康熙年间,舒雅图尚存,吴任臣《山海经广注》的图五卷是取舒雅绘本重绘的[2]。此版本图的构图方式是,右上角写神名并辅以经文,无背景,留白多,用细腻的线条进行近距离描绘。

---

[1] 吴任臣本一百四十四幅图中近一半采自胡文焕本。
[2] 舒雅的图则根据南朝梁张僧繇的绘图进行重绘。

汪绂原在江西景德镇画碗为佣,之后刻苦自学成为东南名儒,他对《山海经》进行文字考释,并亲自手绘神兽四百二十六例。此版本是插图式编排,图像上有神名,无背景居多,但有时也有简洁的背景,一般是中景。汪本的突出特点是:并不存在相对固定的刻画模式,其所绘山神每个都不同,大多以俯身、侧面的姿势呈现。其选择的角度也与明清诸图本不同,例如对女娲的刻画,蒋本、成或因图本、《神异典》都选择了其原始形象——人头、蛇身,而汪绂却选择绘画"女娲之肠十人",以示他们都是女娲所化。

二、《山海经》图的特点

(一)图像在传承过程中经历变异,补绘、重绘或摹绘常有发生

山海经古图时期图像生产在先,描述性文字生产在后。至西汉《山海经》经文定本形成,但《山海经》图依旧经历变异,《山海经》古图亡佚于西汉晚期。东汉至清代不断有人根据经文内容补绘、重绘或摹绘《山海经》图。文图关系上呈现出的整体趋势是由文图分离到文图互仿再到文图融合共生。具体而言,先是文、图分别呈现,再到合页连式的右页图像、左页文字,再到图像穿插于经文中、图像与文字共同呈现于一幅画面。

(二)文学、感情色彩淡薄,情节、意境模糊

《山海经》中虽然存有大量远古神话,但文学性、情节性、艺术性并不突出,感情色彩也淡薄,与之相对应,《山海经》图也有同样的特点。在经文的只言片语及图像对形形色色山神、动物、神话人物、远国异民的描绘中很难看到主流文学与绘画作品中常见的情节、意境、抒情性、"托物言志"或"以形媚道"。

(三)具有突出的民间性

由于多记载奇珍异兽、远古神话,《山海经》与《山海经》图长期在民间流传,《山海经》图虽有宫廷文人士大夫画家等绘制的多种版本和不同刻本,但其中大部分还是民间刻本,由于长时期在民间流传,其具有突出的民间特色,而非文人传统。《山海经》图在民间文化、民间画家与刻工、民间思维的多重作用下不断演变,具有突出的民间性与宗教性。

第六节　先秦两汉文学人物图

一、屈原图

屈原像含义丰富。一方面,屈原自身就是具有丰富内涵的历史文化符号;另一方面,《楚辞》中有作者对自我形象的描绘,也有其一生坎坷经历的记载。如《离骚》载:"纷吾既有此内美兮,又重之以修能。"《涉江》载:"高余冠之岌岌兮,长余佩之陆离。"《渔父》载:"屈原既放,游于江潭,行吟泽畔,颜色憔悴,形容枯槁。"《卜居》载:"屈原既放,三年不得复见。竭知尽忠而蔽障于谗。心烦虑乱,不知所从,乃往见太卜郑詹尹……"这些描述和记载都给画家创作提供了想象空间。所以除图绘《楚辞》之外,后世画家对屈原肖像以及屈原故事的图绘也产生了浓厚的兴趣,并在美术史上留下了大量珍贵的传世画像。

屈原图像最早见于著录的是南朝宋人史艺的《屈原渔父图》。据明末清初画家萧云从《楚辞图自序》所言,南朝梁代大画家张僧繇作过屈原像,但未见画史著录。目前,尚未看到唐代的屈原画像。北宋李公麟虽传有各种版本《九歌图》十余卷,而且多出自南宋人之手,亦无单幅屈原像。通过南宋末郑思肖《屈原九歌图》《屈原餐菊图》作画题诗,可知宋代屈原画像题跋情状。到了元代,屈原像开始被画家附在《楚辞图》的卷尾,比如张渥、赵孟頫的《九歌图》中,各自附上一幅屈原像。赵孟頫《屈原像》中的屈原神态平和安详,模样似忠厚长者,古意有余而忧思不足。张渥《屈原像》中的屈原造型与赵孟頫笔下的屈原像相似,画面中的屈原神情愁苦。

元代十分流行创作屈原画像,从方回的《离骚·九歌图》、王恽的《屈原卜居图》、王沂的《题〈屈原渔父图〉》、柳贯的《题〈离骚·九歌图〉》、黄溍的《屈子行吟图》等题画诗,便知当时屈原画像创作的盛况。明代同样是屈原画像创作的高峰期,画家多采用传统的绘画形式,如吴伟的《屈原问渡图》、项圣谟的《芳泽流芳图》、朱约佶的《屈原像》;也有画家采用书籍版画的形式,如明代陈洪绶的《屈子行吟图》等。

　　清代有张若霭、黄应谌、周璕、陈撰、顾洛、任熊等画家的屈原图像作品,如张若霭画有《屈子行吟图》。

二、　庄子图

　　历史上很多画家以庄子为绘画题材,一方面是由于庄子身份的多重性,他既是文学家、哲人,又是道教中的南华真君;另一方面与《庄子》所建构的庄子形象的多样性也有关系。谭家健在《漫谈〈庄子〉中的庄子形象》一文中从三个方面进行了归纳,"傲视王侯卿相、鄙夷功名利禄的隐士""泯物我、齐生死的达人""雄辩诙诡、妙语惊人的智者"[①]。司马迁是历史上第一个为庄子作传的人,他在《史记·老庄申韩列传》中对庄子其人其学予以了特别的关注:一是介绍了庄子的籍贯、思想、学术渊源以及《庄子》一书的概貌;二是特意叙述了庄子却楚王聘一事。前者使我们大概了解了庄子的生活地域、年代以及他曾为漆园吏的一些生活经历,而后者则让人知晓庄子鄙视权力富贵、逍遥自适的性格,刻画了一个清高孤傲的庄子形象。司马迁在《史记》中对庄子形象的描述,是对先秦两汉时期庄子形象的一个史实性总结。

　　历代庄子图按图像题材可分为庄子肖像图、庄子故事场景图、庄子非本事图。现分而论之。

　　最早有关庄子肖像图的记载始于西晋。当时玄学盛行,文人士子普遍推崇老庄,以致有人画庄子像来显示自己的超凡脱俗。《晋书·嵇含传》载:"时弘农王粹以贵公子尚主,馆宇甚盛,图庄周于室,广集朝士,使含为之赞。含援笔为吊文,文不加点。其序曰:'帝婿王弘远华池丰屋,广延贤彦,图庄生垂纶之象,记先达辞聘之事,画真人于刻桷之室,载退士于进趣之堂,可谓托非其所,可吊不可赞也。'"[②]

　　今存的庄子肖像图较为著名的有元代赵孟頫的《玄元十子图》、华祖立的《玄门十子图卷》,明代《圣君贤臣全身相册》庄子像、《三才图会》庄子像,清代《古圣贤像传略》之《漆园吏像》等。

---

① 谭家健:《漫谈〈庄子〉中的庄子形象》,载《安徽大学学报》(哲学社会科学版)1991年第1期。
② 房玄龄等撰:《晋书》(全十册),中华书局1974年版,第2301页。

在历代庄子图中经常出现的故事场景主要有"庄周梦蝶""濠梁之辩"以及"秋水"三个主题。

传世的以"庄周梦蝶"为主题创作的绘画作品有元代刘贯道的《梦蝶图》、明代陆治的《梦蝶图》以及《程氏墨苑》中刻录的《庄生化蝶图》等。清代一些画作,如蒋廷锡的《蝴蝶图》、黄慎的《庄周梦蝶图》、缪嘉惠的《蝴蝶》手卷,图中虽然没有庄子出现,但也应是作者以"庄周梦蝶"所蕴含的喻意而创作的,即通过画"蝴蝶"来传递逍遥自在之意。

以"濠梁之辩"为主题的绘画大多取材于《庄子·秋水篇》,即庄子与惠施游于濠梁之上,见修鱼出游从容自乐,因而论辩鱼之知乐与否的故事。后来"濠上"就成了专指逍遥闲游之所,寄情玄言者则称具"濠梁之风"。魏晋时期以"濠梁之辩"为题材创作的绘画作品主要有谢稚和戴逵各自的《濠梁图》,但这两幅画作早已遗失,仅存于画史目录之中。现存的相关绘画作品,较为著名的是南宋李唐的《濠梁秋水图》,清代金廷标的《濠梁图》和姜筠的《濠梁观鱼图》等。在明代仇英的《南华秋水图》中,庄子出现在秋天河水上涨的岸边,虽与《庄子》中记载的故事场景不合,却是画家对庄子日常生活的一种合理想象。

另外,还有一些庄子非本事图。此类图像中所描绘的庄子形象既不是先秦两汉文献资料中对庄子的记载,亦与《庄子》一书中所描绘的庄子形象相去甚远。例如,《夷门广牍》里的庄子图与《列仙全传》里的庄子像以及《庄子休鼓盆成大道图》与《扇坟图》,等等。

三、 王昭君图

王昭君图主要以"昭君出塞"的故事为源。王昭君,名嫱,字昭君,西汉南郡秭归(今湖北省宜昌市兴山县)人。汉元帝时,她被选入宫中。竟宁元年(前33)春,匈奴呼韩邪单于第三次入汉朝见,自言愿作汉室女婿,请求与汉朝和亲,汉元帝允之,将"待诏掖庭"未被皇帝御见的宫女王昭君赐给呼韩邪单于作为阏氏(匈奴王后的称号)。王昭君别长安,过潼关,渡黄河,历时一年多到达匈奴漠北。建始二年(前31)呼韩邪单于死,前阏氏子代父立为单于。王昭君依照当时匈奴的习俗,嫁给后单于。十一年后,即公元前20年后单于死,王昭君于次年病死。

南朝史学家范晔撰写《后汉书》时,在《汉书·南匈奴传》中写入了更多王昭君的故事。"时呼韩邪来朝,帝敕以宫女五人赐之。昭君入宫数岁,不得见御,积悲怨,乃请掖庭令求行。"①也就是说,王昭君因入宫多年未得皇帝恩幸,便主动请求去匈奴和亲,并非《汉书》中所说的被动地被汉元帝赐给呼韩邪单于。《后汉书》中不仅写明了王昭君的态度和心思,而且对她的仪表也有生动的描绘:"呼韩邪临辞大会,帝召五女以示之。昭君丰容靓饰,光明汉宫;顾景裴回,竦动左右。帝见大惊,意欲留之,而难于失信,遂与匈奴。"②《后汉书》中所记载的昭君故事,并不像《汉书》中那样简略,已初具悲剧人物的雏形。

传为东晋葛洪所撰的《西京杂记》中也记录了王昭君的故事,与《后汉书》相比更具传奇色彩。此书记述了王昭君之所以多年未被元帝宠幸的原因:"元帝后宫既多,不得常见,乃使画工图形,案图召幸之。诸宫人皆赂画工,多者十万,少者亦不减五万。独王嫱不肯,遂不得见。"③于是,王昭君故事中又增添了画工索贿的情节。

《琴操》一书中也记载了王昭君之事,与《后汉书》《西京杂记》相比,其虚构成分更多,记述了王昭君死后葬于匈奴境内,"胡中多白草,而此冢独青"④,这便是"青冢"的由来。在《西京杂记》与《琴操》之后,西晋石崇在其所作《王昭君辞》之序中说:"昔公主嫁乌孙,令琵琶马上作乐,以慰其道路之思,其送明君亦必尔也。其造新曲,多哀怨之声。"⑤从此王昭君又与琵琶结下了不解之缘。至此,后世昭君出塞故事的所有元素均已基本具备。

王昭君的命运得到民众的深切同情,他们纷纷在昭君故事中倾注自己的爱憎,从而使昭君故事得以广泛流传。《汉宫秋》是元代马致远的代表作,也是昭君出塞故事系列中最有影响的文学作品,同时也是迄今为止能见到的最早的昭君戏。

自宋代始,昭君出塞故事成了文人画家所着眼的主题。据《宣和画谱》卷七

① 范晔:《后汉书》,中华书局1965年版,第2941页。
② 同上。
③ 葛洪集,成林、程章灿译注:《中国历代名著全译丛书·西京杂记全译》,贵州人民出版社1993年版,第44页。
④ 吉联抗辑:《琴操(两种)》,人民音乐出版社1990年版,第54页。
⑤ 徐陵编,吴兆宜注,程琰删补,穆克宏点校:《玉台新咏笺注》,中华书局1985年版,第88页。

载,北宋大画家李公麟曾作《昭君出塞图》,藏于宫廷,惜已不传。据清代陈邦彦选编的《历代题画诗》可知,宋代除了李公麟的《昭君图》,还有无名氏所作的《明妃出塞图》《明妃上马图》等,今均不可见。

现存最早的表现昭君出塞故事的绘画作品为宋代宫素然的《明妃出塞图》。明清两代,以昭君出塞为题材的绘画作品保存较多。明代仇英即有多幅有关昭君出塞的作品存世,其中一幅是《昭君出塞图》,另一幅是《明妃出塞图》。清代画作中有关昭君出塞故事的作品有冷枚、华嵒、费丹旭、倪田、李熙的《昭君出塞图》,沈韶的《昭君琵琶图》,徐宝篆的《王昭君图》等。

第七节　先秦两汉文学图像赏析

一、毛公鼎铭文赏析

毛公鼎铭文,专指西周晚期青铜器物毛公鼎上的铭文。毛公鼎道光末出土于陕西省宝鸡市岐山县。此鼎直耳,半球腹,矮短的兽蹄形足,口沿饰环带状的重环纹。器高53.8厘米,口径47.9厘米,腹壁内侧铭文三十二行,拓片分左右两幅,或云四百九十八字,或云四百九十七字。内有合文八、重文十。现藏于台北"故宫博物院"。

毛公鼎铭文共五段,文辞完整而精妙。主要内容是周王为中兴周室,革除积弊,策命重臣毛公,要他忠心辅佐周王,以免遭丧国之祸,并赐以器物。毛公深为感动,特铸鼎以纪之。

从铭文(图1-2左图,图1-2右图)的形体上来看,殷商金文的象形性比甲骨文(图1-1)更高,其字形可能更为原始。古文字学家裘锡圭指出,商代金文是在比较正规场合使用的字体,基本上保留了毛笔字的样子,字形更为象形,而甲骨文字是日常使用的简便字体,为提高在甲骨上的刻字效率,刻字的人不得不把毛笔的笔法改为细笔和勾勒,或简化字形。[1]

---

[1] 裘锡圭:《文字学概要》,商务印书馆1988年版,第42—43页。

图 1-1　甲骨文

以下是毛公鼎铭文(图 1-2①)及与其对应的第一段文字:

王若曰:"父歆,丕显文武,皇天引厌厥德,配我有周,膺(图 1-2 右)受大命,率怀不廷方亡不覲于文武耿光。唯天将集(图 1-2 左)……"

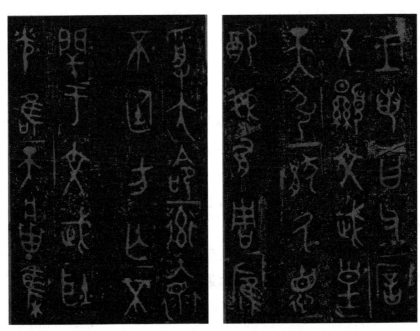

图 1-2　毛公鼎铭文(局部)

---

① 毛公鼎铭文拓片(局部),台北"故宫博物院"藏。

毛公鼎铭文作为成熟的西周金文,如拓片中所见,总体奇逸飞动,气象浑穆。在用笔方面,其书法线条呈"圆"像,饱满遒劲,回曲婉蜒,坚韧纤徐,笔意圆劲茂隽,书写中其力度的大小与速度的快慢对比明显且出现起伏跌宕。在结构和章法方面,结体修长而工整,笔之起收处常呈尖状,笔触长短互用,轻重有别,布局妥帖,体势沉雄庄重,更多的是给人以"壮"之美。比起西周早中期的书像,毛公鼎文字书写表现出高超的形式美感和极高的艺术审美价值,已臻成熟和规范。文字是刻在"不规则"钟鼎深腹内载体上的,能把字与字、行与行之间处置得如此井然有序、和谐统一,且生动多姿,实属难能可贵。

商代人有在青铜器上刻字的风气,但是其全盛时代则在西周。西周时期有的青铜器上出现了上百字,如西周前期大盂鼎鼎内有铭文二百九十一字,相对于甲骨文来说可算是鸿篇巨制。战国以后,随着作为礼器的青铜器退出,金文也逐渐消失,大篆、小篆以及隶书先后兴起。

小篆是今文字的萌芽,隶书是今文字的开端。作为古文字的金文在今文字使用越来越流行和占主导地位的岁月中,其书写的应用性在慢慢消失,书写的艺术性在宋代以后的书法中得到重视。原因是宋代考据学、金石学的兴起拓宽了书家的眼界,人们在书法方面力图追求金石古气。

所谓金石古气,其实就是一种残缺的自然美和悠远的古朴美,而青铜器上的铭文具备了这种书法风格。我国出土的青铜器铭文,经过数千年的水土浸蚀,大都被金属氧化物所覆盖而锈迹斑斑,经过剔锈处理后,铭文仍旧漫漶不清,而且还会出现新的残缺,于是就形成了一种特有的美学感受——金石古气。这种苍茫悠远的金石古气,对人们的审美感觉极具刺激性,与后世的纸、绢本墨迹所形成的书法风格确实不同。

从宋代开始,尚古之风愈演愈烈,金石古气便充斥着整个书坛,影响并改变着人们的审美观念和批评标准。毛公鼎铭文属于典型的三次(书写、铸模制作、出土后剔锈)完成品,其书法风格古拙朴茂、淳厚凝重、斑斓陆离、苍茫劲健,金石古气十足。

现代画家黄宾虹非常喜欢篆书,他从篆书创作中寻求笔法墨法的根源,上溯到三代的钟鼎款识,并进行篆籀书法的创作。他的篆书取法于《毛公鼎》《散氏盘》

等钟鼎铭文,他的绘画和行草书也主要得益于篆籀笔意。说到底,青铜器铭文之
所以有意义,是因为铭刻是文字的最早形式,也是人类最原始的活动之一,显示了
人的自我存在。

二、 西王母图赏析

就西王母流行的范围来说,对这位女神的信仰主要在汉代普通人中间,同时
她也被上层社会所熟悉和记载。

汉代传说中的西王母图像系统继承了先秦神话,同时又适应时代需要在视觉
表现模式方面迥异于先秦。我们可以从图中人物头饰、人物坐姿、身边动物、神格
的功能,以及与其他人物的关系等方面,对西王母的视觉表现模式进行分析。

在大多数情况下,西王母图像遵循以下三个基本特征:"胜"为头饰,正面端坐
于象征掌管世界秩序的"宇宙山"或"世界树"之上,常伴有捣药的玉兔以及象征福
瑞的三足乌和九尾狐。另外,当西王母画像流传到不同地区后,也会结合当地文
化特点有些变化,比如,四川地区以龙虎为座的西王母图像的构成模式就与山东
不同,山东地区的西王母并不坐在龙虎座上,而是有很多仙人侍者。在陕北的西
王母图像中,西王母则大多坐在天柱上。

一般认为,在各地的画像石中,西王母的图像最早出现在河南地区,河南省郑
州、密县、新郑和南阳等地发现的西汉末至东汉初的画像砖上已经有西王母像。
1954年,在山东嘉祥洪山村出土的纵长57厘米,横宽94厘米的画像,刻画在上、
中、下三层的东汉画像石上。该画像石第一层刻有西王母画像(图1-3),是汉代
西王母画像鼎盛时期的典型作品,下文略作分析。

图1-3 山东嘉祥洪山村出土的东汉画像石(局部)

首先,头上戴着"胜"。西王母图像中的"胜"成了解读西王母所具备的神话
(宇宙)力量的重要识物。《太平御览》卷七百十九引《晋中兴书》载:"(华)胜一名

金称,《(孝经)援神契》曰:'神灵滋液,百珍宝用有金胜。晋孝武时,阳谷氏得金胜一枝,长五寸,形如织胜。'"[1]由此可知"胜"与机织有某种关系。《焦氏易林·益之小过》载:"月削日衰,工夫下机。宇宙灭明,不见三光。"[2]意为宇宙的秩序由天上神女的机织来确保,如果天上的机织出了故障,宇宙就会失去秩序而陷入混乱状态。可见,"胜"的原型有可能是固定在抽出织机前经线的横木(即縢)两端以控制运转的"縢花"。"胜"这种东西本来象征整个纺织工作,进而延伸为织出整个世界。因此,这个有关"织"的行为本身便具有了宇宙论性质的意义。

蟾蜍位于此图的中心,右边是正在杵臼的三只兔子、一条九尾狐和一只三足乌,左边是端坐的西王母以及左右陪侍的仙人。从四川、陕西、河南、山东、江苏等地出土的汉画像来看,西王母图像模式中唯一不变的是陪随她,手里拿着杵和臼在捣"不死药"的兔子。兔子和蟾蜍是"月精",在马王堆西汉帛画上我们可以看到渐圆的新月中的兔子和蟾蜍。在河南南阳的画像石中,月中有蟾蜍。东汉张衡的《灵宪》说:"羿请不死之药于西王母,姮娥窃之以奔月……姮娥遂托身于月,是为蟾蜍。"[3]汉代的艺术家们则让兔子和蟾蜍从月中走出来,给兔子配上捣药的工具,而所捣的药是不死之药,两个动物成为西王母的随从。艺术家们将蟾蜍、兔子、臼、杵和药与西王母联系在了一起。

九尾狐是西王母图中的另一重要动物。东汉班固的《白虎通·封禅篇》云:"狐九尾何? 狐死首丘,不忘本也。明安不忘危也。必九尾者何? 九妃得其所,子孙繁息也。于尾者何? 明后当盛也。"又云:"德至鸟兽……则狐九尾。"[4]汉人受谶纬神学的影响,在他们看来,九尾狐的出现,不但是王天下的吉兆,而且是后代得以繁衍的象征,是祥瑞的表现。

三足乌是西王母图中又一重要动物。在汉画像石中,三足乌扮演的是西王母使者及祥瑞之鸟的角色。西汉司马相如在《大人赋》中提到"三足乌"是供西王母差遣的神鸟,"暠然白首戴胜而穴处兮,亦幸有三足乌为之使"。

① 李昉等撰:《太平御览·七》,上海古籍出版社 2008 年版,第 417 页。
② 焦延寿撰,尚秉和注:《焦氏易林注》,九州出版社 2010 年版,第 344 页。
③ 严可均辑,许振生审订:《全后汉文》,商务印书馆 1999 年版,第 566 页。
④ 陈立撰,吴则虞点校:《白虎通疏证》,中华书局 1994 年版,第 284—287 页。

通过对山东嘉祥洪山村出土的西王母图的构成要素进行分析,我们可以得出结论,该图中的西王母在汉人的眼中是掌握不死之药,并能给人带来福佑、祥瑞与子孙兴旺的保护神形象。

三、 史传故事图赏析

汉画像还展示了丰富的史传内容,大凡历史(神话传说)人物,如帝王将相、忠臣孝子、义士列女,包括伏羲、女娲、祝融、神农、黄帝、颛顼、帝喾、尧、舜、老子、孔子、蔺相如、闵子骞、邢渠、荆轲等都在展示之列。一些历史故事,如周公辅成王、荆轲刺秦王、泗水捞鼎、二桃杀三士、完璧归赵等也常出现在汉画像中。特别是"荆轲刺秦王"图在出土的汉画像刺客图中,出现的频率最高,计十余幅,在山东、四川、陕西、浙江、江苏等地均有发现,充分说明这一故事在汉代流传广泛。

"荆轲刺秦王"的故事首先记载于《战国策·燕策三》"燕太子丹质于秦"这一章。荆轲是战国末期有名的侠客,燕太子丹请其行刺秦王,救燕国于水火之中,整篇故事由"谋划刺秦""易水送别""庭上行刺""刺秦失败"四部分组成。司马迁在《史记·刺客列传》中也特别记载了"庭上行刺"这一幕:"图穷而匕首见。因左手把秦王之袖,而右手持匕首揕之。未至身,秦王惊,自引而起,绝袖……秦王方环柱走,卒惶急,不知所为,左右乃曰:'王负剑!'负剑,遂拔以击荆轲,断其左股。荆轲废,乃引其匕首以擿秦王,不中,中柱。秦王复击轲,被八创。"[1]

因"庭上行刺"是荆轲刺秦王故事中最精彩的部分,也是故事中最惊心动魄的一幕,所以,不同地方的"荆轲刺秦王"汉画像都不同程度地演绎了这一核心信息。其中,山东嘉祥武梁祠的东汉画像中就出现了三幅"荆轲刺秦王"画像,分别位于前石室、左石室和西壁处。这三处画面布局基本相同,表现的是秦王反击的场景:秦王持剑反击,立柱上插剑,荆轲被控制,地上是跪着的秦舞阳及樊於期的头颅和函。但最具有典范性场面的还是左石室的《荆轲刺秦王》那一幅(图1-4)。正因为该画像具有典范性,1999年,中国邮政把这幅图当作150分邮票(图1-5)的主画面,在全国发行。现对该图略作分析。

---

[1] 司马迁:《史记·刺客列传第二十六》,中华书局1959年版,第2534—2535页。

图1-4　荆轲刺秦王，东汉画像石，山东嘉祥武梁祠出土

图1-5　中国邮票，1999年，中国邮政发行

这幅图(图1-4)位于武梁祠左石室第四石上。原石高97厘米，宽70厘米，现存于山东嘉祥县武宅山北麓的武氏祠。该石像分三层，上层画管仲射齐桓公，中层画荆轲刺秦王，下层是伏羲女娲图。画面以立柱为中心，把荆轲和秦王左右分开，画中的秦王和荆轲的动作及相互位置都渲染了"刺"的紧张，秦王的袖子已断去半截，意味着刚才荆轲抓住秦王衣袖时，秦王撕裂半截衣袖而逃脱，荆轲眼看追不上，直接扔出匕首，匕首穿柱而过并在另一端露出锋尖，表明荆轲投掷时迸发出来的强大力量以及孤注一掷的抗争。在柱子的右侧，即与秦王同处一边的燕国武士秦舞阳此时已吓得仰面倒地，秦舞阳的前方柱子旁散落着一个盒子，盒子里装着樊於期的头。在柱子的左侧，有一个人可能是御医夏无且，他死死抱住荆轲。

整个画面气氛紧张,生动地刻画了图穷匕现一瞬间的紧张情景。画中的人物运动感强,画匠成功地塑造了故事中的各个人物。

四、《列女传》图赏析

《列女传》图是根据刘向《列女传》人物故事所作的图。汉画像中的列女图直接取材于《列女传》,或者就是汉代《列女传颂图》的摹本,东汉后期刘向的《列女传颂图》已亡佚,画像石成了重要的图像史料。

刘向的《列女传》编撰于汉成帝永始元年(前16),主要是针对汉元、成之际后妃逾礼、外戚擅权的现实而作的劝诫之文,《汉书·楚元王传》云:"向睹俗弥奢淫,而赵、卫之属起微贱,踰礼制。向以为王教由内及外,自近者始。故采取《诗》《书》所载贤妃贞妇,兴国显家可法则,及孽嬖乱亡者,序次为《列女传》,凡八篇,以戒天子。"①刘向编辑成《列女传》一书呈送汉成帝,希望他从中吸取经验教训,以维护刘氏政权。全书按妇女的封建行为道德准则和给国家带来的治、乱后果,分为母仪、贤明、仁智、贞顺、节义、辩通、孽嬖七卷,分门别类地记载了一百零五位先秦妇女的事迹。

目前,东汉画像石中有明确榜题记载列女故事的有禹妻、汤妃、梁寡高行、鲁秋节妇、鲁义姑姊、楚昭贞姜、梁节姑姊、齐义继母、京师节女、齐钟离春、齐桓衡姬、楚庄樊姬、莒子妻、管仲妻、王陵母等十八则。在上述列女故事中,"梁寡高行"图(图1-6)特别引人注目。该图是武梁祠后壁和左壁上的第一层装饰带中的七幅烈女图中的第一幅。

图1-6　梁寡高行,东汉画像石,山东嘉祥武梁祠出土

---

① 班固撰,颜师古注:《汉书》,中华书局1962年版,第1957—1958页。

处在画面右边的第二人便是梁高行(该人物上方写着她的名字),这位品貌兼优的女子,端坐着,右手似乎拿着镜子,左手拿着刀,正准备割掉自己的鼻子,以毁容维护自己的忠贞。画面呈现的是最具戏剧性的时刻,也是整个故事中最紧张的时刻。这个故事的背景是梁高行年纪轻轻守寡,因长得美貌,梁王派人前来求亲。为了让求亲者死心,也为了让自己能"从一而终""抚养幼孤",不"弃义而从利",所以出现了画面中惊险的一幕。刘向在《列女传·贞顺传》中具体记载:"乃援镜持刀以割其鼻,曰:'妾已刑矣。所以不死者,不忍幼弱之重孤也。王之求妾者,以其色也。今刑余之人,殆可释矣!'"①画面中梁高行的正前方应是大王派来的大臣,代表大王向她求婚,在大臣的左边是与他同来的使者,侍立在一旁,使者的左边是他们的坐骑。梁高行以毁容来维护自己的忠贞之事传到了大王那里,她得到了肯定,并最终获得了尊号"高行","于是相以报,王大其义,高其行,乃复其身,尊其号曰高行"。

要点与思考

1. 先秦两汉有哪些主要文学图像母题?

2. 先秦两汉文学图像的特点是什么?

3. 《诗经》图的历史。

4. 《楚辞》图的历史。

5. 《昭君出塞》图的历史。

6. 《列女传》的文图关系。

延伸阅读

1. 温肇桐:《屈原〈天问〉与楚国壁画》,《江汉论坛》1980 年第 6 期。

2. 李山:《〈诗·大雅〉若干诗篇图赞说及由此发现的〈雅〉〈颂〉间部分对应》,《文学遗产》2000 年第 4 期。

3. 马昌仪:《山海经图:寻找〈山海经〉的另一半》,《文学遗产》2000 年第 6 期。

---

① 刘向撰,张涛译注:《列女传译注》,山东大学出版社 1990 年版,第 160 页。

4. 伏俊琏:《上古时期的看图讲诵与变文的起源》,《天水师范学院学报》2008年第6期。

5. 沈亚丹:《〈诗经图〉:一个宋儒的诗学图像文本》,《文艺研究》2012年第9期。

6. 罗建新:《楚辞图像研究的回顾与前瞻》,《中国文学研究(辑刊)》2016年第1期。

7. 包兆会:《先秦文化对先秦文图关系的影响与制约》,《首都师范人学学报》(社会科学版)2019年第6期。

8. 赵宪章总主编,包兆会主编:《中国文学图像关系史·先秦卷》,江苏凤凰教育出版社2020年版。

9. 朱存明、朱婷:《汉画像西王母的图文互释研究》,《徐州师范大学学报》(哲学社会科学版)2010年第6期。

10. 李征宇:《"昭君出塞"故事的图像接受》,《文学与图像》(第一卷),江苏教育出版社2012年版。

11. 郑先彬:《刘向〈列女传颂图〉研究》,凤凰出版社2013年版。

12. 程维:《天马诗与天马图》,《文学与图像》(第五卷),江苏教育出版社2016年版。

13. 许结:《汉代文学与图像关系叙论》,《社会科学》2017年第2期。

14. 赵宪章总主编,许结主编:《中国文学图像关系史·汉代卷》,江苏凤凰教育出版社2020年版。

第二章
魏晋南北朝文学图像

魏晋南北朝文学图像在继承先秦两汉教化文学图像的同时有所创新,产生了审美图像、长卷故事图等,堪称中国古代文学图像发展的转折点。

魏晋南北朝是一个"文学的自觉"时代,这是本时段文学最主要的特征。所谓"文学的自觉",首先体现在对文学的重视和文学观的进步,如曹丕所说:"盖文章,经国之大业,不朽之盛事。"[①]对文学的重视还表现在一些学者文人对作品的收集和整理,如萧统的《昭明文选》、徐陵的《玉台新咏》、钟嵘的《诗品》等。文学观的进步体现在文学批评的繁荣和成熟,以刘勰的《文心雕龙》为代表。"文学的自觉"带来的是对文学审美特性的追求,如陆机《文赋》所云:"诗缘情而绮靡,赋体物而浏亮。"[②]诗在这一时期的创作趋向成熟,除五言诗和七言诗之外,古体诗和乐府民歌也大量出现。

这一时期文学图像的特点是一些新兴类型的产生,特别是书像艺术的繁荣和鼎盛,还有佛教造型艺术、山水画的出现等。这一时期,图像的伦理说教功能依旧强劲,大量的列女图和孝子图多有流传,包括顾恺之的《女史箴图》和《列女仁智图》,以及北魏司马金龙墓屏风漆画所绘列女图等。

这一时期的文图关系主要表现为:1.语言艺术延宕出了书像艺术,即"书像观看"由"字像识读"延宕而出,以王羲之的《兰亭集序》最为典型;2.文学与绘画的关

① 曹丕:《典论·论文》,见郭绍虞主编:《中国历代文论选》,上海古籍出版社2001年版,第61页。
② 陆机:《文赋》,见郭绍虞主编:《中国历代文论选》,上海古籍出版社2001年版,第67页。

系越来越紧密,诞生了陶渊明的诗意图;3.顾恺之《洛神赋图》的出现,标志着中国古代长卷故事画有了长足进步。

第一节　魏晋南北朝文学中的图像母题

魏晋南北朝时期的文体通常有诗赋类和散义类。诗赋类中的《洛神赋》《归去来兮辞》《木兰诗》等都是重要的图像母题,散文类中的《桃花源记(并诗)》《世说新语》《兰亭集序》以及相关文学传记等也是图像母题。下面分别介绍之。

曹植的《洛神赋》是中国古代文学史上的经典名作。该篇以曹植和洛神相遇、相恋、相离为主要叙事线索,以洛神形象为主要描写对象,塑造了一个外表美丽又独具个性的洛神形象。该篇中描述洛神形象的句子有"荣曜秋菊,华茂春松",这是对容貌的描写;"奇服旷世",这是对服饰的描写;"翩若惊鸿,婉若游龙",这是对动作的描写;"远而望之,皎若太阳升朝霞""迫而察之,灼若芙蕖出渌波",这是对神态和气质的描写。作者把洛神轻捷柔婉的动态之丽,娴静庄重之美,以"鸿""龙""太阳""朝霞""芙蕖""渌波"等形象加以展现。①

(一)《洛神赋》图像母题

曹植的《洛神赋》可以说是洛神题材文学作品的一个高峰。在此之后,专门创作有关洛神或者宓妃②的文学作品逐渐减少。在视觉艺术领域,曹植的《洛神赋》成为图像艺术的母题,以它为文本的图像创作数量庞大。据陈葆真统计,仅目前已知流传下来的《洛神赋图》和《洛神图》就多达三十二幅,这还不包括未传世但有文献记载的相关图像。③

目前存世的《洛神赋图》共有九卷,据传作者为东晋的顾恺之,但原作已佚失,现在所见均是后人摹本。不过,这九卷在绘画类型上或多或少继承了顾恺之原作

---

① 曹植:《洛神赋》,见萧统编,李善注:《昭明文选》(全六册)卷第十九,上海古籍出版社 2006 年版,第 897 页。

② 曹植在《洛神赋》中说:"古人有言,斯水之神,名曰宓妃。"(曹植著,赵幼文校注:《曹植集校注》,人民文学出版社 1984 年版,第 282 页。)

③ 参见陈葆真:《〈洛神赋图〉与中国古代故事画》,浙江大学出版社 2012 年版,第 308 页。

的风貌,是对其原作的直接摹仿或者是对摹本的再次摹写①。

元代以后,以单幅图像来暗示整个《洛神赋》故事成了比较常见的形式,比如元代卫九鼎的《洛神图》。明清时期,洛神形象成为扇画中的重要题材,明清时期的画家王卢、萧晨、禹之鼎、闵贞、顾洛、沙馥等均画过此类题材的扇画。

(二)《归去来兮辞》图像母题

《归去来兮辞并序》是陶渊明创作的文学作品。陶渊明,字元亮,晚年更名潜,别号五柳先生,浔阳柴桑(今江西九江)人。他是东晋末到南朝宋初杰出的诗人、辞赋家、散文家,曾任江州祭酒、彭泽县令等职,最后一次出仕为彭泽县令,八十多天后便弃职而去,从此归隐田园,时年四十岁。

在《归去来兮辞》"序"中,作者交代了自己出仕和自免去职的原因。"辞"则抒写了他归田的决心、愉快的心情和归田后的乐趣。

陶渊明在辞中提到他回归田园生活的迫切心情:"舟遥遥以轻飏,风飘飘而吹衣。问征夫以前路,恨晨光之熹微。"也提到他回归故里后受到的欢迎:"乃瞻衡宇,载欣载奔。僮仆欢迎,稚子候门。"他还分享了田园生活中的悠闲、怡乐和自在:"引壶觞以自酌,眄庭柯以怡颜。""云无心以出岫,鸟倦飞而知还。"整篇文章展示了归庄、隐居和会友的场景。

从南朝开始,就有很多画家将此篇作为画题,以传达某种隐逸的情怀。南朝画家陆探微有《归去来兮辞图》。宋代有北宋李公麟(传)的《陶渊明归隐图》,南宋李唐(传)的《归去来兮图卷》。元代钱选的《归去来辞图》展示了陶渊明乘舟归来的景象。元代何澄的《归庄图》,赵孟頫的行书《归去来辞》,以及明代李在、马轼、夏芷合作的《归去来兮图》皆表现了《归去来兮辞》的部分场景。

(三)《木兰诗》图像母题

《木兰诗》是中国古代一首脍炙人口的北朝乐府民歌,它与《孔雀东南飞》并称"乐府双璧",收录在宋人郭茂倩的《乐府诗集》中。诗中所塑造的木兰形象家喻户晓,妇孺皆知。此诗描述了一位名叫木兰的女子,女扮男装,替父从军,征战多年,

---

① 辽宁省博物馆藏有一本,北京故宫博物院藏有三本,台北"故宫博物院"藏有二本,美国弗利尔美术馆藏有二本,大英博物馆藏有一本。

立下军功,最终与家人团聚。《木兰诗》刻画了一个具有传奇色彩的女英雄形象,表现了木兰孝顺善良和英勇无畏的优秀品格。描述木兰孝顺勇敢的诗句有:"阿爷无大儿,木兰无长兄,愿为市鞍马,从此替爷征。"讲述她军中生活艰苦的诗句有:"万里赴戎机,关山度若飞。朔气传金柝,寒光照铁衣"。讲述她不畏艰难,勇于拼搏,最终胜利归来的诗句有:"将军百战死,壮士十年归。归来见天子,天子坐明堂。"还讲述了她最终恢复女性形象:"脱我战时袍,著我旧时裳。当窗理云鬓,对镜帖花黄。"

《木兰诗》虽然成诗年代较早,民间关于木兰的传说也十分丰富,木兰图像的大量出现却是从明清才开始的。主要原因是明代以后,市井文化开始繁荣,俗文学大量出现,其中,木兰作为家喻户晓的传奇女英雄,在民间有着很高的知名度,她的故事也就成了当时文人墨客的再创作题材。

明清时期的木兰图像大多以插图的形式出现,也就是说,这些图像是伴随《木兰诗》和木兰演义等相关文学作品而进入人们视野的。在明代吕坤所撰的《闺范图说》中,有插图《木兰代戍》,明代新安汪氏编的《列女传》中也有类似场景的插图,在清初金古良创作的插图版《南陵无双谱》中,也有一幅《木兰》图。

鸦片战争以后,一些画家对木兰形象的关注寄托着他们希望祖国兵强马壮,抵御外敌入侵的梦想,这方面的画作有钱彗安的《代父从戎》、吴友如的《木兰》、王一亭的《木兰从军图》、费丹旭的《木兰从军图》等。

(四)《桃花源记(并诗)》图像母题

《桃花源记(并诗)》是陶渊明的一篇散文。作者借用小说笔法,以一个捕渔人的经历为线索展开故事。文章开端先以美好闲静、"芳草鲜美,落英缤纷"的桃花林作铺垫,引出一个质朴自然的世界。在那里,一切单纯、美好,生活自足,"土地平旷,屋舍俨然,有良田、美池、桑竹之属""荒路暖交通,鸡犬互鸣吠"。那里没有税赋、战乱,有的是安居乐业,"怡然自乐",人与人之间的关系平和。那里的人待人诚恳,好客;面对外来客人,"设酒杀鸡作食""咸来问讯"。他们过着与世隔绝的生活,"乃不知有汉,无论魏晋"。桃源的美好风景以及居住在这里的人们的安居乐业和与世无争,无不暗示着作者对自由和理想世界的向往。

后世对这部作品的绘画络绎不绝。计有南宋陈居中的《桃源仙居图卷》;元代王蒙的《桃源春晓图》;明代陆治、钱毂、佚名(旧传赵伯驹)、仇英、丁云鹏的《桃花源图》,仇英还有《桃源仙境图》;清代恽寿平、王翚合作的《桃源图》,王翚的《桃花渔艇图》,蓝瑛的《桃花源》,石涛的《桃源图卷》,黄慎的《桃花源图卷》等。

(五)《世说新语》图像母题

《世说新语》记载了"王子猷雪夜访戴"即"剡溪访戴"的故事,该故事成了后世的图像母题。南北朝刘义庆的《世说新语》中载:"王子猷居山阴,夜大雪,眠觉,开室,命酌酒,四望皎然。因起彷徨,咏左思《招隐诗》。忽忆戴安道。时戴在剡,即便夜乘小船就之。经宿方至,造门不前而返。人问其故,王曰:'吾本乘兴而行,兴尽而返,何必见戴?'"①

王徽之,字子猷,东晋琅玡临沂(今山东省临沂市)人,东晋大书法家王羲之的第五子。《晋书》传说他"性卓荦不羁"。东晋时,士人崇尚纵酒放达,王子猷也如此。他弃官东归,退隐山阴。戴逵,东晋著名隐士、艺术家,字安道,精于雕塑、绘画、音乐。太宰司马晞使人召其弹琴,戴摔琴于地曰,"戴安道不为王门伶人",遂避居剡县。《晋书·隐逸传》评其:"性高洁,常以礼度自处,深以放达为非道。"从所记载的文献来看,无论是王子猷,还是戴安道,他们生活不拘形迹,尽显"魏晋风度",所以,就不难理解王子猷雪夜乘舟访戴过程中的"乘兴而来,兴尽而返"了。宋代诗人曾几诗曰:"小艇相从本不期,剡中雪月并明时。不因兴尽回船去,那得山阴一段奇?"明朝诗人徐辉《雪夜访戴》诗曰:"一夜风雪寒,扁舟独乘兴。未见同心人,前溪兴应尽。"

千百年来,"乘兴而来,兴尽而返"的寓意吸引众多书画名家泼墨丹青,寄情于画,创作出许多不同版本的"雪夜访戴图"流传于世。比较著名的有元代黄公望的《剡溪访戴图》,元代张渥,明代戴进、夏葵、周文靖、姚允的《雪夜访戴图》,清代王素及晚清吴昌硕、王震的《雪夜访戴图》。

(六)《兰亭集序》图像母题

王羲之的《兰亭集序》记载了沿自周代在春天修禊的一种习俗,即在农历三月上旬"巳日"这一天,人们到水边嬉游、祭祀,并用香薰的草药沐浴,以消除不祥,时

---

① 余嘉锡笺疏,周祖谟、余淑宜整理:《世说新语笺疏》,中华书局 2007 年版,第 893 页。

俗称之为"禊"。修禊就是指人们从事这方面的活动,又称祓祭。后来,文人饮酒赋诗的集会,也称为修禊,又称为"雅集"。《兰亭集序》记载的便是这样一次饮酒赋诗的集会。时间发生在东晋穆帝永和九年(353)农历三月三日,王羲之与谢安、孙绰、许询、支遁等四十二人汇聚于会稽山阴兰亭,行修禊之事。

"群贤毕至,少长咸集。此地有崇山峻岭,茂林修竹;又有清流激湍,映带左右,引以为流觞曲水,列坐其次,虽无丝竹管弦之盛,一觞一咏,亦足以畅叙幽情"①,这种"修禊(雅集)",世代传承,后世有宋代的西园雅集,明代的杏园雅集,清代的红桥修禊,但历史上以东晋的"兰亭修禊"最为有名。"兰亭修禊"这一题材既是对兰亭雅集的历史性追忆,同时也是文人自身生活的写照,成为文人画家喜爱的绘画对象,也成了后世绘画的母题。这方面的作品有:北宋李公麟的《兰亭修禊图》;南宋赵伯驹的《兰亭修禊图》,刘松年的《兰亭除垢图卷》;元代赵孟頫的《兰亭修禊图卷》;明代钱縠、仇英、唐寅的《兰亭修禊图》,文徵明的多幅《兰亭修禊图》卷,尤求的《兰亭雅集图》和钱贡的《兰亭诗序图卷》;清代方琮的《兰亭修禊图》,樊沂的《宴饮流觞图卷》以及高其佩的《兰亭雅集图》等。

(七)竹林七贤图像母题

在中国绘画史上,竹林七贤是一个备受艺术家青睐的图像母题。竹林七贤故事中最著名的记述是刘义庆《世说新语·任诞》中所说:"陈留阮籍,谯国嵇康,河内山涛,三人年皆相比,康年少亚之。预此契者:沛国刘伶,陈留阮咸,河内向秀,琅玡王戎。七人常集于竹林之下,肆意酣畅,故世谓'竹林七贤'。"②嵇康是七贤中与世俗政权对抗最超绝、最坚决的人物。在后世描绘嵇康的图像中常有嵇康志高望远和弹琴的动作,这正对应了《晋书·嵇康传》中"弹琴咏诗自足以怀"和他《赠秀才入军》诗中所描绘的"目送归鸿,手挥五弦"的文学场景。阮籍也是竹林七贤中的一个重要人物。《晋书·阮籍传》和他的《咏怀》都提到"终身履薄冰,谁知我心焦"的诗情。后世画家也常绘阮籍饮酒来表达内心的压抑和隐忍,以及对周遭险恶环境的超越。

---

① 王羲之:《兰亭集序》,见钟基、李先银、王身刚译注:《古文观止》(全二册)卷七,中华书局 2009 年版,第413 页。
② 余嘉锡笺疏,周祖谟、余淑宜整理:《世说新语笺疏》,中华书局 2007 年版,第 853—854 页。

魏晋南北朝时期就有画家绘制竹林七贤图,如史道硕、戴逵、陆探微、宗炳等都曾以竹林七贤为题材作画。张彦远在《历代名画记》中称赞顾恺之的《竹林七贤图》:"唯嵇生一像欲佳,其余虽不妙合,以比前诸《竹林》之画,莫能及者。"①由此看来,顾恺之的竹林七贤像在当时同类画像中是非常突出的,但已佚失。传世的以实物流传至今的有南京西善桥大型砖印壁画《竹林七贤与荣启期》,丹阳的《竹林七贤与荣启期》砖画,以及山东济南两座墓葬装饰中的壁画《竹林七贤图》,即东八里洼北朝壁画墓②,临朐冶源镇北齐崔芬壁画墓③。这说明,早在南北朝时期,就较为流行以竹林七贤作为绘画题材。

唐宋以来有很多画家都画有竹林七贤图,如,唐代的韦鉴、常粲、孙位,五代的支仲元,宋代的李公麟、石恪、萧照,元代的钱选、赵孟頫、刘贯道,明代的仇英、杜堇,清代的华喦。

以竹林七贤为题材作画的现代画家也有很多,如傅抱石、钱松喦等。其他形式的取材自竹林七贤的艺术作品也不胜枚举,如明清时期就开始流行的各种瓷器、雕刻、天津杨柳青年画等艺术作品中就常出现此类图像。

第二节　魏晋南北朝文学图像概观

魏晋南北朝文学图像最大的特点是出现了一些新类型,包括书写艺术和以文学为母题的绘画、石刻等。

一、 魏晋南北朝文学图像的一般特点

(一)作为书像艺术的行书和碑刻开始出现

魏晋南北朝时期的书法可以说是中国书法发展史上的一个高潮。这一时期

---

① 张彦远:《历代名画记》,人民美术出版社 1964 年版,第 107 页。
② 山东省文物考古研究所:《济南市东八里洼北朝壁画墓》,载《文物》1989 年第 4 期。
③《中国墓室壁画全集》编辑委员会编:《中国美术分类全集·中国墓室壁画全集 1·汉魏晋南北朝》,河北教育出版社 2011 年版,第 148—150 页。

是隶书向楷书、行书、草书过渡以及楷书、行书、草书发展成熟的时期。在这一时期，书法作为一种独立的艺术形式进入自觉发展阶段。不但书法作品突出，如王羲之的《兰亭集序》，而且出现了书法大家，如唐代孙过庭的《书谱》中所说："夫自古之善书者，汉魏有钟（繇）张（芝）之绝，晋末称二王（王羲之、王献之父子）之妙。"其中，钟繇、王羲之最为突出。魏晋南北朝时期的书论和书法品评也获得了长足发展。

这一时期书像最大的特点是楷、行、草多体汇萃、风格竞美，其中行书的表现最引人瞩目，表现形式获得空前发展，代表性作品除《兰亭集序》外，还有王珣的《伯远帖》、王献之的《中秋帖》、王羲之的《快雪时晴帖》，它们均属于东晋书法家族王氏一门。清高宗曾将此三帖藏在今北京故宫博物院养羽殿中，以为稀世之宝，并以"三稀"作堂名。作为介于楷、草之间的行书，其历史上留下的作品风格丰富多彩，例如，卫夫人书法的俊秀之美，王羲之书法的妍和之态，王献之书法的英拔之势。

北魏和东魏的碑刻非常著名，代表作有《张猛龙碑》（522年刻立）等。碑刻结体字形方正，给人雄浑凝重之感，如洛阳的龙门石刻；也有转折处显现圆润之势，以圆笔著称的，如石门铭。《张猛龙碑》则显出笔画变化的丰富性，方中带圆润，结构左右开张。大量流传下来的魏碑为隋代楷书的发展奠定了良好的基础。

（二）作为审美图像的山水画开始出现

魏晋以前，即便有山水图示，也多是以实用的地图形式呈现，或是作为人物画的简单配景。当人们开始重新审视自然，正视山水本身具有的美与韵味，并把它当作一种独立的审美对象而不是其他事物的附庸品时，中国山水画就诞生了。

山水画的出现其实是"山水自觉"的开始，核心是"人"的自觉，即人对自身生命之美的追求。东晋画家顾恺之在《洛神赋图》中已经将山石、树木、云水等元素以比较具象的手法生动地表现出来，之后又在《画云台山记》中记录了绘制《云台山图》时对山水的关注，从而使《云台山图》成为中国山水画的肇端。

这一时期山水画的代表作有曹不兴的《清溪侧坐图》、戴逵的《吴中溪山邑居图》和顾恺之的《雪霁望五老峰图》等。这些画作均流露出对自然的意趣，对自然美的进一步认识以及个人在自然当中的闲适心情。

一些画家也为山水画的审美思想和审美形式提供了强有力的理论支持。顾恺之的"以形写神"和宗炳的"以形媚道"强调了画"以形"来抒发和展示画家的宇宙和个人情怀。无论是顾恺之的"传神论",还是宗炳《画山水序》里的"道"与"畅神",或是王微《叙画》中的"望秋云,神飞扬,临春风,思浩荡"的自然之"情"与"思",以及谢赫在《古画品录》中提出的"六法论"等,均在提倡绘画的"韵"和"情志",关注审美的情感和形式。

(三)图像的伦理说教功能依然强劲

图像具有的教育、鉴戒功能是图像功能中最早被国人认识,并被统治者一直自觉利用的一个功能。魏晋南北朝时期人们虽然开始关注山水图像的审美功能,但是并不意味着图像教化功能的消失。图像的教化功能对统治者来说依然是最重要的,因为社会人伦秩序、伦理道德思想和政治理念都需要通过图像去诠释和传播,在此阶段表现为有大量的列女图和孝子图流传。这些列女图和孝子图在传世的图像文献中被大量发现,顾恺之就绘有《女史箴图》和《列女仁智图》,北魏司马金龙墓屏风漆画所绘列女图就包含《列女母仪图》《列女仁智图》和《列女贞顺图》。

这一时期,编写《孝子传》也蔚为风尚,出现了数十个版本的《孝子传》。《孝子传》的盛行,使得此间的孝子图在人物题材和表现形式上更加丰富。此间孝子图像主要见于漆棺、石棺、画像石、漆盘和漆屏风上,出现了多幅连环画形式的图像,如宁夏固原出土的北魏墓中漆绘孝子木棺上的八幅舜的故事图画,还有洛阳出土的北魏孝子画像石棺上的董永故事等。

魏晋南北朝的一些作家、理论家总结了图像的伦理说教功能。曹植《画赞序》云:"观画者,见三皇五帝,莫不仰戴;见三季暴主,莫不悲惋;见篡臣贼嗣,莫不切齿……见淫夫妒妇,莫不侧目;见令妃顺后,莫不嘉贵。"[1]这段话可视作绘画教化作用的集中体现。画中不同的人物形象会引起观众"仰戴""悲惋""切齿""侧目""嘉贵"等不同的情感反应,使观众在思想上受到震撼,从而让绘画具有了"存乎鉴戒"的潜在倾向。南齐谢赫在《古画品录》中提道:"夫画品者,盖众画之优劣也。图绘者,莫不明劝戒、著升沉;千载寂寥,披图可鉴。"[2]直接指出图绘的"劝诫"

---

[1] 张彦远著,俞剑华注释:《历代名画记》,上海人民美术出版社1964年版,第5页。
[2] 谢赫、姚最撰,王伯敏标点注译:《古画品录·续画品录》,人民美术出版社1962年版,第1页。

功能。

在官方的提倡下,"四门之墉,广图贤圣"①成了当时图绘的一个风尚,目的是让观者面对画在墙壁上的功臣、义士产生崇敬、钦佩之感,达到教化的目的。

(四)佛教造像艺术盛行

到了魏晋南北朝,中国佛教发展进入鼎盛时期,佛教造像也随之迎来大发展,开窟造像、斫石刻像成为一时的风气。当时佛教造像种类繁多,有金像、铜像、雕像、塑像等。其中,雕像又包括木雕、玉雕、石雕等。在这些造像形式中,首先以石雕最为普遍,小者有石造像碑,大者有石窟寺的高大雕像,其次是金铜造像。这些造像形式不仅对南北朝时期佛教造像的发展起到了极大的推动作用,同时也为隋代佛教造像的鼎盛和成熟打下了坚实的基础。

从石窟造像艺术风格来看,这一时期的造像可分为北魏迁都洛阳(494)之前的云冈造像模式和北魏后期的"秀骨清像"造像风格。云冈石窟有主要洞窟四十五个,大小窟龛二百五十二个,石雕造像五万一千余躯,为中国规模最大的古代石窟群。该窟造像粗犷,气势雄浑,风格古朴,佛像神态安静内敛。北魏晚期迁都洛阳后,推行"汉化"改革,于是在北魏出现了一种面相较瘦,削肩体长,形象俊秀,清新典雅的"秀骨清像"艺术形象,这成为北魏后期佛教造像的显著特点。

二、魏晋南北朝图像与此前文学

魏晋南北朝绘画除了直接取材自现实生活外,还从前代文学作品中获取大量的创作题材,如神话传说、历史人物故事、《列女传》及各种礼教忠孝故事等。现举四个例子说明魏晋南北朝图像与前代文学的关联。

首先,东晋顾恺之的《列女仁智图》是以东汉刘向编辑的《列女传》第三卷中的"仁智卷"为蓝本的。

其次,这一时期出现了大量孝子图,如北魏元谧石棺左右两边刻有孝子画,描绘了老莱子、董笃、丁兰等人物,山西大同石家寨出土的北魏司马金龙墓室屏风漆画上刻有舜孝顺父母的故事,北魏孝昌宁懋石室线刻画《孝行图》中有董永卖身葬

---

① 谢赫、姚最撰,王伯敏标点注译:《古画品录·续画品录》,人民美术出版社 1962 年版,第 1 页。

父和帝舜孝亲等故事。这些故事都是来自前代,如,表现老莱子孝养二亲,行年七十,婴儿自娱的"戏彩娱亲"故事记载在刘向的《列女传》中;舜的孝行故事记载在司马迁的《史记·五帝本纪》中;董永卖身葬父的故事记载在刘向的《孝子传》中。刘向的《孝子传》已佚,但从一些辑本,如句道兴的《搜神记》《太平御览》等作品中可窥其一二。

再次,大量魏晋南北朝墓室壁画及线刻画表现的是历史上的神仙怪兽题材,而这些神仙怪兽题材来自先秦两汉的神话和民间传说,比如嘉峪关新城出土的魏晋《木棺彩绘伏羲女娲图》中的伏羲和女娲形象,甘肃酒泉出土的十六国北凉时期的《月和西王母》壁画中的西王母以及月中蟾蜍、九尾狐、青鸟等形象。

最后,据唐代张彦远的《历代名画记》记载,魏晋南北朝时期画家取材的文学作品通常有《诗经》《庄子》《楚辞》等。《历代名画记》卷五《晋》记载了晋明帝司马绍画有《豳诗七月图》《毛诗图》,卫协画有《毛诗北风图》《毛诗黍稷图》,戴逵的《临深履薄图》取自《诗经·小雅·小旻》中的"战战兢兢,如临深渊,如履薄冰"诗句,等等。

三、 魏晋南北朝图像与本时段文学

魏晋南北朝时期,文学与绘画产生了广泛而深刻的联系,其主要关系表现为绘画作品题材直接取自文学作品或各种文化典籍。现择其一二介绍之。

《洛神赋图》是东晋画家顾恺之据曹植的《洛神赋》所绘制。作家与画家在创作时间上相隔一百多年。顾恺之的《洛神赋图》是中国第一幅改编自文学作品的绘画。该画卷长达六米,采取了连环画的形式,按照《洛神赋》中的时间顺序,描绘了人与神相遇、相恋、相别的完整故事,依次是洛水初遇、互相倾慕、人神殊途、黯然离别、怅然而归,与曹植在《洛神赋》中描写的故事情节完全吻合。

顾恺之的《女史箴图》取材于公元292年张华写的《女史箴》。西晋惠帝时,朝中大臣张华收集圣女事迹,用以劝谏后宫女性应该遵守道德标准,"女史司箴,敢告庶姬"[①],而《女史箴图》就是以此为蓝本绘制的。《女史箴》见于《昭明文选》,全文共十二节。"箴"是用以规劝他人的一种文体,在汉魏晋时期非常流行。

① 萧统编,李善注:《昭明文选(全六册)》,上海古籍出版社1986年版,第2406页。

可惜《女史箴图》原本已无迹可寻,现仅存三种摹本(唐摹本、宋摹本、新摹本)分别藏于大英博物馆和北京故宫博物院。

据画面内容来看,宋摹本较为完整,从"樊姬感庄"的故事一直画到结尾,唐摹本是从"冯媛挡熊"开始的,前三段丢失,其余内容与原文一致。宋摹本是纸本墨笔,唐摹本为绢本设色,故后者更逼真。宋摹本全图有画十二段,较唐摹本画面内容多三段,根据相关的图像和文献材料,考证出宋摹本后九段系临绘唐摹本而得,前三段系临者依照《女史箴》文自创而成。在文图位置上,《女史箴图》文本题在图像的右侧。

南京西善桥出土的《竹林七贤与荣启期》砖画①是现今发现的最早的魏晋人物画实物,也是现存最早的竹林七贤人物组图。砖画中八位高士均席地而坐,神情、坐态、服饰、身边器物都不尽相同。嵇康位于南壁砖画中上方的最左边,抬头远望,双手似在弹琴,端坐在两株银杏树之间,而银杏树呈双枝树形。嵇康的志高望远和弹琴动作正对应了《晋书·嵇康传》中的文学场景,是图像对文学的摹仿,也是画家对传主性格特点和生活场景的再现。

竹林七贤中的另一重要人物阮籍,在画中位于上方最左边第二个,紧挨在嵇康右边。他身后有一棵槐树,与嵇康相对,头戴帻,身着长袍,右手举着酒杯,侧身作饮酒状,身前有酒器置于盘中,似乎沉浸在酒醺之中。砖画中的画面与《晋书·阮籍传》和阮籍《咏怀》中的文学场景相应和。

王戎位于南壁砖画的末位。图中的他露髻,曲膝,赤足坐于垫上,左手靠几,脸顺着右手朝如意的方向观望,他身前也有酒具,身后有一株银杏树,与《晋书·王戎传》中的"为人短小,任率不修威仪,善发谈端"及庾信的《对酒歌》中"王戎如意舞"等描写相对应。

四、 魏晋南北朝文学图像对后世的影响

魏晋南北朝文学图像对后世的影响主要体现在后世图像对本时段文学图像

---

① 《竹林七贤与荣启期》砖画,南京博物院藏。砖画图共有两幅,各长 2.44 米,高 0.88 米,由三百多块砖石砌成,分别嵌于墓室南北两壁中部,墓室南壁砖画对称排列,自外而内依次是嵇康、阮籍、山涛、王戎四人,北壁自外而内依次是向秀、刘伶、阮咸、荣启期。每个人物上面有榜题名字对应,字体处于楷隶之间。

的摹写上。虽然魏晋南北朝时期的原有图像已佚失,后世却陆续出现了不同的摹本,比如顾恺之《洛神赋图》的真迹虽已不存在,但存世摹本仍有九个。

王羲之的《兰亭集序》也是如此,真本在唐时为太宗所得。太宗死,以真迹殉葬。如今传世的《兰亭集序》都是摹本。从唐代开始,就有多个《兰亭集序》摹本在世间流传,其中,比较有影响的五个摹本是:最受推崇和最能体现兰亭意韵的是"冯本",亦称"神龙本",现藏于北京故宫博物院,它是唐代大书法家冯承素在贞观年间奉旨摹自王羲之真迹。另一著名摹本是"虞本",为唐代大书法家虞世南所临,因卷中有元天历内府藏印,亦称"天历本"。虞世南的书法与王羲之的极为接近,用笔浑厚,点画沉遂。其他还有"褚本",为唐代书法家褚遂良所临,因卷后有米芾题诗,故亦称作"米芾诗题本"。另一个是托名为褚遂良所书的《兰亭序》,正文质地为绢本,黄褐色,亦称"黄绢本",反映的是初唐时期的书法风尚。此外,还有石刻"定武本",这是唐代书法家欧阳询的临本。

《璇玑图》的作者是十六国前秦女子苏蕙,苏蕙是我国古代文学史上一位著名的女诗人。《晋书·列女传》载:"窦滔妻苏氏,始平人也,名蕙,字若兰,善属文。滔,苻坚时为秦州刺史,被徙流沙,苏氏思之,织锦为回文旋图诗以赠滔。"[1]前秦建元十七年(381),苏蕙因思念丈夫,把自己写的回文诗用各色彩线织在锦上,成了一幅美丽的诗图,称之为《璇玑图》。回文诗亦称回文,通常指可以倒读或回旋往返皆可成义的诗。现藏于中国国家图书馆的宋代女诗人朱淑贞的手抄本《〈璇玑诗图〉绎诗》,纵横约 25 厘米×25 厘米,上下左右为二十九行,约八百四十字,每行纵横反复,皆成文章。

《璇玑图》文图合一诗的形式对后世的图像诗产生了不小的影响。早在晋末和南朝就涌现出一些作者,《金石索》谓:若兰"作《回文锦》,遂开齐梁之先,一时效作此体"。当时就有谢灵运的《回文集》十卷等。唐代回文大盛,武则天在《苏氏织锦回文记》中说:"锦字回文,盛见传写,是近代闺怨之宗,旨属文士,咸龟镜焉。"[2]

① 房玄龄等:《晋书》(第八册),中华书局 1974 年版,第 2523 页。
② 董诰等:《全唐文》(影印本)(第一册),中华书局 1983 年版,第 1006 页。

第三节 顾恺之的《洛神赋图》

东晋画家顾恺之的《洛神赋图》依曹植的《洛神赋》而作。曹植,字子建,沛国谯(今安徽省亳州市)人,出生在现山东省聊城莘县属地。《洛神赋》最初见于萧统的《昭明文选》。赋文的《序》称,此赋系曹植于黄初三年(222)【实际是黄初四年(223)——编者注】入朝后归济洛川,因感宋玉对楚王说神女之事而作。

赋首记录归程,中间摹写洛神,继而怅道殊,末了怀哀恋。曹植对洛神的描写虽借鉴宋玉的《神女赋》,却多用比喻烘托,洛神的形象愈见鲜明飘逸,且情思缱绻,寄托遥深。

赋文可分六段,第一段写曹植从洛阳回封地时,看到洛神伫立山崖;第二段写洛神容仪服饰之美;第三段写曹植非常爱慕既识礼仪又善言辞的洛神,向她表达了真情,赠以信物,极言爱慕之深;第四段写洛神被曹植之诚感动后的情状及群神嬉戏的场景;第五段写"恨人神之道殊";第六段写别后曹植对洛神的思念。

《洛神赋图》的作者顾恺之,字长康,小字虎头,江苏无锡人,尤其擅长人物画。现存的顾恺之所作《女史箴图》《洛神赋图》《列女仁智图》,均为唐宋人摹本。

传世的《洛神赋图》以宋代的四件摹本为代表,现分别收藏在北京故宫博物院(二件)、辽宁省博物馆和美国弗利尔美术馆。

辽宁省博物馆藏《洛神赋图》(简称为"辽博本")有以下特色:图上有完整的赋文,用小楷书写,分别题于画卷空白处,随着图卷延展,文字高低错落,每段文字的多少依图意而定。辽博本《洛神赋图》通过山水、人物、龙鱼、车马、神物等元素,描绘了曹植经临洛河,与洛神相会,与洛神恋恋不舍,到最终无奈相互离别的情景。全图画面古朴,格调典雅,画家用服饰和神仙物象来区分凡俗与仙界。画作将赋文与图像按照故事内容结合在一起,并按情节让两者的叙事相得益彰,画面中人物安排疏密得宜,图文分布错落有序,整幅画卷呈现出节奏感和韵律美。赋文在原作中应已存在,非摹本后加。

《洛神赋》的结尾是洛神离开洛水之后,曹植也离开了,并念念不忘,牵挂着洛神,希望能再次见面。斯人已去,留下愁怀,"于是背下陵高,足往神留。遗情想像,顾望怀愁"。辽博本《洛神赋图》仔细刻画了曹植乘舟在洛河里寻觅洛神的情景:他站在船的二层遥望前方,企图发现些什么;他身后跟着两个婢女。船的一层右前方,一仆从正在努力摇桨。画面中船的款式应是六朝时期的,画家甚至把船所经之处的波浪也刻画出来,显示了画笔的细腻。画面内容与画中的文句"冀灵体之复形,御轻舟而上溯。浮长川而忘反,思绵绵而增慕"基本对应。说明画家在处理这一文学场景时直接用绘画摹仿文学的方式,通过突出曹植和仆人驾船找人这一情节,彰显曹植的思念之情和迫切想再次见到洛神的焦急之情。

北京故宫博物院藏《洛神赋图》(简称为"北京甲本")只有图画而无赋文,因此,场景与场景之间的空隙和过渡以树石、土丘等背景填充。"由于没有赋文的导读和构图上的分段不明,因此读者对于故事情节的进展不易明白。"[①]在构图、经营画面和摹写物象的生动性、清晰性和韵律性方面,北京甲本在很多地方不如辽博本,现以两者对《洛神赋》第五段"彷徨"场景的摹写为例。此场景讲述的是因"人神之道殊",洛神与曹植不得不在依依不舍中告别。就人物造型来说,辽博本中的洛神身躯带有弧度,姿态优美,曹植及其后面站着的五个侍者人物描摹清楚,而北京甲本中的洛神身躯显得僵硬,缺乏表情,曹植后面侍者的脸部也被大羽扇或树枝挡住。

北京甲本的摹写时间大约是北宋晚期,它和辽博本直接或间接影响了弗利尔本的生成。

第四节　顾恺之的列女传图

顾恺之的列女传图包括《列女仁智图》和《女史箴图》。

《列女仁智图》以东汉刘向编辑的《列女传》第三卷中的"仁智卷"为蓝本。现存的《列女仁智图》多为宋摹本。"仁智卷"主要描述历代贤德而有智谋远见的妇

---

① 陈葆真:《〈洛神赋图〉与中国古代故事画》,浙江大学出版社 2012 年版,第 187 页。

女,原书收录了十五个列女故事,共涉及四十九人。但《列女仁智图》现在仅剩十卷,共涉及二十八人,对应十个列女故事。其中,"楚武邓曼""许穆夫人""曹僖氏妻""孙叔敖母""晋伯宗妻""卫灵夫人""晋羊叔姬"七个故事保存完整。"齐灵仲子""晋范氏母""鲁漆室女"三个故事只存一半,其余五个故事则全部丢失。

顾恺之的《列女仁智图》多处体现汉代视觉样式,比如画卷中保留了汉代的衣冠制度,男子头戴进贤冠,身着曲线大袖袍;女子梳垂霄髻,身着深衣等。《列女仁智图》很可能直接承接于刘向的《列女传》。

《列女仁智图》中的每段均列有人名和颂辞。图中人物线条刚劲凝重,画家运用了较粗的"铁线描",人物面部、衣褶等处运用晕染法;人物无景界,间或以屏、柱、器皿等将人物相隔。顾恺之在人物画创作上提出"以形写神",表现在此图中就是把人物间的相互关系以及人物性格、神态微妙地展现出来。如在"卫灵夫人"一段中,卫灵公与夫人对坐,一方面对夫人识别贤德的明智感到惊喜,另一方面故作镇静,不动声色。《列女传》载:"灵公与夫人夜坐,闻车声辚辚,至阙而止,过阙复有声。公问夫人曰:'知此谓谁?'夫人曰:'此蘧伯玉也。'……公惊曰:'善哉!'遂语夫人其实焉。君子谓卫夫人明于知人道。"①图中卫灵公坐屏风内发问,夫人对坐回答,宫外画的是乘车和步行的伯玉,表现伯玉经过宫门前后的连续性动作。

顾恺之的《女史箴图》依张华的《女史箴》绘制,而张华的《女史箴》则是受刘向的《列女传》影响而作。女史,原指女官,后成为对宫廷妇女的尊称,"箴"有规劝之意。张华收集圣女事迹用以劝谏后宫女性,有些所选内容直接来自刘向的《列女传》,其中"樊姬感庄,不食鲜禽""卫女矫桓,耳忘和音"以及"班妾有辞,割欢同辇"三个故事均出自《列女传》。《女史箴》中的"玄熊攀槛,冯媛趋进"故事也被后人编入《续列女传》。由于《女史箴》中选录了多个列女故事,所以,在某种意义上,《女史箴图》也可称作《列女传图》。

《女史箴图》原作十二段,已佚失。现仍存世的有唐摹本和宋摹本。唐摹本《女史箴图》共九段,自"冯媛挡熊"至"女史司箴,敢告庶姬",现藏于大英博物馆。唐摹本是唐太宗李世民在内廷倡导规模庞大的临摹古书画运动时产生的。②北

---

① 刘向撰,张涛译注:《列女传译注》,山东大学出版社1990年版,第102—103页。
② 田率:《文物背后的中国历史》,四川人民出版社2015年版,第83页。

京故宫博物院藏有宋摹本,水平稍逊,且多出樊姬、卫女两段。

唐摹本《女史箴图》是以图像表现《女史箴》全文的画卷,内容由右至左展开,画心有九段单景式构图。开篇是"冯媛挡熊"。史载汉元帝看斗兽时,忽有一黑熊攀上御殿的栏杆,左右妃嫔都逃走了,唯独冯媛挺身于元帝身前。冯媛一人在前,目视黑熊,毫无惧色,冯氏身旁有两位带着兵器的内廷侍卫。紧挨着"冯媛挡熊"的是"班妾有辞,割欢同辇。夫岂不怀,防微虑远"。故事内容是班婕妤劝诫汉成帝不与其同辇出游,认为圣贤之君都有名臣在侧,亡国之君才不离宠妃。汉成帝听后赧然而去。画卷中汉成帝坐在八个宫人抬的车辇中,回首看着后面步行的班婕妤,面带忧愁。辇后的班婕妤侧身站立,面容庄重安详。

在人物画风上,《女史箴图》与汉代传统密切相关,比如"在整卷图中,人物的姿态虽然各自不同,但他们都同样展现了长圆柱形的头部、修长的身体和宽摆的长袍"[①],具有楚国地区人物画的特点。将人脸表现细致化,而将人体表现粗略化的画法也是汉代人物画的特点。

顾恺之的《女史箴图》和《列女仁智图》借冯媛、班婕妤、许穆夫人等历史女性人物来传递妇德,行劝谏之事,鲜明地体现了图像的教化功能,但与此同时,这些画卷中的女子也传递了一些审美的趋向。

第五节 陶渊明的图像再现

晋宋时期著名文学家陶渊明及其作品一直是后世绘画的对象。他的作品《归去来兮辞》和《桃花源记(并诗)》一直是图像艺术的母题,特别是他诗歌中的采菊、饮酒、飞鸟等生活意象,经常成为后世绘画的摹写对象。在不同历史时期,画家根据陶渊明诗歌而绘制的图像成就了陶渊明诗意图系列,例如,明代画家董其昌的《采菊望山图》、王蒙的《陶渊明诗意图》等。《采菊望山图》以行书录有陶渊明《饮酒》其五的全文;《陶渊明诗意图》则意境清幽,突出了竹篱、茅舍和菊花。之后,清

---

① 陈葆真:《〈洛神赋图〉与中国古代故事画》,浙江大学出版社 2012 年版,第 66 页。

代画家戴本孝的《陶渊明诗意图》录有陶渊明的诗歌;华岩的《陶渊明诗意图》则画一座青山、一片竹林、一丛野花,陶渊明和小童一前一后在竹林旁野花前赏景,画面幽静,画中人形象洒脱不羁,右上方题有陶氏的《饮酒》。还有清代石涛的《陶渊明诗意图》,分别以《饮酒》(五首)、《归田园居》(两首)以及《和郭主簿》《责子》《乞食》《拟古》中的诗句为主题作图。其中,《饮酒》篇选取了陶渊明的"悠然见南山"诗句;《归田园居》选取了"狗吠深巷中,鸡鸣桑树颠"等诗句,很好地表现了《归园田居》的意境。

与陶渊明有关的图像还有《虎溪三笑图》(佚名),该图讲述了学士陶渊明、道士陆修静及僧人慧远三人之间的故事。宋代梁楷绘有《东篱高士图》,图中陶渊明手持菊花,展现了其隐逸生活的一面。明代陆治绘有《彭泽高踪图》,展现了陶渊明孤坐于松树之下的情景。明代陈洪绶绘有《玩菊图》,画面中陶渊明正在欣赏菊花,神情怡然。陈洪绶还绘有《陶渊明故事图》,该图基于萧统的《陶渊明传》,全图分为十一段,分别为:采菊、寄力、种秫、归去、无酒、解印、贳酒、赞扇、却馈、行乞、漉酒。明代张风的《渊明嗅菊图》描绘了陶渊明嗅菊花的形象。清代郑达礼绘有《东篱采菊图》。这些画作均以陶渊明与菊花为创作对象,暗含和回应了陶渊明在诗文中所记他对菊花的喜欢,应和了"采菊东篱下,悠然见南山""秋菊有佳色""三径就荒,松菊犹存"等诗句。

酒是陶渊明诗文中乐于表现的一个重要对象,也是他的日常嗜好。明代周位绘有《渊明逸致图》,图中陶渊明已呈醉酒状态,他衣带已解,袒胸露腹,无力站立。明代丁云鹏的《漉酒图》表现的是陶渊明与童仆漉酒时的情景,图中两人用葛巾漉酒,神情专注、认真。明代还有陈洪绶的《渊明醉酒图》、钱选的《扶醉图》。

唐代郑虔的《陶潜像》属于较早的陶渊明画像,《宣和画谱》卷五载:"画陶潜风气高逸,前所未见。非'醉卧北窗下,自谓羲皇上人',同有是况者,何足知若人哉?此宜见画于郑虔也。"①惜今已不存。

元代以后各家的陶渊明画像有一趋同现象,即陶渊明的形象走向定型化,大体上是头戴葛巾,身着宽袍,衣带飘然,微胖,细目,长髯,持杖,而且大多面向左。

---

① 潘运告主编,岳仁译注:《宣和画谱》,湖南美术出版社 1999 版,第 122 页。

这种定型化的陶渊明形象,最早可能源自李公麟所画的陶渊明画像。元代张渥绘有《陶渊明小像》,明代钱选绘有《柴桑翁像》,清代金古良的《无双谱》中也有陶渊明像。

第六节　魏晋南北朝文学图像赏析

一、《洛神赋图》

东晋画家顾恺之的《洛神赋图》依三国曹植的《洛神赋》而作。传世的《洛神赋图》以宋摹本为代表,辽博本《洛神赋图》应是南宋高宗时所绘的摹本,忠实保留了东晋时期原本的构图、笔法与文字空间排列之形貌,被誉为最接近原作的珍品,也是现存宋摹本中最完整、最古朴的一件。现以辽博本《洛神赋图》作为鉴赏对象,对该图最后部分(曹植与洛神离别)的文图关系略作分析。

这幅图像(图2-1)的主题是讲述"恨人神之道殊"的故事。画面呈现两组人物,一组是左边的洛神,另一组是右边站在河岸柳树下的曹植及其侍从。画面中阻隔他们的是密密麻麻的文字。这密密麻麻的文字在空间布局上起到了分隔画面的作用,右边的树将曹植局限在狭小的封闭空间,巧妙地展示了曹植在分离时

图2-1　洛神赋图"彷徨"(局部),顾恺之,辽宁博物馆藏

的压抑心情。这种压抑心情在画中的文字书写中也得以展现：以"腾文鱼以警乘"起首，以"旷(怅)神消(宵)而蔽光"结尾。

画面中的文字可分二层含义：第一层是洛神准备离开时的壮观场面，包括"腾文鱼以警乘，鸣玉銮以偕逝。六龙俨其齐首，载云车之容裔。鲸鲵踊而夹毂，水禽翔而为卫"。特别值得一提的是：赋文用"偕逝"表达洛神邀请众神与她一起离开，而画面中只剩下孤零零的洛神一人，说明她对离别同样不舍，所以最后一个离开。第二层表达的是"恨人神之道殊"，因人神有别，虽然彼此有意，也正当盛年，却无法如愿以偿。《洛神赋》文在此处还有洛神哀怨的表白，认为就此一别，可能永远相隔，身处两地，只能赠以明珰作为永久的纪念，她会时时怀念君王，"无微情以效爱兮，献江南之明珰。虽潜处于太阴，长寄心于君王"。洛神说到伤心处，不禁举起罗袖掩面而泣，而泪水沾湿了衣襟，"抗罗袂以掩涕兮，泪流襟之浪浪"。

对这段离别的文学场景，画面无法展示洛神在说什么，也没有展示洛神哭泣的场景，展示的是洛神向着岸边的曹植回首告别的姿态，画家也画出了洛神着装中的罗袖，以回应文中的"抗罗袂以掩涕"。画面中的最后一句停留在洛神突然不知所踪，"忽不悟其所舍"，以及曹植对他们分离的怅惘，"怅神宵而蔽光"。

二、《兰亭集序》

《兰亭集序》是王羲之的作品，其文收录于《古文观止》。王羲之，字逸少，琅玡(今山东省临沂市)人。他出身贵族，官至右将军，会稽内史，人称王右军，于篆、隶、楷、行、草书无不精绝。在书法成就方面，他开创了妍丽的书风，但又不流俗，下笔时，婉转中透着刚韧，笔法自由又合法度，一改汉魏以来的质朴风格，在笔法、结体、章法等方面都堪称完美，他的书法作品被宋代书法家米芾称为"中国行书第一帖"。现以冯(承素)本《兰亭集序》(图2-2)为例，对王羲之《兰亭集序》的书像略作分析。

《兰亭集序》书法有两个基本特点：具有连续性("状若断而还连")和富于变化性("势如斜而反直")。写时并没有刻意安排，甚至有多处涂抹，随性洒脱而抒发，字或小或大，随手所如，心手相从、物我冥合，于恪守法度中得自由。甚至达到天

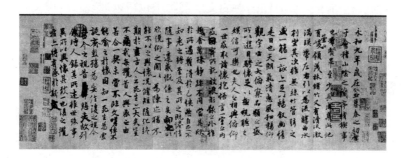

图 2-2 冯承素本《兰亭集序》

真自然又神妙莫测，即所谓"烟霏露结"和"凤翥龙蟠"①。

《兰亭集序》全篇三百二十四个字，从首字"永"字开始，到末字"文"字结束，不仅笔断意连，笔势通畅活泼，而且纵有行，横无列，大小参差，气脉贯通，用笔细腻。尤其是其中的二十个"之"字，字字不同，各有不同的体态及美感，显示了其高超的书艺。王羲之少学卫夫人，得楷书之技法。十余岁至二十岁，改师叔父王廙，得众体之妙。后楷书、行书宗尚钟繇，草法效法张芝。正因为他的书法集众家之长，在书写《兰亭集序》的时候才表现出非凡的技艺。

《兰亭集序》章法之美，被董其昌称为"章法为古今第一，其字皆映带而生，或小或大，随手所如，皆入法则"。章法所涉及的因素有很多，如大小、疏密、轻重、斜正等。这些因素，如果处理不当，就会互相抵触，从而削弱书像的艺术性。在不破坏统一性的前提下，如果将这些对立因素合理利用，则能使作品更富于变化，趣味盎然。明代解缙在书学论著《春雨杂述》中这样评价《兰亭集序》的章法："右军之叙兰亭，字既尽美，尤善布置，所谓增一分太长，亏一分太短。"

现以冯本《兰亭集序》(局部)书像(图 2-3)中的"观宇宙之大……"为例再做分析："观、游、骋、怀"等字大，"宇、以、之"等字小；"观、大、游、目、足、极"等字重，"察、品、所、以、信、人"等字轻；"宙、之"二字上下之间疏朗，"所以游目骋怀足"则密不透风；"宇、大、也"三字斜，"目、怀、足"三字正……上述对立因素在分割空间时的交替运用，使空间感产生变化，灵动多变、协调统一。

---

① 时人称赞王羲之书法"点曳之工，裁成之妙，烟霏露结，状若断而还连；凤翥龙蟠，势如斜而反直"。见房玄龄等：《晋书》(第七册)，中华书局 1974 年版，第 2108 页。

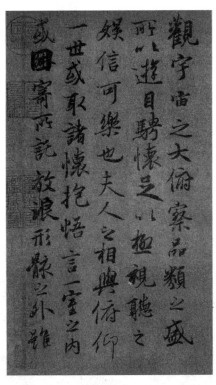

图2-3　冯承素本《兰亭集序》(局部)

　　清代书家梁巘在谈到晋以后各代整体书风时说："晋尚韵,唐尚法,宋尚意,元、明尚态。"(《评书帖》)这个"尚韵"二字,也道出了王羲之书法风格的特征与妙处;这些特征与妙处,在王羲之的《兰亭集序》行书中表现得尤为典型。

　　在王羲之之前,商周书像尚象,是指商周时书法文字造型常以象取意,带有对事物进行原始勾勒的痕迹;秦汉书像尚势,主要指汉代隶书(包括章草)已脱去象形的外壳,简化成一种纯粹的线构符号,书写时特别强调对线结构体势的夸张与组合;晋代尚韵,是指书体上摆脱了隶书(包括章草)的做作,用笔崇尚自然洒脱,自由平淡中藏有法度。王羲之书法之精华,尤在行书上,体现了晋人的韵。

三、《陶渊明诗意图·悠然见南山》

　　《陶渊明诗意图·悠然见南山》是清代著名画家石涛《陶渊明诗意图册》①中

──────────

① 石涛的《陶渊明诗意图册》共十二开,纸本,设色,每开纵27厘米,横21.3厘米,现藏于北京故宫博物院。

的一幅。石涛,原姓朱,名若极,广西桂林人,明王室后裔,明亡后削发为僧,法号原济,与弘仁、髡残、朱耷合称"清初四高僧"。石涛仰慕陶渊明,画了一组《陶渊明诗意图》。

《陶渊明诗意图·悠然见南山》(图2-4)较好地诠释了"悠然见南山"的诗意。"悠然见南山"摘自《饮酒·其五》。全诗是:"结庐在人境,而无车马喧。问君何能尔? 心远地自偏。采菊东篱下,悠然见南山。山气日夕佳,飞鸟相与还。此中有真意,欲辨已忘言。"①

图2-4　陶渊明诗意图·悠然见南山,石涛

此图结构精巧,用笔细密。画面以前景和中景为主。中景是山腰云雾弥漫、不见山脚的远山,即南山;前景是陶渊明站在篱笆围成的团团簇拥的花丛中。此时,他正手持一朵菊花,面向南方,气定神闲地看着不远处的南山。画面以青色为主,以墨笔烘染山体,间有团簇的黄色菊花点缀其间。整个画面意境淡雅,画中环

① 逯钦立校注:《陶渊明集》,中华书局1979年版,第89页。

境幽静,风景怡人,陶渊明的前方视野开阔。这些均传递出陶渊明"悠然"的心态——他"悠然"见南山。

陶渊明还有其他关于菊花的诗句,比如"三径就荒,松菊犹存"(《归去来兮辞》),"秋菊有佳色,裛露掇其英"(《饮酒·其七》),这些诗句与"采菊东篱下,悠然见南山"一起写出了他渴望亲近自然、远离世俗喧嚣的心境。陶渊明喜欢菊花,常以菊自喻,借菊花的淡雅和凌秋傲霜的高洁来表达自己的情怀。所以,在此图中,石涛截取陶渊明手持菊花"悠然见南山"这一瞬间场景赞美陶渊明的品格。

要点与思考

1. 魏晋南北朝有哪些文学图像母题?

2. 魏晋南北朝图像与本时段文学的关系。

3. 陶渊明的图像世界包括与陶渊明有关的哪些图像类型?

4.《洛神赋图》与《洛神赋》的关系。

延伸阅读

1. 袁行霈:《陶渊明影像:文学史与绘画史之交叉研究》,中华书局 2009 年版。

2. 陈葆真:《〈洛神赋图〉与中国古代故事画》,浙江大学出版社 2012 年版。

3. 李曼丽:《〈女史箴图〉与〈女史箴〉》,《收藏》2015 年第 15 期。

4. 邹广胜、刘云飞:《文图中的竹林七贤》,《文艺理论研究》2018 年第 4 期。

5. 傅元琼:《画传的起源及汉晋时期"颂""赞"与图像的关系》,《文学与图像》,北京大学出版社 2019 年版。

6. 赵宪章总主编,邹广胜主编:《中国文学图像关系史·魏晋南北朝卷》,江苏凤凰教育出版社 2020 年版。

第三章 隋唐五代文学图像

隋唐五代文学,尤其是唐代文学,在传统诗文以及新兴的传奇、变文等各个领域,都包含着许多经典的图像母题。就传统诗文而言,唐诗作为诗中翘楚为绘画提供了绝佳的画题,后世诗意图在历代诗歌中也偏爱以唐诗入画,尤其是李白、杜甫、王维、白居易等诗人的诗歌备受推崇①。一些经典骈文也有丰富的图像母题,如王勃的《滕王阁序》、李白的《春夜宴从弟桃花园序》等,均有系列文意图存世。另外,唐传奇对后世图像也产生了深远影响,不过,这种影响很大程度上是经由后世杂剧、章回体小说对唐传奇的演绎来实现的。

隋唐五代的文学图像表现出鲜明的特点,比如物象与种类的丰富定型、文图趋同的审美追求。唐诗构筑了一个五彩缤纷的物象世界,从自然界的花草虫鱼、江河湖海、风云雷电,到社会的政治变革、战争和平、人世沧桑都摄入其中。与之相应的,绘画的种类也在唐代得以丰富、定型,中国传统绘画中的各个门类都以独立的姿态立于画坛。诗画日渐形成趋同的审美追求,一方面唐诗热衷于对物象的描摹,另一方面绘画也受到诗歌及其诗论的影响,注重营造诗性空间,追求精神意趣和审美意境。此时期的文学书像也从魏晋时期的崇尚风韵而改为讲求法度,因帝王和朝廷的推崇,书法从民间登上了主流政治舞台。隋唐五代时期不仅诗画融合,诗歌与书法的关系也日益密切,许多诗人兼善书法,以诗赞书,与书家往来

---

① 宋之问、贺知章、陈子昂、王昌龄、韦应物、韩愈、柳宗元、贾岛、孟浩然、许浑、杜牧、刘长卿、温庭筠、杜荀鹤等诗人的诗歌也是画家喜爱选取的画题。

唱和。

隋唐五代时期,图像与文学关系密切,呈现出文图互证、文图转化的特征,以及文图齐头并进的发展趋势。佛经故事的宣讲说唱,在唐代逐渐兴起俗讲方式,变文和变相以语言文字和图画相配合的方式共同演绎。敷演佛经内容的经变在隋代获得突破性发展,敦煌莫高窟保留了大量隋唐五代时期的经变壁画。题画文学(画赞)与诗意图齐头并进,人物题咏和人物画、山水诗歌与山水画、咏物诗与花鸟画共同繁盛发展。题画文学与画作的关系由若即若离的状态,至中唐以后日渐紧密,与画作有关的一切信息渐渐成为题画作品的表现对象。后世的题画文学沿着这种趋势逐渐走向创作高峰。

第一节 隋唐五代文学中的图像母题

一、 诗歌故事中的图像母题

隋唐五代诗歌为后世提供了大量的带有故事性的图像母题,如灞桥风雪、踏雪寻梅、骑驴吟诗、浔阳送别、寒江独钓、风雪夜归、商山早行、踏雪沽酒[1]等,都在许多绘画或民间工艺品中得以图像化呈现。

灞桥风雪故事的本事源自何时已很难考证,不过在隋唐五代时期,诗人常以"灞桥折柳"寄寓离别愁绪,或以"灞桥风雪"表现苦吟诗意的构思过程。灞桥风雪和骑驴吟诗等意象的融合,始自唐代宰相诗人郑綮的故事。有人问郑綮:"相国近有新诗否?"对曰:"诗思在灞桥风雪中驴子上,此处何以得之? 盖言平生苦心也。"[2]自此,诗人在灞桥风雪中骑驴吟诗的形象开始出现,并逐渐固化。《全唐诗》中有近七十首诗写有"驴"的意象,李白、杜甫、孟浩然、元稹、白居易、韩愈、贾岛、杜牧等十几位诗人都对驴情有独钟。个中缘由是驴相对马而言,虽较为廉价,

---

① 在此节中,我们主要论述"灞桥风雪""踏雪寻梅""骑驴吟诗"这三个融为一体的较为复杂的文学图像母题。"浔阳送别"和"寒江独钓"文学图像母题将在第三、五节中详述。

② 孙光宪:《北梦琐言》卷七,见上海古籍出版社编:《唐五代笔记小说大观》下册,上海古籍出版社 2000 年版,第 1863 页。

但骑行不适,"驴"意象由此被引申为寒士处境和品格的象征。另外,贾岛骑驴觅诗的典故也深入人心,促使驴成为承载诗思的象征意象。

至北宋,在灞桥风雪中骑驴吟诗的主角已从郑綮转换成了孟浩然。李复在其《郢州孟亭壁记》中记载,王维在一小亭上为孟浩然"戏写"了一幅"寒峭苦吟之状"图,此亭因此得名"孟亭",亦称"浩然亭"。苏轼的《赠写真何充秀才》亦云:"又不见雪中骑驴孟浩然,皱眉吟诗肩耸山。饥寒富贵两安在,空有遗像留人间。"①

元代学者、诗人、诗论家们继续丰富"灞桥风雪""骑驴吟诗"的故事,将郑綮的话语与孟浩然的行动合二为一,重新生成孟浩然"踏雪寻梅"的故事。"踏雪寻梅"逐渐成为文人"闲情逸致""雅兴雅事"的象征,契合了画家们以走向自然的方式表达隐逸之志的理想,故而成为高士图常使用的题材之一。"踏雪寻梅"故事所象征的"雅"文化、"隐逸"文化,结合"驴"意象所指涉的倔强的不合作、不屈服、不妥协精神,使"灞桥风雪""踏雪寻梅""骑驴吟诗"逐渐成为被贬谪而不近仕途,反叛统治者,保有雅洁心志的高人雅士的象征。宋元之际学者阴幼遇在其《韵府群玉》中记载:"孟浩然尝于灞水,冒雪骑驴寻梅花,曰:'吾诗思在风雪中驴子背上。'"②元代散曲家杨朝英的《[双调]湘妃怨》、王行的《如梦令·雪景便面》中均可见这些故事的融合。此类诗文在明代更是常见,张岱的《夜航船》中有语:"孟浩然情怀旷达,常冒雪骑驴寻梅,曰:'吾诗思在灞桥风雪中驴背上。'"③程羽文在其《诗本事》中以"孟浩然诗思在灞桥风雪中驴子背上"阐释"诗思"。④ 这种由"灞桥风雪""踏雪寻梅""骑驴吟诗"凝结而成的诗人寻找诗思、酝酿诗情的画面,成为众多诗人画家反复吟咏和描摹的母题。

二、 唐传奇《莺莺传》的图像母题

在隋唐五代传奇中,元稹的《莺莺传》最为世人称道,是后世《西厢记》的雏形,也是唐传奇中最经典的文学图像母题之一。

---

① 王文诰辑注:《苏轼诗集》1—8册,中华书局1982年版,第587页。
② 冯毅点校:《声律启蒙》,北岳文艺出版社1994年版,第10页。
③ 张岱撰,刘耀林校注:《夜航船》,浙江古籍出版社2012年版,第29页。
④ 车万育:《声律启蒙》,岳麓书社2012年版,第17页。

《莺莺传》中的崔莺莺与张珙的爱情故事,与作者元稹的一段始乱终弃的情感经历有关,在当时的文坛震动甚大。《莺莺传》的基本情节可概述为以下十八个情节单元:张生借寓、崔张奇逢、张生搭救、崔母宴请、兄妹结拜、一见钟情、张生致情、红娘劝谏、喻情以诗、莺莺授笺、乘夜逾墙、莺莺悔笺、恍若梦境、西厢共待、抚琴诀别、长笺婉拒、别后求见、复函谢绝,最终以悲剧结尾。唐以后,崔、张爱情故事不断被改写和演绎。南宋杂剧《莺莺六么》将《莺莺传》改编为戏剧形式。金代说唱家董解元的《西厢记诸宫调》(又称"董《西厢》")构筑了崔张爱情故事的才子佳人主题。元代剧作家王实甫又以董《西厢》为底本创作了《西厢记》(又称"王《西厢》")。崔张爱情故事从始乱终弃的悲剧,演变为才子佳人大胆追求爱情自由的完满结局。元稹原将笔墨放在崔张二人的感情纠葛和张生的心路历程上,并没有做细致的场面和细节描写,后来剧作家不仅改变了《莺莺传》的人物性格和故事情节,也为之增补了详细的铺叙和细节描写。这为后世插图本、戏曲表演、连环画等图像表现提供了依据,促使以《莺莺传》为原型的"西厢故事"广为流传。①

三、 唐代文人群像母题

唐代的文人群体是后代群像图所热衷表现的重要母题,如十八学士、竹溪六逸、饮中八仙、香山九老、大历十才子等。文人群像的创作多为铭记功德,颂扬精神,彰显气节,抒写性情,也衍生了数量可观的文人题咏诗文。

十八学士图最初为御敕之作。据《旧唐书》所载:"太宗既平寇乱,留意儒学,乃于宫城西起文学馆,以待四方文士。于是以属大行台司勋郎中杜如晦,记室考功郎中房玄龄……入馆。寻遣图其状貌,题其名字、爵里,乃命亮为之像赞,号《十八学士写真图》,藏之书府,以彰礼贤之重也。诸学士并给珍膳,分为三番,更直宿于阁下,每军国务静,参谒归休,即便引见,讨论坟籍,商略前载。预入馆者,时所倾慕,谓之'登瀛洲'。"②唐太宗命阎立本和褚亮以图文并行的方式为十八学士存像留名。后来的统治者多效仿此举,如武则天设"北门学士","张易之、昌宗尝命画工图写武三思及纳言李峤、凤阁侍郎苏味道、夏官侍郎李迥秀、麟台少监王绍宗

---

① 《莺莺传》和《西厢记》的相关图像将在辽金元代一章中作为专题详述。
② 刘昫等:《旧唐书》,中华书局1975年版,第2582—2583页。

等十八人形像,号为《高士图》"①;唐玄宗也命人画《开元十八学士图》,并亲自写赞。除以上画作之外,五代周文矩曾作《十八学士图》,后来明代仇英、文徵明、杜堇以及清代苏六朋、余集等画家亦绘有十八学士群像,以此寄托文人仕与隐的双重梦想。

《新唐书》中有言"酒八仙人"②,杜甫亦作《饮中八仙歌》,生动地勾勒了李白、贺知章、李适之、李琎、崔宗之、苏晋、张旭、焦遂这八位嗜酒、豪放、旷达的人物,"饮中八仙"之称由此闻名。全诗幽默谐谑,旋律轻快,八个段落各自独立,又不失关联。五代周文矩,宋代李公麟,明代尤求、唐寅、陈洪绶,清代金廷标、张翀等都作有《饮中八仙图》。历代文人群像的创作,往往代表着一种普遍的精神追求,寄托着后世文人的理想与情感,包含着更加深刻的意蕴。

第二节　隋唐五代文学图像概观

一、　隋唐五代文学图像的特点

隋唐五代时期文学图像的特点在唐代表现得最为突出。统一开放的外部环境是唐代文学图像得以发展与兴盛的前提条件,政权的统一推动了南北文学、绘画的交流,文学图像呈现出独特的风貌。

(一)物象丰富,分类定型

唐诗所写之物象可谓包罗万象,超过了唐以前诗歌物象的总和。绘画的种类也在唐代得以定型,并完成分科。张彦远在《历代名画记》中将绘画题材分为人物、屋宇、山水、鞍马、鬼神、花鸟六门。朱景玄在《唐朝名画录》中云:"夫画者,以人物居先,禽兽次之,山水次之,楼殿屋木次之。"③准确地指出了隋唐时期绘画分科的大致排序。唐代人物画较六朝而言,已逐渐从描绘经史故事中的人物和道释

---

① 刘昫等:《旧唐书》,中华书局1975年版,第2915页。
② 欧阳修、宋祁撰:《新唐书》,中华书局1975年版,第5763页。
③ 朱景玄撰,温肇桐注:《唐朝名画录》,四川美术出版社1985年版,第1页。

人物转为描绘世俗人物、仕女和游宴参与者。山水画在唐代彻底摆脱了人物画的附庸而成为独立的主流画科。隋唐五代的山水画改变了南北朝以来"人大于山，水不容泛"的幼稚，山水取代人物而成了描摹的中心。在构图上，唐代山水画采取了以大观小、置身物外的方式。晚唐以后，花鸟画也日渐增多。唐代的花鸟画吸收了鞍马兽畜画的技法，由纹饰性逐渐过渡到写实性，细节更加丰富，神态更加生动。至南唐，花鸟画形成了所谓"黄家富贵"和"徐熙野逸"两大派别，使得花鸟画与人物画、山水画并立于画科，跻身于中国传统绘画的主要门类之中。至此，中国古代绘画的分科基本完备，"灿烂而求备"的绘画与"形象玲珑"的唐诗共同构筑了丰富的物象世界，营造了辉煌的大唐气象。

（二）诗画相像，审美趋同

较之前代诗歌，唐诗呈现出一种独有的视觉趣味，热衷于对意象的描摹，因而产生了大量的咏物诗。在诗向画靠拢的同时，山水画也表现出某种诗性。此时期的山水画，并非简单的对自然的摹写，而具有一种诗性的节奏。这在很大程度上源自文学对绘画的影响，说明唐代画家重视绘画中的精神意趣。《宣和画谱》中云，"且自唐至本朝，以画山水得名者，类非画家者流，而多出于缙绅士大夫"[1]，可见山水画是在文人参与下发展的。在以大观小、散点透视的构图方式下，山水的连绵起伏、空间的转换、景物的运动、线条与墨色层次的变化，都与画家的精神世界密切相关，是一种带着节奏与生命力的诗性空间。

中国古典文论中的"意境说"对文艺创作影响深远。唐代王昌龄、皎然、司空图、刘禹锡等人有力推动了"意境说"的发展。绘画也体现出与诗歌相近的对于意境的审美追求，如王维的水墨雪景图系列体现出一种清寂的意境。在人物画方面，唐代也改变了魏晋时期崇尚的"以形写神"，而做到形神兼备，"气质具盛"。宗白华曾道："中国的诗词、绘画、书法里，表现着同样的意境结构，代表着中国人的宇宙意识。"[2]唐代画论仍然是以魏晋南北朝时期提出的"意象"为核心，不同之处在于将"意象"与道、气联系起来，从有限趋于无限，非常类似"诗境"范畴。

---

① 俞剑华标点注译：《宣和画谱》卷十《山水叙论》，人民美术出版社1964年版，第164页。
② 宗白华：《美学散步》，上海人民出版社2005年版，第142页。

（三）书法求工，以诗赞书

讲求法度是隋唐五代书法，尤其是唐代书法最突出的特色。隋代书法以北朝质朴峻拔的书风为基础，融合南朝的秀丽书风，逐渐走向工整规范。至唐代已不再似魏晋南北朝那样崇尚风韵，而转为讲求书写的法度。刘熙载有言："学书者始由不工求工，继由工求不工。不工者，工之极也。"①隋唐五代就是一个求工的过渡阶段，此阶段的书法艺术有了进一步发展。

隋唐五代时期，因为帝王和朝廷的推崇，书法登上了主流政治舞台。唐太宗独尊王羲之，奉之为"书圣"。隋唐两代在朝廷中均设书学博士，并在科举中以书取士，故而举国上下都非常注重书法教育，促成了隋唐时代书法艺术的繁荣。

这一时期还产生了"以诗赞书"的大量诗篇。此风源自诗人兼书家之人，或与书家交往密切的诗人。李白、贺知章等人不仅是诗人，也能书、善书。他们不仅与张旭、怀素等书家相互来往唱和，还用诗歌赞叹书家挥毫作书的气势。可见，隋唐五代时期不仅诗画融合，诗和书的联系也非常紧密，体现了共同的时代风貌和审美追求。

二、 隋唐五代图像对前代文学的再现

隋唐五代图像对隋前文学的再现，主要表现在对隋前人物及其故事的图像创作上。这些图像可分为隋前帝王图像、往圣先贤图像和宗教人物图像。帝王和往圣先贤的图像多取材于史传文学或民间传说，而宗教人物图像则与道教和佛教的经典、传说和故事等有较大关联。

（一）史传文学的图像呈现

中国人物画在隋唐五代时期达到高峰，唐代尤其盛行造像写真，帝王将相、文人武士、往圣先贤都是画家以笔墨丹青细致描绘的对象。

《宣和画谱》收录了隋代画家展子虔绘制的《石勒问道图》，后赵伯驹、李公麟、钱选也有同题画作。此外，还有传为阎立本所作的《历代帝王图》②，刻画了汉代

---

① 刘熙载：《艺概》，见华东师范大学古籍整理研究室选编：《历代书法论文选》，上海书画出版社 2012 年版，第 619 页。
② 一说为唐代画家郎令余所作，参见杨仁恺主编：《中国书画》，上海古籍出版社 1990 年版，第 83 页。

至隋代十三位帝王的形象,从美国波士顿美术馆的摹本来看,画家对每个人物形象都寓有褒贬,如魏文帝之才艺兼备、蜀主刘备之憨厚仁善、隋文帝之外柔内凶,皆栩栩如生。

隋唐五代人物图像在选材上也继承了先秦两汉以来的母题传统。如"商山四皓""竹林七贤",它们既是唐诗常用的典故,也是经典的图像母题,作为文人气节与隐者的象征,在唐代深受画家喜爱,如唐代李思训的《山居四皓图》《四皓图》、孙位的《四皓弈棋图》《高逸图》、张素卿的《商山四皓》《四皓围棋图》等。其他还有《宣和画谱》所录阎立本的《王右军真》、王维的《写济南伏生像》、王胐的《写卓文君真》、张素卿的《董仲舒真人像》《严君平真人像》、郑虔的《陶潜像》等,都以隋前名人贤圣为表现对象。

除人物肖像画外,隋唐五代取材于隋前史传文学的作品还有叙事性图像,多取自史实轶事或小说戏曲。《历代名画记》中著录了展子虔的《朱买臣覆水图》,绘《汉书》中朱买臣与其妻"覆水难收"的故事。《图画见闻志》中收录了隋代杨契丹所绘《辛毗引裾图》,以辛毗的引裾力争表现他为民请命、不顾自身安危的勇气。阎立本的《锁谏图》也是以隋前贤臣誓死力谏故事为题材的又一力作。《宣和画谱》还录有王洽的《严光钓濑图》,表现了严光的清风亮节。此后多有以此为题材的画作,如李公麟的《严子陵钓滩图》、黄庭坚的《题伯时画严子陵钓滩》,严光(字子陵)也成为渔樵耕读之渔翁形象的重要原型之一。《宣和画谱》中也录有五代卫贤的《高士图》轴[①],描述的是东汉贤士梁鸿与其妻孟光相敬如宾、举案齐眉的故事。

(二)道教经典的图像宣传

隋唐五代时期由于统治者推崇道教和佛教,民众信二教者众多,因此,道释人物像创作数量大增,创作水平也有所提高。其中,图像与文学联系最为紧密的当数道教的叙事性人物图像以及各种佛经变相[②]。

道教叙事性人物图像是对道教经典或传说中人物事迹的图像化。其中最为著名的是有关太上老君的叙事性图像。据《宣和画谱》记载,唐代太上老君的叙事性图像有阎立德的《采芝太上像》、阎立本的《行化太上像》《传法太上像》《岩居太

---

① 图参见李湜主编:《故宫书画馆》第一编,紫禁城出版社2008年版,第22页。
② 佛教的相关图像将在下文经变中论及。

上像》《四子太上像》《太上西升经》、张孝师的《传法太上像》、孙位的《说法太上像》、支仲元的《太上传法图一》《太上诫尹喜图》《太上度关图》、李昇的《采芝太上像一》《太上度关图》、王商的《老子度关图》等。《史记》中的老子已充满神秘色彩，享寿两百余岁。传说其出关时已是古稀之年，出关颇有得道成仙的意味。自唐代起，将《老子出关图》作为绘画题材的人越来越多，李公麟、刘松年、郎世宁等画家也曾绘此题。老子出关成为中国画中最经典的传统题材之一。

与蔚为大观的取材于隋前史传文学的图像相比，从隋前诗歌及散文中取材的作品相对少得多。《宣和画谱》中收录的李思训的《神女图》(又称《巫山神女图》)，或与宋玉的《高唐赋》有关，阎立德的《庄生马知图》则取材于散文《庄子》。这些取自前代史传文学、传说故事、诗歌散文的图像作品，比隋唐五代时期的其他图像承载着更为显著的政教功能。

三、 隋唐五代图像与本时段文学

(一) 变文和经变

唐代流行一种名为"转变"的说唱艺术，艺人表演时往往与图画相配合，一边向听众展示图画，一边说唱故事。其图画称为变相，而说唱故事的文字底本被称为变文。

隋唐五代时期的变文是以大乘思想为核心的韵散结合的说唱文学体裁。在内容上扩展至历史故事、民间传说及道教等其他宗教故事；形式上结合韵、散文和二维空间形态的图像，包括手卷、长幅壁画、多组画幡、书籍插图等多种表现方式。现存隋唐五代变文源文本约有八十至九十种，主要包括以佛经为主的宗教故事和源自历史、民间传说及现实生活等非宗教故事两大类。如源自佛经故事的变文有《维摩诘经变文》《降魔变文》《佛本行集经变文》等。源自历史、民间传说和现实生活等非宗教故事的变文有《王昭君变文》《舜子至孝变文》《董永变文》《秋胡变文》《李陵变文》《孟姜女变文》《汉将王陵变文》《伍子胥变文》等，这些变文都有与之同源异出的图像(壁画、画本、画卷、蜀纸等经变和非经变)形式。

变相从内容上看可分为两大类：一是非情节性的人物画，二是有情节的故事画。前者常称为变像(有时与"变""变相"通用)；后者有佛本生图、说法图、菩萨本行本事图及其他经变图,它们是敷演佛经内容而成,多用几幅连续的画面表现故事情节,故称为佛经变相,简称"经变"或"变"。① 经变大约于南北朝时期开始出现,到了隋代才有突破性发展,是敦煌莫高窟的重要壁画题材。据敦煌学专家研究统计,隋唐五代时期莫高窟的经变共有三十多种、一千三百多幅。② 张彦远的《历代名画记》中记录的经变有十九种。这些经变画的题材有的直接来源于佛经,有的则来源于佛经故事的变文,主要包括西方净土变、东方药师变、弥勒经变、法华经变、维摩诘经变、涅槃经变、观无量寿经变、金刚经变、观音经变、劳度叉斗圣变、华严经变等。

这一时期与变文源自同一佛经或佛经故事的经变主要有七种:源自《维摩诘经》的《维摩变》、源自《贤愚经》的《降魔变相》、源自《佛本行集经》的《佛本行集经变相》、源自《佛说盂兰盆经》的《大目乾连冥间救母变文并图一卷》、源自《观佛三昧海经》的《破魔变》、源自佛传故事的《八相变》、源自《大方便佛报恩经》的《报恩经变》。与变文源自同一历史故事、民间传说或现实生活等的非宗教故事图像主要有《王昭君变》《张议潮统军出行图》《孟姜女变》《汉将王陵变》等。

变文及其经变之间同源异体,并相互模仿、相互影响。经变画通常脱胎于佛经文本,有一些甚至完全模仿经文的结构。如《降魔变》《目连变》《维摩经变》《报恩经变》等,在榜题(或题记)上都显示出与经文内容的高度相似性。有些经变还逐渐补充变文之叙事,呈现出故事化、程式化和世俗化的倾向。

(二)题画文学

题画文学的兴起是隋唐五代时期文学与图像融合发展的一个重要现象,也是绘画艺术兴盛与文学各类文体共同发展的产物。从泛文学的角度来说,凡题咏、诠释、考证画作等各种体裁的作品都可称之为题画文学。描摹画面或复现画境、评论画艺、交代画作是题画文学的重要内容。山水画、花鸟画和人物画在隋唐五代时期均产生了大量的题咏作品。除画跋外,各种体裁的题画文学作品在这一时期皆有出现,尤以诗体与赞文为盛。题画诗是其中最具艺术魅力的文体,于唐代逐渐发展成熟,其受关注程度远高于题画散文。

① 参见李小荣:《变文变相关系论——以变相的创作和用途为中心》,载《敦煌研究》2000 年第 3 期。
② 于向东:《敦煌变相与变文研究评述》,载《艺术百家》2010 年第 5 期。

　　隋至初唐,题画诗数量较少,但不乏匠心独运之作。如上官仪的《咏画障》为题仕女画所作,辞藻典雅;宋之问的《寿阳王花烛图》《咏省壁画鹤》格律严谨,语言秾丽;陈子昂的《山水粉图》是一首骚体的题画诗,寄托了作者的隐逸情怀。

　　进入盛唐,李隆基的《题梅妃画真》诗短情长,追思情切。张九龄在《题画山水障》中借画中山水以骋怀,言心游物外之佳趣。王维诗画兼善,题画作品共存七件,即六篇画像题赞和一篇山水题咏,其中题画诗《崔兴宗写真咏》是中国题画诗史上最早的画作者为自己画作题写的诗歌。李白现存题画诗文十八首,其中题山水画类六首,《莹禅师房观山海图》气势浩大,《求崔山人百丈崖瀑布图》景象壮观,《观元丹丘坐巫山屏风》《同族弟金城尉叔卿烛照山水壁画歌》神秘清幽的诗境中又烙上了其崇尚道家的印记。李白另有题咏人物画作品九首,其中有六首赞文。杜甫是隋唐五代时期现存题画文学作品最多的一位诗人。他的题画作品包括《奉先刘少府新画山水障歌》《戏题王宰画山水图歌》《观李固清司马弟山水图》(三首)等题山水画作八首,《画鹘行》《画鹰》《观薛稷少保书画壁》《天育骠骑歌》《题李尊师松树障子歌》等题花鸟类画作十二首,共计十九首题画诗,一篇画赞。杜甫与他以前的题咏者最大的不同是他在题画中表现出来的较深厚的艺术造诣,他有意识地在题画诗中论及画作、画技及画家,突破了以往借题画而言己情为主的题咏方式,拓宽了题画文学的内容。受杜甫的影响,中唐以后的题画诗更多以叙写与画作相关的信息为主。不过这也表现出题画诗将由诗人之诗向学人之诗过渡的端倪。后人大量题画文学作品的"学问化",与师承杜甫不无关系。

　　中唐时期题画人数量与题画诗的数量较盛唐时期大增。中唐以前,题画文学作品与画作的关系若即若离,而发展至中唐,画作与题咏作品的关系则是我中有你,你中有我,表现出更多的融合。与画作有关的一切信息渐渐成为题画作品所关注和反映的对象。白居易、钱起、卢纶、独孤及、郎士元、皇甫冉、刘长卿等皆有题画诗传世。白居易的题画之作被《全唐诗》收录了十三首。他的《题海图屏风》借题画喻时政,以鳌象征黑暗势力;他的《八骏图》为"戒奇物,惩佚游"而作,二诗颇具讽喻意味,为题画诗增添了讽喻功能。

　　晚唐题画诗的创作数量较中唐又有所增加,题画诗渐渐成为晚唐文人普遍使用的体裁。五代十国时期题画文学创作成就不及唐代。南唐后主李煜有《渔父词》二首,或为流传至今的最早的题画词。以词体题画,是这一时期题画文学在文体上的开拓。

值得一提的是,题画文学参与绘画史与绘画理论的构建,在绘画史上具有重要价值。它以语言的形式将画作记录下来,即使画作失传,也可以使后人借以想象,起到补录画史的作用。此外,文人以题咏评画、论画,阐发其画论思想,促进了古代画论的丰富和发展。隋唐五代的题画文学在创作体裁、思想风格和作品类型等各个方面都渐趋成熟,为后世题画文学的蓬勃发展奠定了坚实的基础。

第三节　唐诗诗意图

诗歌是唐代文学中最有代表性、成就最高、影响最大的文学类型。在画界,唐诗的拥趸者甚多,历代画家创作了大量的唐诗诗意图,留存下丰富的图像遗产。本节仅以杜甫、王维、白居易诗意图为例略作分析。

一、杜甫诗意图

杜甫的诗歌被后世赞为"诗史",是画家热衷描绘的画题。北宋李公麟有据杜甫《丽人行》所绘制的《丽人行卷》和源自《饮中八仙歌》诗意的《饮中八仙图》。后者融饮中八仙于一卷,构思精妙,线条含蓄刚劲,寥寥几笔便将人物勾勒得潇洒出尘,达到了诗情与画意的完美融合。南宋赵葵有一幅长卷《丈八沟纳凉图》,该图以杜甫名句"竹深留客处,荷净纳凉时"为题,选自《陪诸贵公子丈八沟携妓纳凉,晚际遇雨二首》其一。此画紧扣"竹深荷净"诗意,融合文人画和院体画山水之长,将细节的真实与对诗意的追求相结合,具有明显的抒情性。两宋时期以杜甫诗意作画颇为盛行,"丽人行""饮中八仙""荷净纳凉"都成为后世杜甫诗意图的惯常画题。

元代至明初,杜甫诗意图创作一度陷入低谷,直到明代中期才有所改变。明代中期吴门画派成为画坛主流,吴中文人多诗画兼长,喜于画面题诗,故杜甫诗意图的创作数量也随之明显增多,且选诗范围也更大。此时期代表作品有杜堇的

《古贤诗意图》、唐寅的《杜少陵诗意图》、尤求的《饮中八仙图》、谢时臣的《杜陵诗意图》册页、陆治的《唐人诗意图册》、文伯仁的《杜甫诗意图》扇面等。《古贤诗意图》长卷由金琮选取古人诗篇十二首并题诗，杜堇补图而成，其中所画杜诗为《饮中八仙》《东山宴饮》《舟中夜雪》三首。唐寅以高人雅士激流勇退、遁世独处为主题，选取杜甫《水槛遣心二首》（其一）中的"细雨鱼儿出，微风燕子斜"诗意，绘有《杜少陵诗意图》。尤求创作多幅《饮中八仙图》卷，注重情节的表达和人物之间的呼应陪衬，生动表现了诗中八人的习性，颇有意趣。可见明代中期吴中文人以诗歌入画，尤其是以杜诗入画已成为一时之风尚，不乏名家之作。

至明末清初，学界掀起崇杜学杜的高潮，画界对于杜诗也是极为尊崇，迎来了杜甫诗意图创作的繁盛。董其昌、张学曾、程嘉燧等"画中九友"，王鉴、王时敏、王原祁、王翚等"清初四王"，石涛、傅山、程邃等明末遗民画家，均曾以杜诗入画。

明代"画中九友"中的董其昌有《杜陵诗意图》轴，题杜诗"石（原诗为'绝'）辟过云开锦绣，疏松隔（原诗为'夹'）水奏笙簧"，出自杜诗七律《七月一日题终明府水楼二首》其一，另有《秋兴八景图》摹仿杜甫《秋兴八首》所作，全册绘制历时二十余天，摹绘泛舟吴门、京口所见景色，构图精巧，意境高远，但画上题语，常常不切画中景物。程嘉燧亦曾以扇页画杜甫《登高》《南邻》诗意，另存一幅《柴门送客图》扇页。

在"清初四王"乃至清初所有杜甫诗意图的创作中，王时敏的《写杜甫诗意图册》十二开最为引人瞩目。此册取自杜诗七律十二首，描绘出杜诗的多种艺术面貌，与其他《杜甫诗意图册》相比，不仅数量占据优势，并且全以七律景联入画，形式上也更加规范完整。画家集四季、昼夜之景于一册，融细致、率真的笔法于一炉，尽显诗画交融之美。王翚亦有《少陵诗意图》，以杜甫《野老》"渔人网集澄潭下，贾客船随返照来"为题，再现了画家丘壑多姿、点景精细、墨色清润的艺术特点。王翚晚年还作有《少陵诗意图》轴，择取杜诗《南邻》"白沙翠竹江村暮，相对柴门月色新"入画，气象宏大，景观丰富。

石涛、傅山、程邃等明末遗民画家也有不少杜甫诗意图存世，他们强调自我风格的创新，所以其杜甫诗意图具有鲜明的个人风格。石涛有《杜甫诗意图册》四幅，实际只有两幅杜甫诗意图，分别取自《东屯北崦》中的"步壑风吹面，看松露滴身"和《晓望》中的"高峰寒上日,叠岭宿霾云"。程邃有《杜甫诗意册》十二开,取《草堂即事》《月》《遣怀》《狂夫》《崔驸马山亭宴集(京城东有崔惠童驸马山池)》等诗句入画,造型奇特,迥别前人,构图写意不落俗套,意蕴新奇。傅山的《江深草阁图》无论是外现的形象,还是内蕴的情感和艺术风格,都达到了一个前所未有的高度。《江深草阁图》继明中期唐寅等人的描绘后,至清初成为一个热门题材,亦表现出一番新面貌。吴彬的《江深草阁图》,笔法严谨,风格不类古人而自成一家,赵左的《寒江草阁图》也是其中翘楚。其他传统题材,"饮中八仙""荷净纳凉""秋兴八首"在清代也深受画家的喜爱。张翀从形式上加以创新,作《饮中八仙图》八条屏,另外还有陈嘉言的《竹深荷净图》扇页、袁江的《荷净纳凉图》轴、上睿的《荷净纳凉图》卷和萧晨的《杜甫诗意图》轴等作品。

清末画坛对于杜甫诗意图的创作热度依旧不减,其中以任熊和任颐"二任"的杜甫诗意图成就最大。任熊的杜甫诗意图依据《饮中八仙歌》中"李白一斗诗百篇,长安市上酒家眠。天子呼来不上船,自称臣是酒中仙"的诗意绘制,在艺术技法、价值、构思等方面都展现出卓越的才思,是杜甫诗意图中的上乘之作。

二、 王维诗意图

王维身兼诗人、画家两重身份,诗画在其艺术作品中完美地融合,他诗画相通的境界得到苏轼"诗中有画""画中有诗"的赞誉。自宋代以降,王维在画坛的声誉日隆,被奉为文人画的鼻祖。他在诗歌创作中自然融入作画的习惯和技法,尤其是他的山水田园诗,将山水风光描绘得像一幅幅优美的山水画。他的很多诗歌也因此成为后世绘画创作的底本,被一代又一代的画家演绎。

宋代有多位画家曾以王维的诗歌《送元二使安西》为题材创作《阳关图》。可惜这些图大多已失传,只能从文字记载中略窥一二。北宋作《阳关图》的有李公麟、谢蕴文和修师。宋神宗元丰年间,李公麟作此图为赴熙河幕府任职的安汾叟送行,并在画上赋诗一首《小诗并画卷奉送汾叟同年机宜奉议赴熙河幕府》,为其送行。谢蕴文和修师作过《阳关图》的痕迹保留在晁说之的《谢蕴文承议阳关图》和韩驹的《题修师阳关图》这两首题画诗中。南宋亦有僧梵隆、刘松年和李嵩等画家绘过《阳关图》,足以说明王维的这首送别诗对后世画家的影响。

王维《终南别业》中的名句"行到水穷处,坐看云起时"也是诗意图的常见画题,画界对此句的喜爱从北宋已始,据《林泉高致》记载,郭熙搜索到的可以入画的清篇秀句中便有此句,南宋马麟、夏圭、李唐皆有《坐看云起图》传世。"坐看云起"逐渐成为后世的图像母题,元代唐棣、盛懋,明代董其昌、钱贡、吴令、钱谷、陈道复、张复,清代石涛、黄慎等人的《坐看云起图》,从画面人物坐卧山中,仰视云起云落的姿态,即便有的没有题诗,观者也可体悟到王维此句诗意。

明代的王维诗意图较宋代数量更多,尤其在明代中后期达到高峰。据明汪砢玉《珊瑚网》卷四十五记载,万历己亥(1599)二月既望,张复、钱序、陆士仁、钱贡等二十位画家绘王维二十首诗句的诗意图,崇祯元年(1628)和崇祯二年(1629),李日华、项圣谟等二十八位画家也选取王维的不同诗句,绘二十八幅摩诘诗意图。可见当时对王维诗意图的推崇。

王维作《辋川集》与《辋川图》,表现辋川山水二十景,诗画同题辉映。明清两代有不少画家依此创作。据《石渠宝笈》所录,文徵明临摹王维的《辋川图》,并由王谷祥楷书王维的辋川诗。韩瓒有线刻碑四块,画王维四季图,图下刻《辋川集》二十首五言诗。明代仇英画《辋川图长卷》,张宏《辋川集·华子岗》,吴彬也曾作《辋川图卷》,董其昌行书《王维辋川诗册》,又作《写辋川诗意图轴》,清代张积素、钱杜也均有《辋川图》存世。

明代文徵明又画《春日与裴迪过新昌里访吕逸人不遇》,自题"闭户著书多岁月,种松皆作老龙鳞",以及《送梓州李使君》扇面,自题"山中一夜雨,树杪百重泉"。这两句诗都是后世所绘甚多的画题。前者如董其昌的《王维诗意图》曾绘此句诗意,明代沈颢的《闭户著书图》、卞文瑜的《闭户著书图轴》所形成的"闭户著书"画题也出自此诗;后者如明代画家项圣谟、文伯仁,近代吴征皆绘过此诗,同题"山中一夜雨,树杪百重泉"诗句。

王维的《山居秋暝》《过香积寺》《山中》《竹里馆》《终南山》等诗歌,也是明清画家惯常选用的画题。据《珊瑚网》卷十八记载,项圣谟钟情王维诗意图,除了《送梓州李使君》《终南山》,项氏又画《山居秋暝》《竹里馆》。董其昌亦喜绘王维诗意,曾画《终南别业》《辋川集》《春日与裴迪过新昌里访吕逸人不遇》《田园乐七首·其四》《过香积寺》《句》等多幅诗意图。明代王建章画《终南山》诗意,题"白云回望合,青霭入看无"。清代蓝瑛画《山居秋暝》,题"明月松间照,清泉石上流"。禹之鼎曾绘有《幽篁坐啸图》,所题为王维《竹里馆》。袁江画《过香积寺》条屏,题"泉声咽危石,月色冷青松"。董邦达、任颐也曾画《竹里馆》诗意图。除了上述诗歌外,明代陆治、李流芳、文伯仁、吴彬,清代石涛、王翚、任颐等画家还绘过王维的其他诗歌。

清代石涛所画《重九登高图》,为王维《九月九日忆山东兄弟》诗意图,又画《与卢员外象过崔处士兴宗林亭》,皆自题全诗,晚年他又写摩诘云峰诗意图。王翚有《唐人诗意图》长卷,为孟浩然和王维二人十二首诗歌的诗意图,其中选王维诗歌七句,分别出自《泛前陂》《渭川田家》《终南别业》《山居秋暝》《酬张少府》《晚春严少尹与诸公见过》《辋川闲居赠裴秀才迪》。王翚另画《汉江临眺》,题"江流天地外,山色有无中"。又画《纳凉》,题"古(原诗为'乔')木万余株,清流贯其中。前临大川口,豁达来长风。右丞句"。王原祁在康熙年间曾为皇士写摩诘诗意轴,为静岩写摩诘诗意轴,并作《辋川图》卷。

三、 白居易诗意图

白居易的诗歌现存三千六百多首,其中被画家演绎最多的当属《长恨歌》与《琵琶行》。唐代李忱的《吊白居易》云,"童子解吟《长恨》曲,胡儿能唱《琵琶》篇",足见这两首诗雅俗共赏,流传甚广。现存《琵琶行》诗意图达五十余幅,尤以明、清两朝最多;现存《长恨歌》诗意图也达二十余幅,从唐代至明清均有画家将其绘成图像作品,至现当代更受画界青睐。

《长恨歌》是一首七言叙事诗,叙述了唐玄宗与杨贵妃的爱情悲剧。自中唐到五代一百五十年间,《长恨歌》虽未受到文人群体的推捧,但画界已开始表现此诗。唐代贵族仕女画兴盛,《长恨歌》中对雍容华美的杨贵妃的描述自然成为绘画关注的焦点。取材于《长恨歌》中"春寒赐浴华清池,温泉水滑洗凝脂"句意的敏感题材"出浴图"开始出现。据《宣和画谱》记载,唐代周昉画有《杨妃出浴图》。

两宋时期,理学兴盛,描写帝妃情爱故事的《长恨歌》受到多方批判,诗意图稀少,存世之作也多围绕明皇入蜀之事。目前,以"明皇幸蜀"为画题的画作至少有七幅。美国大都会艺术博物馆所藏《明皇幸蜀图》被认为画的是《长恨歌》中的场景。金元时期，《长恨歌》受到剧作家的青睐，如白朴依此改编了杂剧《梧桐雨》。

明清时期，文艺风潮变化，对《长恨歌》的认识和评价更加深入，绘画领域对此也越来越关注。明代仇英的人物故事图册中有《贵妃晓妆图》，另有《贵妃出浴图》立轴，上有画家丁云鹏题跋，为绢本工笔设色人物画佳作。据王世贞《弇州山人四部稿》卷一百三十二著录，明书法家王宠曾草书《长恨歌》，与尤求《长恨歌图》合卷。[①] 至清代《长恨歌》诗意图颇多，如费丹旭的《贵妃上马图》《出浴图》、潘振镛的《贵妃图》《贵妃出浴图》《玉楼醉归图》、康涛的《华清出浴图》、改琦的《出浴图》、李育的《出浴图》等。由此可见，"贵妃出浴图"已发展成与《长恨歌》相关的常见诗意画题。除此之外，从诗句"玉楼宴罢醉和春"敷演出"贵妃醉酒图"，近代以来画家常画之。至现当代，《长恨歌》常以连环画的形式呈现，鲍少游的联景组画《长恨歌诗意》是其中较早的作品。

《琵琶行》作于白居易被贬官江州的第二年，诗人感伤长安故倡遭遇而作，也将满腔迁谪之感寄寓其间。琵琶女的曲声与江州司马的悲泣交织，共诉"同是天涯沦落人，相逢何必曾相识"的悲慨，道尽同病相怜之意。与《长恨歌》一样，《琵琶行》虽流行朝野，但并不受当时文人的推崇。画界对《琵琶行》的冷落一直持续到元代张渥《琵琶仕女》图，以及元末明初高启《白傅盥浦图》的出现，可惜这些作品今已不存。

《琵琶行》诗意图创作从明代开始活跃，逐渐成为经典的书画题材。现存最早的是明嘉靖八年（1529）郭诩所绘的《琵琶行图》轴，行草书全诗，今藏于北京故宫博物院。许多明代画家和书家都有《琵琶行》情结，唐寅、文徵明、文嘉、董其昌均属其列。唐寅有《琵琶行》册页，今藏于美国大都会艺术博物馆，又有《浔阳八景图卷》，其中有一部分便是《琵琶行》诗意图，此处题诗："浔阳未必是天涯，两岸风清芦荻花。谁是舟中白司马，满江明月听琵琶。"唐寅与文徵明曾两次合作《琵琶行》书画，堪称佳话。据文献记载，唐寅正德十四年己卯（1519）正月画《琵琶行图》，三年后，文徵明补书《琵琶行》。嘉靖二十一年壬寅（1542），唐寅早已离世，七十三岁的文徵明在其《琵琶行图》轴上小楷书《琵琶行》。文徵明暮年至少五次写《琵琶

---

① 参见薛龙春：《"上博本"为文徵明〈停云馆言别图〉原本商榷》，载《南京艺术学院学报》（美术与设计版）2007年第1期，第90页。

行》,可见他对此诗喜爱之深。文嘉受其父影响,也多次画《琵琶行》诗意或书写《琵琶行》,作品均是与王建章、董其昌、王谷详、文彭行等人书画合璧之作。文徵明之侄文伯仁也画有《浔阳送客图》《浔阳送客图卷》二幅。董其昌多次书写《琵琶行》,首都博物馆藏有其作《琵琶行图并书卷》。①

明代创作《琵琶行》诗意图的画家还有许多,如仇英的《人物故事图——浔阳琵琶》、曹曦的《浔阳送别图》、宋旭的《白居易诗意图》、陆治的《浔阳秋色图卷》、李士达的《浔阳琵琶图》、陈焕的《琵琶行图》等。

清代《琵琶行》诗意图创作依然盛行。张翀的《琵琶行诗意图》不画山水树石,只绘一艘小船,船头坐一抱琵琶的女子,表现"琵琶声停语欲迟"诗意,启发后世创作。吴历绘有《琵琶行图》卷和《白傅溢江图》,后者借《琵琶行》的故事表达对朋友许青屿罢黜遭遇的深切同情。袁江采用界画技法作有《琵琶行诗意画》,其侄袁耀也精于界画,绘有《浔阳饯别图轴》。宫廷画家金廷标也有《琵琶行图》,乾隆曾题此画。今存沈宗骞《琵琶行图》轴,再现"低眉信手续续弹""别有幽愁暗恨生"的诗意。任颐仿仇英笔法,作《琵琶行诗意图》扇面。任预绘有《浔阳夜月图》,所取为"元和十年,予左迁九江郡司马。明年秋,送客溢浦口"的情景。其他清代《琵琶行》绘画作品还有张宗苍的《白香山琵琶行诗意图》扇页、丁观鹏的《浔阳送别图》等,殷茂、王宸、张琦各一幅图轴,不一而足。

第四节 唐代书像与颜真卿

一、 唐代书像

唐代是中国古代书像艺术繁荣昌盛的时代,以求规隆法把书法推向高峰。在东汉、魏晋南北朝时期,书像并不求工,而是追求风韵,至隋唐五代时讲求法规,进入由"不工"走向"工"的阶段,标志着书法艺术的成熟。

---

① 参见陈才智:《白居易诗歌的图像化传播——以明代〈琵琶行〉书迹著录与流传为中心》,载《安徽大学学报》(哲学社会科学版)2015 年第 3 期。

　　唐代书像繁盛的一大表现或原因就是书法艺术登上了主流政治舞台，这得益于帝王和朝廷的推崇。唐代皇帝大都喜爱书法，尤以太宗李世民为甚。所谓上有好者，下必甚焉，唐太宗对书法的喜好和推崇，改变了书像的审美趣味和发展走向。唐太宗以中和为美，北朝书像的粗率和南朝书像的柔媚都不符合他的审美标准，唯独王羲之书像的文质彬彬、不偏不倚，最为符合，所以他将之评为"尽善尽美"的古今第一书法。唐太宗的一系列举措将王羲之推上至高无上的"书圣"地位。他亲自为《晋书·王羲之》作赞辞，广泛收集王羲之遗墨，命虞世南、褚遂良等人鉴定并复制，用来赏赐皇族和重臣，还下令死后以《兰亭序》陪葬。唐太宗对书法，尤其是对王羲之书像的推崇，不仅抬高了书法的地位，还使王羲之书像成为书法审美主流的代表。隋唐时期，书法被纳入选拔人才的科举制，成立了专门的中央书法教育机构，奠定了其在主流政治舞台上的地位。隋文帝杨坚创立科举制，特设国子监，并在其下首创书学。至唐代，在选拔官员时也设有以书法为专业的"明书"科。且书法之优劣，往往在官员的铨选和晋升中成为重要标准。唐太宗大力倡导书法教育，贞观元年（627）即在门下省设立弘文馆，传授书法，贞观二年（628）又在国子监下恢复一度被废除的书学，置书学博士，专门培养书法人才。唐代从中央到地方都极为重视书法教育，形成了新型的官方书法教育体系，加之广泛的家传师授的私人教育，唐代书像艺术得到了蓬勃发展。

　　唐代书像名家辈出，在各类书体中都出现了影响深远的书法名家。初唐四家欧阳询、虞世南、褚遂良、薛稷在承继晋代书法的基础上，掀起崇王风潮，创立了新的楷书规范。盛唐、中唐时期，书像风格由初唐的劲健变为雄浑，张旭、怀素、颜真卿、李邕、李阳冰等书法家，分别在草书、楷书、行书和篆书领域达到了登峰造极的地步。至晚唐，艺术活力和气势渐衰，书家中以柳公权最为卓著，柳体楷书全面确立唐代楷书法度，自成一家。

　　唐代书像与诗的联系，较以往更加紧密，彼此渗透。据《古今图书集成》载录，唐代有书法家六百四十余人，几乎囊括了唐代所有著名的诗人。许多名家既是书家又是诗人，如书法家虞世南亦是初唐著名诗人，李白、杜甫善书，张旭、颜真卿亦写诗，贺知章、杜牧的书法也名显于世。众多诗人和书家友情甚笃，来往密切，常以诗赞书，产生了大量与书家、书像有关的诗作。如李白的《王右军》、李颀的《赠张旭》、高适的《醉后赠张旭》、贾耽的《赋虞书歌》等诗篇,杜甫也写过《观薛稷少保书画壁》《殿中杨监见示张旭草书图》《赠秘书监江夏李公邕》等十余篇佳作,白居易、刘禹锡、韩愈、顾况、孟郊、苏涣、韩促、戴叔伦、李贺、司空图、王建、李商隐、陆龟蒙、许浑、温庭筠等,皆有关于书法美学的诗作。[①]

二、唐楷

　　唐代书像以法度严谨著称,主要是针对楷书而言。楷书又被称作真书或正书,兴起于汉,发展于魏晋南北朝,大盛于唐朝。初唐时期,唐代书像便以楷书为主流,欧阳询、虞世南、褚遂良、薛稷四人创立了结构谨严整饬的新的楷书规范;盛唐、中唐时期,颜真卿开创了气势磅礴、浑厚丰腴的书法新风,鲁公字与杜甫诗、韩愈文、道子画并称四绝,代表唐代艺术的最高峰;晚唐柳公权再变楷法,书风刚劲瘦挺,迥异于颜体,以"颜筋柳骨"共同构筑唐楷的典范。楷书六家在笔法与结构上确立了楷书的标准和规范,楷书在唐代获得了极高的成就,后世至今无人可超越。

　　唐楷以六家为最,即欧阳询、虞世南、褚遂良、薛稷、颜真卿和柳公权。欧阳询是书法史上的第一位楷书大家,其代表作有《化度寺碑》《九成宫醴泉铭》《小楷千字文》等,其字体笔力险劲、风骨清峻,世称"欧体"。虞世南,与欧阳询并称"欧虞",有大楷《孔子庙堂碑》、小楷《破邪论序》等代表作,其书风外柔内刚、静穆潇洒。褚遂良的代表作有《伊阙佛龛碑》《孟法师碑》《雁塔圣教序》等,其书体方圆并用、妍媚多姿。薛稷才华横溢,诗书画俱佳,在楷书上将褚遂良的书法更进一步,结体遒丽、瘦劲实在,以《信行禅师碑》为代表作。颜真卿的楷书笔力雄强、气势雄浑、圆劲丰茂、沉着端庄,呈现盛唐气象,其楷书作品有《多宝塔碑》《东方朔画赞碑》《颜勤礼碑》等。柳公权乃唐楷法度的集大成者,与颜真卿并称"颜筋柳骨",楷书"柳体"乃流行的四大书体之一,代表作有《玄秘塔碑》《神策军碑》《金刚经》等,其字体骨力挺拔、凌厉清劲。除此六家之外,陆柬之、薛曜、徐浩、张旭、沈传师等书家也以楷书著称。唐楷众多名家,风神各异,以成熟谨严的法度、登峰造极的书

---

① 朱仁夫:《中国书法史》,武汉大学出版社 2019 年版,第 355 页。

作,对后世影响极大,他们的作品是世人研习楷书的范本。

唐楷,就像唐诗一样,是那个时代最为辉煌的文化标志。它由魏晋南北朝的真书脱胎换骨而来,为后世树立了最为鼎盛、成熟和完备的楷书典范。唐代以后虽然也诞生了一些楷书名家,如五代的杨凝式,宋代的蔡襄、赵佶,元代的赵孟頫,明代的文徵明、王宠,清代的张裕钊、赵之谦等,但都没有超越唐代。

三、 颜真卿

颜真卿从宋代起就占据了中国书法史上最辉煌的地位,几乎与王羲之并驾齐驱。王羲之以行书称绝,而颜真卿则以楷法盖世。颜真卿开创了代表唐代兴隆气象的雄强博大、浑厚丰腴的书法新风,并以刚正不阿、威武不屈的人格美彰显着一代忠臣伟才的"尽善尽美"。

颜真卿,字清臣,京兆万年(今陕西西安)人,官至吏部尚书、太子太师,受封鲁郡开国公,世称"颜鲁公"。历仕玄宗、肃宗、代宗、德宗四朝,多受重用。他为人刚正直言,曾因得罪宰相杨国忠被贬作平原太守,故又称"颜平原"。颜真卿一生虽多遭排挤和陷害,但仍忠君报国,未改初衷。后奉诏宣慰叛将李希烈归顺,遭软禁二年后,以身殉国,德宗赠"司徒",赐谥号"文忠"。

颜真卿出身于世代精通文字书法的名门世族,早年师从张旭,学得其笔法,研习各家之长,锐意创新,终成名家,篆、隶、楷、行、草五体齐备,传世书迹七十余种,其中楷书冠绝唐朝,成就最高。颜真卿的楷书前后风格变化较大,其创作大致可分为三个时期:第一个时期为五十岁之前,颜真卿继承和吸收前人的书法经验,《多宝塔碑》《东方朔画赞碑》为此时作品。前者平正匀稳,秀媚多姿,后者则气势开张,已显现出雄浑朴厚的走向。第二时期为五十岁至六十岁之间,颜真卿纳新意于古法中,正式走出二王至初唐楷体的藩篱,书法成熟,书风刚健雄厚,以《鲜于氏离堆记》《颜勤礼碑》为代表。前者刻于四川新政离堆崖下,笔力沉雄,高古浑穆;后者乃笔法精熟之作,用笔劲健爽利,因拓本神采丰足,被不少人奉为颜体的主要范本。第三个时期为六十岁之后,此时段颜真卿寄情山水和书法,创作了超越前两个时期的更多的墨迹珍品,如《大字麻姑仙坛记》《大唐中兴颂》《右丞相宋璘碑》《八关斋会报德记》《玄静先生李含光碑》《颜惟贞家庙碑》《裴将军诗》等，颜体书像在这些作品中达到了精妙绝伦的境界。

颜真卿的行草精熟过人，虽不及其楷书成就，但也代表了一代行草书的高峰，他的代表作有《祭侄文稿》《刘中使帖》《争座位帖》等。行书往往比楷书更具抒情性，颜真卿的行草也因强烈的抒情特征闻名遐迩。《祭侄文稿》是他祭奠侄子的文稿，可谓"书为心画"的最佳代表，被元代鲜于枢誉为"天下第二行书"。颜真卿的侄子季明因抗击安禄山叛军而惨遭砍头杀害，归葬时仅存头骨，颜真卿悲愤难抑，以文祭奠。他在书写时全任情感驱纵，在涂抹、修改之间流露出悲痛欲绝的激烈情感。《刘中使帖》对情感的表达亦是如此，这是颜真卿在听到平息叛乱的捷报后所书，忠义之气、激越之情充满字里行间。《争座位帖》是颜真卿写给仆射郭英义的书信手稿，颜真卿在信中斥责郭对宦官鱼朝恩的谄媚，书体劲挺豁达，姿态飞动，显示出他那刚正耿直的豪放性格。此等以书寄情的高妙书艺，以《祭侄文稿》最为著名，我们将在本章文学图像赏析中继续分析。

第五节　隋唐五代文学图像赏析

一、 赵孟頫《蜀道难图》

元代赵孟頫的《蜀道难图》(图 3 - 1)，纵 154.45 厘米，横 56.61 厘米，纸本设色，今藏于北京故宫博物院，这是一幅李白《蜀道难》的诗意图。

李白的《蜀道难》以极为浪漫的方式描写了蜀道的险峻，展现出壮观瑰丽的山河景象，是历代画家所钟爱的画题。从图像表现的难易来看，诗中所写蜀道山水之景易于表现，而那些神话传说、夸张的修辞手法和对声音的摹写，却很难用图像表明。如在声音上，诗意图虽然可以用湍急的水流来画水声，却无法画出悲鸟的啼鸣。李白诗歌以奇幻诡谲的想象和夸张的手法营构蜀道的"无人之境"，在这方面似乎无画可与李白的诗歌相媲美。但画家也不甘于臣服于诗歌，往往借李白诗歌作引，继而偏离诗意，描绘自己笔下的落于人间的蜀道。

图3-1 蜀道难图,赵孟頫,北京故宫博物院藏

赵孟頫此图可谓后世《蜀道难》诗意图的代表,他着力刻画大自然动人心魄的奇险与壮伟,并不表现源诗中那些难以图绘的部分。首先,在自然景观的刻画上,诗画之间相映成趣。赵孟頫笔下山之高、水之急、林木之荒寂、峰崖之险峻,也皆有逼人气势,境界宏伟阔大,非他人能及。其次,在人物的刻画上,诗画中的人物数量形成鲜明的对比,李白诗中寂阒无人,而赵孟頫笔下却行人遍布,而且画中人物的元代服饰特征也值得关注。再次,在色彩的敷染上,赵孟頫此图比其他同题诗意图色彩都更为绚烂,尤其表现在人物和林木的设色上。人物衣着色彩各异,尤以白色居多,所以格外醒目。山中林木不仅种类众多,姿态迥异,色彩更是绚丽。遍布各处的红枫最为耀眼夺目,点缀在墨绿、粉色、白色、蓝色的树林之间,映衬出一个有别于源诗的繁花似锦、人声喧闹的蜀道。

历代画《蜀道难》者众多,明代谢时臣的《蜀道图》、仇英的《剑阁图》、张宏的《补蜀道难图卷》,明末清初黄向坚的《蜀道图》,清代罗聘的《剑阁图》,都有各自的艺术独创性,可与赵孟頫此图一起相互参照欣赏。

二、 马远《寒江独钓图》

宋代马远的《寒江独钓图》(图3-2),纵26.7厘米,横50.6厘米,水墨淡彩,今藏于日本东京国立博物馆,此图乃柳宗元《江雪》的诗意图。

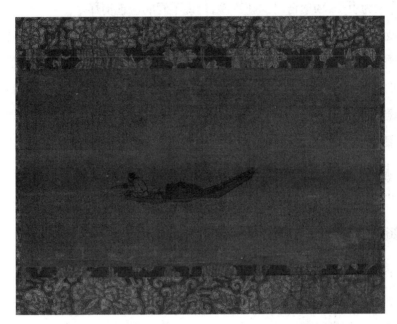

图3-2　寒江独钓图,马远,日本东京国立博物馆藏

《江雪》是柳宗元被贬谪到永州时所作。"千山鸟飞绝,万径人踪灭。孤舟蓑笠翁,独钓寒江雪。"诗中之景乃是其当时情怀的写照,此种胸怀壮志难伸的孤寂失意却又高洁自傲、坚贞不屈的情怀,常为后世文人认同,所以"寒江独钓"便成了寄寓此种情怀的经典意象,后世画家常爱画之,借以抒情明志。

马远的《寒江独钓图》虽然没有题诗,却很容易让人联想到柳宗元的诗句。此图与柳诗的差异最值得参详。马远的画作构图空灵,偌大的画面中只有一叶渔舟,一个男子坐在船头全神贯注地垂钓。画中大量留白勾人想象,舟边几笔涟漪使大片的空白立即化作满溢的江水,营造出萧瑟寂寥的意境。人物的神情也增添了观赏者对水中之鱼的想象。垂钓者跪在船头,身体前倾,目不转睛地盯着水中的鱼线,仿佛水下已有鱼儿咬钩,下一刻即将挑竿而起。马远的诗意图与柳诗所呈现的观感大相径庭：诗中为蓑笠翁的独钓营造了一个极为寒冷空寂、灭绝鸟声人迹的环境，独钓者独自与环境相抗衡，由此表现出其孤寂的处境和坚韧的精神；画中却没有此种场景和基调的铺垫，而集中刻画了人物垂钓时全神贯注、兴致盎然的神态，人物与环境之间非但不相隔，反而融为一体，可见马远只是借"寒江独钓"的意象为引子，独创自己的新画境，诉说不同的逸趣情怀。

马远此图可与其他诗意图相对比来欣赏。如明代袁尚统的《寒江独钓图》和宋旭的《寒江独钓图轴》，都直接题写柳宗元诗句于画上，前者从人物、孤舟到江、山、雪等景物无一不贴近诗意，后者虽也有雪树群山、孤舟蓑翁，却距诗意稍远。后世诗意图的画境各异，主要是对环境，以及人物和环境之间关系的刻画存在差异。在诗歌中，独钓寒江的老翁与四周环境之间只有构成对立的关系，才能显示其坚韧不屈。同理，寒江独钓图，如果不画四周的环境，或者环境与人物并不构成对立，那么所带来的效果就如马远和宋旭的诗意图，转呈其他画境了。

三、 颜真卿《祭侄文稿》

颜真卿的《祭侄文稿》(图 3 - 3)书于唐乾元元年(758)，纵 28 厘米，横 72 厘米，钤有"赵子昂氏""大雅""鲜于枢"等印，现藏于台北"故宫博物院"，北京故宫博物院有该作品的影印本。

图 3 - 3　祭侄文稿，颜真卿，台北"故宫博物院"藏

在安史之乱中，北方多数郡县纷纷瓦解，只有颜真卿所在的平原郡得守。此时，其兄颜杲卿也固守常山，与他联手抗敌，颜杲卿之子季明在父亲和叔父之间联络。常山经过三天激战，粮尽水竭，颜杲卿被俘。叛军以其子性命逼迫其投降，颜杲卿不屈，季明身首异处，颜杲卿之后也被凌迟处死。颜真卿派人寻找兄侄遗骸，仅得季明头颅安葬，悲痛难抑，写下这篇祭文草稿。《祭侄文稿》乃颜真卿真情浇灌之作，他悲愤欲绝之下纵笔疾书，不计工拙，随心所至。

在书法史上，此稿是抒情的楷模，所以从抒情的角度赏析最佳。颜真卿一贯擅长楷体，但落笔后"惟乾元元年"似楷非楷，书写六行之后，再也控制不住悲愤之情，索性不顾所有规矩章法，圈改涂抹，一任自然。在通篇书写线条的细致变化中显现出书写者情绪的演进：线条从沉稳含蓄，逐渐增加连笔，节奏不断奔放，将情感推向激越，最终又在线条无法遏止的推移中结束。整幅作品用笔苍劲，点画密集，枯笔连续擦涂数字，多处圈改，在虚实、轻重、工拙之间彰显节奏变化，悲愤之情尽显。如果说"天下第一行书"《兰亭序》是中国书法优美风格的高峰，那么《祭侄文稿》作为"天下第二行书"则代表了中国书法壮美风格的最高水平。两者哀乐虽异，却皆为以书表情，是难以超越的墨迹瑰宝。

要点与思考

1. 隋唐五代文学为后世提供了哪些图像母题？

2. 概述隋唐五代文学图像的总体特征和历史特点。

3. 试论隋唐五代时期题画文学的发展。

4. 谈谈唐诗对后世书画的影响。

延伸阅读

1. 赵宪章：《诗歌的图像修辞及其符号表征》，《中国社会科学》2016 年第 1 期。

2. [美]高居翰：《诗之旅：中国与日本的诗意绘画》，生活·读书·新知三联书店 2012 年版。

3. [德]莱辛：《拉奥孔》，人民文学出版社 1979 年版。

4. 陈华昌：《唐代诗与画的相关性研究》，陕西人民美术出版社 1993 年版。

5. 衣若芬：《畅叙幽情：文图学诗画四重奏》，西泠出版社 2022 年版。

6. 赵宪章总主编，吴昊、李昌舒主编：《中国文学图像关系史·隋唐五代卷》，江苏凤凰教育出版社 2020 年版。

第四章
宋代文学图像

宋代是文学和图像高度融合的时代,为中国文学图像的发展树立了新的里程碑。这种高度融合首先表现在诗书画的唱和与合体上。宋代文人所作的题画词不但数量巨大,而且名家之作迭出。宋徽宗及南宋皇室在画面上题诗,开启了后世文人画上诗书画一体的艺术形式。其次,这种高度融合还表现在宋代书画的诗意转向方面,北宋文人在书画界掀起"尚意"之风,并以"诗画一律""士人画"等艺术思想和形式引领诗书画的融合。宋代画家主动援诗入画,作画如赋诗,且书画家均以兼具诗文素养为贵。

宋代文学在散文、笔记、诗词等各类文体上都取得了辉煌的成就,这些文学作品不仅与宋代书画相互唱和,也为后世图像艺术提供了诸多母题。丰富瑰丽的宋词衍生出题画词和词意图等艺术类型,也给后世画家带来创作灵感。

第一节　宋代文学中的图像母题

宋代散文大家辈出,范仲淹的《岳阳楼记》、欧阳修的《醉翁亭记》《秋声赋》、周敦颐的《爱莲说》等著名篇章为后世画家反复摹绘。充满理趣的宋诗和赋文,也不断激发后世画家的创作灵感,形成"暗香疏影""山静日长""岁寒三友""赤壁赋"①等经典图像母题。

---

① 《赤壁赋》图像母题在本章第三节中详述。

一、 宋代散文中的图像母题

（一）《岳阳楼记》图像母题

《岳阳楼记》为范仲淹被贬谪至邓州期间所作,从岳阳楼外巴陵盛状写起,描绘洞庭湖截然不同的阴晴时景,以及由此登楼览物的悲喜之情,继而上升至悲喜不惊的精神境界,最后以"先忧后乐"之句统领全文,一气呵成,意味深长。

《岳阳楼记》开篇描写洞庭湖:"衔远山,吞长江,浩浩汤汤,横无际涯;朝晖夕阴,气象万千。"继而笔锋一转,引出汇聚岳阳楼的"迁客骚人"各有不同的"览物之情",再分别摹写岳阳楼周边的两类景物及其悲喜之情。

"若夫淫雨霏霏,连月不开,阴风怒号,浊浪排空;日星隐曜,山岳潜形;商旅不行,樯倾楫摧;薄暮冥冥,虎啸猿啼。"此为悲戚之景。数月阴雨连绵,寒风呼啸,浊浪汹涌,远处日月皆隐匿光辉,山岳不见形迹。近处船只损坏,商人旅客无法通行。傍晚天色昏暗,耳边如虎啸猿啼。由此,阴郁声色派生的览物之情是贬谪他乡的无助与悲凉。

"至若春和景明,波澜不惊,上下天光,一碧万顷;沙鸥翔集,锦鳞游泳;岸芷汀兰,郁郁青青。而或长烟一空,皓月千里,浮光跃金,静影沉璧,渔歌互答,此乐何极!"此为喜悦之景。春光明媚,天水一色,碧波万顷。沙洲上鸥鸟时飞时停,鱼儿自由游动。岸上洲边香草兰花青翠茂盛。有时烟雾消散,皓月明耀千里,湖光闪着金色,月影沉静如水中玉璧。渔夫以歌唱和,是何等的欢乐。由此,登楼观赏如此欢欣明朗之景,所系之情便是心旷神怡、宠辱皆忘的豁达与喜悦。

对阴晴时景与悲喜情绪的描绘实为激扬的笔调设下铺垫。范仲淹在文末探求古代仁人"不以物喜,不以己悲",并抒发自己"先天下之忧而忧,后天下之乐而乐"的人生态度与政治抱负。

《岳阳楼记》记楼却不写楼,仅从登楼远望的视角描绘洞庭湖的景致。后世画作则细致描绘岳阳楼,将之绘于画面高位,以展洞庭风光。后世以《岳阳楼记》为题的存世画作最早可追溯至北宋(传)范宽的两幅《岳阳楼图》[①]、(传)郭忠恕的

---

① 最早由何林福在著作中提出,参见何林福:《岳阳楼史话》,广州出版社 2000 年版,第 64 页。图像年代经考辨存有争议,参见马晓:《略论界画岳阳楼的建筑形制》,载《古建园林技术》2013 年第 1 期,第 45 页。

《岳阳楼图》①以及(传)宣和画院的《岳阳楼图》②。元代夏永、朱德润，明代陈道复、安正文、谢时臣、仇英、王圻，清代龚贤、张宗苍、石涛、王时翼、王翚，民国至现当代的吴镜汀、秦仲文、徐照海、周令钊等均作有《岳阳楼图》。

(二)《醉翁亭记》图像母题

《醉翁亭记》是欧阳修被贬谪至滁州时所作，构思精巧，余味深长。文章从醉翁亭写起，描写了滁州山间朝暮四季的风光，太守与游人的山水之乐、游宴之乐。

文章结构如金线串珠、散而不乱。先由山至峰，由峰至泉，再由泉至亭，交代醉翁亭之所在。接下来由亭及人，写太守以其号醉翁为之命名，引出醉翁之意在乎山水之间，点出"山水之乐"的主题。

"若夫日出而林霏开，云归而岩穴暝，晦明变化者，山间之朝暮也。野芳发而幽香，佳木秀而繁阴，风霜高洁，水落而石出者，山间之四时也。"文章分述山间朝暮四时的不同风光，一时一季之景皆有无穷之乐。接着便写滁人游山之乐、太守宴饮之乐。文中记述游人络绎往来，宾客酣饮游戏，太守颓然酒醉，展示了一幅与民同乐的祥和图景。最后写宴会结束，众人皆归，山林生机犹在，禽鸟啼鸣，以禽鸟之乐、游人之乐衬托太守之乐。

《醉翁亭记》从醉翁亭及周边景致的概览写到四时朝暮之景，再经宴饮游玩场面的描述，写至宴会之后的情景，以山水娱情，排遣被贬谪的苦闷，表达了作者对政治清明、与民同乐的理想社会的向往。

宋末元初诗人方回的《醉翁亭图引为赵达夫作》③是《醉翁亭记》后世图像呈现的最早记录。明清是《醉翁亭图》创作的集中时期，明代唐寅、仇英、谢时臣、文伯仁、居节，清代王翚、袁江、沈唐、张培敦等画家均创作过《醉翁亭图》。

(三)《爱莲说》图像母题

周敦颐是宋代儒家理学思想的开山鼻祖，《爱莲说》是其援佛、道入儒的格物

---

① 著录于高士奇撰《江村销夏录》，蒋超伯撰《南漘楛语》。

② 刊登于民国二十一年(1932)五月六日《国剧画报》第6期，参见何林福：《岳阳楼史话》，广州出版社2000年版，第66页。图像年代经考辨有争议，参见马晓：《略论界画岳阳楼的建筑形制》，《古建园林技术》2013年第1期，第45页。

③ 收录于《全宋诗》第五部《方回》。

理学代表作。文章章法分明，笔墨精炼，作者以莲自况，寄予自身对理想人格的追求。

此文开篇先言其他水陆草木之花，特别点出陶渊明所爱的菊和世人皆爱的牡丹，将之与自己独爱的莲加以对比。作者直陈自己爱莲的原因："予独爱莲之出淤泥而不染，濯清涟而不妖，中通外直，不蔓不枝，香远益清，亭亭净植，可远观而不可亵玩焉。"作者以浓墨重彩描绘莲的气节，以托物言志之法展现自己的理想人格。"莲之出淤泥而不染，濯清涟而不妖"来源于佛经中的禅理。这一连串的铺叙，渲染了莲花挺拔秀丽的芳姿、超凡清逸的美德以及可敬不可侮慢的风范，也隐喻了作者在黑暗官场中不愿同流合污的正直品性。

接着，文章以比德之法品评菊花、牡丹和莲花这三种花所象征的不同品格。"予谓菊，花之隐逸者也；牡丹，花之富贵者也；莲，花之君子者也。"菊是超脱现实的隐逸者，牡丹则以富贵艳丽媚人，莲花出于淤泥而不受沾染，才是花中的真君子。莲花在周敦颐笔下已脱离了佛家仙界的出世观，也超越了陶渊明"不降其志，不辱其身"①的逸者的出世观，而成为儒家入世而修的象征。

最后，作者又进一步对这三种花的喜爱加以评价："噫！菊之爱，陶后鲜有闻。莲之爱，同予者何人？牡丹之爱，宜乎众矣。"此评价富含深意，不仅借花喻人，也借花喻世。世间如陶潜那般的真隐士少，如莲一般的贤德君子寡，而趋炎附势以追求富贵的人比比皆是。"莲之爱，同予者何人"，此句颇多深意，其中既有作者对高尚情操的坚守，对志同道合者的渴望，更有对世风日下、寡廉鲜耻之徒的鞭挞。

《爱莲说》所塑造的莲花语象及其寓意，成为后世莲花图像的重要参照。宋代吴炳的《出水芙蓉图》是现存花鸟画作中流传较早的作品。莲图在宋元以前多勾勒填彩，在明清时期墨荷画法发展成熟，由宋代画院写实的工笔技法走向写意之风，延续了《爱莲说》与宋元花鸟格物致知的理学情怀。莲花由此成为明清文人花鸟画中常见的母题与草木符号，尤以明代沈周、陈道复、徐渭和清初朱耷的莲图最为典型。

---

① 杨伯峻译注：《论语译注·微子篇第十八》，中华书局 1980 年版，第 197 页。

二、 宋代诗歌中的图像母题

诗歌是宋代文学图像母题的重要来源之一。相较而言,宋诗诗意图的数量远少于唐诗诗意图,但宋诗也孕育了一些经典意象,如"暗香疏影""山静日长""岁寒三友",它们成为后世入画的经典图式。

(一)暗香疏影

梅花岁寒而立、不畏艰难的品质,早在南朝时期就已有诗人青睐、赞咏,但在宋以前,梅花在诗歌中含义简单,模式单纯。梅花为文人所钟爱并广为盛行,始于北宋诗人林逋。林逋生性恬淡,爱梅成痴,隐居于西湖孤山,终身不仕、不娶,以植梅养鹤为乐,世谓"梅妻鹤子"。林逋曾写出多首咏梅诗,最为人称道的是《山园小梅》中的两句,"疏影横斜水清浅,暗香浮动月黄昏"。"暗香""疏影"成为后世咏梅诗的经典词汇,也在画坛形成"暗香疏影"的图像母题,且梅花图像多以横、疏、斜为典型特征。后世画梅大家,如清代金农、金俊明、汪士慎等人多以"暗香疏影"为题。元代王冕,明代唐寅、王谦,清代虚谷等画家在绘制梅花图时也常常抒写林逋的此句诗意。

后世文人和画家所赞美的不仅是梅花的坚强品性,还有梅花从隐逸诗人林逋那里所承继的隐逸意味,正如毕嘉珍在《墨梅》中所述:"在宋代文人心中,隐逸生活的愿望、代表人物林逋以及他所钟爱的梅花形象互相交融,不可分割。"自宋以降,"中国文人有选择地或者必要地引用林逋的诗文,模仿其个性,将其作为一种生活策略。这样,林逋就站在了诗歌与绘画中梅花传统的中心"。①

(二)山静日长

"山静日长"的图像母题出自北宋诗人唐庚的《醉眠》一诗:

山静似太古,日长如小年。余花犹可醉,好鸟不妨眠。

世味门常掩,时光簟已便。梦中频得句,拈笔又忘筌。

此诗记叙了诗人独酌后醉眠又梦醒作诗的过程,事显而情隐,富有禅意。"山静似太古,日长如小年"是半醉半醒的诗人对所处山林幽居的独特时空感受,空山

---

① [美]毕嘉珍著,陆敏珍译:《墨梅》,江苏人民出版社 2012 年版,第 34 页。

寂静、不闻人声，犹如太古时期一般，生活清闲，岁月漫长，度一日就如同度一年。在《鹤林玉露》中罗大经曾品味此诗曰："唐子西诗云：'山静似太古，日长如小年。'余家深山之中，每春夏之交，苍藓盈阶，落花满径，门无剥啄，松影参差，禽声上下。午睡初足，旋汲山泉，拾松枝，煮苦茗啜之。随意读《周易》《国风》《左氏传》《离骚》《太史公书》及陶杜诗、韩苏文数篇……味子西此句，可谓妙绝。"①

"山静日长"这一意象在中国古典文化语境中富含深意——于静中涵咏精神，物我两忘，达到道家讲求的超脱境界，这首小诗因此获得后世众多文人画家的心理认同。明代沈周的《策杖图》《山静日长图》、仇英的《唐子西诗意图》、文徵明的《唐子西诗意图》均是这一图像母题的代表作。

（三）岁寒三友

苍松、翠竹与寒梅被称为"岁寒三友"，自古因其高尚的品格而备受文人墨客的青睐。三友中松、竹成名甚早，在《礼记》中便有赞颂："礼器……其在人也，如竹箭之有筠也，如松柏之有心也。二者居天下之大端矣，故贯四时而不改柯易叶。"②梅至宋代地位才得以提升，与松、竹齐名，屡见于宋代诸多赞颂岁寒三友的诗赋中。北宋诗人张元干有《岁寒三友图》，诗云："苍官森古鬣，此君挺刚节。中有调鼎姿，独立傲霜雪。"③北宋周之翰有《蘪梅赋》，诗云："春魁占百花头上，岁寒居三友图中。"④南宋诗人陆游在《再赋梅花》中有"松筠共叹冰霜晚，桃李从教雨露偏"⑤的诗句，在《梅花已过闻东村一树盛开特往寻之慨然有感》中有"品流不落松竹后，怀抱惟应风月知"⑥等诗句赋咏梅花。"岁寒三友"之称在宋代不仅见诸诗文，也已形之于丹青。南宋诗人楼钥有题画诗《题徐圣可知县所藏杨补之画》云："梅花屡见笔如神，松竹宁知更逼真。百卉千花皆面友，岁寒只见此三人。"⑦杨无咎、马远、赵孟坚等人也都画过"岁寒三友"图。

宋代以"岁寒三友"坚贞刚正的品格比喻君子之德，此后"岁寒三友"的形象便

---

① 罗大经撰，王瑞来点校：《鹤林玉露》，中华书局1983年版，第304页。
② 钱玄等注译：《礼记》，岳麓书社2001年版，第314页。
③ 傅璇琮等编：《全宋诗》，北京大学出版社1999年版，第19925页。
④ 陶宗仪：《南村辍耕录》，中华书局1958年版，第349页。
⑤ 同③，第24319页。
⑥ 同③，第24637页。
⑦ 同③，第29476页。

出现在绘画、陶瓷、竹木雕、砖石雕刻、漆器、金属、刺绣、印染、剪纸等各个艺术种类中，成为后世重要的图像母题。徐渭、唐寅、金农、金俊明、朱耷、石涛、罗聘等画家都曾绘岁寒三友图，以之寄情言志。

第二节　宋代文学图像概观

一、宋代文学图像的特点

宋代的文化艺术全面繁荣，其文学、绘画、书法相互唱和，表现出高度融合的发展趋势。这种融合表现在诗书画更为频繁的自觉唱和、绘画的诗意转向以及"诗画一律""士人画"等艺术思想和形式的出现等诸多方面。

（一）诗书画的相互唱和

第一，诗书画的自觉唱和。宋代以前，诗书画的相互唱和多是偶然为之的行为，而至宋代不仅更加频繁，而且成为文人、画家艺术创作的自觉追求。如《林泉高致》中记载宫廷画家郭熙、郭思主动寻找幽情美句，援诗入画。宋徽宗建立"以诗考画"的选拔制度，以诗情画意作为选拔画界人才的标准。宋代许多画家都非常注重研学和创作诗歌，有些画家，如苏轼、宋徽宗、李公麟、文同、郑思肖等，均兼诗人或书法家等双重或多重身份。诗画唱和在宋代是双向的，不仅画家在诗歌意象的感发下，将清篇丽句化为画作，诗人也在观赏画作的同时，将水墨丹青化作诗篇，从而使题画诗蔚为大观，帝王帝后、宰辅大臣、理学大师、民间隐逸者等各阶层人士均有创作，至今有五千余首题画诗存世，几乎遍及所有绘画题材。

第二，诗书画的形式合体。从现存画迹来看，宋徽宗赵佶是在画面题诗的第一人。在他之前也有文人在画作的前后处题诗，图像和文字各自独立，而宋徽宗是在画面的空白处以瘦金体题诗，使诗、书、画合为一体、交映生辉。宋代在画面题诗的作品多为画院画家作画，皇室成员题诗，可以说是宋徽宗带动了这股潮流，如南宋宁宗为马远的《踏歌图》题写王安石的诗句，理宗为马麟的《看云图》题写王维的诗句,高宗吴皇后为《青山白云图》题诗等。这种诗书画在形式上的合体,使题跋诗歌成为绘画构图的一部分,观者在欣赏画作的同时也在欣赏诗艺和书像,开启了后世文人画的基本模式。

第三,创作方式和审美趣味的趋同。宋代诗书画的交融还表现在画家以赋诗的方式作画,他们的画作在审美趣味上与诗歌一致,追求冲淡含蓄的格调、澄明静谧的意境。《宣和画谱》中记载了不少画家的创作手法和构图与诗歌有关的例子,如李公麟作《归去来兮图》和《阳关图》时采用的遮蔽和隐藏手法便是仿照了杜甫的《缚鸡行》《茅屋为秋风所破歌》。赵叔傩作画"每下笔皆默合诗人句法",所描绘的荷花、游鱼、秋江、桃溪等意象尤为契合王安石的诗歌。南宋马和之创作的《诗经图》也借鉴了《诗经》"赋比兴"的创作手法,营造萧条淡泊之感。

(二)绘画的诗意转向

在诗书画艺术的相互唱和中,宋代绘画表现出明显的诗意转向。绘画的诗意性可谓是宋代所有画家及画论家的普遍追求。

首先,许多画论家借鉴传统诗论阐述绘画理论,对画论进行诗意的建构。以宋代最重要的画论著作之一《图画见闻志》为例,郭若虚在其中所阐述的一些思想明显借鉴了曹丕的《典论·论文》:"凡画必周气韵,方号世珍。不尔,虽竭巧思,止同众工之事,虽曰画,而非画。故杨氏不能授其师,轮扁不能传其子,系乎得自天机,出于灵府也。"[1]此处所论"凡画必周气韵"便源自曹丕的"文以气为主"。后又云"不能授其师""不能传其子",也仿自曹丕的"虽在父兄,不能以移子弟"之论。

其次,许多画家在创作中自然融入诗歌语象,并努力营构诗境。宋代不仅有直接表现某一诗句的传统诗意图,如许道宁的《早行诗意》、赵葵的《杜甫诗意图》、岩叟的《梅花诗意图》、张先的《十咏图》等,还有广泛意义上并不摹写某句诗意的诗意图创作。这一方面缘于宋代画家的诗学素养,他们将熟读诗赋作为绘画创作的重要前提;另一方面缘自他们对世界的诗意观照,及其绘画创作对诗境的主动追求。宋代画家在创作诗意图时直接将诗歌语象诉诸视觉,将诗人的人文活动,如客话、烹茶、听琴、观瀑、听松、观云、登高等,化作山水间的人物活动。芦雁、溪

---

① 郭若虚:《图画见闻志》,见俞剑华编著:《中国古代画论类编》,人民美术出版社1998年版,第59页。

流、渔父等意象共同交织在山水诗与山水画中，相互印证。从广义上来说，宋代的山水画都可被视为诗意图。宋代绘画中的山水以及各种人物活动，不但是宋诗中常见的意象，也是对宋代文人生活的诗意描绘。宋代绘画对于诗意和诗境的强调，奠定了中国主流绘画的基本格调。

（三）艺术观念的融合和倡导

诗书画高度融合的艺术实践，是受"诗画一律""尚意""士人画"等一系列艺术观念和形式影响的结果。宋代文人及画家高度认同诗歌和绘画的同构特征，并对诗画关系进行了积极的探讨和阐释。以诗喻画或以画喻诗是他们常用的艺术评价方式。宋代知识分子常兼有文人、诗人、画家、书法家、书画理论家等多重身份，他们对诗书画的创作和鉴赏有自己独到的见解。

北宋文坛领袖欧阳修提出绘画应体现"萧条淡泊"之意境，具有典型的诗意性，这是宋代绘画的至高境界，也是后来文人绘画的审美追求。宋代以后，倪云林、黄公望便因得萧条淡泊之精髓，而被推为文人画领袖。苏轼是宋代艺术的集大成者。他的"诗画一律"思想为宋元以来中国绘画发展奠定了基调，并成为中国文人画发展的纲领。苏轼对"士人画"的论述，是日后主导中国绘画千年的"文人画"理论的源头。苏轼以及苏门弟子对于绘画的品评，也直接影响了宋代绘画的创作面貌。

在苏轼等文人的倡导下，宋代诗书画三界遵从一律，且均掀起一股"尚意"之风。宋代绘画，无论花鸟还是山水题材，都从再现走向写意。当绘画的再现性发展到巅峰时，宋代花鸟画家和山水画家都力求变革，向着写意性发展。北宋院体画家崔白、吴元瑜、郭熙等人变革黄荃弟子的画风。如崔白仅用工笔刻画鸟雀，配景则用豪放苍劲的水墨山水画法。南宋山水画家也不满足于描摹山水的形似，而尽力表现其内在风神，突出画面的意境。从李唐的小景山水到马远、夏圭的"马一角，夏半边"的取景方式，都是在以山水写意，彰显意境。

宋代的书像艺术也由唐代的崇尚法度转向尚意宣情。宋代的文人书家，从欧阳修到苏轼、黄庭坚、米芾等，都走开创革新之路，不受制于"法"的束缚，充分发挥书像的写意功能。宋代文人书像带有文人的情志体验和审美情趣，这些文人书家对人格精神有更高的追求，希望书像能够"怡情悦性"，可以"写神""写性""写心"

"写意",从而在意境和韵味上达到"超以象外""气韵生动"。尚意宣情使宋代书像的审美由汉唐注重理性的壮美,转向以情为主的优美;宋代书像的体式,也从真楷书体转向更能展现书者情志的行草。

二、 宋代图像与前代文学的关系

(一)宋代图像对儒家经典的呈现

宋代是一个儒学繁荣、变占革新的时代,各家论说兴起,刊印儒家学说之风盛行。一些学者以图像注经、解经等形式,留下了《三礼图集注》《仪礼图》《孝经图》《女孝经图》《诗经图》等一系列儒学文献遗产,这些儒学图像主要以图识、图示、图说和诗意图四种方式注经。

"图识"即图现经籍中的名物,以图识物。儒家经籍中的高古名物,如礼服、车舆、器物等在宋代已无法得见,所以宋代纂印儒家经籍时常插入这些名物的简易图版,以帮助读经者辨识和理解。聂崇义的《三礼图集注》是北宋初期最重要的"图识"经籍文献,宋代还出现了欧阳修的《集古录》、吕大临的《考古图》和王黼的《宣和博古图录》等传拓器物铭文,以图考古的金石学研究文献。

"图示"是将经籍中地理、方位、摆布关系等复杂的信息,概括整理为简洁明了的图像。南宋杨复的《仪礼图》《仪礼旁通图》是"图示"儒经的代表作。这类图像大量出现在《周礼》《仪礼》《礼记》三礼学研究中,因为"三礼"经典记载礼仪活动的流程,其经义琐碎、复杂,光靠单纯的文字描述难以让读者理解。

"图说"是以图叙事,先抄录经文,然后各章敷衍一幅插图。从图像内容上看,"图说"类的图像画面以人物为主,有明显的叙事性特征,不再只是文学的注脚,而出现了自由的演绎和艺术化创造。李公麟的《孝经图》和佚名的《女孝经图》属于这一类经典作品。

"诗意图"主要体现在表现《诗经》诗意的那些画作中,以马和之的《诗经图》系列为代表,比之前三类,其艺术创造的成分更加突出。现存此类《诗经图》不少,如藏于北京故宫博物院的《小雅·鹿鸣之什图》《闵予小子之什图》《小雅·节南山之什图》《豳风图》《唐风图》,藏于上海博物馆的《诗经周颂十篇图》《诗经陈风十篇图》,藏于辽宁省博物馆的《唐风图》《陈风图》《周颂清庙之什图》《鲁颂三篇图》等。

（二）宋代图像对前代历史故事的呈现

1. 前代人物的图像呈现

前代圣人、明君、贤臣及禅师是宋代图像呈现的主要人物形象。

宋代尊孔崇儒，孔子及其弟子的画像应时而兴。现存的宋代孔子像主要有北宋佚名的《孔子七十二弟子像》、南宋《圣贤像》石刻像以及马远的《孔丘像》等。据史料记载，孔子具有非同常人的长相，身材魁梧高大且勇力过人。宋代孔子像继承和凸显了孔子的异相，但又弱化了孔子的高大勇武，这种"异"相旨在表现孔子超过常人的智慧与仁德。从北宋的两幅孔子弟子像来看，人物造型皆偏粗短，双目都呈丹凤眼。丹凤眼乃智慧与高位的象征，所谓"目如凤鸾，必定高官"[1]，彰显了孔子的地位。

宋代还有许多前代帝王和贤臣的图像。如南宋宫廷画家马麟绘有《道统五祖像》，描绘了伏羲、帝尧、夏禹、商汤和周武王五位圣君。"商山四皓"和"会昌九老"等贤臣图也盛行于当时。据《宣和画谱》著录，流入宣和内府的《商山四皓图》有二十余幅，李思训、王维、李公麟皆有创作，可惜多已失传。《会昌九老图》现存作品二幅，一为与《商山四皓》画卷的合卷，现藏于辽宁省博物馆，一为藏于北京故宫博物院的《会昌九老图》。其他贤臣图还有北宋佚名的《十八学士图》、南宋刘松年的《十八学士图》和南宋佚名的《八相图》等。

此外，宋代是禅宗发展的重要时期，寒山、拾得、布袋和尚等著名禅师的多幅画像存留至今。以寒山、拾得为题材的作品主要有南宋梁楷的《寒山拾得图》，宋末元初颜辉的《寒山拾得图》；布袋和尚的画像则有北宋崔白的《布袋真仪图》，南宋（传）梁楷的《布袋和尚图》、李确的《布袋图》、牧溪的《布袋图》等。

2. 前代历史故事的图像叙述

宋代画家广泛选取历代著名历史故事加以图像呈现。李唐的《晋文公复国图》描绘了春秋时期重耳避难出逃、最终复国的故事。李唐还有《采薇图》，画的是伯夷、叔齐采薇而食。这两幅图都含有画家的政治隐喻，鼓励南宋君臣在历经劫

---

① 曾国藩著，陈赞民等注评：《冰鉴注评》，中州古籍出版社1994年版，第145页。

难之后励精图治、收复故土。文姬归汉故事是两汉的图像母题，宋代亦存有李唐的《文姬归汉图》与陈居中的《文姬归汉图》，二图借"文姬归汉"表达宋人的民族情怀，亦有激励世人励精图治、抵御外辱之意。

王羲之和唐明皇的故事也是后世绘画喜爱表达的对象。南宋有《右军书扇图》①，描绘王羲之为老妪书扇之事。南宋马远的《王羲之玩鹅图》和钱选的《羲之观鹅图》画的是王羲之养鹅观鹅的故事。南宋佚名的《明皇击球图》和李嵩的《明皇斗鸡图》分别描绘了唐玄宗打马球和观看斗鸡的场景。明皇幸蜀的画题自唐代就已肇始，《明皇幸蜀图》"以其名不佳"而讳称《摘瓜图》，宋代宣和御府藏画中有李伯时《摹唐李昭道摘瓜图》的记载。

3. 前代佛道神话故事的图像叙述

前代佛道神话故事在宋代生成数量众多、内容丰富的叙事图像。

宋代人们认为道教的"三官大帝"具有赐福、赦罪、解厄等神力。宋代的相关绘画有佚名的《三官图》和马麟的《三官出巡图》，描绘三官大帝同时出巡的场景。钟馗和吕洞宾也是绘画热衷表现的道教神仙。钟馗的绘画题材至宋代逐渐世俗化、娱乐化，现存作品有李公麟的《钟馗嫁妹图》、梁楷的《钟馗策蹇寻梅图》、马和之的《松下读书钟馗》、龚开的《钟进士移居图》和《中山出游图》等。表现吕洞宾的画作现存有佚名的人物肖像《吕洞宾过洞庭图》，另一幅《吕洞宾过岳阳楼图》描绘吕洞宾飞上天际、众人叩拜的情景。

"十王"信仰兼存于佛教与道教。据《佛说十王经》所述，十位冥王分别执掌十殿地狱，到了宋元时期又为道教所吸收、演绎。现存有关十王题材的宋代绘画流传至日本和美国，包括宁波民间画工陆信忠的《十王图》和金处士的《十王图》，以及佚名的《十王像》。这些《十王图》均具有鲜明的民俗画特色。

诸多禅宗公案故事也在宋画中有所呈现，如张激的《白莲社图》与佚名的《莲社图》是对莲社故事的演绎。南宋梁楷禅画题材的代表作有《八高僧故事图》，以及关于六祖慧能的绘画《六祖撕经图》《六祖截竹图》等。南宋马远亦有《洞山渡水图》《清凉法眼禅师像》，前者描绘了洞山良价观看自己水中之影而恍然大悟的一

---

① 此图右边有梁楷的题款，系后人添加。

刹那,后者暗含了一段清凉文益禅师的禅宗公案。另有(传)法常的《五祖荷锄图》,所绘为栽松道者,乃五祖弘忍大师的前生故事。

（三）宋代图像对前代诗文的呈现

宋代表现前代诗歌的图像作品,有的是直接描绘前代诗歌的诗意图,有的是表现前代诗人及其故事的画作,还有书写前代诗歌的书像作品。

《诗经》和《楚辞》在宋代均有图像呈现。"以图说诗"是《诗经》在宋代被阐释和传播的独特方式。南宋有《诗经图》(《毛诗图》),传为高宗书《诗》与《诗序》,命马和之在空白处补画,是现存最早的《诗经》和《诗序》图像。此外还有绘画小品《草虫瓜实图》,可以追溯到《诗经》中《绵》《螽斯》两首诗,寓意子孙繁盛。因对屈原的亡国之痛与故国之思有深刻共鸣,《楚辞》在宋代有大量的绘画呈现,尤其表现在出现了大量的《九歌图》。据《宣和画谱》记载,北宋李公麟曾作《九歌图》,现存元代张渥的《九歌图》为此图摹本。《宋画全集》还收录了多组佚名的《九歌图》。

魏晋时期王羲之的《兰亭序》、陶渊明的《归去来兮辞》在宋代绘画中也得以呈现。刘松年的《兰亭除垢图卷》以图像形式重现了《兰亭序》所书盛况。《宣和画谱》收录了李公麟的两幅《归去来兮图》。美国波士顿艺术博物馆收藏的《归去来辞书画》传为李公麟作,此画确立了陶渊明在后世图像中的形象。

宋代绘画所呈现的唐人诗句众多,又以表现王维、李白和杜甫的诗句为最。[①] 南宋梁楷的《太白行吟图》是现存最有影响的描绘李白形象的图像之一。现存杜甫像有宋末元初牧溪的《杜子美图》。同是描绘行吟诗人,梁楷笔下的李白昂首向天,而牧溪笔下的杜甫则低头觅句,揭示出两者不同的创作状态、诗风及其人格精神。此外,宋代书家也将唐诗诉诸书像,如苏轼的《杜甫桤木诗卷帖》《杜甫暮归诗帖》《杜甫奉观岷山沱江画图诗帖》《李太白仙诗卷》《柳州罗池庙迎送神诗碑》,黄庭坚的《李白忆旧游诗草书卷》《杜甫寄贺兰铦诗帖》《寒山子庞居士诗帖》《经伏波神祠诗卷》《刘禹锡竹枝词卷》等,赵构也有《洛神赋》《白居易诗》《行书白居易七律诗卷》《书杜甫即事诗页》等作品。

---

① 关于宋代的唐诗诗意图参见上一章。

三、 宋代笔记小说及其宋代图像

笔记源于魏晋，是一种形式自由、内容驳杂的文体。宋代笔记数量众多，流传至今的有五百余种，以图文互现的方式在宋画中呈现的不在少数。

（一）市井生活笔记及其图像

都市笔记是宋代最具时代特色的笔记种类之一。孟元老的《东京梦华录》、吴自牧的《梦粱录》、周密的《武林旧事》等笔记，记录了汴梁、临安等大都市的空间场景与文化生活，这些在宋画中都有所体现。

首先，宋画呈现汤茶、酒肆、商品杂货等商业贸易场景。宋代城市里有大量售卖汤茶的摊点，汤茶文化盛行。据《东京梦华录》记载："更有提茶瓶之人，每日邻里互相支茶，相问动静。"①《都城纪胜》亦载："提茶瓶，即是趁赴充茶酒人，寻常月旦望，每日与人传语往还。"②笔记中所记载的卖浆者传递时事轶闻等信息，名曰"支茶"，南宋有《卖浆图》再现这一场景。

宋代的酒肆文化也极为繁荣。"凡京师酒店，门首皆缚彩楼欢门，唯任店入其门，一直主廊约百余步，南北天井两廊皆小阁子。向晚，灯烛荧煌，上下相照。"③因酒楼壮观华美，北宋还出现了专门画"酒肆边绞缚楼子(彩楼观门)"的画家。这类酒肆活动还呈现于《四迷图》④的酣酒图像中，相传南宋李嵩绘有《四迷图》，但已失传，现存《四迷图》为别稿，且只剩酣酒场景一幅。

《东京梦华录》《武林旧事》《都城纪胜》等笔记中还记述了日用百货的售卖活动。这些琳琅满目的日常用品、食物和儿童玩具，在宋代的货郎图像中多有呈现。现存货郎图有五幅，一幅为北宋苏汉臣的《货郎图轴》，另外四幅均为南宋李嵩所作。图像中所画的货物与笔记记载形成互证。如黄胖(类似于不倒翁)在孟元老的《东京梦华录》中有记述，"泥孩儿"在陆游的《老学庵笔记》中也有所描述。还有图中货郎售卖的鸟和鸟笼，印证了《东京梦华录》中关于北宋汴梁相国寺有交易飞

---

① 孟元老撰，王莹注译：《东京梦华录》，中国画报出版社 2016 年版，第 117 页。

② 朱彭等：《南宋古迹考(外四种)》，浙江人民出版社 1983 年版，第 85 页。

③ 孟元老撰，伊永文笺注：《东京梦华录》，中华书局 2006 年版，第 174 页。

④ 所谓"四迷"是指酣酒、嫖妓、赌博及恶霸四种恶习。

禽猫犬市场的记载。

其次,宋画呈现七夕乞巧、端午划龙舟、元宵傩仪以及踏歌等节庆活动。《东京梦华录·卷八》中载:"至初六日七日晚,贵家多结彩楼于庭,谓之'乞巧楼'。铺陈磨喝乐、花瓜、酒炙、笔砚、针线,或儿童裁诗、女郎呈巧,焚香列拜,谓之'乞巧'。"①南宋李嵩的《汉宫乞巧图》虽名为汉宫,但宫殿样式均为典型的宋代样式,记录的应该是宋代妇女乞巧的场景。端午节也是一个重要的节日,皇室会在金明池举行赛龙舟活动。宫廷画家张择端的《金明池争标图》呈现了金明池端午节庆活动的盛况,该图中的建筑状貌恰好与《东京梦华录》中的文字记载形成互证。

最后,宋画还呈现"瓦肆勾栏"的戏剧演出场景。在北宋时,"瓦肆勾栏"便已遍布首都汴梁各处,艺人们在此演出杂剧、傀儡戏等各类剧种。傀儡戏是人操纵木头或布艺傀儡进行表演的演艺形式,备受欢迎。《梦粱录》中对悬丝傀儡、杖头傀儡、水傀儡和弄影戏等类别有详细的描述。② 骷髅戏是傀儡戏的一种,宋代有与之相对应的表现悬丝骷髅戏表演的《骷髅幻戏图》。

(二)乡村生活笔记及其图像

农业生活是宋朝立国之本,牧牛、捕鱼、耕织、村医、乡学等乡村生活不仅被记载于宋代笔记,也呈现于宋代图像中。

宋代牧牛业兴旺。《东京梦华录》记载:"牛车阗塞道路,车尾相衔,数千万量(辆)不绝。"③牧牛成为宋画的重要题材。现存五幅牧牛图,分别是李唐的《雪中归牧图》、夏圭的《雪溪放牧图》、阎次平的《秋野牧牛图》和佚名的《田垄牧牛图》《柳荫放牧图》。这些牧牛图有的表现牧民生活的艰辛,有的表现田园趣味。

宋代城市对渔业的需求量促进了渔业的发展。《梦粱录》中列举了杭州"食次名件"三百零四种,其中鱼虾等水产肉食品近一百四十种。据《定海厅志》载,南宋昌国县居民"网捕海物,残杀甚多,腥污之气,溢于市井,延壳之积,厚于山丘"。南宋画家李东的《雪江卖鱼图》呈现了冬天渔民卖鱼的场景,也表现了乡村贫民的疾苦。

农耕和纺织是最基本的农事活动。南宋画家杨威的《耕获图》和楼璹的《耕织

---

① 孟元老撰,邓之诚注:《东京梦华录注》,中华书局 1982 年版,第 209 页。
② 吴自牧:《梦粱录》,见朱易安等编:《全宋笔记》第八编(五),大象出版社 2007 年版,第 305—306 页。
③ 孟元老撰,邓之诚注:《东京梦华录注》,中华书局 2004 年版,第 47 页。

图》描绘了江南地区农民的耕织场景，包括从耕作到收获的全过程，与宋人笔记中的记载形成文图互证，反映出江南农耕的整体状况。北宋王居正的《纺车图》专门表现织布场景，祖孙三代齐聚画面，呈现出农村家庭的伦理秩序和融洽关系。

宋代行走在城乡的民间医生被称为"草泽医"。笔记《夷坚志》记述了不少草泽医的故事，宋画中也有表现村医的图像，如南宋李唐的《村医图》，画的是一个村医团队在疗治村民的场景。宋代"重文抑武"，乡村私学获得快速发展。耐得翁在《都城纪胜》中云："乡校、家塾、舍馆、书会，每一里巷须一二所，弦诵之声，往往相闻。"[①]从明代画家仇英的《摹宋人画册·村童闹学图》可以窥见宋代的《村童闹学图》对乡学场景的描画。

（三）文人雅趣及其图像

文人的雅趣之乐盛于宋代，客话、观泉、读书、品茗、赏月等各种雅趣活动，在宋代图像中得到充分体现。

笔记小说中常有"客话"名目，如宋初黄休复曾作笔记《茅亭客话》，清代阮葵生有《茶余客话》。宋代图像中也有各种场景的客话图，主要呈现山中高士与客人会话论道的场景。现存作品有夏圭的《雪堂客话图》《松崖客话图》、南宋何筌的《草堂客话图》、刘松年的《溪亭客话图》以及佚名的《秋堂客话图》。客话者的身份多为德行高洁、求理致知的隐士，所谈内容为天理至道。客话图还通过酒茶、灯烛及树荫等景物点缀文人雅趣，衬托文人虚怀澹泊、清峻孤高的精神风貌。

观瀑、抚琴是文人所钟爱的雅趣。观瀑恰合宋儒格物致知的践履方式。在宋代图像中，北宋佚名的《纳凉观瀑图》、南宋马远的《高士观瀑图》《松岩观瀑图》、佚名的《高士观瀑图》《观瀑图》等画作对观瀑雅趣进行了描绘。宋代推崇"中隐"，士人虽置身官场，但闲暇之余常常抚琴、听琴，也能体验隐逸的乐趣。表现琴趣的图像作品现存有南宋夏圭的《临流抚琴图》、刘松年的《松荫鸣琴图》、南宋佚名的《深堂琴趣图》《携琴闲步图》等。图中描绘的场景在宋代官员的生活中并不罕见。欧阳修在任西京留守推官时常情寄琴音与山水，有《江上弹琴》一诗为证。

读书是宋代文人所钟爱的活动，读书不只为考取功名，更为了求理修身。苏

---

① 耐得翁：《都城纪胜》，见朱易安等编：《全宋笔记》第八编（五），大象出版社 2007 年版，第 19—20 页。

轼有云："士大夫三日不读书，则义理不交于胸中，对镜觉面目可憎，向人亦语言无味。"①宋画中也有对文人简约淡雅的读书乐趣的描绘，可见于佚名的《柳堂读书图》及南宋刘松年的《秋窗读易图》。文人于园林中读书的场景与司马光《闲居》中的记载相符。司马光退居洛下，读书养性，曾作诗记述："故人通贵绝相过，门外真堪置雀罗。我已幽慵僮更懒，雨来春草一番多。"②

四、 宋代文学图像对后世的影响

宋代是文学与图像高度融合的关键时期，这一时期的文学图像对后世的影响也主要体现在这一点上。无论院体画家还是文人画家，都推动了文学与图像的融合；无论是绘画还是书法，都表现出与诗文一致的审美追求。

一方面，宋代画院及院体画的革新促进了文学与图像的融合。宋代画院注重对画家诗文素养的培养，以诗考画，这种引诗入画的风气，为后世文人画的兴盛奠定了基础。文人画诗书画印一体的形式也源自宋徽宗的创新，他在画面上题诗，并以瘦金体题写诗歌，将诗书画融为一体，此举亦为南宋皇室效仿，加速了诗书画印的融合。

受文人画论的影响，宋代院体画在花鸟绘画和山水绘画上都力主革新。宋代院体花鸟画物情和意韵并重，笔法师古而不泥古，重视对心源和意境的塑造。后世几乎所有的花鸟画大家，如金代王庭筠，元代赵孟頫、王渊、张中，至近代吴昌硕、齐白石等，无不深受宋代宫廷工笔花鸟绘画的影响。宋代画院的山水画家不仅主动援诗入画，再现诗中的山水之景以及其间的烹茶、听琴、观瀑等各种文人活动，而且仿照诗法作画，尤其是南宋院体画中的山水画不满足于山水的形似，而尽力表现其内在的风神，在构图和画法上趋向诗境。这种诗画的融合自宋代画家自觉实践始，继而延续至后世的山水画创作中。

另一方面，宋代文人在诗、书、画界采取了一系列革新举措，他们提出的画论和书论思想，以及绘画和书法创作，也极大促进了文学与图像的融合，对后世影响

① 苏轼：《记黄鲁直语》，见毛德福等主编：《苏东坡全集》，北京燕山出版社1998年版，第5142页。
② 司马光：《闲居》，见上海辞书出版社文学鉴赏辞典编纂中心编：《宋诗三百首鉴赏辞典·文通版》，上海辞书出版社2017年版，第71页。

深远。宋代文人在院体画之外新辟文人画，在真楷体之外选用行草体，将文人书画提升到与诗文一致的审美层次，要求它们言志写意，气韵生动，从而开辟了诗书画交融的新的艺术天地，使宋代艺术所提倡的韵味、意境、情趣成为后世艺术孜孜不倦的审美追求。

在绘画方面，苏东坡、黄庭坚、米芾等人主张不拘成法、不求形似，提倡绘制可寄托画者感受和情趣、以写意为主的士人画，以此区别于以形似为工的画工之作。士人画在宋代发端，经过宋代文人和院体画家的共同努力，至元代臻于大成，其风格影响了明清直至近现代的文人画。就书像而言，书法从"技艺"被提升为文人艺术。宋代书家，尤其是苏轼、黄庭坚、米芾等文人书家，突破唐代"尚法"的束缚，注重生命精神、情感个性的传达，追求自由的"尚意"书风。他们强调个人学养和品格对书法的影响，使宋代书像充满"书卷气"。这种文人化倾向，奠定了后世书像艺术发展的基本方向。

第三节　苏轼的诗书画思想与相关图像艺术

苏轼诗书画俱绝，是全才型的杰出艺术家，也是思想深刻、引领潮流的艺术理论家。他的诗文和书画作品，如"前后赤壁赋"、《枯木竹石图》《寒食帖》等备受推崇，不仅形成了"赤壁(赋)图"这样的书画图像母题，其自身形象也演变出"东坡笠屐图"这样的肖像母题。苏轼提出"诗画一律""士人画"等画学观念和绘画形式，并倡导"尚意"书风，他以卓绝的艺术创作和观念引领宋代艺术发展，在中国文学图像史上高居显位。

一、苏轼的诗画理论

题画诗文是苏轼文图思想的重要载体和传播方式。苏轼有题跋诗文三百余首，并倡导"诗画一律""士人画"等诗画理论和绘画形式。

"诗画一律"是苏轼最重要的诗画思想。在此之前，中国诗画关系大致经历了诗画并举、诗画有高下、诗画对等、诗画有同通之处四个阶段。苏轼在对王维诗画的品评中提出了"诗画本一律"的思想："味摩诘之诗，诗中有画；观摩诘之画，画中有诗。"①"论画以形似,见与儿童邻。赋诗必此诗,定知非诗人。诗画本一律,天工与清新。"②

以"诗画本一律"为核心的苏轼诗画理论,涵盖了诗画关系发展衍变的各个节点,包括了诗画并举("诗人与画手,兰菊芳春秋")、诗画对等("文以达吾心,而画以适吾意")、诗画有同通之处("味摩诘之诗,诗中有画;观摩诘之画,画中有诗")、诗画一律("诗画本一律,天工与清新")等论点。苏轼将诗画的融通提升到了"律"的高度,是重要的开创之举。

"士人画"(后称文人画)作为我国绘画创作的主要流派,始于苏轼的倡导。"诗画一律"对士人画的创作者提出"天工与清新"的要求:"天工"要求创作者把握"常形常理"的辩证关系,苏轼认为,这只有"高才逸士"才能做到;"清新"要求创作者具备相当高的精神素养,这只有通过"读书明理"才能做到。

在苏轼之前,士人极少有学画的,绘画多由画工创作。苏轼在《又跋汉杰画山二首》其二中,对士人作画与画工作画加以对比:"观士人画,如阅天下马,取其意气所到。乃若画工,往往只取鞭策皮毛槽枥刍秣,无一点俊发,看数尺许便倦。"③从中可见苏轼对于士人作画取其"意气"的赞赏,并指出画工作画往往只求形似而不够传神。标举"意气"不求"形似",是苏轼对士人画的理解。"意气"是主体之"意"与客体之"气"的融合,包括对象的神气与主体的性情气质两部分。苏轼以"意气"作为评价画作的标准,这就表明了士人画创作并不追求形貌上的精雕细刻。画的"意气"是人体悟而得并赋予作品的,画家须具有敏锐的洞察力和深厚的精神素养,才能捕捉到所描绘对象的神气,并融入自己的所思所感。

要在绘画中体现"意气",就要做到"心手相应"。苏轼在《书李伯时山庄图后》中对画家就提出此要求:"虽然,有道有艺,有道而不艺,则物虽形于心,不形于手。吾尝见居士作华严相,皆以意造,而与佛合。"④苏轼对诗画创作的要求是一致的:"形于心",就是其在论文学创作中所说的"使物了然于心";"形于手"类似其文论

① 孔凡礼点校:《苏轼文集》,中华书局 1986 年版,第 2209 页。
② 同上,第 1525—1526 页。
③ 张春林编:《苏轼全集下》,中国文史出版社 1999 年版,第 1522 页。
④ 李白等著:《中国古代名家诗文集·苏轼集·卷 4》,黑龙江人民出版社 2009 年版,第 1412 页。

中的"了然于口与手"。

苏轼的诗画思想不是空泛的形而上的理论,它不仅以宋代文学和绘画的发展为基础,而且实践于他本人的文学和绘画创作,还影响了文学和绘画这两种艺术门类的发展方向,促进了二者的融合。

二、 苏轼的书画创作

(一)《枯木怪石图》

传为苏轼所作的《枯木怪石图》今留存于日本,四川眉州的三苏纪念馆存有此图的摹本。此图主要描绘树、竹、石"三益之友"①。米芾曾记述苏轼画枯木"枝干虬屈无端",画石"亦怪怪奇奇无端"。② 此图的枯木向右上端倾斜而虬屈,怪石造型奇特,令观者产生一种极不平衡的视觉体验,无论在构图还是在造型上苏轼都不循传统,故而给人怪奇无端的感受。结合苏轼所说"君子可寓意于物,而不可留意于物"③,此种迥异的画法包含了何种寓意呢?

枯木和怪石作为此图的主要构成元素,在文学传统上实则各有蕴藉。虬屈的枯木是庄子的经典意象,苏轼在《赤壁赋》《后赤壁赋》等文中都曾涉及庄子的思想,《枯木怪石图》中也有《庄子》的影子。在其摹本的跋文中,赵良佐有"支离天寿永"之语,用的是苏轼在《题过所画〈枯木竹石〉三首》其二中的典故,而苏轼用"散木支离得自全"论说儿子苏过所画的枯木图像,是用了《庄子·人间世》中的旧典。不仅如此,苏轼笔下的枯木也是对庾信的《枯树赋》中枯树意象的再现。在《枯木怪石图》摹本的跋文中,俞希鲁表达过这一观点。庾信的《枯树赋》以树喻人,隐晦地将自己对人生的感怀和悲叹寄寓在对枯树的咏叹中。枯树意象在文学中蕴含着生离死别和羁旅不归的情感。离别与羁旅也是苏轼的人生旋律,他笔下以此为题的诗文有无数,这种情感上的共鸣,更加有力地佐证了庾信的《枯树赋》对苏轼创作枯木图的影响。庾信以"拳曲拥肿,盘坳反覆。熊彪顾盼,鱼龙起伏"来描写白鹿塞坚贞的古松和雍州南山神

---

① 孔凡礼点校:《苏轼文集》,中华书局1986年版,第614页。苏轼:"竹寒而秀,木瘠而寿,石丑而文,是为三益之友。"

② 米芾:《画史》,中华书局1985年版,第165页。

③ 孔凡礼点校:《苏轼文集》,中华书局1986年版,第356页。

奇的梓树,其形态弯曲结疤,树木上下缠扭,树干粗短得如同蹲在地上的熊虎,枝条柔弱得好像出没嬉水的鱼龙。苏轼笔下的枯木正是这种形态的图像表达。而且《枯树赋》中"拳曲拥肿"映照了《庄子·人间世》中的"拳曲不可以为栋梁","匠石惊视"对应《庄子·逍遥游》中的"匠者不顾"。庾信的枯树意象也与庄子哲学之间形成反向观照。

同样,怪石图像也有其文学原型,见于韩愈的《送穷文》:"又其次曰命穷:影与行殊,面丑心妍,利居众后,责在人先。"①命穷鬼与丑石,都是似丑而实美的文学典型,体现了中国文人士大夫独特的审美趣味。怪石正是文学传统中"面丑心妍"的典型形象。苏轼赏石从外在进入精神,怪石图像应该是以苏轼为代表的士人审美趣味和人生理想的图像表达。

苏轼在创作《枯木怪石图》时,显然浸入了他沉积已久的情感体验和与众不同的审美趣味。枯木和怪石以彼此缠绕依存的形象同存于一幅画面中,互相激发各自的蕴藉,形成强烈的视觉震撼。这种审美体验在当时和后世文人那里直接带来文化上的认同,从而使木石成为文学和绘画共同关注的题材,成为艺术史中一个长盛不衰的创作题材。

(二)苏轼书像

苏轼在书坛上居"北宋四家"之首。以苏轼、黄庭坚、米芾为代表的尚意书法,与尚韵的晋书、尚法的唐书相比肩,是书法史上的又一座高峰。

在一系列品评的言辞中,苏轼始终把"意"放在首位,如赞"张长史草书,颓然天放,略有点画处,而意态自足,号称神逸"②,"意态自足"被认为是张旭的卓越之处。"吾虽不善书,晓书莫如我。苟能通其意,常谓不学可"③,苏轼也格外强调通晓书像之"意"的重要性。此外,苏轼论书像之意还有另一种含义——新意,他多次强调书法创作的个性表达。"出新意于法度之中,寄妙理于豪放之外。"④"吾书虽不甚佳,然自出新意,不践古人。"⑤"我书意造本无法,点画信手烦推求。"⑥

① 马其昶校注:《韩昌黎文集校注》,上海古籍出版社 1986 年版,第 571 页。
② 刘遵三选编:《历代书法家述评辑要》,齐鲁书社 1989 年版,第 147 页。
③ 苏轼著,邓立勋编校:《苏东坡全集》上,黄山书社 1997 年版,第 22 页。
④ 王水照、朱刚:《苏轼诗词文选评》,上海古籍出版社 2019 年版,第 231 页。
⑤ 华东师范大学古籍整理研究室编:《历代书法论文选》,上海书画出版社 2012 年版,第 315 页。
⑥ 吴鹭山:《苏轼诗选注》,百花文艺出版社 1982 年版,第 11 页。

在书像审美方面,苏轼还提出了"貌妍容有矉,璧美何妨椭"的思想,将妍与矉对立并存,肯定了"丑"的审美功能,拓展了传统书法的美学外延,[①]这与其枯木怪石的绘画实践也是一致的。

苏轼传留至今的墨迹作品和书论有不少,除上文所述书写唐诗的作品,其他与文学相关的墨迹还有《前赤壁赋卷》《丰乐亭记》《醉翁亭记》《黄州寒食诗帖》《洞庭中山二醪赋》等。黄庭坚对苏轼的书像最有发言权:"(东坡)少时规摹徐会稽,笔圆而姿媚有余。中年喜临与颜尚书,真行造次为之,便欲穷本;晚乃喜学李北海,其豪劲多似之。"[②]可见苏轼早年书像姿媚,中年圆动,至晚年沉着。[③]

通过诗、书、画创作,苏轼践行自己的文图思想,打通了艺术门类之间的壁垒。他不仅以题画诗评述绘画,还自己作画,书写自己和他人的诗文,同时苏轼的诗义,如《海棠》、"前后赤壁赋",乃至其自身的形象,也都成为当时和后世画家的创作题材。

三、 东坡赤壁图

苏轼在谪居黄州期间写下两篇以赤壁为题的赋文,后人将之称为《赤壁赋》和《后赤壁赋》。在宋代,苏轼的这两篇赋文就已为当时的画家反复摹绘,成为成熟的绘画题材,引来后世历代画家的争相效仿。

有据可查的历代《赤壁图》多达九十种左右。历代画家几乎用尽了一切绘画技法和手段表现"前后赤壁赋"的审美意境,有长卷、立轴、小景、扇面册页等各种形制,有水墨、青绿、淡设色等各类赋彩,有长于叙事的异时同图,也有专于特定文字片段的图像化表现,以长短粗细的线条、各类皴法和精巧构思,传达自己对苏轼赋文的不同理解。

宋、金、元时期创作《赤壁图》的画家有李公麟、王诜、马远、马和之、乔仲常、李嵩、杨士贤、赵伯驹、赵伯骕、朱锐、杜莘老、武元直、吴镇、赵孟頫等人。现存的画作有(传)马远的《画水二十景·子瞻赤壁》、马和之的《后赤壁赋图》、乔仲常的《后

---

① 王镛主编:《中国书法简史》,高等教育出版社 2004 年版,第 191 页。
② 李国钧主编:《中华书法篆刻大辞典》,湖南教育出版社 1990 年版,第 198 页。
③ 参见朱仁夫:《中国书法史》,武汉大学出版社 2019 年版,第 379—380 页。

赤壁赋图》、李嵩的《赤壁图》、杨士贤的《赤壁图》、武元直的《赤壁赋图》、吴镇的《后赤壁赋图》等。这几个朝代的赤壁图虽然数量不及明清，但基本上囊括了立轴、长卷、扇面册页等多种绘画形式，异时同图和特定情景两种构图方式，在笔法、墨法上能够比较细腻地通过水纹、石皴等技法表现赋文对赤壁江山的描写，为后代《赤壁图》确立了基本范式。

明代是《赤壁图》创作的高峰时期，从明初的郭纯到明末的张翀，创作者有三十余位，主要集中在吴门画派。吴门《赤壁图》具有四个鲜明的特色：第一，倾向于前后赤壁图的合璧，如沈周的《前后赤壁图》、文徵明的《前后赤壁赋书画卷》等；第二，倾向于诗、书、画合璧，如文徵明的《后赤壁赋书画卷》、文嘉的《赤壁图并书赋》、文嘉和文彭的《赤壁赋书画卷》等；第三，倾向于多人合作和反复创作，如钱毂有《后赤壁赋图扇页》，又与文徵明合作《行书赤壁赋补赤壁图卷》，与吴应卯合作《赤壁赋书画卷》等；第四，出现了大量扇面画作，如文嘉的《后赤壁图扇页》、张翀的《赤壁夜游图扇页》、张凤仪的《赤壁图扇页》等。

在历代画家中，文徵明所作的赤壁图最多。《文徵明书画简表》①中记录了文徵明的六幅《赤壁图》，另有多幅画作见于《中国古代书画图目》《故宫书画图录》等文献。仇英共有三幅《赤壁图》传世，辽宁省博物馆收藏的《赤壁图》、上海博物馆收藏的《后赤壁赋图》和嘉德2007年秋季拍卖会上拍卖的《赤壁图》。

清代的《赤壁图》创作在数量上逊于明代，且较多为仿古人《赤壁图》的画作，如王翚的《仿唐寅赤壁图轴》、徐坚的《临唐寅赤壁图卷》、翟大坤的《仿文衡山笔意》等。

四、《东坡笠屐图》

后世画家喜爱创作苏轼的肖像图，且以描绘其戴笠履屐形象的居多。此形象直接源自《梁溪漫志》卷四的记载："东坡在儋耳，一日过黎子云，遇雨，乃从农家借箬笠戴之，着屐而归。妇人小儿相随争笑，邑犬群吠。"②宋代画家李公麟、赵孟坚曾刻画过戴笠踏屐的苏轼像，后世许多画家也选取东坡笠屐（或兼执杖）的题材进行创作。赵孟頫、唐寅、娄坚、沈燧、张问陶、张廷济、任熊等皆有此主题的绘画作品

132

存世。

苏轼戴笠履屐，这种身为文人的农夫装扮，散发出一种颇具归隐意味的田园气息，传递一种"谪非病"①的豁达与超脱。如郑元祐在《东坡笠屐图》中所言："得嗔如屋谤如山，且看蛮烟瘴雨间。白月遭蟆蚀不尽，清光依旧满人寰。"②比之传统文人装扮，东坡的笠屐形象与其在后世文人心中的印象和地位更加符合。后世画家和文人在反复刻画和题跋《东坡笠屐图》的过程中，已形成一种笠屐图情结，将之作为摆脱困境、乐观开朗的旗帜或符号寄托自己的情感。

《东坡笠屐图》中的文人肖像模式对后世的文人画像影响深远，乃至成为后世文人画像中较为常见的装束。尤其是自明清之交始，笠屐图及其题跋创作更为多见。覃溪的《载酒堂》言："世间好手争作笠屐图。"③清代文人，如吴伟业、钱谦益、吴历、朱彝尊、高凤翰、罗聘、汪中、程恩泽、邓石如、叶方蔼等皆有笠屐图存世。④ 身着野服而非朝服的文人画像及其题跋创作，表达了文人渴望归隐、向往田园生活的愿望。

除了"东坡笠屐"之外，明清画家文人还有以"东坡"为题的其他创作，如明代陈洪绶的《东坡赏砚图》、杜堇的《东坡题竹图》以及清代萧晨的《东坡博古图》等。以苏轼赏砚、观竹和读书等某一活动为题材的画作，在宋代就已出现，并为后世反复摹写。如李公麟记录北宋文人雅集盛况的《西园雅集图》中就有苏轼作为文士的形象。较为鲜见的还有苏轼的官员形象，在明代画家张路的《苏轼回翰林院图》中有所呈现。

第四节　宋代文学图像赏析

一、 文徵明《赤壁胜游图》

明代文徵明的《赤壁胜游图》(图 4－1)画的是苏轼的"前后赤壁赋"，此图纵

---

① 翁方纲:《复初斋诗集》(一)卷二十六,见《续修四库全书》编委会编:《续修四库全书》册1454,上海古籍出版社1995—2002年版,第596页。

② 郑元祐撰:《侨吴集》,清文渊阁四库全书本,卷六。

③ 翁方纲:《复初斋诗集》(一)卷四,见《续修四库全书》编委会编:《续修四库全书》册1454,上海古籍出版社1995—2002年版,第392—393页。

④ 叶衍兰、叶恭绰编:《清代学者象传合集》,上海古籍出版社1989年版,第43、75、87、135、263、289、355、357、379、424页。在这些画像中,屐与普通鞋履并无太大差异,在很多《东坡笠屐图》中同样如此。

30.5厘米,横141.5厘米,藏于美国弗利尔美术馆。这是一幅书画合璧之作,画前引首题字:"赤壁胜游,徵明。"钤白文印"文徵明印"、朱文印"字仲子",画幅左下角钤"蓉峰鉴藏"等印。画卷后幅为文徵明亲书的《赤壁赋》及《后赤壁赋》。

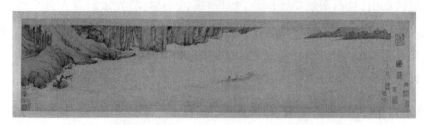

图4-1　赤壁胜游图(局部),文徵明,美国弗利尔美术馆藏

文徵明可以称得上是我国画史上最钟情于《赤壁赋》的画家,这是他一生中创作次数最多的题材,且因其巨大的影响力带来了《赤壁图》的创作高峰。其《赤壁图》既有仿前人画作,如《仿赵伯骕后赤壁赋图》,也有与唐寅、仇英等人合作的作品,更不乏独立创作的作品,《赤壁胜游图》当属其中珍品。此图作于文徵明八十三岁之际,与其以往的《赤壁图》不同,不再拘泥于文本故事的叙述,而是依循苏轼画论、书论中的文人化精神,侧重于意境的表达。

《赤壁胜游图》采用的是经典的单一情景构图方式,虽不执着于处处对应赋文,却在所截取意象和总体意境上契合赋文诗意。山崖惯取"一角半边",只描绘赤壁断崖之一角,"山川相缪,郁乎苍苍";水面则以描水法结合大量留白,表达"清风徐来,水波不兴"之态。大江横流排空,将崇山峻崖与苏子所泛孤舟之间拉开极远的距离,营构浩瀚天地与一叶扁舟孤泛的鲜明对比,贴合赋文中"纵一苇之所如,凌万顷之茫然"的意境,又可以激发欣赏者感受人生在无穷宇宙、天地面前的孤渺和短暂,体会文中"寄蜉蝣于天地,渺沧海之一粟"的深刻寓意。

二、 赵佶《听琴图》

《听琴图》(图4-2)传为宋徽宗赵佶所作,绢本,设色,纵147.2厘米,横51.3厘米,今藏于北京故宫博物院。此画作为何人所画,所画又是何人,众说纷纭,可谓艺术界最受争议的作品之一。抛开争议不论,仅从其艺术性加以欣赏,《听琴图》

图 4 - 2　听琴图,(传)赵佶,北京故宫博物院藏

描绘了官僚贵族雅集听琴的场景,中间的抚琴者身着道冠玄袍,两边坐着两位戴纱帽着官服的朝士聆听琴音,悠然入定。背景中一棵长松突秀,几株绿竹摇曳,抚琴者身侧几案上熏炉中香烟袅袅,对面有一奇特的叠石,上置一插花铜鼎。此图笔法精细,简洁工整,人物生动,赋色妍丽,乃宋代宫廷人物画的高水平佳作。

宋徽宗提出"重文人,轻画工"的思想,所以《听琴图》虽为宫廷画作,却透露着浓郁的文人气息,集诗、书、画、印、款押于一图。画面上方有蔡京手书的七言绝句一首,右侧上方赵佶以瘦金体题"听琴图"三字。左下角有宋徽宗"天下一人"的花押,钤"御书"朱文印。蔡京题诗云:"吟征调商灶下桐,松间疑有入松风。仰窥低审含情客,似听无弦一弄中。"诗首以"灶下桐"引入蔡邕焦尾琴之典,诗尾又以"无弦"融入陶潜抚无弦琴之趣,赞誉抚琴者琴艺高超,琴音醉人。画面中人物与物品安排呈独特的四方构图,人物在松下抚琴、听琴,画面上下留有天地,为人物活动营造了一方空旷静谧的空间。高松于背后耸立,枝叶直达天空,身侧玉炉御香袅袅,仿佛琴音悠扬,透入松际。此画追求画外余音,力求营造意境,诗、画、乐妙契一体,这本就是对宋代文人审美生活的描摹,画面中还置入奇石、插花、香炉等文人喜好之物,折射出宋代文人的生活方式和审美情趣。

三、 汪氏《诗余画谱》

《诗余画谱》刊行于万历四十年(1612),是晚明徽派木版画家宛陵汪氏辑录的木刻词意画集。该画谱原本辑录一百幅木刻词意画,现存九十七幅,各自对应一幅木刻词文书法。

可以从艺术形象、结构、风格等方面对该画谱进行词画比较的赏析。首先,"人物"和"景物"的图像表现具有忠实性和程式性特征。画师们多忠实于词意,以词中的佳人、文士和情景语象为原典。如第四幅(图4-3)中,图像忠实地再现了词人和侍女之间"试问卷帘人,却道海棠依旧"的动作和问答场景。不过画谱中的人物几乎"千人一面",尤其是佳人,从脸型到五官乃至发髻的刻画都极为雷同。山石、树木、楼阁、栏杆等景物的绘画技法和样式也程式化鲜明。对难以表现的非视觉语象,画谱也做出图现的努力,如以图示出声源的方式表现听觉语象。在第六幅(图4-4)中,为表现"门外马嘶人起",马的图像截取了嘶鸣的瞬间,三个人物的图像分别截取牵马、卸缰和挑担的瞬间。这些图像通过对发声瞬间动作的描摹,唤起观者对声音的经验和想象。其次,在词画结构的对比上,画作尺幅和词作的篇幅、词境之间存在矛盾,完整的词境通常由不同时空的数个语象辉映而成,所以绘画构图无法全部展现,按惯例只能截取部分词境,表达最具感染力的词句。绘画的惯例还促使画工们增添与词作语象无对应关系的图像。如把词中暗示的场景画出,在几乎所有词意画的构图中增加山石、树木图像等。最后,在词画风格方面,《诗余画谱》中的大部分作品都展现了词画艺术风格意蕴的契合与异趣。这些词画结构和风格上的对比特征在第四、六幅中也得以鲜明地体现。

图 4-3　第四幅　李清照《如梦令·昨夜雨疏风骤》

图 4-4　第六幅　秦观《如梦令·冬夜月明如水》

要点与思考

1. 宋代文学为后世提供了哪些图像母题？

2. 概述宋代文学图像的总体特征和历史特点。

3. 谈谈宋代文学图像对后世的影响。

4. 试结合苏轼的艺术创作实践论述其文图思想。

延伸阅读

1. ［日］浅见洋二著，金程宇、［日］冈田千穗译：《距离与想象——中国诗学的唐宋转型》，上海古籍出版社 2013 年版。

2. ［美］姜斐德：《宋代诗画中的政治隐情》，中华书局 2009 年版。

3. 赵宪章总主编，沈亚丹主编：《中国文学图像关系史·宋代卷》，江苏凤凰教育出版社 2020 年版。

辽金元时期的文学成就以元代最为繁盛,尤其是元杂剧的兴盛为后世图像提供了经典的叙事母题。《窦娥冤》《赵氏孤儿》《汉宫秋》等典范之作,从元代至今,曲本插图、绘画、连环画、漫画、影视改编作品等图像艺术演绎不衰。《西厢记》也扩大了唐代《莺莺传》这一图像母题的后世影响,形成了庞大而丰富的西厢图像家族。前代文学,例如"渔父图""归去来辞图""九歌图""八仙故事图""梦蝶图""昭君出塞图""洛神赋图"等,对此时期的图像也有很大影响。

辽金元时期文学图像的特征首先表现为文图的深层融合。该时期题画诗大量涌现,并且直接被题写在画面上,成为图像的有机组成部分。文图关系实现了心理和物理层面的双重融合。其次,元代全相平话的出现开创了文图并列叙事的新形式。平话采用上图下文的叙事形式,图像不再像插图那样依附于文本。最后,大量元曲中的人物故事定型,成为戏曲、插图、绣像、年画等图像艺术的故事原型。

元代全相平话是此时期文学图像的大宗,在文学和美术领域都具有重要的历史地位。它既是从唐传奇发展为白话小说的过渡形态,为明清小说的繁荣奠定了基础,又是版刻造型艺术成熟的标志,对明清乃至近代的版画及插图艺术影响深远。

辽金元时期的其他文学图像也对后世图像艺术影响重大。元代画坛所普及的"画面题诗"模式,奠定了中国绘画题跋诗文的基本格式,使题诗完全成为图像的一部分。文人画的创作观念、创作手法和审美标准在元代基本成型。元代文人画的兴盛标志着中国绘画的转向,极大地影响了后世绘画的发展方向。

第一节　辽金元代文学中的图像母题

元代是杂剧兴盛的黄金时代，《窦娥冤》《赵氏孤儿》《汉宫秋》等作品至今演绎不衰，成为经典的文学图像母题。这些戏曲文学在元代就已有图像产生，但留存下来的多为明清时期绘制的图像。

一、《窦娥冤》

杂剧剧本是为戏曲表演而写的脚本，在实际表演过程中常有诸多改动。《窦娥冤》全称《感天动地窦娥冤》，是元代戏曲家关汉卿所作的杂剧。现存版本主要有三种，均出自明代——陈与郊编撰的《古名家杂剧》，臧懋循编撰的《元曲选》，孟称舜编撰的《新镌古今名剧·酹江集》。元杂剧《窦娥冤》共有四折一楔子，大致剧情如下。

楔子　穷秀才窦天章曾向蔡婆婆借高利贷，无力偿还；蔡婆婆欲收他七岁的女儿端云为童养媳，因缺少上朝应举的盘缠，窦天章无奈之下同意了蔡婆婆的要求；父女俩依依惜别。

第一折　端云改名为窦娥，婚后丈夫去世，与婆婆相依为命；蔡婆婆被赛卢医骗至荒郊，险被杀害，幸得张孛老、张驴儿父子搭救；张氏父子想娶蔡氏婆媳为妻，蔡婆婆不从，张驴儿竟欲行凶，蔡婆婆只得将父子二人带回家，与儿媳商量；窦娥坚决反对张氏父子的要求。

第二折　张驴儿胁迫赛卢医制毒药，企图将生病的蔡婆婆毒死，以此威逼窦娥；张驴儿在窦娥给蔡婆婆做的羊肚汤里下毒，不料张孛老喝下此汤，中毒身亡；张驴儿因窦娥不愿顺从，将其告到衙门；楚州太守桃杌以刑逼供，窦娥起先宁死不招，但因怕婆婆受刑而最终屈招。

第三折　被押赴刑场的窦娥内心悲愤、喊屈叫冤；在临刑前，窦娥要一领净席与丈二白练，并许下三桩誓愿：血溅白练、六月飞雪、亢旱三年；行刑后，前两桩誓愿都得到应验。

第四折 窦天章及第后被派往楚州审囚刷卷。他首先便遇到窦娥的案卷,并与女儿的灵魂相遇,得知冤情;窦天章升堂审案,窦娥鬼魂出庭作证,案情大白;张驴儿被判以凌迟之刑处死,桃杌及典吏被各杖一百、永不叙用,赛卢医被充军,蔡婆婆由窦天章收养;窦娥沉冤得雪。

该剧在当时广为流传,后世常被改编与搬演,成为富有生命力的经典图像母题,明传奇《金锁记》、京剧《六月雪》是后世改编中较为著名的例子。颐和园长廊上亦有一幅《窦娥冤》彩画。

二、《赵氏孤儿》

元杂剧《赵氏孤儿》是元代剧作家纪君祥根据历史文献并结合民间传说,为杂剧搬演而改编的剧目。其本事散见于《春秋》《国语》《吕氏春秋》等文献,后《史记》更加完整地叙述了赵氏孤儿的故事。元杂剧《赵氏孤儿》以表演艺术形式展现该故事,在后世产生了深远的影响。

现存元杂剧《赵氏孤儿》有三种版本——《元刊杂剧三十种》,臧懋循编选的《元曲选》,孟称舜编《新镌古今名剧·酹江集》。《元刊杂剧三十种》中无对白,只有曲词,臧懋循对之进行润色,增加了对白和孤儿复仇一折。孟称舜本《赵氏孤儿》基本继承了臧懋循本。三者中臧懋循本《赵氏孤儿》文字完整,成为后世的通行本。此版主要剧情如下。

楔子 屠岸贾和赵盾是晋灵公的两位重臣。屠有害赵之心,先派鉏麑刺杀赵盾,未得手后,他又向晋灵公进言以猛犬神獒辨贤恶。赵盾被神獒追击,幸得提弥明、灵辄等人相救。后来,赵盾一家三百口被屠岸贾斩尽杀绝。赵盾之子赵朔身为驸马,在被屠岸贾逼迫自杀之前,嘱咐怀孕的妻子:如生儿子就取名为赵氏孤儿,将来为赵家报仇雪恨。

第一折 驸马府被屠岸贾派人严守,赵氏孤儿在出生后无法逃出。公主恳请程婴相救,后自刎身亡。程婴把婴儿藏在药箱中企图蒙混过关,看守将军韩厥因不满屠岸贾残害忠良,放走程婴后自刎身亡。

第二折 屠岸贾下令如果无人交出赵氏孤儿,就将晋国半岁以下的新生儿都搜捕斩杀。程婴打算以自己儿子冒充赵氏孤儿去投案,委托公孙杵臼抚育赵氏孤儿。公孙杵臼以年长为由拒绝,并与程婴商定自己与程婴之子一同赴死,由程婴匿孤育孤。

第三折　程婴向屠岸贾举报公孙杵臼藏匿赵氏孤儿,并与其一同去搜孤。屠岸贾搜出婴儿,将其剁死,公孙杵臼盛怒之下撞阶身亡。屠岸贾答应收"程婴之子"为义子,并纳程婴为门客。程婴忍住悲痛,带着赵氏孤儿在屠府生活。

第四折　赵氏孤儿改名屠成,二十年后长大成人,程婴将过往之事绘成手卷示之,并告知其身世。赵氏孤儿义愤填膺,发誓要杀死屠岸贾,为赵家报仇。

第五折　赵氏孤儿将冤情奏明即位的晋悼公,并奉命捉拿屠岸贾。赵氏孤儿擒住屠岸贾,上卿魏绛宣布主公命令:屠岸贾以凌迟之刑被处死,赵氏孤儿恢复原姓,赐名赵武,世袭祖辈勋爵,赐程婴十顷田庄,封韩厥后人为上将,为公孙杵臼立碑造墓,表彰、纪念提弥明等人。

与《史记》的记载相比,元杂剧《赵氏孤儿》有三处改编:第一,《史记》中的程婴是赵盾之子赵朔友人,杂剧中程婴原是草泽医生,后为驸马门下人;第二,《史记》中替孤儿死的是他人的婴儿,杂剧中程婴以自己的孩子替代孤儿;第三,《史记》中程婴带赵氏孤儿隐匿山中,长大成人后方回朝复仇,而杂剧中孤儿被屠岸贾收为义子。这几处改编深刻影响了后世剧作家,使后人大有文章可作,①元明南戏《赵氏孤儿记》、明传奇《八义记》皆在元杂剧《赵氏孤儿》的基础上改编而成。

三、《汉宫秋》

"昭君和亲"在《汉宫秋》诞生之前就已经是一个较为成熟的文学母题。在元代也有多部杂剧表现这一历史故事。相较之前的昭君故事,马致远的《汉宫秋》侧重于抒写人物的情感,在情节上有独特创新,在"昭君和亲"成为图像母题的发展历程中具有里程碑式的意义。

《汉宫秋》现存版本主要有四种——陈与郊编撰的《古名家杂剧》、臧懋循编撰的《元曲选》、王骥德所编《顾曲斋元人杂剧选》和孟称舜编撰的《新镌古今名剧·酹江集》。《汉宫秋》为末本戏,汉元帝主唱,其他人物主要是说白。这四种版本诞

---

① 电影《赵氏孤儿》中程婴一直痛惜自己儿子的死亡,抱着让赵氏孤儿为自己儿子报仇的想法。国话版与人艺版话剧《赵氏孤儿》则在赵氏孤儿与屠岸贾的养父子情谊上展开线索。

生的时间相去不远,只是在文字润色上略有不同,基本内容如下。

楔子　呼韩邪欲求汉朝公主作阏氏;汉朝中大夫毛延寿唆使皇帝少见儒臣、多昵女色;汉元帝令毛延寿为选择使去各地选美女入宫。

第一折　毛延寿借此机会收受贿赂,在择选王昭君时向其索贿不成而怀恨在心,故意在美人图上落痣污容;昭君入宫后一直幽居深宫,夜弹琵琶时被汉元帝遇见;元帝感叹其容貌端庄、举止有礼,查验其美人图后得知毛延寿丑行,下令将之斩首,毛延寿闻讯后逃走;元帝封昭君为明妃,相约再会。

第二折　呼韩邪求婚于汉,受拒后内心不快;毛延寿携昭君画像逃至匈奴,向呼韩邪谎称昭君愿意和亲,但汉元帝不愿放人;呼韩邪故派使官前往汉朝谈判,扬言如汉朝不肯将昭君献出,将起兵攻打;汉元帝深爱昭君,但在胡强汉弱的形势下无计可施,昭君虽难以割舍对元帝之爱,但也愿意和番以息刀兵。

第三折　汉元帝为王昭君饯别,万般不舍;呼韩邪引部落拥昭君北回,途中昭君借酒浇奠,辞别汉朝,之后趁呼韩邪不备跳江而死;后呼韩邪将昭君葬在江边,认为没必要因此与汉朝结怨,便令人解送毛延寿归汉,任汉朝处治。

第四折　汉元帝自昭君和番以后一百日未曾设朝;一日,汉元帝思念昭君,在后宫悬挂其画像;元帝梦见昭君逃回汉朝,番兵在后追随,元帝醒后愈发悲伤惆怅;这时尚书报知昭君已死,毛延寿被绑回,汉元帝震惊,命人处死毛延寿以祭奠昭君。

昭君故事不断为后人演绎,后世许多作品或沿袭《汉宫秋》的改编,如明代无名氏的传奇《和戎记》及清代尤侗的杂剧《吊琵琶》,或有意背离《汉宫秋》而呼应元代以前的昭君故事,如明代陈与郊的杂剧《昭君出塞》,足见《汉宫秋》对昭君故事图像母题的深远影响。

第二节　辽金元代文学图像概观

一、辽金元代文学图像的特点

辽金元时期的文学与图像在宋代"诗画一律"的基础上走向更深层又成熟的

融合,元代俗文学不仅开创了文图并列的叙述模式,金元戏曲也为后世民间图像孕育了众多故事原型。

（一）文图深层融合

诗书画的融合在元代走向成熟。画面题诗,即把诗题写在图像空白处,使之成为图画的一部分,这在宋代只是皇室的个别行为,在辽金元时期则成为文人绘画的寻常模式。如果说诗书画的融合在宋代还主要表现在心理层面的"诗画一律",那么到了辽金元时期则转化为成熟的艺术实践,表现出物理层面的"诗画一体""书画一律",最终实现了文学与图像在心理和物理层面的双重融合。

文学与图像的深层融合得益于此时期文学和绘画的发展转向。从文学的转向来看,诗歌语言向名词化以及省略介词、方位词的方向发展,名词化是诗歌"物象化"趋势从秦汉到宋元不断增强的结果。宋元词曲中省略介词和方位词,直接罗列名词的语言组构方式是其重要表现。如《天净沙·秋思》中"枯藤老树昏鸦,小桥流水人家。古道西风瘦马"几句,全以名词连缀而成,使语言描绘走向绘画所擅长的静态描绘。介词和方位词的省略,使诗歌中的物象失去了特定的空间指向,成为非特指的象征意象,从而传达更具普遍意味的情志。

绘画的转向也为文图的深层融合奠定了基础。一方面,绘画从叙事转向抒情。宋元之前,绘画的叙事性较强,以此发挥其宣教功能。宋元之际,文人画的出现使绘画从功利性的叙事转变为非功利性的写意、畅神。叙事元素从主导的显性地位退居隐藏起来,或藏于庙堂,或流落于江湖。前者体现在宫廷绘制的出行、宴饮图中,后者则促成了民间绘画的繁荣。民间美术继承了文人画所贬斥的叙事性、功用性和具象性等特征,与文人画并行发展,常以具象造型的质朴鲜活为后世主流绘画注入活力。另一方面,绘画题材由人物转向山水。在传统国画的三类题材中,人物是叙事的主要构成元素,而花鸟和山水的抒情性更浓。因此,随着绘画叙事性的减弱,绘画题材也出现了从人物到花鸟再到山水的转向。据《宣和画谱》所载,唐代人物画及释道画占据半壁江山,而至宋代,花鸟画后来居上,占据半数。到了元代,山水题材则成为主流,花鸟题材次之,人物画在元明之际跌至最低点。这种主流题材的转向与文人画的潮流密切相关,山水花鸟更符合文人画抒写性情的要求。

（二）文图并列叙事

在俗文学领域,元代全相平话开创了文图并列叙事的形式,是后世连环画中文图叙事的雏形。以图叙事虽早已有之,但大多都是单独和片段的,连续的文图并列叙事是从元代的全相平话正式开始的。

所谓"平话",就是用元代"白话"来叙述历史故事的说话底本。元代平话之"相",与先秦两汉的人物画像不同,它是隋唐人物画成熟之后的产物。它不仅在人物造型上更加成熟,也表现出人物与山水、建筑等背景的有机结合。平话之"相"所占空间与文字相当,这使图像冲破了文字的垄断,不似被镶嵌在语言中的插图那样依附于文本。平话之"相"在时间密度和叙事逻辑上也远超前代图像,具有更强大和完善的叙事功能。前代图像要么是单幅插图,要么是纯粹的图像叙述,如敦煌佛教壁画,而全相平话的图像与语言文本并行叙事,在相互独立的同时又彼此交叉,相得益彰。

（三）文图叙事原型成形

虽然中国文学叙事中的不少人物故事原型可以追溯到元代之前,但这些故事大多真正成形于金元时期。辽金元戏曲和平话为后世戏曲、插图、绣像、年画等艺术提供了大量的故事原型。元代全相平话中的"三国故事""武王伐纣""秦并六国"等故事,在后世文学中被进一步加工,在明清及近代产生了大量以此为母题的文学和影视作品。《窦娥冤》《赵氏孤儿》《汉宫秋》《梧桐雨》《西厢记》等,不仅不断被进行文学改编,而且在图像艺术领域也产生了丰富的连环画、插图以及影视改编作品。

明清戏曲年画中的人物、题材和故事内容大多以元代的戏曲故事为原型,描绘的故事也与元代戏曲的叙述相契合。在王树村的《戏出年画》[①]中收录了全国十个省市的戏出年画,这些年画的叙述内容基本上都来源于戏曲,其中有不少元代曲目。戏曲年画以最通俗生动的图像方式向民众讲述那些他们已知的戏曲故事。古代社会的文图叙事往往保持着先文后图的顺序,即人们先接受文再接受图。所以元之后的民间故事图像的传播与其说是一种图像接受,不如说是对元代

---

① 参见王树村:《戏出年画》,北京大学出版社2007年版。

戏曲文学的接受和模仿。

二、 辽金元代图像与前代文学的关系

辽金时期的图像留存稀少,多为墓室壁画,且与前代文学不甚相关。不过据文献记载,辽金时代曾有《七十二贤图》《文姬归汉图》等作品。元代的艺术成就很高,且留存大量描绘前代文学故事的图像,其中出现频次较高的当属"渔父图""归去来辞图""九歌图"①"八仙故事图"等。

(一)渔父文学原型与元代"渔父图"

"渔父图"在元代极为盛行,其渔父形象主要来源于三处——《庄子·渔父》②、屈原的《楚辞·渔父》和《吕氏春秋》中垂钓的太公③。三种渔父形象有其相似性,都产生于国家政权交替或君主昏庸、社会动荡的时期,但也各有侧重:庄子追求逍遥无恃的精神自由,他写渔父主要在于阐明"法天贵真"的思想;屈原笔下的渔父是一个懂得与世推移、随遇而安、乐天知命的隐士;《吕氏春秋》中的姜太公却是一个待时而动的谋士。

屈原笔下的渔父并不是其精神人格的代表,这点与庄子明显不同。在《楚辞·渔父》中,渔父劝说屈原不要特立独行,应随波逐流,而屈原宁愿舍弃生命,也不愿与污浊的尘世同流合污。屈原笔下恬然自安、寄情自然的渔父与自身执着决绝的形象形成了鲜明的对比。由于道家对中国绘画艺术的影响较大,所以后世图像中的渔父在精神上多倾向于《楚辞》和《庄子》中的渔父,但在造型上深受《吕氏春秋》中姜太公的垂钓形象影响。

"渔父图"之所以在元代极为盛行,主要源于当时文人士大夫在被压制的社会政治环境中所持的离世绝尘、隐逸自娱的普遍处世心态和人生选择。他们发掘前代文学中"归隐""避世"的原型加以塑造,以寄托归隐之意,屈原和庄子的《渔父》自然成为他们热衷表现的绘画母题。

---

① "九歌图"在本章第四节元代文学图像赏析中介绍。
② 先秦时期有两篇《渔父》,一是《庄子·渔父》,另一则是《楚辞·渔父》,但是两者在风格、描写等方面都十分相似,甚至有人认为屈原是受到《庄子·渔父》的影响而写就《楚辞·渔父》,参见徐志啸:《〈庄子·渔父〉与〈楚辞·渔父〉》,载《文学遗产》2009 年第 4 期。
③ 赵山林:《渔父形象与古代文人心态》,载《河北学刊》2002 年第 5 期。

最为著名的"渔父图"是赵孟頫、黄公望、吴镇、王蒙、倪瓒、朱德润等文人画家的作品。赵孟頫创作有《临郭河阳(溪山渔乐图)》《江村渔乐图》《磻溪垂钓图》《渔樵答话图卷》《双松平远图》等表现渔父形象的作品,还作有两首《渔父词》。黄公望隐居于富春山,其《富春山居图》《秋山招隐图》虽然未有渔父之名,但根据其画面及题诗可见其原型仍是渔父。吴镇也创作过多幅渔父图像,如《秋江渔隐》《洞庭渔隐》《渔父图轴》等,还作有数十首渔父诗,与其"渔父图"相呼应。王蒙相关作品流传较多,有《花溪渔隐图》三幅、《松溪钓隐图》《柳桥渔唱图》《松溪独钓图》等,其图景物丰茂,无萧瑟之感,与赵孟頫、吴镇等人的作品不同。除文人画家外,唐棣和盛懋也以渔父为题材,作有《霜浦归渔图》《秋林渔隐图》《寒林罢钓图》《古木垂钓图》《秋江垂钓图》等,他们的渔父图不同于文人画,充满浓厚的生活气息和世俗趣味。

元代的"渔父图"有不同于前代和后世的鲜明特征。隋唐时期的渔父是居于盛世的"富贵渔父",表现出文人对置身山水间读书、饮酒、垂钓等闲逸生活的向往。元代朝廷对文人士大夫的打压,促使渔父由闲适转为愤世嫉俗的孤傲形象。而至明代,渔父图则倾向于再现世俗的欢愉景象,更具世俗气息。

（二）陶渊明与元代图像

陶渊明的诗文、轶事及其肖像在元代盛行的原因,与"渔父图"相同。元代文人和画家崇敬陶渊明高蹈的气节,渴慕归隐生活,就连其外形容貌也成了文人自身理想之"我"的外在投射。

陶渊明的《归去来兮辞》《桃花源记》是元代画家频繁摹绘的对象。《归去来兮辞》常被画家用作抒情遣怀的题材,钱选、何澄等人均有相关作品传世。钱选的《归去来辞图》及画上的自题诗句,表现出对陶渊明淡泊情怀的追崇,也是其隐居心境的映照。何澄的《归庄图》虽依陶潜诗意创作,但画面欢快祥和,与陶潜弃官归隐的心境相违,应是画家晚年仕途得意的写照。

"桃花源"是文人遁世的理想处所。元代的何澄、赵孟頫、张渥、盛懋、唐棣、王蒙、钱选等人都曾描绘过《桃花源记》诗意。据记载钱选有两幅《桃源图》,可惜今已不传,仅有自题诗作传世。钱选的《扶醉图》《虎溪三笑图》表现的也是陶渊明的轶事,前者描绘了陶渊明饮酒的故事,后者应为陶渊明与慧远、陆修静三人的一段传说。

元代陶渊明的肖像甚多,并开始定型化。"大体上是头戴葛巾,身着宽袍,衣带飘然,微胖,细目,长髯,持杖,而且大多是面左"[①],如张渥的《陶渊明小像》、钱选的《柴桑翁像》。[②] 赵孟頫的《醉菊图》也描绘了陶渊明的肖像,形象逸致平淡、风神洒脱。

(三)八仙故事与元代图像

道教的八仙故事是绘画史上的常见题材。"八仙"即铁拐李、汉钟离、张果老、蓝采和、何仙姑、吕洞宾、韩湘子、曹国舅。此八仙之说起源于唐代,八仙的单个人物画本在宋代已出现,但"八仙最早以组合形式出现便是在元代"[③],后至明代中期定型。[④]

山西芮城永乐镇永乐宫纯阳殿遗存的元代壁画《八仙过海图》是现存最早的有关此类题材的绘画作品。元代也有单个的八仙图像,如画家任仁发的《张果见明皇图卷》,描绘了唐玄宗与张果老及其弟子相见的传奇故事。颜辉作有摹绘铁拐李的《李仙图》。此外,元代的瓷器上已出现"八仙庆寿"[⑤]的图案,这也表明八仙故事在元代的盛行。

三、 金元代题诗画

题诗画在宋代就已经出现,但这种把诗直接题写于画上的行为当时并未普及,发展到金代才开始普及。金代艺术氛围活跃,产生了蔡珪、党怀英、王庭筠、赵秉文、李俊明、元好问等众多诗书画三者兼善或是二者兼善的艺术家,他们将文学的情意、书法的功力共同熔铸于绘画中,形成了诗书画合一的绘画艺术。

至元代,直接题诗于画面的做法兴盛起来。或题他人画,或自题画,画上多有诗,题画诗在唐代诗体完备的基础上,开始走向了画体的完备。画家、诗人、书家在图画、诗歌、书体之间寻找着和谐共处的元素,并以画体形式呈现于画面。因

---

① 袁行霈:《古代绘画中的陶渊明》,载《北京大学学报》(哲学社会科学版)2006 年第 6 期。

② 参见杨仁恺主编:《中国书画》,上海古籍出版社 1990 年版,第 300—301 页。

③ 陈杉:《永乐宫〈八仙过海图〉及与全真教渊源考》,载《四川戏剧》2014 年第 5 期。

④ 王永宽:《八仙传说故事的文化底蕴探析》,载《中州学刊》2007 年第 5 期。

⑤ 田自秉、吴淑生、田青:《中国纹样史》,高等教育出版社 2003 年版,第 319 页。

此,元代参与题诗画创作的艺术家比金代数量更多,形成诗画兼善的文人群体,如赵孟頫、倪瓒、吴镇、黄公望、王蒙、朱德润、王冕、张渥、曹知白、杨维桢、柯九思等大都诗画兼善。画家的题画诗几乎是其诗歌创作的全部,这使得他们所创作的题诗画中的诗画关系更加密切。

（一）题诗之"形"

在题诗画中,诗歌以书像进入画面,成为图画的有机组成部分,本身也会具有视觉上的艺术美感,堪称"题款艺术"。这些题画诗不仅在诗意上与画境有内在关系,也以书像造型与画面空间的"经营位置"发生了内在联系。以元代题诗画为例,画上所题诗歌多为纵题式(竖题式)、方块式、小字式、正局式。在纵题式中,诗歌在画上被题写成多列竖排。与后代相比,元代的纵题式诗歌一般不会很长,即使是五言绝句,仅二十字,也要切成数行题写。而后世尤其清代以后,有些纵题式题诗从画卷上端一直写到下端,几近与画幅高度相差无几。在方块式中,题诗的每行字数相当,行首与行尾平齐,故在画上形成方块状,这样的款式在元代题诗画中俯拾皆是,虽有端庄之感,但有时也不免流于板滞。小字式,是相对于明清的大字题诗而言,概因书法在元代绘画中并未得到足够的重视,其写意特征尚未完全独立的缘故。正局式是就绘画题款的位置而言,与奇局式相对。它要求诗歌题写在图像重心的相对之处,以达到平衡整幅画面重心的作用。如图像重心在右下方,左上角空白,则题于左上角。正局式对纵、横题款皆要求垂直、整齐,不能有意偏斜,是绘画题款的一种正统格式。如倪瓒的《竹枝图》,竹枝从左下方向右上方伸展后下垂,图像的重心在右,题诗便被题写在画卷的最左侧,似与竹枝底部共同撑起画中之竹。吴镇的《渔父图》,题诗不偏不倚地题写在画卷上端正中,与居中的主景相匹配。再如曹知白的《寒林图》,寒林中最高最粗壮的一棵树在画面的左下方,所以诗被题写在与其相对的右上方,整个画面达到了视觉上的平衡。

（二）诗画构图关系

在元代的题诗画中,题诗被视为画面构图中不可或缺的一部分。这种紧密的诗画关系并非入元即始。在元初,题诗尚未与画面形成水乳交融的关系。以郑思肖的《墨兰图》为例,一株墨兰稳置画面正中,图像本身颇为对称。画面右上方有四句题诗,左侧中部则有十一字题记,与之错落对应。左上方的一首元人题赞有破坏原画之嫌，如果把这些题诗拿掉，并不影响画面构图，这说明元初的题诗与图像的关系并不紧密。

这种情况到元代中后期完全改变了，题诗的构图完全融于图画的构图之中。如果去掉题诗，图画将呈现明显的构图缺陷。以倪瓒的创作为例，在他的《渔庄秋霁图》《容膝斋图》《幽涧寒松图》《六君子图》中，水面空白与题诗构成密不可分的关系。这四幅图的题诗有四种位置，水面也有四种变化。在《渔庄秋霁图》中，诗题于中间空白水面处，与远山、近树最大限度地拉开了距离；在《六君子图》中，诗题于中间空白或远山之上空白(天空)处，树与山的距离略有拉近，画面上出现了两处空白；在《幽涧寒松图》中，诗只题于画上端，山与树的距离很近，甚至看不到中间的空白水面；《容膝斋图》与《幽涧寒松图》大体相类，但题诗题款占据了画面上端近五分之四的位置，被极度地强调与突显出来。由此可见，题诗是元代中后期画家作画安排构图时的一个非常重要的因素。

（三）诗画"一体"

题诗在题诗画中的突出作用首先是"补"，以诗人之情志"补"图画中不可形容的画家之情志。正如以下两首题画诗所云："古人无因驻清景，高侯有笔能夺移。容翁复作有声画，冥搜天巧为补遗。"(鲜于枢《高尚书夜山图》)"清幽到处画不出，自遣数语人间传。"(贡奎《题赵虚一山水图》)元人认为题画诗"清"是很难用画笔描绘的，因为"清"实际上不仅仅是景物之清，也是画家、诗人心怀之"清"，所以难画，要以诗补之。

题诗的另一个突出作用是引申画境。袁桷在《辋川图》中云，"诗中传画意，画里见诗余"，此是立足于诗画的互助而论。他又在《山水图》中云，"蹇驴吟不得，指点墨千层"，指出图中虽画不出蹇驴呻吟的声音，却可以用"墨千层"来代替，此言将诗歌善写听觉的功能移植于绘画，在绘画的墨法中找到了诗的影子。又如萨都剌在《题龚翠岩中山出游图》中题"看来下笔众鬼惊，诗成应闻鬼泣声"，表明"鬼泣声"是题画诗引申画境取得的最典型的效果。

诗歌以书像形式进入画面，前代书画理论家有不少书画同体之说，如唐代张彦远的"书画同体、书画用笔同法"说，宋代苏轼的"诗不能尽，溢而为书"说，宋代赵希鹄的"诗画一事"说，宋代韩拙的"书本画"说等。前人论说书画同体的角度，或言笔势相同,或言"象形"相同,或言传情达意的创作目的相同,并未涉及书画作为两种艺术种类各自内部特征的相同与融汇,而元代画家解决了这一问题。他们将书法用笔之法运用于绘画创作之中,并在理论上总结了这一创作实践,使书画开始了真正意义上的融汇。这一理论在画家的题画诗跋中提出并得以普及。赵孟頫自题《秀石疏林图卷》云:"石如飞白木如籀,写竹还与八法通。若也有人能会此,须知书画本来同。"杜本在《题柯敬仲竹木图》中言:"绝爱鉴书柯博士,能将八法写疏篁。细看古木苍藤上,更有藏真长史狂。"虞集在《子昂墨竹》中言:"子昂画竹不欲工,腕指所至生秋风。古来篆籀法已绝,止有木叶雕蚕虫。"可见篆、隶、行、草等书体之法皆可入画。以书法评论画作在元代题画诗跋中颇为常见,元代画作中的援书入画现象也较为普遍。元代书画同体的理论与实践,在一定程度上打破了客观形象对绘画的拘囿,推动了元画的写意进程。

从唐代题画诗的诗境与画境的相融,逐渐发展到元代形式层面的诗画一体,是我国古代文图关系不断深入发展的过程体现。诗与画在意境(内容)与构成(形式)两个层面的融合是文图之间的理想存在状态。至元代,诗画一体才真正成熟,并成为中国文图艺术的典型范式。

四、 元代平话与图像

(一)关于平话和平话之"相"

元代平话是从唐传奇向明清通俗小说发展过程中的过渡性文学样式,也是继宋话本之后通俗小说演变的关键环节。它在语体上融合了文言与白话,在文体上包容了讲史话本与章回体小说的矛盾,为明清章回体小说的兴盛奠定了基础。

平话在版式上往往把插图与故事文本刻在同一页,颇似早期的连环画。这显示了版刻者深厚的艺术功力,因为受版式所限要尽可能地在狭长的画面中展现庞大的历史事件,这无疑要巧妙地选择画面内容,以少言多,以静写动,充分发挥图像的叙事功能。元代平话的图版制作极为精良,善用黑白对比,讲究线条流畅、疏密有致,构图稳定,是元代版画的重要代表。

《全相平话五种》是最有代表性的元代平话,现仅存五册,藏于日本国立公文书馆内阁文库,包括《武王伐纣平话》《乐毅图齐七国春秋后集》《秦并六国平话》

《续前汉书平话》《三国志平话》。各书故事内容大体依据正史,细节处则多采自民间故事。《全相平话五种》均为上图下文形式,每一图像都有小标题,主要人物也标出姓名。全相插图约占三分之一版面,共计二百四十六幅插图,每两页有一图。

元代平话刻本被冠名以"全相","相"即为图像,"全相"指整部平话从封面到正文自始至终皆有图像。比之非全相作品,这类满是插图的书籍更能吸引读者。全相平话之"相"有其特定的内涵,来源于舞台演剧"亮相"之"相"。戏曲中的"亮相"是角色在上场时、下场前,或者在一段舞蹈动作完毕后的一个短暂停顿,表演者采用一种雕塑的姿势亮相,突显人物的精神状貌。因此,由表演艺术的"亮相"所衍生的元代平话之"相"是立体而多维的,意蕴比平面的"图"更为丰富。元代全相平话虽然以图文并置的形式出现,但实质上不同于一般插图,也不同于"连环画"。插图与表演无关,且对语言文本具有依附性。连环画也与表演艺术无关,其落脚点是画而非文字,它的时间密度远大于全相平话,图像自身已能够完全叙述故事,从这一点来看,它更接近于现代的动画。全相的时间密度要小得多,它更像是莱辛所说的表现"包孕性顷刻"的"雕塑"。

总之,平话的图像以舞台演出动态造型之相为基础,兼具图示、图注、插图、连环画等诸多功能,在故事的讲述上与平话的语言文本形成互文关系。元代全相平话可以说是文学、图像、表演等多种艺术的复合体。

(二)《新刊全相平话五种》之文图特征

《新刊全相平话五种》的文图特征主要表现在以下几个方面:

1. 文图叙事具有程式化

《新刊全相平话五种》的程式化在文本叙述和"相"的图像叙述中均有体现。

从文本叙述角度来看,首先是角色功能呈现类似性。每部平话里都有相似的角色设置。这些"角色功能充当了故事的稳定不变因素,它们不依赖于由谁来完成以及怎样完成。它们构成了故事的基本组成成分"。① 如《武王伐纣平话》中的"太公"、《乐毅图齐平话》中的"鬼谷子"、《续前汉书平话》中的"陈平"都是以"谋士"的角色在故事中发挥作用。

---

① [俄]普罗普著,贾放译:《故事形态学》,中华书局2006年版,第18页。

其次,叙事结构呈现模式化。五种全相平话的文本叙述,每一卷基本都以诗歌开始,亦以诗歌作结。在具体的叙述结构上也呈现模式化,如战争叙事常用一些套路性的语言简单描写。一般在写完布阵、人物的打扮之后就是"搭话"—"大战"—"掩杀"—分出胜败。如果难以取胜则就是"使诈",然后取胜。

再次,秉持善恶因果循环报应观念。在各类平话故事中,作恶者常常会以离奇的方式受到神灵的谴责或上天的惩罚。即便在三国、前汉书、秦并六国等较为贴近史实的平话中,邪恶的一方最终也一定会被善良、仁德的一方征服或取代。如在前汉书平话中,吕后作恶多端,虽然人们敢怒不敢言,但是在梦中神灵却对其加以惩罚,且平话叙述了吕后死后汉文帝登位,以此来宣扬善恶因果的循环和圆满。

平话中"相"的程式化与文本叙述的程式化是契合一致的。首先,图像的位置空间具有相对的稳定性和寓意性。人物空间位置的安排遵循"左弱右强""左卑右尊"的规则;现实空间与虚幻空间多以"云形纹样"连接;帝王或重要人物常用象征性的符号加以映射,如刘备过檀溪时的"龙纹"、雷震子出现时的"雷公"符号;在人物众多的场景中一般只画出主要人物,而其他人物则隐于画外,产生"图虽尽,而画仍延续"的视觉效果。

其次,全相平话中的人物造型受中原文化影响,基本依据图像的大小来区分所描绘人物社会地位与身份的高低贵贱。人物造型并不注重对表情、五官特征的细致刻画,不同人物很难通过面部特征加以区分,仅能够依据服饰甚至人物名字的标示加以辨别。

最后,图像中的战争场景描绘极为程式化。平话的图像趋向写意,不似连环画较为写实,且受舞台表演的影响,通常以几个人物代表千军万马,五六个人表现一场大战。打斗场面基本采用一左一右的对称构图,并以左右空间来暗示强弱与正邪。

2. 采用全知叙述视角与全景构图

《新刊全相平话五种》的文本采用全知式的叙述视角,平话作者对历史的过去、当下和未来了如指掌,对人物的个性、品质、能力、心理等也洞悉明了。这种全知视角体现了中国文化的叙述模式和时空观念。"中国著作家往往把叙事作品的开头当作与天地精神和历史运行法则打交道的契机"①，如《三国志平话》以天界玉皇敕令三分天下开头，不仅简化了复杂的三国鼎立之成因，也使得因果相报的朴素的善恶观念贯穿其中。

平话的画面均采用俯视的全景视角。不论画面中故事情节怎样变化，都像是在一个固定的舞台上进行表演，观者和表演者的位置和视角都是固定的。如果将所有绘画中那些有地面能够较好地显示透视空间的图像截取出来加以对比，我们就会发现这些图像投向地面的视线角度是完全一致的。这与壁画、插图、连环画的焦点透视是不同的。

3. 具有浓郁的道教色彩

元代道教盛行，不少文人和画家都信奉道教，甚至加入全真教。《新刊全相平话五种》也表现出浓郁的道教色彩。故事中几乎所有的高人智者都是道士。比如《三国志平话》中孔明的道号为卧龙，徐庶、庞德等也是道士，乐毅、鬼谷子、孙膑、黄伯杨等都是斗法的道士。道士被赋予了不可替代的角色功能，他们道术的高低往往在战争中起到决定胜负的关键作用。

五、 元代文学图像对后世的影响

元代文学图像对后世的影响，首先表现在"画面题诗"模式的确立和普及上。元代题画诗兴盛，其基本款式（纵题式、方块式、小字式、正局式），尤其是正局式，奠定了中国绘画题跋诗文的基本格式。至元代中后期，题诗已完全成为图画构成的一部分。画中景物的距离和位置安放，都与题诗的位置和篇幅达到了很好的平衡。如果去掉题诗，图画将显出明显的构图缺陷。这较之宋代已是一个很大的发展，而且题画诗在画面上的艺术性与重要性被格外强调，题画诗真正被作为艺术创作来看待。

其次，元代文人画的兴盛，标志着中国绘画的转向，极大地影响了后世绘画的发展方向。文人画至元代才真正兴盛。宋代只是提出士人画的概念，但并没有在绘画实践上探明道路。真正将文人画创作付诸实践的是钱选、赵孟頫、倪瓒、黄公

---

① 杨义：《中国叙事学》，人民出版社1997年版，第129页。

望等元代文人画家。在辽金元时期,文人画在创作观念、创作手法和审美标准等方面基本成熟。元代文人画家更明确地将苏轼提出的"意气"界定为以人品高尚为核心的"士气"。文人画重在表现文人的清高品格,其画作以有"士气"者为上品。文人画家的创作以"书画本来同"为要旨。① 赵孟頫主张"以书入画",以书法通画法是此时文人画家区别于民间画家的重要特征。文人诗书画兼擅的现象在元代极为普遍,赵孟頫、黄公望、吴镇、王冕、柯九思等人在文学和绘画两方面都很擅长。这一时期诗、书、画、印实现了更完整而密切的融合,为明清文人画的发展奠定了基础。

元代全相平话对明清图像和文学艺术产生了重要影响。一方面,它是版刻造型艺术成熟的标志,对明清甚至近代的版画及插图艺术有着深远的影响。元代《全相平话五种》把图像与故事文本刻印在同一页上,这种上图下文的版式是后世连环画的雏形。另一方面,它是从唐传奇发展为白话小说的过渡形态,为明清时期小说的繁荣奠定了基础。鲁迅在《中国小说的历史的变迁》中说道:"这类作品,不但体裁不同,文章上也起了改革,用的是白话,所以实在是小说史上的一大变迁。"② 中国古代小说正是在宋元时期由文言转向白话,至明清时期通俗小说才名作迭出,成为主流样式。元代平话兼具了前后历史时段小说的特征,比如"它的文章,是各以诗起,次入正文,又以诗结,总是一段一段的有诗为证""再若后来历史小说中每回的结尾上,总有'不知后事如何,且听下回分解'的话"。③ 明清章回体小说直接继承了元代平话的内容、创作方法和风格,是在元代平话的基础上才取得了繁盛的艺术成就。

第三节 《西厢记》的后世图像

崔莺莺与张君瑞的爱情故事,经历了从《会真记》到《西厢记》五百年的发展,

① 参见王伯敏:《中国绘画通史》(上),生活·读书·新知三联书店 2018 年版,第 554—556 页。
② 鲁迅:《中国小说的历史的变迁》,见《鲁迅全集》卷九,人民文学出版社 2005 年版,第 329—330 页。
③ 同上,第 330—331 页。

其间有李绅、赵时時、董解元等文人的再创造,直到王实甫以优美的文辞和细腻的情思谱写出永唱不衰、千古流传的《西厢记》。在《西厢记》的流传过程中,有关图像也应运而生。其最早的插图是元末刊本的《新编校正西厢记》残卷五面,其中有一幅插图。① 明代雕刻印刷技术的发展促进了《西厢记》的广泛流传。不仅《西厢记》的插图数量丰盛,民间年画、剪纸、窗花、工艺品中也不断涌现西厢图案,而且在戏曲舞台上,《西厢记》从古至今一直都是昆曲、京剧等剧种的保留剧目。现代以来更是诞生了《西厢记》连环画和影视剧作品,由此形成了一个庞大而丰富的西厢图像家族。

一、《西厢记》版画插图

王实甫的《西厢记》虽创作于元代,但真正形成"西厢热"的时期是明代,突出表现是《西厢记》版本刊印在嘉靖和崇祯年间达到高峰。明代《西厢记》刻本甚多,大部分刊本都配有插图。据统计,明代《西厢记》注释校刻版本有六十八种,重刻复印版本有三十九种,曲谱本三种,总约一百一十种,其中配有插图的本子,总计三四十种。②

现存较为完整且具有较高艺术水平的《西厢记》插图本主要有福建建安派、金陵和苏杭等地的《西厢记》插图、安徽新安派三类。

福建建安派插图,如《重刻元本题评音释西厢记》由万历年间福建书林乔山堂刘龙田刊刻,是现存"北西厢"中最早的刊本。此刊本正文中每出单面有插图一幅,文末附录三幅单面图。图上都有四字标目,两旁是联语。画面线条粗犷,人物造型也较为简略,但单面全页的图像格式有力突出了主题内容和人物表情。

金陵、苏杭等地的《西厢记》插图以《重刻订正元本批点画意北西厢》《词坛清玩槃薖硕人增改西厢定本》为代表。前者共有十幅插图,双面连式,分别置于各折

---

① 1980 年中国书店发现了元末刊本的《新编校正西厢记》残卷五面及一幅插图,参见田建平:《元代出版史》,河北人民出版社 2003 年版,第 208 页。

② 寒声、贺新辉、范彪编:《〈西厢记〉古今版本目录辑要》,见《西厢记新论》,中国戏剧出版社 1992 年版,第 182 页。

折首。每幅插图上两行有说明式的诗句,由不同画家撰写,似乎在模仿文人画的形式。后者共有十五幅插图,集中置于上卷卷首,除唐伯虎的"莺莺遗照"外,其他均为双面连式,每幅皆为写意图,画面题有诗文。

安徽新安派刻工技艺精湛,他们的作品不仅刻工精美而且极有文人气息。新安派徽州玩虎轩汪光华刊刻的《元本出相西厢记》是徽派插画的典范。此刊本每出有一幅插图,共有双面连式插图二十幅。另有山阴延阁李廷谟刊印的《徐文长先生批评北西厢》,共有插图二十一幅,首幅为莺莺半身像,其他是二十幅双面连式插图,前半页以西厢情节为主题,每折取一图,后半页绘花鸟竹石等,与西厢剧情无关。

清代是插图版画的集大成时期,《西厢记》插图本在清代呈现出两个特点:一是以金圣叹评点的《第六才子书》为胜;二是《西厢记》绣像人物画兴盛。

明代《西厢记》吸引众多文豪评点、鉴赏,形成了徐士范刊本、徐渭评本、李卓吾评木等几大评点系统,而清代则独以金圣叹评点本为胜。在清代最为流行的与其说是王实甫的《西厢记》,还不如说是金圣叹的评点本《西厢记》,数量多达六十多种。各个版本的《第六才子书》都绘有精美的插图,是清代不可多得的版画佳品。《毛西河论定西厢记五卷》是清代不隶属于《金批西厢》系统的重要刊本,其中插图占两册,是《西厢记》明刊善本中绝大多数精美绣像、插图的汇总①,但此本仍然没有盖过《金批西厢》的光环。

绣像人物画是清代文学版画最为突出的特色和成就之一。与明刊本相比,清刊本在卷首出现没有任何背景衬托的独立的人物绣像。从元代的"相"发展为"绣像",意味着图像逐渐脱离"相"的连续性和舞台性,脱离了时空局限而变得抽象和独立,意味着读者的关注点从故事的整体叙述转向剧中的某一特定人物。

崔莺莺画像的诞生时间较早,在明代苏州众芳书斋顾玄纬刻本《增编会真记》(又称《西厢记杂录》)中有两幅莺莺像,其中一幅《唐崔莺莺真》为宋代陈居中所写,为四分之三侧面半身的莺莺像,该图式为后世所沿用。明代唐寅所作的

① 伏涤修:《〈西厢记〉接受史研究》,黄山书社2008年版,第59页。

"莺莺像图"也是对陈居中此像的摹写。除了陈居中的莺莺像,题为唐寅摹写的《莺莺遗艳》图也是后世许多插图本《西厢记》所翻刻、重刻的对象。① 明代陈洪绶在《张深之正北西厢秘本》中绘制的"双文小像"不同于前人,也是颇有代表性的莺莺像。

到了清代,画家不再沿用陈居中、唐寅、陈洪绶的莺莺图像,而以清代的审美情趣来诠释莺莺之美。如清康熙毛奇龄评点本《毛西河论定西厢记》中有一幅"双文小像",莺莺手执纸扇,裙襟飞扬,宛如一位下凡的仙女。清嘉庆十七年(1812)官刻本《绘真记》由清弹词女作家朱素仙编刻,卷首的莺莺像虽借鉴了唐寅所绘莺莺像以手支颐的表情和动作,却以清代妇人的发饰和服饰对其进行了生活化的诠释。

二、《西厢记》戏曲表演和民间艺术图像

王实甫的《西厢记》本是为文人清唱和戏曲舞台表演而创作的。明清时期《西厢记》戏曲表演繁盛,虽没有影音资料留存,但从戏曲选本和单行刊本的插图中可以寻找到戏曲表演的印记。明清时期有大量的《西厢记》戏曲选本刊行,里面附录了众多精美的插图,如戏曲选集的集大成之作、由王秋桂主编的《善本戏曲丛刊》。这些插图有的来源于明清单行刊本,有的来源于舞台实况。

《西厢记》戏曲插图与戏曲表演之间相互建构、双向互动。早期的戏曲版画插图可能受舞台演出的影响,即插图创作者很可能在看戏过程中获得创作插图的灵感。如刘龙田刊本向来被公认为具有舞台痕迹。② 同样,戏曲表演也能从戏曲插图中得到借鉴和指导。郑振铎曾言:"盖戏曲脚本之插图,原具应用之意也。"③戏曲插图具有说明的性质,既有助于读者了解剧情,也有助于演员在舞台上表演。

清代戏曲年画兴盛,这些年画热衷于表现包括《西厢记》在内的各种戏文故

———————————

① 董捷:《版画及其创造者:明末湖州刻书与版画创作》,中国美术学院出版社2015年版,第100页。

② 蒋星煜、陈旭耀、张玉勤等学者在其著作中都有相关论述,认为刘龙田刊本的《西厢记》插图有明显的舞台印记。

③ 郑振铎:《〈中国版画史图录〉自序》,见《中国古代木刻画史略》附录部分,上海书店出版社2006年版,第235页。

事。苏州桃花坞、天津杨柳青都有《西厢记》题材的年画作品。桃花坞的《六才西厢连环画》绘制了八个故事情节，内容庞大，可惜已毁失，只剩下一些墨线刊本。清末仁和轩绘制的《西厢记》年画增添了色彩，别有一番趣味。

"西厢"故事也常出现在陶瓷、剪纸、皮影戏、绣花、雕镂（如玉雕、木雕）等各类民间艺术品中，如清康熙洒蓝釉青花釉里红《西厢记·琴心图》、康熙早期青花《西厢记·佛殿奇逢》图盖盒、康熙五彩瓷的西厢图画笔筒、广东潮汕民间艺人的"长亭送别"剪纸等。这些与《西厢记》有关的民间工艺品种类繁多，构图精美，极具审美价值。

第四节　元代文学图像赏析

一、 张渥的《九歌图》

《九歌》乃屈原《楚辞》中的名篇，深受元代画家青睐。赵孟頫、张渥作有多幅《九歌图》，钱选、马竹所、郑思肖等画家亦绘制过此类画作。后人作《九歌图》多受宋代李公麟的影响。

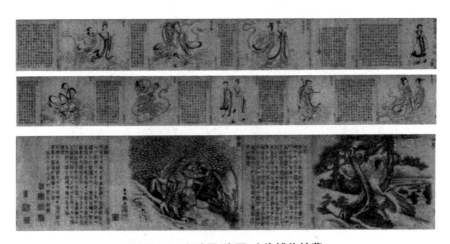

图 5-1　九歌图，张渥，上海博物馆藏

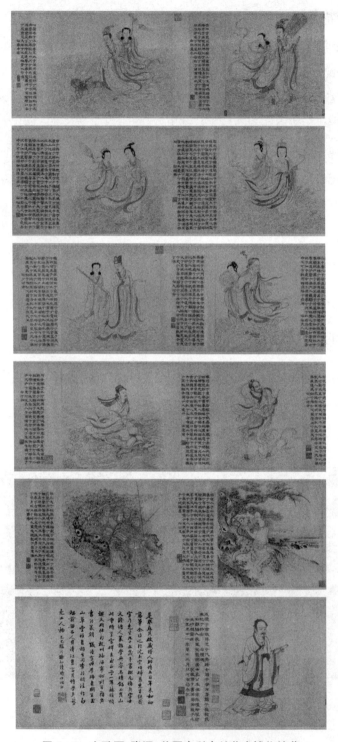

图 5-2 九歌图,张渥,美国克利夫兰艺术博物馆藏

张渥是继李公麟之后最热衷于描绘《九歌》题材的画家之一,其笔墨风格也着意模仿李公麟。现存纸本白描《九歌图》三幅,图皆十一段。第一幅为上海博物馆藏本(图5-1),描绘屈原像及九歌神祇二十一人,无"礼魂",吴睿以小篆书歌辞于每幅图左旁。第二幅为吉林省博物馆藏本,前画屈原像,无"礼魂",共绘二十人,少一位侍女,卷前屈原像后篆书《渔父》一首。第三幅为美国克利夫兰艺术博物馆藏本(图5-2),有元褚奂隶书歌辞。① 张渥在临摹李公麟本的基础上也有所创新:在卷首加入了屈原图,突出刻画"东君""国殇",对背景加以详略处理。②

张渥的《九歌图》明显有别于宋代的《九歌图》。宋代《九歌图》③的布局多是文在前图在后,图像是对文字的注解,且倾向于用场景来"翻译"《九歌》;而元代《九歌图》的布局与之相反,文字是对图像的说明。如果说以李公麟《九歌图》为代表的宋代《九歌图》侧重画山水场景的话,那么张渥的《九歌图》则大多舍弃了山水背景,颇似神仙人物图谱。元代本是山水画兴起、人物画衰落的时期,但《九歌图》却"逆势而行",这种现象应是受到元代戏曲人物造型的影响。

二、《全相武王伐纣平话》中的梦境图像

《全相武王伐纣平话》,别题《吕望兴周》,分为上中下三卷,文字三万余,包括"全相"四十二幅及封面图像一幅,叙述了纣王无道、宠信妲己以及殷汤兴起和商纣王朝灭亡的故事。

上卷中的"纣王梦玉女授玉带"是此部平话中最为经典的图像。在文本叙述④中,纣王去玉女观进香,被玉女的仪容深深吸引,置酒与之对坐,最终伏案而寐,梦中玉女以玉带赠之,待梦醒后纣王手中留有绶带一条,对玉女思慕更甚。此图像(图5-3)极为巧妙地刻画了这一情节。图像的中心为伏案的纣王,以此将左右的梦境和现实连接起来。右侧是现实世界,室内供奉着玉女塑像,纣王伏案而

① 程国栋、刘赦:《传宋元时期的〈九歌图〉综述》,载《美术学报》2019 年第 6 期。
② 薛永年:《谈张渥的〈九歌图〉》,载《文物》1977 年第 11 期。
③ 据学者考证辽宁省博物馆藏《九歌图》为南宋时期的作品,其为左图右文格式,且每一幅图均有背景,人物镶嵌在山水之中,甚至可谓是山水画。
④ 此处文本叙述过长,限于篇幅无法引用,可参见赵宪章总主编,李彦锋主编:《中国文学图像关系史·辽金元卷》,江苏凤凰教育出版社 2020 年版。

图 5-3　纣王梦玉女授玉带

睡。左侧是纣王的梦境，玉女正在两名侍从的陪同下把玉带交予纣王。左右两侧所占空间各半，真实与梦境、地面与云端皆形成对比，现实中有形的玉女塑像，与梦境中无形的玉女以纣王为中心形成对称。画家的演绎暗示了这一故事情节在整个平话中的枢纽地位。

　　该平话中还有一处场景"殷交梦神赐破纣斧"，描绘的也是梦境中的故事，文本叙述模式基本与上一处相似，图像处理却大相径庭。此处文本叙述了太子殷交躲兵至庙中，歇息入梦，梦中一位神人赐酒又赠其大斧，殷交梦醒后果见大斧在手中。在图像（图5-4）中，入睡的太子被置于右侧庙门前，以云纹的形式展示他在梦中所遇：一神人坐几案之后，几案前有两人执壶端杯，为太子赐酒，另有一人手执斧头，正递与太子。

图 5-4　殷交梦神赐破纣斧

　　这两幅梦境图体现出画家对故事中人物的理解及蕴意。纣王在图像中的地位显然高于殷交，因为纣王是故事的中心人物。"殷交梦斧"与"纣王梦玉女"这两个情节在故事中的作用也不同，前者是辅助性的，而后者则起决定性作用。所以，即使是相似的文本叙述模式和相仿的梦境，在进行图像描绘时也会显示出很大差异。

三、 赵孟頫的行书卷《洛神赋》

赵孟頫是元代书坛开一代风气的领军人物。他各体兼善,以楷书、行书为最,其楷体世称"赵体"。为纠正宋末书风流弊,赵孟頫提出遵循古法的主张,化晋韵入唐法,力推"二王",使元代书坛呈现出一股纯正典雅的古风。他的书像雍容平和、形聚而神逸,深得晋人风范,这在其《洛神赋》行书卷(图5-5)中可窥风貌。此卷书于大德四年(1300),时值赵氏四十七岁。纸本墨迹,纵192.6厘米,横29.5厘米,现藏于天津艺术博物馆。

图5-5 行书《洛神赋》,赵孟頫,天津艺术博物馆藏

《洛神赋》乃曹植佳作,描写了一个人神恋爱的故事,辞采华茂,情感缠绵。赵孟頫以行、楷书之,书、赋交相辉映,以笔丰墨润、优美飘逸的字迹,淋漓尽致地展现宓妃"翩若惊鸿,婉若游龙"的风姿。

赵孟頫的《洛神赋》行书卷深得"二王"笔意,无论用笔、结字还是章法,都浸润了王羲之《兰亭序》的韵致,展现了赵氏书像师法古人的重要特征——圆熟精致。《洛神赋》行书卷中的每一个字都经得起推敲,完美而充分,观者可从中领略晋书风采。《洛神赋》全卷书像姿态优美,结构端正,遒媚飘逸,气韵贯通,即便是文字转折和衔接处也婉转流利。书像用笔以露为主,求方圆之变,大都顺锋起笔,但收笔时多回锋藏尾,露起圆收,故凝重沉稳、丰腴和润。

赵孟頫的很多书法作品字体都在行楷之间。此行书卷也体现了此特点,字体以楷为本,于规整中飘逸变化,字与字、行与行之间均疏朗匀称,字正势平。前半部分虽楷意较浓,但后半部分又略含草意。一些字的结体发生较大变化,在行楷之上又增添了生动变化的艺术效果。

赵孟頫在六十六岁时还作有《洛神赋》小楷书册页,纸本,纵25.7厘米,横12.6厘米,共八页,现藏于北京故宫博物院。此作楷书结体严谨、笔画精到,在稳健苍劲的笔势中,依然展现出姿媚洒脱的特点。

要点与思考

1. 试论后世对经典元杂剧的图像表现。

2. 概述辽金元时期文学图像的总体特征和历史特点。

3. 概述元代题诗画中的诗画关系。

4. 元代全相平话具有哪些文图特点?

延伸阅读

1. 王国维:《宋元戏曲史》,中华书局 2010 年版。

2. 蒋星煜:《西厢记研究与欣赏》,上海人民出版社 2009 年版。

3. 卢世华:《元代平话研究:原生态的通俗小说》,中华书局 2009 年版。

4. 方闻:《宋元绘画中的文字与图像》,《美术》1992 年第 8 期。

5. 赵宪章总主编,李彦锋主编:《中国文学图像关系史·辽金元卷》,江苏凤凰教育出版社 2020 年版。

第六章
明代文学图像

检视明代文学史可以发现,诗文领域在继承传统的基础上以复古为主脉,并在阳明学、独抒性灵思潮的影响下,铸就了晚明文学的特有风貌。相较而言,小说、戏曲更是蓬勃发展,堪称明代最具代表性的文体。以《三国演义》《西游记》《水浒传》《金瓶梅》"四大奇书"为代表的小说,与《西厢记》《牡丹亭》等戏曲,动辄附有上百幅书籍插图。在写意画发展迅猛的明代,诗意图这一类型的文学图像亦蔚为大观,沈周、文徵明、唐寅等吴中文人,无不诗书画兼善,取意诗文并题跋于画面之上成为当时的主流风尚。除此之外,随着明代刻书业的发展,大量类书得以刊印并配有精美的版画,从而将原本小范围传播的诗情与雅趣,广泛流布到平常百姓家,造就了"无书不插图,无图不精工"①的图像时代。

第一节　明代文学中的图像母题

明代以小说为文学大宗,特别是以"四大奇书"为代表的通俗小说,不仅深刻影响了后世的小说创作,还为明清以降的文学图像提供了大量母题。除此以外,明代戏曲、诗文中也积累了具有时代典范的图像母题。

———————————

① 郑振铎:《中国古代木刻画史略》,上海书店出版社 2006 年版,第 49 页。

一、《三国演义》图像母题

《三国志通俗演义》（简称《三国演义》）由《三国志平话》敷演而来，是中国古代章回体小说的早期典范。而《三国志平话》这类讲史平话，又是宋元说话传统对史书《三国志》现场讲唱的案头遗存。《三国演义》虽最终经文人改定，但其在世代累积的成书过程中吸收了民间说话艺术的诸多特点。

"三国故事"很早就被写入史书，因为南朝裴松之为陈寿《三国志》作注时，就征引了两百多种文献，可见相关传说极为丰富。宋元时期，"三国故事"进入传播的高峰期，以此为题材的说话、杂剧等作品大量出现，仅名为《关大王独赴单刀会》的戏曲就有十二种之多，可见被视为忠义化身的关羽在当时已是广为摹绘的图像母题之一。《三国演义》虽无法改变曹操集团一统天下的历史事实，但它塑造出仁者刘备、勇者关羽与张飞、智者诸葛亮的王道组合，形成了"桃园结义""三顾茅庐"等被后人反复再现的图像母题。《三国演义》第一回"宴桃园豪杰三结义　斩黄巾英雄首立功"，写到刘备阅读刘焉的招军榜文时"慨然长叹"，恰好遇见"专好结交天下豪杰"的张飞，二人携手同入村店饮酒，席间又结识"赶入城去投军"的关羽。三人志气相投，约定第二天赴张飞庄后的桃园"祭告天地"，结为异性兄弟，从此"协力同心，然后可图大事"，这就是所谓的"桃园结义"。①

由于小说叙事涉及数量繁多的交战情节与计谋策略，因此《三国演义》还提供了"煮酒论英雄""大闹长坂坡""千里走单骑""舌战群儒""草船借箭""空城计""斩马谡"等图像母题。在此，我们以"三顾茅庐"为例做一介绍。

第三十七回"司马徽再荐名士　刘玄德三顾茅庐"极尽敷演之能事，精彩纷呈地讲述了刘备三次拜访诸葛亮的情节。刘备听从他人建议，率领关羽、张飞及随从人员前往隆中拜谒诸葛亮，未曾想到的是，门童告知后者"踪迹不定，不知何处去了"。刘备第一次寻访诸葛亮未果，只是口头嘱咐门童"如先生回，可言刘备拜访"。刘、关、张三人回到新野数日后，打探到诸葛亮已回家，因此备马第二次前往隆中拜访。恰逢寒冬大雪天气，刘备试图通过在艰难自然环境中的诚心举动"使

---

① 罗贯中：《三国演义》，上海古籍出版社1989年版，第7—8页。本书所引《三国演义》均据这一版本，为避繁琐，下文仅随文标注回目。

孔明知我殷勤之意"。行至茅庐询问"先生今日在庄否",门童告知"现在堂上读书",不料此先生并非孔明,而是诸葛亮之弟诸葛均。张飞看到诸葛亮不在家,便一再催促刘备"风雪甚紧,不如早归",张飞的焦躁很好地衬托出刘备求贤若渴的真诚。二顾茅庐不遇孔明,刘备此次留下笔墨以表达"殷勤之意"。返回新野之后的来年新春,刘备准备第三次拜谒诸葛亮,此次愈发虔诚——"选择吉日,斋戒三日,熏沐更衣",更是在茅庐半里之外下马步行。此次孔明虽在庄上,却"昼寝未醒",因此,刘备命关羽、张飞二人在大门口等候,自己"拱立阶下"等候诸葛亮醒来。张飞见诸葛亮对刘备"不敬",大怒,并要"去屋后放一把火",遭到了关羽的劝阻。刘备恭敬地站立了一个时辰后,诸葛亮才醒来,他更衣后接待了刘备。明清刊本小说插图对上述母题多有再现,例如,金陵周曰校万卷楼刊本《新刊校正古本大字音释三国志通俗演义》着力摹绘了刘、关、张三次拜访诸葛亮的情节。除了小说插图这一类型之外,文人画对"三顾茅庐"母题也颇为青睐,著名的作品有传为隋代董展所作的《三顾草庐》(台北"故宫博物院"藏),传为南宋李迪所作的《三顾图》(台北"故宫博物院"藏),传为南宋刘松年所作的《征聘图》(台北"故宫博物院"藏),以及戴进的《三顾茅庐》图轴(北京故宫博物院藏)等。

除此之外,《三国演义》通过文学叙事塑造出一大批深入人心的人物形象,例如,"宁教我负天下人,休教天下人负我"的曹操,能够过五关、斩六将,并在刮骨疗毒过程中"饮酒食肉,谈笑弈棋,全无痛苦之色"的关羽等,都是图像所反复摹写的母题。明刻插图本《三国演义》多达三十余种,无论是福建建阳地区的闽刻本,还是金陵、苏州等地的江南刻本,都对上述母题有所再现,其中,周曰校本还绘制了精美的人物绣像。此外,像"三顾茅庐"、关羽、诸葛亮等图像母题还进入了文人画的视野,如现藏于北京故宫博物院的戴进的《三顾茅庐图》、丁云鹏绘制的《蜀汉寿亭侯关壮缪公像》、(传)赵孟頫所作的《诸葛亮图轴》、朱瞻基的《武侯高卧图》等。瓷画、年画等民间图像,以及大量的"三国戏"舞台表演等活态图像,对上述母题也有大量摹写。特别是"古今名将中第一奇人"关羽的图像,广泛出现在中国人日常的各种生活场景中。

二、《水浒传》图像母题

作为英雄传奇小说的典范,《水浒传》的成书过程与《三国演义》一样,也属于"世代累积型"——从《宋史》中关于宋江起事并迅速被剿灭,以及江南方腊造反的记载,到《宣和遗事》中书写杨志失陷花石纲故事的"说话",再到元代风靡大江南北的"水浒戏",直至明代小说《水浒传》成书。在上述演变的过程中,《水浒传》既有讲述单个人物故事的"列传",例如学界所概括的"武十回""林十回",即意指小说围绕武松、林冲展开的十回章节,也有采用"连缀体"叙事方式的作品。在这些作品中,"拳打镇关西""大闹野猪林""雪夜上梁山""智取生辰纲""武松打虎""三打祝家庄""三败高俅"等带有明显反抗精神的情节与人物,都是被图像作品反复演绎的母题。

以"雪夜上梁山"为例。李开先摹仿《水浒传》小说文本所创作的《宝剑记》传奇,将林冲夫妻二人的结局改成了"白头厮守,永远效鸾凤"的大团圆结局[①],但在小说文本中,林冲"雪夜上梁山"堪称典型的悲剧事件。高衙内一再调戏林冲娘子未遂,便设计陷害林冲,林冲持刀误入白虎节堂,高俅给林冲扣上"手执利刃,故入节堂,欲杀本官"的罪名,导致林冲虽逃过死罪,却仍被"脊杖二十,刺配远恶军州"。陆谦作为林冲的挚友,竟然奉高衙内之命贿赂押送公人,企图在押送途中"把林冲结果了",好在鲁智深一路尾随,"大闹野猪林"解救了林冲。在《水浒传》第十回"林教头风雪山神庙 陆虞侯火烧草料场"中,高衙内并不死心,派陆谦到林冲所在的沧州牢城,联合管营、差拨再次设计谋杀林冲,巧合的是,三个歹人"火烧草料场"后洋洋得意的场景,正好被躲在山神庙内避雪的林冲听到。林冲愤怒至极杀掉三人后,喝掉葫芦里的冷酒,"穿了白布衫,系了褡膊,把毡笠子带上",提着枪离开草料场,迈开被逼上梁山的第一步。可见,林冲此时已摆脱对权贵放过自己的幻想,标志着这一人物彻底从忍耐转变为反抗,堪称叙事的关键节点。逃离草料场的雪夜,其重要性明显大于此后一回朱贵将林冲带到梁山泊的雪夜,前者成了小说书籍情节图反复再现的对象。例如,明代早期双峰堂刻本《水浒传》中

---

① 傅惜华编:《水浒戏曲集》(第二集),上海古籍出版社1985年版,第93页。

绘有榜题为"林冲杀死陆谦三人"的插图。容与堂刊本、杨定见本"全图"式插图,也都摹画了以回目标题"火烧草料场"为榜题的插图,后者的刻工或许对这幅插图非常满意,还在画面上留下了自己的姓名。

实际上,上述的《水浒传》母题,均在明清小说以及"水浒戏"插图中得以再现。陈洪绶的《水浒叶子》、杜堇的《水浒全图》也都将重要的英雄人物绘成绣像,前者刻画了宋江、林冲等四十人,这些作品不仅是古代《水浒传》绣像中的精品,而且开启了清代以降插图本《水浒传》卷首配置绣像的传统,在民间产生了非常大的影响。明清时期的瓷器图像中也有大量《水浒传》人物图或故事图,例如,曾在澳门中信拍卖会上以4.02亿元人民币拍卖出的武松打虎瓷罐,康熙年间古彩系列《水浒传》人物瓷盘,青花《水浒传》人物大棒槌瓶。此外,明清时期的鼻烟壶、瓷枕等日用品上的图案也大量摹画《水浒传》中的人物与故事,可见这一母题深受民众喜爱。

三、《西游记》图像母题

《西游记》是以唐代高僧玄奘远赴西域取经的历史故事为原型,经过长期累积与演化而形成的神魔小说,在我国文学史上占有重要地位。玄奘口述自己西行取经见闻,由门徒辩机辑录为《大唐西域记》。《大唐大慈恩寺三藏法师传》则在此基础上穿插离奇故事,为玄奘取经故事增添了更多的神秘色彩。宋代《大唐三藏取经诗话》中出现了猴行者与深沙神的形象,特别是前者以神通广大的能力帮助三藏西行,成为"西游"故事的主角。原本一个人的西行,也就由此逐渐演变成唐僧、孙悟空、猪八戒与沙僧四人一同取经,直到万历二十年(1592)刊印的世德堂本《西游记》正式成书。我们可以看到,在文学的演绎下,各类作品更多凸显孙悟空由猴成人,以及它一路上降妖除魔的趣味故事,从而提供了"大闹天宫""三打白骨精""三调芭蕉扇"等大量的图像母题。

《西游记》中写到孙悟空漂洋过海远赴"南赡部洲"学习,学成归来后夺走东海龙王的如意金箍棒以及锁子黄金甲等一身披挂,又篡改幽冥地府的生死簿,从而惊动了天庭中的玉帝,后者派兵征讨孙悟空。最终玉帝向美猴王妥协,让孙悟空担任弼马温。然而,当孙悟空得知弼马温是一个"未入流"的小官后,便一气之下返回花果山。太白金星前去花果山劝说"不知官衔品从,也不较俸禄高低,但只注名"的孙悟空重返天庭代管蟠桃园。在第五回"乱蟠桃大圣偷丹　反天宫诸神捉怪"中,孙悟空先是偷吃了大量蟠桃,后又得知王母开阁设宴,根据"上会旧规"没有邀请自己,于是变作赴约的赤脚大仙模样,奔向瑶池。孙悟空喝得酩酊大醉,把蟠桃会上的美味佳肴打包带回,并溜到兜率宫偷吃太上老君的仙丹,忽然"丹满酒醒",意识到闯了大祸,这才下界返回花果山。天庭因此征讨孙悟空,后者最终被如来佛祖镇压在五行山下。"大闹天宫"中孙悟空恣意"放心"、追求个性与自由的形象,广受中国读者的喜爱。

明代刊印的插图本《西游记》对重要的"西游"母题都有所呈现,其中,世德堂本、李贽评本插图是"中国版画杰出代表徽派刻工的佳作"①。《西游记》图像遍及大江南北,除常见的绘画、戏曲之外,还有壁画、雕塑、瓷器、年画、皮影、剪纸、门窗镂空雕刻等多种图像类型。除明代之外,元代和清代都有与《西游记》相关的绘画作品。

四、"才子佳人"戏曲图像母题

明代传奇、杂剧等戏曲臻于鼎盛,特别是明传奇,涌现出汤显祖、沈璟、梁辰鱼等在文学史上颇具地位的作家,以及《牡丹亭》《浣纱记》《义侠记》《鸣凤记》《红拂记》《玉簪记》等优秀作品,其中,汤显祖的《牡丹亭》成就最为显著。这些戏曲创作与搬演吸引大量文人参与,达到了很高的艺术水准。明传奇多以才子佳人为主题,恰如吴梅所言:"传奇主脑,总在生旦,一切他色,止为此一生一旦之供给。一部剧中,有无数人名,究竟都是陪客。原其初心,止为一人而设,即其一人之身,自始至终,又有无限情由,无穷关目,究竟都是衍文。原其初心,又止为一事而设。此一人一事,即所谓传奇之主脑也。"②因广受中国各阶层读者喜爱,"才子佳人"成了这一时段重要的戏曲图像母题。

以《牡丹亭》为例。《牡丹亭》讲述的是柳梦梅、杜丽娘这一对青年男女恋爱的故事:女主人公杜丽娘在游园之后,梦到与书生柳梦梅在牡丹亭幽会,从而因情生

---

① 赵宪章总主编,周群主编:《中国文学图像关系史·明代卷》,江苏凤凰教育出版社 2020 年版,第 521 页。
② 吴梅:《顾曲麈谈·中国戏曲概论》,上海古籍出版社 2010 年版,第 47 页。

病、因病致死;三年后,柳梦梅拾得杜丽娘画像,之后与她的魂魄幽会;柳梦梅掘墓开棺,与死而复生的杜丽娘结为夫妻;柳梦梅受杜丽娘之托送家信传报还魂喜讯,却因盗墓之罪被杜丽娘父亲囚禁拷打;这一纠纷闹到皇帝面前,两位年轻人最终在皇帝的调解下终成眷属。《牡丹亭》采用的是中国传统戏曲的大团圆结局,作者汤显祖重点突显自由恋爱这一主题,而且冲破了门当户对的婚恋观念,塑造了杜丽娘这一勇敢追求自由爱情的女性形象。

《牡丹亭》问世后,一直流行于歌场,清末《劝农》《惊梦》《冥判》《拾画》等折子戏,仍活跃于昆剧舞台之上,京、徽、豫等各剧种也上演过《游园惊梦》《寻梦》《拾画叫画》等剧目。作家白先勇曾集合中国内地(大陆)与港台地区艺术家共同推出《青春版牡丹亭》,在传统昆剧的现代传播方面做出积极尝试。除此之外,明代众多插图本《牡丹亭》书籍大量再现了才子佳人图像母题,不乏像万历年间朱氏玉海堂刊本、泰昌元年吴兴闵氏朱墨套印本、天启三年会稽张弘毅著坛刻本等这样的精美插图。值得一提的是,像《牡丹亭》等戏曲还衍生出"暗戏",即文人相聚时,通过展示的玉质暗戏实物,让观者猜测其所暗示的是哪出戏。如南京博物院所藏清代《牡丹亭·拾画叫画》的暗戏物件是粉晶小生巾、羊脂白玉图轴、青金石书、羊脂白玉笔、羊脂白玉笔架与白玉砚,以此实物对应书生柳梦梅拾到杜丽娘肖像画而生发恋慕之情[①]的情节。

五、 明代诗文图像母题

明代诗文等雅文学为明清以降的文人画提供了大量图像母题。象征盛世吉兆的"祥瑞"图像母题在明代绘画中反复出现,祥瑞多以珍禽异兽和自然界的特异现象为主,例如麒麟、驺虞、玄兔、嘉禾、瑞麦等,《明人画驺虞图》后附有姚广孝的题诗,"玄文光射墨,素质色欺银,刚克威无猛,柔居性本纯",显示"时和岁登,四夷安顺"的祥瑞图像,象征明成祖帝位的合法性与统治清明。又如明代"雅集"图像母题,杨荣在著名的《杏园雅集图》"后序"中标记每一位人物的位置,"倚石屏而坐者三人",并详细交代雅集中的饮酒、作画及唱和等内容,"觞酌序行,琴咏间作"。

---

① 赵宪章总主编,解玉峰主编:《中国文学图像关系史·清代卷》,江苏凤凰教育出版社2020年版,第9页。

除雅集之外,明代"高士"图像母题也值得特别关注。庙堂高士与隐逸高士,分别形成了以闲适为主的官场恬淡之仪和以清逸为主的林下萧散之韵,这两类高士都进行诗文、绘画与书法等文艺创作。陈洪绶绘制了一系列著名的高士图,在中国美术史上留下了浓墨重彩的一笔。例如他的《屈子行吟图》,画屈原头小身高、脸型瘦削,"两袖充满了江风,使整体作上尖下阔的圆锥",为后人展示了最令人难忘的屈原憔悴枯槁形象[1];他的《陶渊明故事图》表现了陶渊明清贫而孤傲的性格,以此劝谏周亮工不做贰臣;特别是他的《杨升庵簪花图》,描绘了簪花携妓、双眉紧锁的杨慎,"杨升庵先生放滇时,双髻簪花,数女子持尊,踏歌行道中"的题跋,流露出对这位高士因"大礼议"而被流放云南的敬仰。可以说,陈洪绶笔下塑造了大量具有高尚气节、坚守文化传统的高士形象,显示出晚明士人特殊的精神风貌。

第二节 明代文学图像概观

在造纸业、印刷业突飞猛进的明代,文化民间化、商品化风气盛行,小说与戏曲刊刻异军突起,与刊刻相关的文学图像(书籍插图)不断涌现,其价值不容忽视。

一、 明代文学图像的主要特点

相较于前代文学图像,明代文学图像受到文体演进、书法与绘画艺术观念更新,以及经济条件与出版技术发达等因素的影响,呈现出别具一格的特点。

（一）不仅数量庞大,还不断涌现出新类型

中国文学图像史的发展并非阶梯式的递进,每个阶段的图像类型都存在增加与衰落并举的情况。例如,汉代兴盛的壁画摹绘了大量的神话传说、史传故事与汉赋,中经唐宋元六百余年,"精致繁复的砖雕与彩绘结合在一起,发展出令人叹为观止的墓葬艺术",却因元明之际墓葬壁画"急遽的,乃至断崖式的衰落"[2],导致这一类型的文学图像在明代显得相对寂寞。

① 翁万戈:《陈洪绶的艺术》,上海书画出版社2021年版,第246页。
② 张佳:《图像、观念与仪俗:元明时代的族群文化变迁》,商务印书馆2021年版,第227—232页。

　　放眼中国绘画史,元代以降,特别是明代中期之后,文人画"不仅占据了中国传统绘画的主流",而且其形式也偏离了宋代传统,逐渐演化为"正统派"与"野逸派",前者强调"程式",以董其昌、清六家为代表;后者强调"写意的书法性绘画",以徐渭、清四僧、扬州八怪、吴昌硕为代表。[1]　在明代文人画的整体语境中,摹仿诗歌而成像的诗意画构成了一股巨大的潮流,诸如"马轼、李在、夏芷、吴伟、郭诩、杜堇、万邦治、沈周、周臣、唐寅、文徵明、仇英、项圣谟、文嘉、陈裸、宋旭、沈硕、董其昌、宋懋晋、袁尚统、徐渭、陈洪绶"等著名的文人画家[2],几乎无人不涉诗意画创作。伴随着明代万历年间图书印刷业的迅猛发展,[3]诗意画这一类型的文学图像,又借助画谱实现了传播的大众化与通俗化。

　　诗文与图例相结合的画谱早在宋元时期就已出现,较为著名的有宋伯仁的《梅花喜神谱》、李衎的《竹谱详录》。到了明代则更加流行,因为图书出版中心由福建建阳地区转移到了江南,催生出一大批兼有工具书与清玩性质书籍的画谱、墨谱等,如《唐诗画谱》,"采用了'一图一诗'的传统型图式,具体来讲,编者在编排时运用了'左图右文'的样式,具体表现为一图一诗、前图后诗"[4],广泛传播了文学图像,此外,还有《诗余画谱》《程氏墨苑》《晚笑堂画传》《雪湖梅谱》等较为优秀的画谱典范,通过画谱传承"以诗的意趣为画题的诗意图传统"[5]。

　　明代万历二十年(1592)之后,文坛出现了近百部小说,而天启、崇祯两朝的新刊小说亦多达三十余部,可以说,明清通俗小说迎来了繁荣时期。[6]伴随着文体的成熟,明代小说与戏曲也达到了"无书不插图,无图不精工"的地步,全像、全图、绣像等插图类型繁多,上图下文式、双页连式等书籍插图排版方式五花八门,插图

① 徐建融:《题跋10讲》,上海书画出版社2004年版,第12—14页。
② 刘晔:《中国传统诗画关系探究》,南京艺术学院博士学位论文,2004年,第28页。
③ 对《明代版刻综录》所著录七千七百四十种图书进行分期统计,我们可以发现"洪武至弘治时期(1368—1505)一百三十七年间的书,共著录七百六十六种;正德、嘉靖、隆庆(1506—1572)六十六年间的书,共著录二千二百三十七种;万历至崇祯(1573—1644)七十一年间的书,著录四千七百二十种。其比例是1∶3∶6"。参见缪咏禾:《中国出版通史·明代卷》,中国书籍出版社2008年版,第10页。
④ 赵宪章总主编,吴昊、李昌舒主编:《中国文学图像关系史·隋唐五代卷》,江苏凤凰教育出版社2020年版,第175页。
⑤ [日]小林宏光著,吕顺长、王婷译:《中国版画:从唐代至清代》,上海书画出版社2020年版,第158—162页。
⑥ 冯保善:《江南文化视野下的明清通俗小说研究》,江苏人民出版社2020年版,第56—67页。

与文本的关系也就因此而不至于千篇一律,可谓到了郑振铎先生所形容的"光芒万丈"的版画时代。例如,明刊本《西游记》福建建阳地区的朱鼎臣本拥有插图五百五十五幅,杨致和本插图共有二百九十三幅,其中,杨闽斋本、闽斋堂本插图最巨——前者共有插图一千二百三十九幅,后者共有插图一千二百二十八幅;金陵世德堂本以及以单幅插图著称的李评本,则分别有插图一百九十七幅与二百幅,①可以说蔚为壮观。就明代戏曲而言,当时的戏曲创作、书籍刊刻与舞台演出都远盛于前朝,"戏曲剧本大多有插图,这些插图在质和量方面皆大有可观",研究表明,现存明刊戏曲版本约有近三百种,从文体看,有戏文、杂剧、传奇等;从版本形态看,有单刻本、选集本、总集本、别集本等,"插图数量约有四万多幅"。②

(二)奠定了明清小说与曲本插图的基本谱系

明清小说与曲本插图就题材而言,或者根据它们所摹仿的文学元素进行分类,可分为情节图和人物图两种。插图属于书籍物质形态的一部分,它们与文本之间存在不同的排版形制,明代确立的插图排版形制奠定了后世小说与曲本插图的基本谱系。鲁迅先生说,"画每回故事"情节的插图叫作"全图"③,占据书籍的整个版面;约占版面三分之一或四分之一的叫"偏像"与"全像"。除此之外,狭义的"绣像"主要指小说与曲本中的人物图,广义的"绣像"则泛指插图本书籍。

明代小说与曲本插图大致同步发展,可以划分为三个阶段:第一阶段由明初至嘉靖年间,福建建阳秉承宋元上图下文式书籍旧制。这一地区也有部分"画幅更大的双页连式图版"的小说,如萃庆堂刊印的《新镌晋代许旌阳得道擒蛟铁树记》。江南地区金陵积善堂刊印的《新编金童玉女娇红记》也是占据整个版面的"全图","此本有文字八十六面,配单面方式图八十六幅,每面配图一幅,合左图右史之久远传统"④。大致而言,这一阶段小说、曲本多为上图下文或左图右文版式,插图"内容为连环故事图",数量和密度都很高。第二阶段是万历时期,金陵、新安等江南地区逐渐成为明代新的书籍刊刻中心,例如金陵刊刻的书籍"以大众

---

① 乔光辉:《明清小说戏曲插图研究》,东南大学出版社 2016 年版,第 228 页。

② 张青飞:《明刊戏曲插图之演变及其戏曲史意义》,载《文化遗产》2013 年第 3 期。

③ 鲁迅:《连环图画琐谈》,见《鲁迅全集》(第六卷),人民文学出版社 2005 年版,第 28 页。

④ 赵宪章总主编,周群主编:《中国文学图像关系史·明代卷》,江苏凤凰教育出版社 2020 年版,第 83 页。

化的通俗平话、小说、故事、戏曲、传奇等读物为主……此地唐姓书坊数量最多,刻书的数量和品种也最多,但所刊图书以戏曲为著,小说不多见。刻印小说较多的是唐姓书坊之外的周曰校万卷楼和周如山大业堂两家",新安版画则以戏曲插图为主,从版式上"一改建安派的以上图下文为主,而易以单面图版以至于双面连式为主。① 第三个阶段是自泰昌直至崇祯末年,杭州与苏州为刊印小说、曲本插图做出了突出贡献,杭州刊印的作品以戏曲插图为主,如陈洪绶参与绘制的《张深之正北西厢》《李卓吾评本西厢》等,而苏州刊印的作品则以小说插图为主。

(三) 诗意画题材广泛,注重写意,以书入画

作为中国文学图像的典型种类,诗意画由来已久,最早可追溯到张彦远的《历代名画记》,该书刊载了汉桓帝刘褒根据《诗经》中《北风》《云汉》二诗绘制的图像。宋元以降的诗意画出现了重要转变:一是宋代诗意画所摹绘的诗歌题材不再局限于山水、寒林等,而涉及生活的方方面面;二是元代的诗意画"经常有人物出现,并绘有背景,这不同于其他时期"②。

就诗意画题材而言,明代广泛涉及花鸟、雅集、高士与园林等。以花鸟画为例,明代早期以工笔为主,中经吴门发展注入了平淡、天真的风格,像沈周的诗歌多次将慈乌置于冰天雪地的环境里,其诗意画《双乌在树图》"将两只慈乌置于枯槎老干上,正在睡觉,可能是晚景。树干自右向左弯曲而上,浓墨勾干,中留白,树皮上点叶,细枝用浓墨写出,非常沉稳。整体来看,慈乌很安详,几乎没有哀戚"。至明中后期,徐渭的"写意花鸟画成为明代花鸟画提倡本色、抒发真性情的代表"。例如,北京故宫博物院收藏的《雪竹图》,题诗为"万丈云间老桧菶,下藏鹰犬在塘西。快心猎尽梅林雀,野竹空空雪一枝",书法字体右上取势,"底端、中部、顶端与图像呼应一致,既可以托起墨竹下垂之气,形成制衡力量,如一根柱子撑起将倒玉竹,又化圆为方,增加图像的空间确定感和真实性,似乎竹子就在眼前一隅"。画面主体是左侧的野竹,它即将因大雪压身而向右倾倒,竹竿走势与竹叶恰好与题诗的书法形成了一个闭合环路。进而言之,徐渭"以书入画"的笔墨规律,也反映

---

① 元鹏飞:《论明清的小说刊本插图》,载《广东技术师范学院学报》2009 年第 4 期。
② 李彦锋:《中国美术史中的语图关系研究》,人民出版社 2014 年版,第 89 页。

了他在反抗徐阶之庞大势力和为胡宗宪被迫致死鸣不平的心灵呼声。①

（四）书像的视觉性增强

众所周知，赵孟頫改变了元代之前的书风，特别是他所强调的取法晋人，其影响力一直持续至明代中期，可谓非常深远。据书法史文献记载，明代中期的书坛发生了很多新变，例如，沈周效法黄庭坚，吴宽以苏轼为师，祝允明的楷书主要取法于钟繇与王羲之等，可以说大多数书法家做到了追本溯源，而不再囿于元人的有限影响。晚明时期的董其昌更是以超越赵孟頫作为书学目标，慨叹道："晋人书取韵，唐人书取法，宋人书取意，或曰意不胜于法乎？不然，宋人自以其意为书耳，非能有古人之意也。然赵子昂则矫宋之弊，虽己意亦不用矣，此必宋人所诃，盖为法所转也。"②因此，明代书像在笔法方面已开始衰减，但在结字和章法方面，却因"挂在墙上"的欣赏方式而大为增强，从而促使"将绘画上的笔墨趣味移入书法，使书法的墨法与绘画的墨法靠近"，其指归无非在于丰富书法作为图像所能带给观众的视觉层次感，但不可否认的是，这也最终导致明代书像"点画不清而姿态跃出"。③

二、明代图像与前代文学

总体而言，明代诗意画、小说与曲本插图等图像，与前代文学的发展传承密不可分。明代诗意画在题材、技法、价值追求诸方面均与前代文学艺术有着千丝万缕的联系。譬如，明初由于受帝王提倡儒道治国思想的影响，花鸟画在创作目的和风格上呈现"粉饰太平"的倾向，而画法则总体取法宋代院体花鸟绘画。这当中，徐渭的创作值得一提。受阳明心学的影响，徐渭思想狂放，鼓吹真性情，提倡本色，他在创作中主张"舍形取影"，超出色相，表达内心郁愤、焦躁等情绪。再如，历代文士乐于参加雅集活动，在中国古代文学史上留下了大量的诗文作品，也为中国传统绘画积累了丰富素材。明代前中期，成祖永乐曾征辟天下文士编修《性

---

① 赵宪章总主编，周群主编：《中国文学图像关系史·明代卷》，江苏凤凰教育出版社 2020 年版，第 109—165 页。

② 黄惇选注：《董其昌书法论注》，江苏美术出版社 1993 年版，第 56 页。

③ 黄惇著：《中国书法史·元明卷》，江苏教育出版社 2009 年版，第 6—8 页、第 177—193 页、第 255—271 页。

理大全》《永乐大典》《太祖实录》等大型书籍,大量文士应召入翰林院,这些文士经常联袂出游,举行雅集唱和活动。由于身份、地位不同,此时期形成了以吴中、闽中为主导的编修雅集和以曾日章、邹缉为开端,"三杨"为主导的翰林雅集。前者直接继承玉山雅集,并与地方保持密切联系,如沈澄的西庄雅集。后者糅合西园雅集和香山洛社耆老精神,观念比较复杂。随着编修书籍的完成,文士们陆续回归田园,于是出现了弘治后期和嘉靖年间文、沈雅集高潮,也将编修雅集转化为山林雅集。除了技法之外,明代诗意画在题材方面常常取用前代文学,延续某一图像母题传统,例如桃花源、夜游赤壁、浔阳送客、兰亭修禊等。就桃花源母题而言,有传为周臣嘉靖年间所作的《桃花源图》(又名《桃源问津图》)、仇英的《桃源仙境图》《桃花源图》、文徵明的《桃源别境图》、丁云鹏的《桃源图》等,涵盖了立轴、手卷、扇面等各种常见绘画类型。

明代的长篇章回体小说深受前代文学的影响,因此插图也与前代文学颇有因袭传承关系,《三国演义》便是典型案例。晚唐李商隐的《骄儿诗》曰"或谑张飞胡,或笑邓艾吃",这两句诗常被当作印证三国故事至晚于晚唐时代即已在民间流传的例证,因而极具史料价值。对该诗句中"胡"字的释读历来存在争议,最具代表性的观点主要有:一,释"胡"作"髯",即胡须。如清人朱鹤龄的《李义山诗集笺注》,近人刘学锴的《唐诗鉴赏辞典·李商隐〈骄儿诗〉》、周振甫的《李商隐选集》、叶葱奇的《李商隐诗集疏注》、周兆新的《三国演义考评》,及俄国学者李福清的《三国演义与民间文学传统》等均主此说。二,释"胡"作"黑"。如清人冯浩的《玉溪生诗集笺注》,中国社会科学院文学研究所古代组编选的《唐诗选注》,以及多种辞典、辞源类工具书,如《大辞典》(台北三民书局版)、《汉语大字典》《辞源》《辞海》等均持此说。三,释"胡"作"下巴肥硕"。如董每戡的《〈三国演义〉试论》、郑铁生的《三国演义艺术欣赏》等,该说与《三国志演义》中所描绘的张飞"燕颔"特征呼应。针对上述三种最具代表性的文本释读观点,学者李胜从训诂学依据、李商隐《骄儿诗》本身的语言环境、史传及小说提供的有力旁证三个层面,分别辨析了前人之说"每有不通,给人未中鹄的之感",进而论证"胡"当释为"呼(喝)",即"大嗓门咋呼"。从语词训释的角度来看,李说当然具有其合理性。然而从人物的视觉形象角度而言,前述三种释读均不同程度地对明清插图本《三国志演义》中张飞形象的直观呈现起到了重要作用。李说对张飞的视觉形象塑造而言,属典型的"可想"而"不可画"情况。一个值得注意的现象是明清两代插图本《三国志演义》中张飞的视觉形象,几乎全为虎须怒张的威猛武将。各本情节插图或绣像的绘刻者都不约而同地在张飞形貌的粗豪、威猛上做文章,力图通过诸如身材粗壮、满脸络腮胡、眉头紧锁、环眼怒睁等视觉特征,暗示其性格勇猛、粗豪中透着些莽撞。当然,张飞视觉形象的定型与《全相三国志平话》的演绎也是密不可分的。《全相三国志平话》(卷上)叙张飞形貌云:"有一人姓张名飞,字翼德,乃燕邦涿郡范阳人也,生得豹头环眼,燕颔虎须,身长九尺馀,声若巨钟。"同卷叙述"十八路诸侯伐董卓"时又云:"右手下一将,幽州涿郡人也,姓张名飞,字翼德,豹头环眼,燕颔虎须。"这些视觉形象描述,为明清时期的《三国志演义》及其插图,乃至三国戏中张飞形象的确立都奠定了坚实的基础。

明代曲本插图同样与前代文学有密切关联,最典型的案例当属《西厢记》。其中一个现象非常值得注意,那便是诸多版本《西厢记》除了有与曲文相配以反映剧情的"曲意图"外,往往在卷首附上一幅莺莺画像。通过莺莺画像大致可以梳理出图像所依凭的几个系统,以便更好地审视明刊本《西厢记》插图与前代文学的关系。明刊本《西厢记》大都依据元代王实甫的《西厢记》进行注释、点评、改编等,但莺莺画像显然已经超出了王本西厢,而有着更为久远而深刻的互文性渊源。王实甫的《西厢记》源自唐代元稹的传奇小说《莺莺传》,而元稹笔下的崔张爱情,最终结果是悲剧性的,即张生对莺莺"始乱终弃"。明刊本《西厢记》虽然延续了崔张恋爱故事这一本事,却最终实现了这一爱情故事从悲到喜的转变。王实甫把前人对莺莺的同情、对张生的谴责以及两人对爱情的期盼,一并化为大团圆式的喜剧化结尾。然而,明刊本《西厢记》卷首的莺莺像却并没有对应这一喜剧性结尾,反而凸显了《莺莺传》中"崔氏宛无难词,然而愁怨之容动人矣"的内涵。

在明刊本《西厢记》卷首莺莺画像中,有一类属于"陈居中系统",即署名宋代画院待诏陈居中摹写字样。有学者认为,这一系统中可见的最早一幅莺莺画像为明隆庆三年(1569)苏州众芳斋顾玄纬刻本《西厢记杂录》所附。该刻本共有插图三幅,其中一幅题款为"唐崔莺莺真",署"宋画院待诏陈居中写"。该幅插图与另一幅题为"莺莺遗艳"的莺莺画像是"最早见之于刊本"的莺莺像版画,"可谓开风气之先,对后世的影响是十分深远的。明末书贾,或直接借用,或略略加工,使这两幅莺莺像屡屡出现在不同刊本《西厢记》的卷首,成为版画插图史上一道奇特的风景"。受此影响,万历四十二年(1614)山阴香雪居朱朝鼎刻,王骥德校注《新校注古本西厢记》及天启年间闵振声刻《千秋绝艳图》均摹刻此像,而且画像大同小异。

元代陶宗仪在其《南村辍耕录》卷十七"崔丽人"中记载了"崔娘遗照"的来历,其中,十洲种玉宜之的题诗"薄命千年恨,芳心一寸灰。西厢旧红树,曾与月徘徊",明显上承了《莺莺传》的悲剧传统,并且这种悲剧传统深深烙在了后世的"崔娘遗照"画像中。闵振声所刻《千秋绝艳图》同样体现了这种传承和接续,该刊本除了附以陈居中摹刻的"崔娘遗照"外,还附上了两首题咏崔莺莺的诗:"翠钿云髻内家妆,娇怯春风舞袖长。为说画眉人不远,莫将愁绪对儿郎。""修娥粉黛暗生香,泪眼盈盈向海棠。倚到月斜花影散,一番春思断人肠。"其对《莺莺传》悲剧传统的承续清晰可见。

三、 明代图像与明代文学

诗意画、小说与曲本插图属于明代较具代表性的文学图像,而明代诗画关系主要呈现两条路径:一是"绘画向诗文靠拢的诗意化发展路线",一是"注重整体气韵的文、沈高士和吴派再传弟子的晚明官宦园林图"。[①]

前者的代表作有《杏园雅集图》,官员们聚集在私家园林中饮酒诵诗,画家绘制图像以示纪念。图中呈现了三组人物,杨士奇位于画幅正中一组,另外两组人物均有奔向、拱卫前者的稳定构图趋势。"三组人物内部各有中心,略呈钝角三角形,钝角顶点恰好是官职最高的人物,有俯视倾向""童子和其他景物虽然交错其间,但是大部分还是位于人物侧后,留出空白,主要人物处在有一定深度的空间里,制造严肃感"。这种纪念性的图像,在题画诗的帮助下,将官员塑造成为国尽职和恪守礼法的楷模,如杨士奇云"主宾相和敬,济济圭璋粲。清言发至义,连续如珠贯。雅韵含宫商,高怀薄云汉。合欢情所洽,辅仁道攸赞","圭璋"是国家体制的代表,"雅韵""辅仁""攸赞"暗示他们从政的格调与愿望,从而使图像具有诗意化特点。

---

① 赵宪章总主编,周群主编:《中国文学图像关系史·明代卷》,江苏凤凰教育出版社 2020 年版,第 80 页。

最能代表明代文图关系的是插图与小说、曲本的关系。明代小说无疑具有开创新时代的意义:《三国演义》是历史演义小说的开山之作,《水浒传》是中国第一部英雄传奇小说,《西游记》是第一部长篇章回体神魔小说,《金瓶梅》是第一部个人独立创作的长篇世情小说。就戏曲而言,明传奇承袭宋元南戏,并汲取元杂剧成果,通过以海盐、余姚、弋阳、昆山四大声腔为主的演剧活动使戏曲作品流布海内,开创了以南戏为主的传奇时代,汤显祖的"临川四梦"即是明代戏曲的高峰。

随着书籍刊刻技术的提高,小说与曲本插图得以大放异彩,成为明代文学图像的典范。从宏观层面而言,这类插图与文学的关系表征为"装饰"与"阐释"的二律背反。作为对书籍这一文本物质形态的"插入",插图本身就是"副文本",因而具有天然的装饰性,恰如崇祯四年(1631)人瑞堂刻本《隋炀帝艳史》"凡例"中所说的那样,"兹编特恳名笔妙手,传神阿睹,曲尽其妙。一展卷,而奇情艳态勃勃如生,不啻虎头、吴道子之对面,岂非词家韵事、案头珍赏哉!"之所以高薪聘请名家妙手绘制插图,主要目的就是为了让读者"案头珍赏",这种装饰性随着人物图等绣像的逐渐普及而愈发彰显,尤其是在清代人物图"虽然也能引起读者的兴致,但对情节的理解几乎没有什么用处,插图成了摆设"的情况下更是如此。[1] 情节图与人物图,虽然都是插图绘制者根据小说与曲本摹绘而成,换言之,插图的成像机制均是图像对文学的再现,但这并不意味着插图完整而连续地叙述小说故事,也并不意味着插图是对戏曲人物复杂内心的直观展示以及对场景的简单图解。由此,插图之于小说与曲本而言,就有了阐释的一面。例如,万历四十二年(1614)钱塘钟氏刻本《四声猿》"渔阳意气"插图,曲本相应的描述是"判左曹右,举酒坐",但画面上的众人却全部呈站立姿态,这种看似不合原意的姿势处理,却暗示了"击鼓骂曹"的激烈程度以及双方冲突的强度,从而阐释出作者对祢衡痛快淋漓大骂曹操效果的理解。

四、 明代文学图像对后世的影响

明代流行的写意笔法以及"以书入画"的诗意画,深刻影响了扬州八怪,特别是郑板桥。一方面,郑板桥极其善于经营位置,或"以文字排布之正直以救竹石之

---

① 颜彦:《上图下文式插图本〈三国志演义〉图文相异现象考论》,载《中国典籍与文化》2011 年第 1 期。

偏倚"，或"于弱势方位题字以救图像的倾势"，例如，他的《竹子石笋图》，"画幅右侧两列题字以其正直端方的排布，与画面图像兰石皆斜，构成一对张力；兰石齐向右下角倾斜，题字居于右侧下部，正好起承托之势。画面图像和题字以此看似平常的方式共同保持着画面有张力而又平衡的视觉感受"。[1] 另一方面，郑板桥独创的"六分半"书法，每字往往有一两笔突出，大大小小、歪歪斜斜、疏疏密密、方方圆圆，通篇看上去却浑然一体，与画竹的书法用笔相映成趣，这就使得题诗及其书体更加吸引观者眼球，不仅"驱逐了画面，也驱逐了画题"，观者不再关注画面本身，画本体也因此而烟消云散。[2]

　　明代小说与戏曲插图在清代以降产生的影响更大，主要体现在情节图的构图、书籍的绣像排版，以及戏曲脸谱及其对小说插图的强烈渗透三个方面。首先，清中期以降，石印版画逐渐兴起并促使木刻版画式微，尽管前者的画材与画法有所演进，但"图式"仍沿袭明人传统。例如，清刊本《水浒传》"洪太尉误走妖魔"情节图都是以房屋内黑雾弥漫、人物纷纷逃至屋外为基本构图，这显然是对明代容与堂本版画的沿袭。其次，尽管清代石印本中出现了所谓的"卷目图"，即《水浒传》若干回组成一卷，给每卷配置的插图，但它不过是并置一些小说人物，其成像原则并非摹绘情节，主要用于装饰文本。这沿袭并放大了明末陈洪绶"水浒叶子"的绣像传统，因为后者绣像尚题有像赞，但清代《水浒传》书籍绣像只标注人物姓名或绰号，而且绣像大多集中排印在书籍卷首，透露出浓厚的装饰意味。再次，清代乾隆中叶以来"花部"戏崛起，使得戏曲艺术成了一种全民性的娱乐文化，其"使用的生、旦、净、末、丑等脚色表演、装扮"，具有很强的夸张审美趣味，因此，很多小说插图以及年画、砖雕等民间文学图像，具有突出的"戏台化"或"戏扮化"特征。例如，《红楼梦》程甲本系统中的女性绣像，清刊本扫叶山房《评注水浒全传》、会文堂《绘图五才子书》中的人物绣像，甚至情节图中的人物造型，都是戴着盔头翎子、脚蹬厚底靴，可见受戏曲表演影响之深。

---

[1] 赵宪章总主编，解玉峰主编：《中国文学图像关系史·清代卷》，江苏凤凰教育出版社 2020 年版，第 122—124 页。

[2] 赵宪章：《语图互仿的顺势与逆势》，载《中国社会科学》2011 年第 3 期。

第三节　明代小说插图

《三国演义》《水浒传》《西游记》《金瓶梅》既是明代的"四大奇书",又分别是历史演义小说、英雄传奇小说、神魔小说与世情小说的典范。本节将对这四部小说的插图展开专题研究。

一、《三国演义》插图

(一)"三顾茅庐"情节图

与"桃园结义"不同,"三顾茅庐"在历史上确有其事。《三国志》载:"(诸葛亮)躬耕陇亩,好为梁父吟……先主遂诣亮,凡三往,乃见。"[1]可见,刘备三次拜访诸葛亮事之确实,但史传仅铺垫了刘备"三顾茅庐"的前奏,具体过程与细节却付之阙如,以至于后世元杂剧一再敷演这一故事。就小说而言,《全像三国志平话》所书写的"三顾茅庐"便已非常生动,《三国演义》则有过之而无不及。

金陵周曰校万卷楼刊本《新刊校正古本大字音释三国志通俗演义》,一改建本插图空间局促的版式,改为半叶连式全图,即"将插图幅面放大至一个版面,分左右两个半叶展示"[2]。这一版本的《三国演义》以三幅插图再现"三顾茅庐"母题,榜题分别是"刘玄德三顾茅庐""玄德风雪请孔明"与"定三分亮出草庐"。插图借用山石分隔画面,从而造成空间上的距离感与纵深感,延长图像叙事时间长度,并扩大故事容量。此外,呈波浪状起伏的地面、人物身后的烟云,以及呈放射性圆球状的树枝,都是对大雪天气的隐喻,表现了刘备一行三顾茅庐时恳切的心情。

(二)关羽的儒将造型

关羽虽是"古今名将中第一奇人",小说插图却竭力将其塑造为儒将。关羽是一位真实的历史人物,《三国志》是最早记录关羽形貌的文献,"孟起(马超)兼资文

① 陈寿撰,裴松之注,卢弼集解,钱剑夫整理:《三国志集解》,上海古籍出版社 2012 年版,第 2507 页、第 2437—2442 页。
② 赵宪章总主编,周群主编:《中国文学图像关系史·明代卷》,江苏凤凰教育出版社 2020 年版,第 373 页。

武,雄烈过人,一世之杰,黥、彭之徒,当与益德并驱争先,犹未及髯之绝伦逸群也",陈寿注曰"羽美须髯,故亮谓之髯"。《三国志》中虽突出了关羽须髯方面的特点,但这部史书描写程昱、太史慈时同样用了"美须髯",可以说历史故事并未给《三国演义》的文学描写提供太多的细节。经过《全相三国志平话》、"三国戏"等一系列作品的世代累积,直到《三国演义》成书,对关羽的"造型描述"才基本定型,主要集中在美须髯、重枣脸、偃月刀、绿战袍与赤兔马等五个方面。

我们不妨以"美须髯"为例分析关羽的造型。元杂剧《古杭新刊的本关大王单刀会》中曾写到关羽的"美须":"上阵处三绺美须飘,将九尺虎躯摇,五百个保关西,簇捧定个活神道。敌军见了,唬得七魄散,五魂销。"①《全相三国志平话》借用古代传记体史书的写法,从姓名、籍贯、长相等方面介绍关羽:"话说一人姓关名羽,字云长,乃平阳蒲州解良人也。生得神眉凤目,虬髯,面如紫玉,身长九尺二寸。"我们可以看到,此处将关羽的美须说成了"虬髯",即蜷曲的连鬓胡须。嘉靖本《三国演义》则重点突出关羽的美须之长,卷一云关羽"身长九尺三寸,髯长一尺八寸,面如重枣,唇若抹朱,丹凤眼,卧蚕眉,相貌堂堂,威风凛凛"。卷五《云长策马刺颜良》一节,还专门补充了关羽美须之长的故事,试图以此增加可信度:"操问曰:'云长髯有数乎?'公曰:'约数百根。每秋月约退三五根,冬月多以皂纱囊裹之,恐其断也。如接见宾客,则旋解之。'操取纱锦二匹作囊,赐关公包髯。次日早朝见(汉献)帝。帝见关公一纱锦囊垂于胸次,帝问之。关公奏曰:'臣髯颇长,丞相赐囊贮之。'帝令当殿披拂,过于其腹。帝曰:'真美髯公也!'因此,朝廷呼为'美髯公'也。"我们可以看到,异于常人的长髯是关羽被誉为美髯公的根本原因,存世的明代李士达的《关壮缪公立马图》、丁云鹏的《蜀汉寿亭侯关壮缪公像》,无不突出关羽胡须之长,而且后者还赋予关羽将髭须的动作。

实际上,图像除了在上述五个方面塑造关羽的儒将造型之外,还援引与小说文本不甚吻合的榜题,通过后者凸显关羽的儒将身份。例如,余象斗刊本《新刊京本校正演义全像三国志传评林》插图对应的小说部分是胡班受王植派遣,带兵千人前去火烧关羽,问到关羽何在,发现后者"正厅上观书""于灯下观书"。非常有

---

① 关汉卿:《古杭新刊的本关大王单刀会》,见徐沁君校点:《新校元刊杂剧三十种》,中华书局1980年版,第61页。

意思的是,小说文本虽一再强调关羽这名武将热衷于看书,而且在危急时刻仍在看书,却并未讲清楚所看何书,而插图的榜题"羽观春秋　胡班窥看"明确告诉读者关羽阅读的是儒家五经之《春秋》,显然是受到裴松之《三国志》中"羽好《左氏传》,讽诵略皆上口"的影响。

二、《水浒传》插图

《水浒传》是明代英雄传奇小说的高峰,与其相关的图像格外丰富,既有常见的插图和绣像,也有文人画以及剪纸等民间图像。现以《水浒传》"招安"情节为例,考察插图应如何对文本进行阐释。

插图不可能叙述整个故事,即图说不能简单等同于全部情节的图像化。在绘制《水浒传》"招安"情节的插图时,插图绘制者首先要考虑选择哪些片段入画,这是小说成像过程中的首要问题。其次,插图需要对哪些片段着墨较多,对片段之间的时间顺序或因果关系是否要有所改变等也是需要考虑的。下面我们将重点考察插图对招安矛盾的揭示与规避。

在梁山泊英雄排座次之后的第一次重要宴席——菊花之会上,宋江以《满江红》一词公开表达愿意接受招安的想法,曾经主动提出愿受招安的武松竟然第一个跳出来反驳,"乐和唱这个词,正唱到'望天王降诏,早招安',只见武松叫道:'今日也要招安,明日也要招安,冷了弟兄们的心!'黑旋风便睁圆怪眼,大叫道:'招安,招安,招甚鸟安!'只一脚,把桌子踢起,攧做粉碎。"(第七十一回)这是梁山泊内部因招安而引发的第一次矛盾。第二次矛盾出现在"活阎罗倒船偷御酒　黑旋风扯诏谤徽宗"一回。当萧让宣读诏书之后,除宋江之外的众头领"皆有怒色"。缘由是诏书不但将梁山泊一伙定性为"啸聚山林,劫掳郡邑",而且还威胁道:"倘或仍昧良心,违戾诏制,天兵一至,玉石不留。"李逵率先从梁上跳下来,扯破诏书,殴打陈太尉和李虞侯。又因为阮小七将御酒偷换成"村醪白酒",加剧了众位好汉的不满,所以,除了第一次反对招安的武松、李逵之外,鲁智深、刘唐、穆弘、史进以及六个水军头领都参与到此次矛盾之中,而且"四下大小头领,一大半闹将起来"。(第七十五回)

如果说菊花之会上的矛盾为"是否接受招安",陈太尉亲赴梁山招安时所引发的矛盾则是"如何接受招安",即招安的方针、策略问题。面对这两个情节,小说插图绘制者既要考虑是否选择该情节入画,还要考虑如何图绘。总的来说,明代杨定见本与李渔序本插图,在面对是否接受招安与如何接受招安的矛盾时,并没有选择这两种矛盾入画;而双峰堂刻本与刘兴我刻本插图不但鲜明地揭示了招安矛盾,而且还给予了充分展示。

　　首先,我们需要考察菊花之会上引发的关于是否接受招安的矛盾。与第七十五回"黑旋风扯诏谤徽宗"直接显露招安矛盾不同,菊花之会上的矛盾只是为了引出日后的招安,并非这一回的重点,不像前者那样将矛盾凝缩成回目标题,故而以摹绘回目标题为原则的全图类插图对此皆没有摹绘。可见,插图绘制者没有选择招安矛盾入画,是招安矛盾并未体现在回目标题中使然,只不过,杨定见本《忠义水浒全传》另有隐情①,因为该版本插图秉持两个摹绘原则——"或特标于目外,或叠采于回中"②,即图像或取自回目标题,或取自每一回中的精彩情节。"忠义堂石碣受天文　梁山泊英雄排座次"一回的配图,就没有摹绘"受天文""排座次"这两个出现在回目标题中的情节,而是以文中的菊花之会为入画对象,并将榜题另撰为"赏菊集群英"。画面呈圆形构图,右下、左上与右上各安排一组人物,人物分布的数量基本均衡,并以菊花隔开。画面中央摆放着两簇菊花,集中渲染重阳节的氛围。此幅插图的视角是由大厅前上方向下俯视,因而桌上的杯盘清晰可数,与整洁、宽敞的大厅环境相匹配。虽然画面左上角有两人在猜拳,两人在饮酒,一人正在接受侍者斟酒,还有一人摇手,似乎在拒绝侍者斟酒的问询,但大多数参加宴会的人头戴儒巾,衣着长衫,显得文质彬彬。特别是位于画面右上角的宋江,他正题词于手卷之上,其身后有童子执砚、袅袅熏香,而卢俊义、吴用、公孙胜等人则坐在一旁观赏,颇具文人集会的雅致,一派祥和之气。总之,插图所绘的菊花之会,与小说所述的"肉山酒海""语笑喧哗""觥筹交错"相差甚远,让人丝毫看不出招安矛盾的端倪。③ 与此相似,四知馆

① 杨定见本《忠义水浒全传》每回一图或者两图,或者有的回目没有插图,共计一百二十幅插图。不过,前一百幅插图袭自刘启先、黄诚之的刻图,后二十回的插图系刘君裕所刻。见陈启明:《水浒全传插图》,人民美术出版社1955年版,第1页。
② 袁无涯:《〈出像评点忠义水浒全书〉发凡》,见马蹄疾编:《水浒资料汇编》,中华书局1977年版,第13页。
③ "受天文""排座次"出现在李渔序本《新刻全像忠义水浒传》第六十六回,回目标题亦为"忠义堂石碣受天文　梁山泊英雄排座次"。小说在叙述天书内容之后,紧接着讲的却是宋江取出金银答谢何道士,至于"菊花之会"、宋江作词传达盼望招安的理念以及武松和李逵的公然反对等情节,被书商全部删除,自然没有相关插图。

刻本、李渔序本插图也在有意回避菊花之会上的招安矛盾。

值得注意的是,明刊本《水浒传》全图类插图最明显的特点在于其面积占据了书籍的整个版面,相形之下,偏像、全像类插图的面积要小许多。后者在书籍中的形制之所以被称为"上图下文式"①,原因在于插图下方是小说文本,图像空间相对狭小,其宽度与书籍版框等同或略小,高度仅为版框的四分之一左右。而且,全图与偏像、全像的摹绘原则也大为不同:全图主要根据回目标题来绘制,但偏像与全像根据所在页的小说情节来绘制,如果情节不止一个,插图绘制者一般以主要情节、关键情节作为入画对象。但刘兴我刻本与双峰堂刻本《水浒传》插图并不回避梁山好汉围绕招安所产生的矛盾,它们都将李逵因反对招安而遭宋江下令斩首的情节予以图像化,甚至不惜违背全像类插图以主要情节、关键情节作为入画对象的原则。例如,刘兴我刻本第六十六回,小说叙写乐和等人在菊花之会上演奏乐曲的内容占七行;写武松、李逵反对招安的内容占两行;写宋江下达斩杀李逵命令,众人下跪求情的内容占三行;写宋江慨叹自己在江州因写反诗遭祸,李逵拼命解救,而今却又因一首词害得李逵性命,这部分内容也占三行。其中,"宋江斩逵众人劝免"虽然不属于当前页的主要情节,却被绘成了插图。

其次,如果我们继续考察插图是否将第二种招安矛盾作为入画对象,那么,插图绘制者的态度就更加明显了:杨定见本②、李渔序本插图并没有像刘兴我刻本、双峰堂刻本那样摹绘叙述招安矛盾的情节。以李渔序本为例,其"小七倒船偷御酒 李逵扯诏谤朝廷"(第七十回),与刘兴我刻本、双峰堂刻本的叙事无甚差别,它们的插图却迥然有异。暂且不论阮小七"偷御酒"有无入画,仅就李逵扯破诏

---

① "上图下文式"《水浒传》插图的入画对象,一般是当前页中内容最多或者最为关键的情节。以刘兴我刻本与双峰堂刻本《水浒传》"忠义堂石碣受天文 梁山泊英雄排座次"一回为例,前者共有九幅插图,后者共有十四幅插图,如果要把所有情节一一入画,十余幅插图的容量显然不够。如果插图绘制者不遵照上述一般规则,那么一定有其特殊用意。

② 容与堂刻本与杨定见本《水浒传》插图是"全图"类型的代表。容与堂刻本的插图由于严格执行每回两图的配置,而且"偷御酒""谤徽宗"情节以回目标题的形式出现,所以图像自然展现了此次围绕"如何接受招安"的矛盾。但是,杨定见本插图并非固定的每回配置两图,也并非一定就是回目图,"燕青智扑擎天柱 李逵寿张乔坐衙"一回竟然配有三幅插图,榜题分别为"智扑擎天柱""寿张乔坐衙""李逵闹书堂"。然而吊诡的是,"李逵闹书堂"的情节在小说中总计五十八字,分量极微,也未曾出现在回目标题之中。在接下来"偷御酒""谤徽宗"一回中,却只有一幅榜题为"阎罗尝御酒"的回目图,杨定见本《水浒传》非但将"偷御酒"改成了"尝御酒",而且也未选择"李逵扯诏谤徽宗"这一主要情节入画。

书、殴打陈太尉与李虞侯来说，这部分内容占到了李渔序本书页的一半版面，共八行、二百二十二字；萧让宣读诏书的内容为五行；宋江亲自护送陈太尉下山的内容仅占二行、七十四字。由此可见，"李逵扯诏谤朝廷"属于插图所在页的叙事重心，但李渔序本的插图绘制者显然有意忽视之，因为他只选择了宋江"礼送"陈太尉下山这一情节入画。与此形成鲜明对比的是，刘兴我刻本与双峰堂刻本插图不但揭示了第二种招安矛盾，而且都选择李逵"扯诏书"这一情节入画。插图将故事场景由室内转移到户外，以远山为背景，左侧绘有半棵树，下方点缀着几片竹叶。画面疏略、拙朴，然而呈现的重点与意图非常明显，因为读者可以看到左侧人物正在伸手指向右侧人物，后者戴着方顶硬壳幞头帽，当为御史陈太尉，前者则是愤怒撕破诏书的李逵，而诏书则是处于刚刚被扔出、飘落至地的过程中。虽然插图无声，我们却不难想象李逵冲着陈太尉的叫骂。宽泛地讲，李逵扯破诏书、打人、谤徽宗以及众将士对御酒的不满，都能表现出招安矛盾，但严格来说，撕破代表朝廷权威的诏书是最过激的反对招安的行为，因为这是对政权最直接、最激烈的反抗。

　　插图绘制者是否选择招安矛盾入画以及如何图绘等，包含着深刻而且独到的观看之道。因为"注视是一种选择行为"①，带有很强的主观目的性，所以眼睛只会看到我们渴望注视的事物。很显然，就杨定见本与李渔序本插图而言，其焦点并不是招安矛盾，而刘兴我刻本与双峰堂刻本的插图绘制者则选择了招安矛盾并将其图像化。进而言之，招安矛盾入画与否以及为何如此刻画，都能够在插图绘制者身上找到原因。当然，杨定见本与李渔序本选择何种主题入画的原因有可能不尽相同。

　　以前者为例，作为李贽的资深弟子，杨定见在业师处享有不凡的评价："若能不恨我，又能亲我者，独有杨定见一人耳。"②纵然并非最直接的插图绘制者，但杨定见重编《水浒传》时扮演了举足轻重的指导角色。他认为，"非卓老不能发《水浒》之精神"③，而《水浒》之精神"则指的是李贽所反复强调的"忠义"。在宋江以《满江红》传达招安理念之际，武松与李逵"不合时宜"地发表反对意见，甚至做出

---

① ［英］约翰·伯格著，戴行钺译：《观看之道》，广西师范大学出版社 2015 年版，第 5 页。
② 李贽：《焚书·续焚书》，中华书局 1975 年版，第 107 页。
③ 杨定见：《〈忠义水浒全书〉小引》，见马蹄疾编：《水浒资料汇编》，中华书局 1977 年版，第 11 页。

"把桌子踢起,攧做粉碎"(第七十一回)这般几乎愤怒至极的举动,显然不是心怀忠义之人所为,也给宋江"一意招安,专图报国"的忠义之举带来不和谐音符。所以,杨定见重编《水浒传》时,在"忠义堂石碣受天文 梁山泊英雄排座次"一回的插图配置上,有意选用其乐融融的"赏菊集群英"来掩盖"是否接受招安"的矛盾。在面对第二种招安矛盾,即"如何招安"时,杨定见维护"忠义"的意图愈发昭彰:一方面,他需要考虑书商规定的"拔其尤,不以多为贵"的插图配置原则[①];另一方面,他还要受制于既定的插图数量(一百二十幅)。因此,杨定见宁肯为"活阎罗倒船偷御酒 黑旋风扯诏谤徽宗"的前一回"燕青智扑擎天柱 李逵寿张乔坐衙"设置三幅插图,也要删略原本应该摹绘李逵扯破诏书、毁谤徽宗情节的插图,其目的就是尽量减少图像对招安矛盾的再现,规避梁山泊内部对招安的质疑与反对,努力维护《水浒传》整体的"忠义传记"形象。

三、《西游记》插图

《西游记》虽然被冠以"神魔小说"之称,但其主题内蕴非常丰富,我国高校现行通用《中国古代文学史》教材中是这样概括该作品写作特点的:1. 诠释佛道之争。因《西游记》在流传过程中经历了全真教化的环节,所以小说中才会出现大量关涉道教的术语,并插增了相关的诗词与故事情节,例如,各种妖魔鬼怪的法宝,"所有妖魔都要吃唐僧肉,女妖魔则要与唐僧婚配"等。整部小说同时存在大量的佛教内容,呈现出崇佛抑道的倾向,例如孙悟空出身道门却皈依佛教,但凡出现佛道之争,一定是前者胜利而后者失败。2. 具有政治意涵。《西游记》容易"让人联想到现实政治的种种情形",例如孙悟空大闹天宫与中国古代农民起义的反抗精神极为类似,再如小说中多个域外王国的国王宠信道士,而该国的官职礼制又是明代模样,这难免令读者联想起崇尚道教、迷信方士的嘉靖皇帝。3. 富于哲理意味。二百七十字的《心经》,可谓《西游记》中精彩的佛家经典,然而,"耐人寻味的是,在《西游记》之前,《大慈恩寺三藏法师传》等写到《多心经》(即《心经》——引者

---

① 袁无涯:《〈出像评点忠义水浒全书〉发凡》,见马蹄疾编:《水浒资料汇编》,中华书局 1977 年版,第 13 页。

注),总是醉心于其消灾去难的神秘功能;而《西游记》写《多心经》,却突出它对心性修炼的启示作用",如果说《大慈恩寺三藏法师传》注重的是《心经》神通广大的实际效果,那么,《西游记》作为虚构的小说则更注重阐释《心经》中的人生哲理。[①]

在小说《西游记》中,降妖除魔是最重要的,也是最吸引读者的故事情节。唐僧师徒四人在一路西行取经的过程中,遇到了形形色色的妖魔鬼怪:既有文殊菩萨的坐骑青毛狮子、观音菩萨养的金鱼等从佛界下凡的"魔",也有来自道教天宫的"妖",例如,由太上老君照看炉子的童子所变成的金角大王、银角大王;既有土生土长的熊罴怪、来自佛界的大鹏怪、逃离天宫的黄袍怪等五花八门的"怪",还有由自然界动植物变成的"精";既有人世间打家劫舍、谋财害命的"匪",还有每位取经人内心深处的"欲"或者"心魔"。如果说降妖除魔是外在地为西天取经荡平道路,那么"灭欲"则是内在地为西天取经修身养性。

(一)"心魔"的图像再现

我们不妨以唐僧师徒四人抵抗"心魔"的图像为例,考察《西游记》小说的插图。《西游记》第五十四回"法性西来逢女国 心猿定计脱烟花",写到唐僧在进入西梁女国之前,就告诫众弟子"汝等须要仔细,谨慎规矩,切休放荡情怀,紊乱法门教旨"[②]。后来师徒四人在迎阳驿等待倒换关文,西梁女王得知唐僧到来,"愿招御弟为王",生子生孙、永传帝业,命太师前去说亲。孙悟空将计就计,先行答应太师留下唐僧成亲,其他人继续西天取经。唐僧此时有一段表明自己不愿破戒的独白:"悟空,此论最善。但恐女主招我进去,要行夫妇之礼,我怎肯丧元阳,败坏了佛家德行;走真精,坠落了本教人身?"有趣的是,当女王前去迎阳驿面见唐僧时说"大唐御弟,还不来占凤乘鸾也"时,唐僧的表现是"耳红面赤,羞答答不敢抬头"。

这一章回所写唐僧的心理活动,或者是"战战兢兢立站不住",或者是"没及奈何,只得依从",没有任何一处显现他"放荡情怀"的措辞。相较而言,猪八戒要逊色太多,小说写他看到西梁女王时的表现,"那呆子看到好处,忍不住口嘴流涎,心头撞鹿,一时间骨软筋麻,好便似雪狮子向火,不觉的都化去也"。及至唐僧陪女王送三位徒弟出城西去,此时唐僧才将"贫僧取经去也"的实情托出,猪八戒看到

---

① 参见《中国古代文学史》编写组编:《中国古代文学史》(下),高等教育出版社 2016 年版,第 115—120 页。
② 吴承恩:《西游记》,人民文学出版社 1980 年版,第 634 页。

女王拉扯唐僧衣袖，"撒泼弄丑，唬得魂飞魄散，跌入辇驾之中"；沙僧则将唐僧抢出来"伏侍上马"。此时，一个女妖高喊"唐御弟，那里走！我和你要风月儿去来"，将唐僧摄走，接下来便是第五十五回"色邪淫戏唐三藏　性正修持不坏身"的故事。

明刊本《李卓吾先生批评西游记》第五十四回配置了两幅插图，其中一幅描绘的是唐僧已上马准备离开西梁女国。我们可以看到画面整体构图呈倒三角形，底部的师徒四人无疑是视觉的焦点所在。循着唐僧、沙僧与八戒的目光看去，便是西梁女王的凤辇及随从，她们正望着执意离去的取经人。女王坐在凤辇中，举手似乎准备擦拭不舍分别的眼泪；而唐僧面部却是微笑的表情，不知是否为画家故意所绘；沙僧硕大的眼睛似乎显露出侥幸顺利逃脱后的惊恐，较为符合这一人物此时的心态；师徒四人以及白龙马的大步流星，说明他们急于离开西梁女国，西去取经。值得一提的是，在画面左侧一女子伴随一团烟雾下降，当是准备掳走唐僧的蝎子精，因唐僧师徒四人的注意力都在西梁女王一行人身上，因而没有注意到蝎子精的到来。整个画面构图紧凑有致，线索清晰，摹绘出唐僧刚出龙潭、又入虎穴的瞬间。

（二）孙悟空的图像演变

无论是阅读《西游记》小说，还是观看现代的关于《西游记》的影视剧，孙悟空当属最受欢迎的"人物"形象，它在明清时期的图像演变，颇能说明六小龄童在荧屏上扮演的孙悟空造型为何是这般模样。

《西游记》中的孙悟空并非一成不变，而是伴随着叙事不断生成、不断丰富起来的形象。孙悟空在小说中各个阶段的称谓，可以说明这一形象的复杂性：美猴王—孙悟空—弼马温—齐天大圣—孙行者—斗战胜佛[1]。我们首先来归纳《西游记》中描述孙悟空的语象，然后再运用"语-图"比较符号学方法考察它的图像。

第一回"灵根孕育源流出　心性修持大道生"中首次介绍石猴的长相，"五官俱备，四肢皆全"，没有详细指明其他特征，即便是"五官"本身也未加敷演。明刊本世德堂插图仅仅摹画石猴双膝在地，跪拜四方，浑身有毛，依稀可见短尾巴，双手交叉，手指冲下，尖嘴缩腮，彻头彻尾的猴子造型。值得留意的细节是，石猴在南赡部洲穿着人的衣服"摇摇摆摆"，面见菩提祖师时被后者要求"你起来走走我

① 赵宪章总主编，周群主编：《中国文学图像关系史·明代卷》，江苏凤凰教育出版社 2020 年版，第 565 页。

看"，于是，"猴王纵身跳起，拐呀拐的走了两遍"；石猴得名孙悟空后，听菩提祖师开讲大道时"喜得他抓耳挠腮，眉花眼笑。忍不住手之舞之，足之蹈之"①，上述一系列动词与状语，似乎可以立刻令当代读者在脑海中浮现出《西游记》电视剧（中国国际电视总公司 1982 年版）中孙悟空走路、行礼以及开心时的画面。

及至第三回"四海千山皆拱伏　九幽十类尽除名"，孙悟空凭借从东海龙宫拿来的如意金箍棒，以及南海龙王的"凤翅紫金冠"、西海龙王的"锁子黄金甲"、北海龙王的"藕丝步云履"②，摇身变成了美猴王。这些服饰难免让人联想起戏曲舞台表演中常见的行头，凤翅盔一般是武将的头饰，而紫金冠则一般是太子的头饰③，"凤翅紫金冠"似乎仅限于美猴王这个角色。在明刊本《李卓吾先生批评西游记》中，美猴王从水中跃出，浑身披挂着龙王们"赠送"的衣甲，此时的孙悟空可以说只是一个整体上较为呆滞的造型，冠上没有后世图像中所插的双翎，五官也只是突出瞪大的双眼，没有后世图像中的脸谱，腰带随风飘至身后，宛如自己的尾巴。

在第十四回"心猿归正　六贼无踪"中，孙悟空大闹天宫后被压五行山下，终于在唐僧的帮助下得救。孙悟空"赤淋淋跪下"，得赐混名"行者"。"却说那孙行者请三藏上马，他在前边，背着行李，赤条条，拐步而行。"④可见，孙行者最开始护送唐僧取经时，并未着装。恰好是在这一回，孙行者剥下虎皮围在腰间，并穿上唐僧给的一件旧直裰儿，后又戴上了金箍，世德堂刊本、《李卓吾先生批评西游记》插图也是这样刻画孙行者的。纵观整个明代的《西游记》插图，已经初具我们今日在影视剧中所看到的孙悟空的雏形——尖嘴猴腮，眼睛硕大，配有紫金冠、锁子甲、步云履等行头，头戴金箍，身着虎皮裙、直裰，以及像猴子一样的走路姿势等。

最能集中反映孙悟空集美猴王、孙行者等多重角色于一体的插图，莫过于清刊本味潜斋《新说西游记》中的插图。此时的孙悟空五官已进一步美化或曰"人化"，即以人的鼻口形状最大限度地改造以往的尖嘴猴腮，而且为了重点突出其有像人一样的五官，插图绘制者故意在其五官上不着猴毛；孙悟空头戴金箍，身系虎

① 吴承恩：《西游记》，人民文学出版社 1980 年版，第 13—14 页。
② 同上，第 31 页。
③ 齐如山：《行头盔头》（下卷），北平国剧学会 1935 年版，第 3—4 页。
④ 同①，第 161—162 页。

皮裙,脚踏皂靴,腾云驾雾;其右手持棒,左手搭在眉眼之前,眺望远方;只是双腿站立的姿势仍有些许猴的影子。"这是明清《西游记》插图本中最精彩的美猴王造型,正是创作者出神入化的插图创作,使该刊本一出,即出现读者争相抢购阅读的情形,一时洛阳纸贵,可见当时民众对该刊本的喜爱。"①

四、《金瓶梅》插图

与《三国演义》《水浒传》《西游记》不同,《金瓶梅》写的是个人、家庭、市井与世情,它没有写历史人物与传奇英雄,也没有经过世代累积。鲁迅曾高度评价《金瓶梅》,"作者之于世情,盖诚极洞达,凡所形容,或条畅,或曲折,或刻露而尽相,或幽伏而含讥,或一时并写两面,使之相形,变幻之情,随在显见,同时说部,无以上之",②此作品可谓中国古代小说史上的里程碑。

明代最著名的《金瓶梅》图像,当属崇祯本《新刻绣像批评金瓶梅》,该版本小说分二十卷(共一百回),每卷卷首配图两幅,明显有别于此前十卷的词话本。清代以降,《金瓶梅》的插图和册页,主要是在崇祯本木刻版画基础上的创作,例如《第一奇书》增插了部分人物像;值得一提的是,宫廷画家所绘二百幅《清宫珍宝皕美图》以工笔重彩丰富构图,并题跋崇祯本的回目,令人叹为观止。进入民国之后,曹涵美的《金瓶梅全图》可视为连环画版的《金瓶梅》,而"胡也佛的《金瓶梅秘戏图》善于运用西洋画中透视的技法,以艳丽的色彩精细勾勒,不放过一物一态、一丝一毫的细节,使《金瓶梅》彩绘画作达到了一个高峰"。除此以外,近现代以来的《金瓶梅》图像创作涵盖了"美术范围内的几乎所有门类和技法,包括版画、工笔画、油画、水彩、白描、连环画、动漫,甚至刺绣等,呈现百花齐放的繁荣景象"。③

《金瓶梅》因有情色描写而长期被视为"淫书",但实际上,这部分"淫话"只有一两万字,在全书七十万字中仅占很小比例,小说的主旨也不是"宣淫",而在于"暴露",暴露整个社会的黑暗与腐败。这种暴露,既可以大到官场的腐败、儒林的堕落,也可以小到淫邪的妻妾、欺诈的奴仆,特别是那些见不得人的事情,引发了

① 赵宪章总主编,周群主编:《中国文学图像关系史·明代卷》,江苏凤凰教育出版社2020年版,第574页。
② 鲁迅:《中国小说史略》,人民文学出版社1973年版,第152—153页。
③ 邱华栋、张青松编著:《金瓶梅版本图鉴》,北京大学出版社2018年版,第263页。

大量的偷窥。《金瓶梅》回目中经常出现"私窥""潜踪""私语""窃听"等词语，而在二百幅插图中，与窥视或偷听相关的便有二十七幅，这些场景往往是叙事的关键，我们不妨以这一话题的插图为例，做深入阐发。

在第十三回"李瓶姐墙头密约　迎春儿隙底私窥"中，西门庆翻墙进入花子虚家与李瓶儿偷欢。花家的房屋有两层窗寮，"外面为窗，里面为寮"，李瓶儿虽关上了里面两扇窗寮，偷期过程却被丫鬟迎春在窗外偷窥，后者"用头上簪子挺签破窗寮上纸，往里窥觑"①。根据小说中的描述，迎春只是捅破了某一处窗寮上的纸，进而偷窥偷欢场面，该回的插图却将整个窗寮设置成了"透明状"。画面主体是被偷窥的对象，站在窗寮外侧向内偷窥者即为迎春，插图由此改变了叙事的聚焦——迎春是小说中的偷窥者，小说只不过是将她所窥视的场景讲述出来，插图却将迎春的偷窥悄然改变为包含迎春在内的所有读者的偷窥。

这样的改变普遍存在于《金瓶梅》插图中，再如第二十三回"赌棋枰瓶儿输钞　觑藏春潘氏潜踪"，写到西门庆想让宋惠莲留宿一晚，潘金莲不同意将宋留在自己房内，西门庆只能到花园"藏春坞洞儿"内歇息。没曾想到的是，潘金莲在寒冬正月的夜里，"轻移莲步，悄悄走来窃听""蹑迹隐身，在藏春坞月窗下站听"。宋惠莲在房内不断说着潘金莲诸如"露水夫妻"的坏话，以至于后者被气得"两只胳膊都软了，半日移脚不动"②，然后懊恨归房。不过，潘金莲临走前用自己的银簪锁住了房门，导致第二天宋惠莲通过这个物件判定已被前者偷听，这就为后文潘金莲报复宋惠莲埋下了伏笔。该回插图同样改变了叙事的聚焦，在小说单纯的"潘金莲窃听"基础上，增加了读者们的偷窥与围观，诱使读者通过眼前所见景象参与潘金莲的窃听行为。

五、"三言二拍"插图

明代"四大奇书"主要是章回体通俗小说，除此之外，短篇小说也在这一时段走向繁荣，此时段最典型的短篇小说就是"三言二拍"，即冯梦龙的《喻世明言》（又

---

① 兰陵笑笑生：《新刻绣像批评金瓶梅》，见李渔：《李渔全集》（第十二卷），浙江古籍出版社2010年版，第160—161页。
② 同上，第290—291页。

名《古今小说》)《警世通言》《醒世恒言》，以及凌濛初的《初刻拍案惊奇》《二刻拍案惊奇》，它们引发了拟话本小说的摹仿，使其成为明末清初重要的小说现象，打破了长篇通俗小说的长期垄断地位。冯梦龙的"三言"也被视为拟话本小说的鼻祖，正是他的巨大影响，凌濛初与天然痴叟才去撰写"二拍"与《石点头》。①

爱情婚姻是"三言二拍"着力书写的主题之一，其中既有《杜十娘怒沉百宝箱》这样的悲剧，也有很多有大团圆结局的喜剧，小说插图反映出明代中后期婚恋生活的图景。天许斋本《喻世明言》每卷配置两幅插图，共八十幅，第二十三卷"张舜美灯宵得丽女"中的第一幅图颇为有趣。画面分为院内与院外两重空间，一女子坐在院内的柳树下，而一男子则在院外踟蹰，图中题字为"月上柳梢头，人约黄昏后"，仿佛与图像所表达的痴男怨女之意相契合。但是，比较小说语象与图像之后发现，这幅插图所绘的场景可谓莫名其妙。小说讲述张舜美与刘素香初识于上元节灯会，前者根据刘素香留下花笺上的指示，趁后者父母兄嫂外出时赶赴其十官子巷家中幽会云雨。二者为了能够长相厮守，决定是夜私奔，不料两人出城时走散，张舜美见到刘素香落下的绣花鞋，以为后者溺水而亡，自此一病不起。光阴荏苒，又到上元节时，张舜美"追思去年之事，仍往十官子巷中一看，可怜景物依然，只是少个人在目前"，于是返回住处吟诵欧阳修的《生查子》一词，深感物是人非，"立誓终身不娶，以答素香之情"。② 张舜美后以乡试第一名的成绩进京会试，恰好遇到在大慈庵修行的刘素香，两人再续前缘，张舜美后一路连科，在携妻赴任路上拜望刘素香父母，最终是大团圆结局。值得注意的细节是，张舜美病后留在杭州温习经史，上元节时前往十官子巷缅怀刘素香，明明是感叹"只是少个人在目前"，插图却画出了他的向往与想象，即刘素香坐在院内柳树下，宛若二者像《生查子》中"月上柳梢头，人约黄昏后"那样的男女约会。"这幅图较之文意有较大出入，可能与其时的俗套有关。公子小姐一见钟情本是当时小说中的常见题材，惯常套路当是一见倾心、饱经挫折、大团圆结局。绘者此处大抵是按照惯常套路来绘制，而不曾细究故事内容。"③

---

① 陈大康：《明代小说史》，上海文艺出版社 2000 年版，第 603 页。
② 冯梦龙编著：《喻世明言》，凤凰出版社 2005 年版，第 214—220 页。
③ 赵宪章总主编，周群主编：《中国文学图像关系史·明代卷》，江苏凤凰教育出版社 2020 年版，第 732 页。

第四节　明代曲本插图

明代曲本插图的出现与兴盛,稍晚于同时期的小说插图,但也几乎达到了"戏曲无图,便滞不行"(《牡丹亭还魂记·凡例》)的地步。有学者曾对百余种明刻本戏曲做过统计,发现曲本插图总量达到两千余幅,平均每部图书在十五幅以上。① 明代曲本插图的盛行,一方面得益于印刷术的成熟,另一方面也得益于商品经济与市民文化的勃兴。可见,任何一个"图像时代"都少不了"技术"与"市场"的合谋。

一、明传奇插图

明传奇在嘉靖以后大盛,万历年间则进入高潮,主要是因为文人群体参与到创作与搬演之中,整体上提升了艺术水准。因此,明代涌现出一大批优秀的传奇作品,它们大多附有插图。

例如,梁辰鱼撰写的以范蠡与西施爱情为主线的《浣纱记》有金陵富春堂刻本与武林刻本,其插图具有鲜明的特点,值得我们重点关注。富春堂刻本《刻全像音释点板浣纱记》附有双面连式插图,画面在刻绘场景方面较为细腻,呈现出"景小人大"的特点。以"别施"这幅插图为例,画面被分割为两重空间,一边是范蠡及其随从,另一边是西施及其随从,两人占据左右两个画幅的中心。画面展现的是范蠡和西施两人因"前途相见甚难"而就此别过的场面,将手藏在袖中的西施表现出复杂的心情,而范蠡则挥手告别,似乎是对前者"料分飞应不久"的宽慰。左右两幅图像既有分开之势,又相互黏连:"'分开'指向服从大局,而'黏连'指向感情难舍。但最终个人还是服从了大局,这样便为后文做了很好的铺垫。有这样的深明大义,有这样的处心积虑,吴灭越兴自然是指日可待。不能不说,这样的画面安排是颇富深意的。"②相较而言,武林刻本《吴越春秋乐府浣纱记》插图却呈现出另一种风貌,最大特点是与

---

① 郭味蕖:《中国版画史略》,朝花美术出版社1962年版,第79—87页。
② 赵宪章总主编,周群主编:《中国文学图像关系史·明代卷》,江苏凤凰教育出版社2020年版,第803页。本节多是对《中国文学图像关系史·明代卷》第十三章至第十六章的整体复述,特此说明。

曲本语象有所游离,因为许多插图并未将重点放在述说戏曲情节上,而在于展示故事氛围。所以,如果说《刻全像音释点板浣纱记》插图属于"叙事画",那么《吴越春秋乐府浣纱记》插图则是"曲意画",后者重在通过展示氛围烘托情绪。

又如孟称舜的代表作《娇红记》。崇祯十二年(1639)刊本《新镌节义鸳鸯冢娇红记》卷首附有明末著名画家陈洪绶绘制的四幅娇娘绣像,"造型典雅秀隽,婉约出群,被人称为'绣像夺魁'之作"[1]。这四幅人物图不饰背景,完全不同于其他版本的情节图,非常值得申说。陈洪绶所绘第一幅娇娘像最为朴素,衣饰没有刻意添加的成分,发髻左侧露出凤凰纹理,与戏曲语象"乱云鬓低绾出汉宫妆""斜簪着一支金凤凰"相匹配,人物低目游走,似有相思愁情。第二幅绣像中的娇娘手持一把红拂,虽较第一幅绣像中人物的衣着与发饰富丽华贵很多,但同样是低头注视,仿佛内心充满了愁思,正如孟称舜在这幅绣像的题诗中所说的那样"目送芳尘无限意,情多几为伤情死"。第三幅图中娇娘的服饰更为华贵,高高的发髻与拖曳的长裙,尽显女性的优雅,特别是手持的羽扇与服饰图案融为一体,巧妙地形成了互为装饰的效果。娇娘华丽外表下隐藏着内心的思念与孤单,因为戏曲文本云"一个懒整新状上翠楼,一个青衫湿尽楚江头;一个门掩梨花倦对酒,一个寒添锦袖慵挑绣"。娇娘所持"妾身不可再辱,既以许君,则君之身也"的节义之道,让她孤身一人时倍加思念申纯。第四幅绣像中人物的服饰又回到了第一幅的状态,格外朴素淡雅,娇娘手持之物不是玉笛、红拂、羽扇,而是一面普通的镜子,作画者试图通过镜子反映出图中人的日渐衰老与内心愁苦,由此暗示娇娘尚未走出此前的落寞与惆怅。总体而言,这四幅娇娘像虽然是游离于戏曲叙事的人物图,但人物形象的前后变化,仍与叙事的主线匹配,并紧扣申纯与娇娘"节义"的主题。

二、 明杂剧插图

明杂剧是在元杂剧衰落后,"吸收了包括宋金杂剧、院本在内的多种戏剧艺术成就而形成的"[2],傅惜华的《明代杂剧全目》共著录明杂剧五百余种,这一时期戏剧的创作数量虽无法定论,却极为可观,"超过了元代杂剧和南戏的

---

① 首都图书馆编辑:《古本戏曲十大名著版画全编》(上册),线装书局1996年版,第397页。
② 叶长海、张福海:《插图本中国戏剧史》,上海古籍出版社2003年版,第321页。

总和"①。明杂剧插图有自己的特点，具体归纳如下。

其一，较之明传奇，明杂剧插图的数量偏少。明代早期的宫廷杂剧多以歌功颂德为主题，但这些曲本多已散佚，存世的杂剧插图不多，难以还原当时的真实情况。然而，明后期的杂剧偏向文人化，因篇幅短小，每部曲本往往仅配置一两幅插图。例如，万历年间的《四声猿》杂剧，只在卷首为每剧附上一幅插图，共四幅；再如，杂剧选集《新镌古今名剧·酹江集》，收录三十部曲本，共附五十六幅插图，与前文所提及的明传奇插图数量有较大差距。

其二，明杂剧插图多是摹绘曲本中的某一情节，鲜有像明传奇中那样的人物图。例如，《新镌古今名剧·酹江集》所选录的《昆仑奴》"红绡妓手语传情"插图，画面刻画崔生与摩勒离开郭府时的场景，崔生行拱手礼做告别状，站在堂前的红绡正在做出"三指三反掌"的动作，后者的手势便能引发读者勾连曲本的相关情节以及人物的心理活动。

其三，明后期的杂剧插图虽也摹绘曲本中的某一情节，但文学与图像关系已不十分紧密。这主要有三方面原因：一是插图数量偏少，无法再现曲本的所有情节或主要情节。例如，《新镌古今名剧·酹江集》所选录的《红线女》，从回目标题可知主要情节有"薛节度兵镇潞州道""田元帅私养外宅儿""红线女夜窃黄金盒""冷参军朝赋洛妃诗"，但由于插图有限，仅选择了后两个情节入画，无法顾及全部。二是明杂剧插图与评点、序言等"副文本"一样，充满了文人旨趣与审美立场，舞台效果让位于案头赏玩。例如，《新镌古今名剧·酹江集》所选录《郁轮袍》中的"韩持国正本中书省"插图，与一般的士僧交游图或雅集图大同小异。三是明杂剧插图与明传奇插图一样，抒情意味较为浓郁，画面景大人小，如果读者不能仔细辨别图中人物，则难以将其与山水画区别开来。

三、《牡丹亭》插图

汤显祖被称为"东方的莎士比亚"，他所创作的"临川四梦"独占明传奇剧坛鳌

---

① 徐子方：《明杂剧研究》，台湾文津出版社1998年版，第2页。

头，他曾自谓"一生《四梦》，得意处惟在《牡丹》"①。因广受读者喜爱，《牡丹亭》这部戏曲留下了大量精美的明刻插图本，例如，万历年间金陵文林阁唐锦池刻本《新刻牡丹亭还魂记》，配置单面插图十幅；万历四十六年（1618）吴兴臧懋循原刻《玉茗堂四种传奇》本《牡丹亭》，配置单面插图三十四幅；泰昌元年吴兴闵氏朱墨套印本《批点牡丹亭》，配置双面连式插图十三幅；万历年间朱氏玉海堂刻本《牡丹亭还魂记》，配置单面插图四十幅；天启三年（1623）会稽张弘毅著坛校刻本《玉茗堂牡丹亭还魂记》，配置插图十五幅，等等。

纵向考察《牡丹亭》版本，我们能够发现这些曲本插图的若干规律。第一，文林阁刻本并非每一出都配置插图，在所配插图的十出剧目中，除"惊梦"外，其他虽不是叙述杜丽娘与柳梦梅感情的重要部分，却都属于冲突较强、人物较多的剧目。第二，闵氏朱墨套印本给第十出"惊梦"配置两幅插图，其余十二幅插图分别散落于十二个剧目，这就说明绘图者已意识到"惊梦"在全剧中的重要性，故而着重表现游园前的准备与杜丽娘的梦境。第三，朱氏玉海堂刻本与前两者不同，这一版本每一出都配置了插图，而且均再现了剧目中的主要情节。"骇变"一出的主要人物虽然是陈最良——因为他目睹了杜丽娘坟墓被盗，从而担当了揭发柳梦梅盗墓的关键先生，但这一出剧目在这部戏曲中处于情节进展的转折点，柳梦梅与杜丽娘从此远走高飞，所以，哪怕陈最良并非《牡丹亭》的主角，但因其在曲本及图像叙事中的不可或缺，同样出现在插图中。这再一次说明，"在插图绘制者看来，最能吸引人的是那些最具情节冲突性、能够推动情节发展、彰显人物性格的重要关目"②。

朱氏玉海堂刻本插图如此强调图像叙事，并非缺乏对《牡丹亭》抒情的再现，只不过这种再现更加隐蔽而已。插图往往选择该出剧目中最具包孕性的情节瞬间，读者经由图像叙事的暗示可以体会曲本情节背后的真情实感。就此而言，戏曲插图形成了"事—情"的循环往复，即图像在叙事中暗含真情，又将真情带入叙事的图像现场。例如，"肃苑""寻梦"两幅插图，它们有着相似的场景（亭台、湖石、柳树），相同的主要人物（杜丽娘），并且杜丽娘都站在湖石旁略作低头姿势。就

① 汤显祖著，王思任批评：《王思任批评本〈牡丹亭〉》，凤凰出版社 2010 年版，第 1 页。
② 赵宪章总主编，周群主编：《中国文学图像关系史·明代卷》，江苏凤凰教育出版社 2020 年版，第 880 页。

"肃苑"插图而言,杜丽娘阅读《诗经》后慨叹"圣人之情,尽见于此矣。今古同怀,岂不然乎?"因此起身向丫头春香询问如何消遣。插图中的杜丽娘虽然在与春香交谈,但此时的她已在春香的怂恿下内心泛起波澜,从而决定违规游园。然而,又因身份尊贵,杜丽娘需要仆人安排肃苑,所以曲本描述为"低回不语者久之",插图所呈现的杜丽娘正伸出手指,在吩咐春香务必周密安排。可见,图像将杜丽娘游园前的安排,以及难以平复的心情刻画得非常充分。"寻梦"插图描绘杜丽娘孤身一人游园,按照曲本的描述,她站在湖山石边,以手遮面,感叹"咱不是前生爱眷,又素乏平生半面。则道来生出现,乍便今生梦见"。插图中的杜丽娘正低头凝视湖石,仿佛此时她想起了梦中书生的绵绵情话,心里想着要与后者私定终身。也就是说,读者可以将想象与图像结合起来,推测并理解相关情节。

实际上,后续刊刻的《玉茗堂牡丹亭还魂记》与臧懋循本《牡丹亭》,都兼顾了图像的叙事性与抒情性,这当属曲本插图与小说插图的重要区别之一。

第五节 明代诗意图与诗词画谱

明代绘画的发展具有鲜明的阶段性特点:前期的院体画受严苛的政治环境约束,后来浙派绘画为其注入了强劲的世俗意趣;中期的吴门画派则将明代绘画推向了高峰,此时期名家辈出,且诗画关系紧密,沈周"尤喜在画上题诗,几乎每画必题,诗(书)与画搭配得当,字体与画笔十分和谐"[1],从而使文人画成为主流;晚期徐渭的泼墨写意画和以董其昌为代表的松江派,使此时期的绘画呈现出不拘定法、追求新奇的蓬勃局面。明代中晚期的画家大多兼善诗书,故而画面所题诗文并非严格意义上的题画诗,即摹仿图像的文学,很有可能是有备而来的现成篇什,所以此时期的绘画也就成了广义上的诗意画。例如,唐寅的很多题画诗反复出现在不同的绘画作品中,现藏于上海博物馆的《虚阁晚凉图》与现藏于四川省博物馆的《虚阁晚凉图》题诗一模一样,但其画面构图、笔法、材质完全不同,从而很难直

---

① 刘继才:《中国题画诗发展史》,辽宁人民出版社 2010 年版,第 354 页。

接判断诗歌与绘画的先后摹仿关系。因此，只要是能够再现、表征诗意的明代绘画，都可以纳入我们的考察范围，也包括借助印刷业发展而广为流传的诗词画谱。

一、 明代诗意图

（一）花鸟题材诗意图

吴门画派注重当下起兴，所谓"情兴所到，或形为歌诗，题诸卷端，互以相发"，指的就是诗歌与绘画都是"情兴"所致使然，只不过呈现形式不同罢了，至于孰先孰后，似乎已不再重要。

例如，沈周1480年送给好友宿田的《荔柿图》（北京故宫博物院藏）。这幅立轴上半部分空白处有沈周恭贺新春的题诗："起问梅花整角巾，忻然草木已知春。白头无恙人惟旧，黄历多情岁又新。行酒不妨从小子，耦耕还喜约比邻。年年天肯赊强健，老为朝廷补一民。"时年五十三岁的沈周，以"角巾""白头"点明自己的外貌，并以白描手法勾勒出一位身体强健的老人在新春期间的生活剪影，从而让诗歌中的人物，与这幅绘画中的荔枝、柿子形成互文关系。图像描绘了一枝柿杆结出了两颗果实，叶子与果实用墨淡雅浑融，位置上下分明，互为顾盼。位于柿子上面的荔枝，则用清晰的点和淡墨分出颜色和形态，叶子小而脉络细嫩，因此用笔更为轻快，透出欣欣向荣的活力。值得注意的是，两个柿子一正面下坠，一轻轻上仰，类似于人与人在交谈。颗粒沉甸甸的荔枝给人一种整体的下坠感，虽然左右呼应，却以重力为中心，突出这一物象的蓬勃生机。"荔柿"是"利市"的谐音，题诗与绘画，既应新春之景，又彰显沈周自然闲适的田园精神，或者说它们都是沈周诗意的多维流露。

又如，沈周的《牡丹图》（南京博物院藏）。沈周画了折枝的淡墨牡丹，叶子的墨色可谓浓淡相间，其中叶脉用墨较浓，花瓣则注重墨色的晕染效果，质感颇为丰腴，说明牡丹花正在"红玉"满开时。沈周关于牡丹花的情兴分解为图像与诗歌两个单元：首先，在诗歌中通过描述赏花过程点明环境，"我昨南游花半蕊，春浅风寒微露腮。归来重看已如许，宝盘红玉生楼台。花能待我浑未落，我欲赏花花满开。夕阳在树容稍敛，更爱动缬风微来。烧灯照影对把酒，露香脉脉浮深杯"。其次，图像通过逐步淡化色调，加强质感，达到了传递韵味的目的。有意思的是，在这幅绘画中，牡丹花与题诗各占一半画幅，牡丹花正对着小字题跋部分，似乎正在解释见到"红玉"的最佳时机,因此,观者视觉自然就跳到了图像右端去阅读关于这枝牡丹的诗歌。较之沈周绘制牡丹花的内敛沉静,他的题诗用笔老辣,赏花人的强劲气势似乎都集中在诗歌之中。表面上看,沈周是因赏花诗歌而写画,但实际上,画家却通过经营位置又使得图像回到诗歌,回到画家的气与韵,指向了更根本的赏玩精神。所以,沈周在看完"晴艳"之花后,还要看"清妍"之花,甚至还要看花影、嗅花香,"老僧却在色界住,静笑山花恼客情。靓妆倚露粉汗湿,醉肉隔纱红晕明",逐渐将视觉引向嗅觉等深层体验。沈周这种以题诗侵占画幅的做法,在他后期的牡丹花卉画作中也多有体现,例如,《玉楼牡丹图》同样是从诗歌到绘画,最后达到色味融合的审美境界。

再如,徐渭自题自画的《雪竹图》(北京故宫博物院藏)。该画是徐渭有感于胡宗宪深受党争迫害而作。这幅立轴左侧画有三根墨竹,徐渭或用水笔蘸墨写,或用浓墨写,竹子细枝用劲挺的墨线勾勒,竹叶上面覆盖着白雪,墨色浓淡相间。自下而上顺着竹子顶端看去,徐渭以淡墨渲染天空,呈现阴霾氛围,透出一种苍寒压抑的气韵。这幅绘画作品章法极佳,竹分三枝,右侧一枝向斜上方伸展竹叶,底部较浓,上部较淡,呈环弧状,并伸向画幅右上角,从而将整个画面分隔为图像与题诗两重空间。中间一枝顺势向左侧布叶,左侧一枝向右布叶。整体来看,图像根据布叶位置可分为五大块,但均靠左向右上方呈环弧形,底部交叉于右下角,呈半椭圆之趋势,展示出竹子受雪压后的劲健弯曲之态。进一步观看画幅右下部分,题诗书体都是右上取势,行款的底部、中部、顶端与图像呼应一致,可以托起墨竹下垂之气,形成制衡力量,如一根柱子撑起将倒玉竹。有意思的是这则题诗并非笔直走势,而是在画幅底部呈现弯曲的状态,从而增加图像的空间确定感和真实性,似乎左侧被雪压弯的竹子就在眼前。竹叶梢头之雪纷纷坠落,如心中之墨泻入人间,真是既潇洒又恢宏,细劲的苍竹支撑起粗干,题诗如雨黍,真有一两拨千斤之力量和悲壮。诗云:"万丈云间老桧萋,下藏鹰犬在塘西。快心猎尽梅林雀,野竹空空雪一枝。"观者能够切身体会到徐渭对"鹰犬"的愤恨,由此反观绘画中雪竹的"弯腰"以及题诗书体的"压力"与"抗争",便能深感诗歌与绘画的唱和。

(二)高士题材诗意图

陈洪绶的一系列高士图呈现出面貌奇骇、情境高古的整体风格,非常具有代表性,在明代美术史上也占有重要的地位,这些图像大体可以分为屈骚高士图、功名高士图、痴癖高士图与闲赏高士图等四类。

1. 屈骚高士图

屈骚高士主要是指在出处、政治等重大问题面前坚持正义的一类高士。陈洪绶身处乱世,因此将境遇与其相似的屈原作为重点再现的高士。在《屈子行吟图》中,屈原双眉紧蹙,脸色忧郁,脸庞瘦削,衣袍宽大,正戴冠携剑,小步疾走。这幅图中的屈原形象被当作公众认可的形象而广为流传,陈洪绶以此传达他对屈原"正道直行,竭忠尽智"的理解,表明他坚守自我的抉择。

2. 功名高士图

陈洪绶虽然自己科场不顺,却对取得功名的亲友给予了充分的肯定与鼓励。例如,陈洪绶1638年作有《宣文君授经图》,用宣文君比拟姑母,以此为后者祝寿,希望子弟们传承家学。在这幅绘画中,宣文君戴冠披巾坐在椅子上,右手正指向手捧书函的侍女。宣文君身后有一块屏风,屏风上画有一轮红日挂在山腰,一棵松树苗壮挺立,以此暗示祝寿的主题。九位侍女统一着装,或提壶,或捧书,姿态各异。堂中大案上绘有云气、凤凰,桌布上绘有菊花、灵芝、竹子、萱草等物,案几上放有金鼎、书卷、古琴与红彝,处于核心位置的铜站中插有灵芝,再一次点出祝寿的主题。阶下左右共站着三行九名弟子,均着交领大袖襦裙,戴高冠,坐而授经,气势格外恢宏。这幅图虽用以祝寿,陈洪绶却摹绘前秦时期的宣文君,宣文君是教授《周官》的博士,陈洪绶以此达到表彰功名高士的双重目的。

3. 痴癖高士图

痴癖高士在晚明很受推崇,在这一阶段被认为是文人具有独立精神与高尚气节的表现。陈洪绶一般选取此类高士的特殊事迹入画,侧重展现他们的精神气质,例如《王羲之笼鹅图》(浙江省博物馆藏),图中王羲之丰颐广额,身穿橘红色交领道服和襦裙,着红履,头戴飘飘巾,手执蓝底泥金文竹圆扇。身后的仆人右手提着鹅笼,左手拿着细长的藤杖,蹙眉踮脚,似乎不胜风寒,与王羲之道服飘荡、迎风自若的镇定神情形成了鲜明对比,从而塑造出伟岸庄严的高士形象。此外,陈洪绶还创作了《阮修沽酒图》(上海博物馆藏),绘画中的阮修左手提着铜壶,右手执杖,杖头还悬挂着红果与铜钱,再仔细看阮修的头上,簪戴白花,歪头睥睨前方,一副傲然风骨与逍遥自在的形象。这些魏晋痴癖高士无不擅长诗文,陈洪绶的作品令人遥想起那个文学自觉的时代。

4. 闲赏高士图

陈洪绶还创作了一批闲赏高士图,这些高士多着秦汉衣冠,背景多有三代鼎彝、瓷器以及文房用品,营造了空旷闲逸的清赏氛围。例如,陈洪绶在青藤书屋创作的《品茶图》中,正面一人戴冠执杯坐在石凳上,正欣赏着对面瓶中的荷花,其身旁摆有茶壶,火炉上还温着水,依稀可见红色的火星。有一人背对观者,侧首执杯凝望案上的古琴。两人均着大袖衫和襦裙,铁线描方折有力,端庄严肃,一侧八字展开,突出了服饰的硬挺刚毅,他们视线形成三角形,从而表现他们享受赏物的闲暇时光。

总而言之,陈洪绶身处晚明变革之际,塑造了很多具有高士风范、坚守传统文化的人物形象,他在"以古为徒"的同时,还寻觅当代知音,他所创作的此类诗意图再现了晚明士人的精神风貌。

二、 明代诗词画谱

随着造纸业、印刷业、制墨业的发展,明代出现了诗意图的"机械复制",最典型的例子就是画谱。恰如郑振铎所说:"既甚高雅,又甚通俗。不仅是文士们案头之物,且也深入人民大众之中,为他们所喜爱。数量是多的,质量是高的。差不多无书不插图,无图不精工。"[1]哪怕是墨谱,也常常附有诗文,进一步增添了清赏过程中的文人雅趣。

(一)《唐诗画谱》

黄凤池最初刻印的是《唐诗五言画谱》,以"诗中有画"的标准选择唐五言诗五十首,请蔡元勋等知名画家绘制图像,并请知名书家题写诗歌,再由知名刻工刘次泉刊刻。鉴于商业上的成功,黄氏又相继刻印了《唐诗七言画谱》和《唐诗六言画谱》,三者合起来就是史称的《唐诗画谱》,堪称明代画谱之最。《唐诗画谱》一共刊印了一百四十四幅诗意图,但与一般意义上的诗意图又有不同,因为它的载体是书籍版画。就此而言,《唐诗画谱》不仅是特定的诗意图,它还兼具诗歌选本的特性,再加上名人题写的书法,最终成为诗、书、画三绝的艺术品。

在明代文学史上,中前期推崇复古,强调"文必秦汉,诗必盛唐",但《唐诗画

---

① 郑振铎:《中国古代木刻画史略》,上海书店出版社 2006 年版,第 49 页。

谱》所处的明后期悄然发生了变化,因为黄凤池所选择的中晚唐诗歌占了很大比例。除此之外,《唐诗画谱》还在序言中明确谈到"诗中有画"这一选本标准:"诗以盛唐为工,而诗中有画,又唐诗之尤工者也。盖志在于心,发而为诗,不缘假借,不藉藻缋,矢口而成,自极百趣。烟波浩渺,丛聚目前,孰非画哉!"[①]例如虞世南的《春夜》云:"春苑月裴回,竹堂侵夜开。惊鸟排林度,风花隔水来。"四句全部写景,仿佛一幅春夜山水画,赢得了《唐诗画谱》的青睐。

《唐诗画谱》中的诗意图在构图方面受到了其他诗意空间的影响。例如,《溪居》等六幅图像摹拟了此前出版的《顾氏画谱》;再如,《春词》图像,基本上就是临摹《幽闺记》的曲本插图。就后者而言,绘图者蔡元勋极有可能是将自己此前所画的曲本插图拿了过来,以此作为"黄鸟啼多春日高,红芳开尽井边桃。美人手暖裁衣易,片片轻云落剪刀"的诗意图。更有意思的是,《唐诗画谱》中以书斋或庭院为场景的图像超过了五十三幅,约占全书图像总数的一半,可以说直接再现了诗人或诗中人物的生活。

《唐诗画谱》所选诗歌的外在景物描写,都是从诗人的视点发出,但在许多图像中,诗人本身也成了图像的一部分,进而成为被观看的内容。根据粗略统计,《唐诗画谱》诗意图中约有九成出现了人物,而这其中所出现的诗人则占到全部图像的三分之二,如果去掉根本不具有人物的咏物诗图像,那么这一比例还要更高。因此,当读者观看这些图像时,他们的视点实际上已超越了诗歌本身,将诗人也纳入其中。这在某种程度上可称为"视点的后退",即本来作为视点主体的诗人成为被观看者,恰如文学叙事中采用的第三人称。实际上,《唐诗画谱》中描写人物的诗歌并不是很多,大量图像之所以选择诗人入画,从某种程度上佐证了画家在构建视觉空间时重视图像的戏剧性,也将诗人作为值得观看的对象。《唐诗画谱》为了表现戏剧性场景,在作画时多采用中近景,这一点与《诗余画谱》相比更为明显。然而,虽然同属诗意图的画谱,《诗余画谱》的图像却多选择远景视角,更像是缩微版的山水画,所以即使画中存在人物,也因微小而无法显现具体的神态动作,成为自然景色的某种从属。

（二）《诗余画谱》

《诗余画谱》刊刻于万历四十年(1612),原本辑录一百首词以及一百幅词意

① 黄凤池:《唐诗画谱》,浙江人民美术出版社2013年版,第2页。

图,现今仅存九十七幅。郑振铎曾为补全画谱而四处奔波,最终也未能重现其完整形态。《诗余画谱》序言称全书词作的来源主要是明代较为流行的《草堂诗余》,但也收录了苏轼的《水调歌头·明月几时有》等词作,明显不符合《草堂诗余》以传统婉约词为主的选本理念。就《诗余画谱》所选的词作而言,主要集中在苏轼、秦观、黄庭坚等人的作品,仅此三人作品数量就达到了四十九首,接近全书一半的篇幅。总而言之,书商汪氏兼任编辑者与出版者,他聘请享有盛名的书画名家以及优秀刻工,在变仿《顾氏画谱》《百咏图谱》的基础上,完成了这部"词画双绝"的《诗余画谱》。

根据图像所摹绘语象的不同,《诗余画谱》中的词意图可分为三类。

1. 表现佳人与士人等的人物图像

《诗余画谱》常常择人物入画,用以再现观景场面与抒发情感,与《唐诗画谱》一样,这些人物往往与景物一道成为受众观看的对象。词作中美好外在形象与孤独忧郁情感相结合的佳人语象,例如,"夜深无语对银缸""独卧玉肌凉""无语对春闲"等,通过描绘佳人的静默姿态显现精神上的孤寂、无聊与幽怨,《诗余画谱》再现上述语象时呈现出"千人一面"的特点。即词意图中的女性普遍是眉目弧度上弓,笑靥天真烂漫,鲜有面露愁苦之色者或粉泪双行者,甚至连发型与配饰、脸型与五官等都极为雷同。之所以存在这种情况,应当与中国绘画的两个传统有关:一方面,中国绘画特别是明代仕女画很少表现蹙眉、病恹或愁苦悲哀的情状,眉目之间多有悦色,从而淡化了《诗余画谱》词作中的幽怨情感;另一方面,众多女性人物图像雷同,是受到画谱创作程式化的影响,因为这类版画形成了"鹅蛋脸、柳叶眉、一线鼻、樱桃口"的图式。《诗余画谱》词作的抒情主体大多是羁旅宦游的士人,这类人物在词意图中得到了大量再现,他们的头巾主要可以分为高筒巾、直脚幞头与平式幞头三类。《念奴娇·赤壁怀古》词意图中的三个主要人物,居中者便是戴高筒巾的苏轼,居右光头者应为佛印和尚,居左戴直脚幞头者当是黄庭坚,三者正"游于赤壁之下"。戴直脚幞头的多具官宦身份,例如,《八声甘州·寄参寥子》词意图中的苏轼,便戴着直脚幞头乘船离开,大概绘图者不识前来送别的参寥子僧人身份,以致于将后者也作为与苏轼同类的官宦而戴着同样的直脚幞头帽。《水调歌头·中秋》词意图中的苏轼,则头戴平式幞头,因为这是官员赋闲时的衣饰装扮,他正穿着宽袍道服"把酒问青天"。

2. 描绘景物的图像

《诗余画谱》中描绘景物的图像同样呈现出程式化的特征,例如,在刻绘山石时,以刀法显现皴法的技艺非常成熟,常见的有斧劈皴、小斧皴、折带皴,甚至还出现了米芾父子的"云山墨戏"。此外,画谱词意图中的树木、亭台楼阁等,也并非对词中语象的再现,而采用了画谱类版画的图式。实际上,明代的各类画谱已成为当时美术教育的基本教材,画工研习画艺或绘制画作都以此为范本。

3. 呈现听觉与触觉感受的图像

《诗余画谱》所辑录的词作中常有马嘶、鹧鸪啼、砧声、画角声残、竹西歌吹、轻雷等听觉语象,勾勒出幽邃缥缈的情景。但是,听觉本无形、亦不可见,《诗余画谱》中的词意图是如何再现这些语象的呢? 例如,《如梦令·遥夜沉沉如水》中的"门外马嘶人起",图像呈现马昂首跳起嘶鸣的瞬间,以此唤起观者对声音的体验和想象,可以说,图示出声音之来源,是词意图常采用的做法。此外,《诗余画谱》中还有表现"指冷玉笙寒""寒风淅沥""霜送晓寒侵被"等触觉感受语象的词作,以此表现清冷与孤寂的情景,词意图无法描绘冰霜等细节,多以生硬或锐利的刀法表现峻冷的山石,以斑驳的质感表现梅树、松树,以变仿皴法的半抽象化图像,暗示寒风凛冽的体感,恰如宗白华所说的那样,"好画家可以设法暗示这种意味和感觉,却不能直接画出来"①。

《诗余画谱》由多位画工、刻工合作而成,而且不少图像变仿《顾氏画谱》《百咏图谱》等画谱粉本,适合中下层文人趣味。《诗余画谱》中既有词意图大众传播的有益尝试,也有折损美感的败笔,借此可以反思任何一个时代的"图像传播"问题。

第六节　明代文学图像赏析

一、《水浒叶子》

明代版刻叶子多与小说或戏曲有关,最为流行的是与《水浒传》题材相关的作品,最著名者当属陈洪绶的《水浒叶子》。对此,张岱曾予以高度评价:"古貌、古

---

① 宗白华:《美学散步》,上海人民出版社 2005 年版,第 4 页。

服、古兜鍪、古铠胄、古器械,章侯自写其所学所问已耳。而辄呼之曰'宋江',曰'吴用',而'宋江''吴用',亦无不应者,以英雄忠义之气,郁郁芊芊,积于笔墨间也。"①

《水浒叶子》刊刻于崇祯年间,一共有四十幅,刻画了四十位梁山英雄好汉,按照出场顺序分别是宋江、林冲、呼延灼、卢俊义、鲁智深、史进、孙二娘、张顺、李俊、燕青、杨志、朱仝、解珍、施恩、时迁、雷横、扈三娘、张清、朱武、吴用、董平、阮小七、石秀、安道全、关胜、穆弘、樊瑞、戴宗、公孙胜、索超、柴进、武松、花荣、李应、刘唐、秦明、李逵、顾大嫂、萧让、徐宁。陈洪绶在创作水浒叶子时不饰背景,重点突出人物的形态与个性,成了清代以降《水浒传》人物绣像争相摹绘的对象。

值得注意的现象是,陈洪绶对男性英雄有所挑选,但是对仅有的三位女性英雄,却全盘呈现,这非常耐人寻味。中央电视台《国宝档案》栏目在介绍《水浒叶子》时似乎信心不足:一方面,主持人出镜解说的背景图始终是孙二娘绣像;另一方面,节目组着重释读《水浒传》三位女英雄中的顾大嫂和扈三娘绣像,却唯独对孙二娘绣像只字不提②。也就是说,《国宝档案》栏目组虽然意识到孙二娘的绣像与众不同,背后蕴藏着值得关注的问题,但是未能展开有效的阐释。其中有很多细节值得我们关注,例如,《水浒叶子》中的"母夜叉"孙二娘(图6-1)手中正在缝制何物,铠甲、包裹或者其他物件? 我们应该带着这样的名物考证问题去思考绣像与小说之间存在哪些对应关系,又存在哪些差异。

图6-1　《水浒叶子》,"母夜叉"

---

① 张岱:《陶庵梦忆》,西湖书社1982年版,第78页。

② 《国宝档案》(2013年9月12日)关于顾大嫂绣像的解说词是"对母大虫顾大嫂的刻画,着重表现她身躯粗壮、粗眉大眼、手持宝剑、武艺高强的特点";关于扈三娘绣像的解说词是"而对另一出身于庄头大户的一丈青扈三娘,则表现她年轻俏丽、秀美多姿的俊美形象"。但即便是上述这种粗略的造型描述,节目组都没有用在孙二娘身上。详见 http://tv.cntv.cn/video/VSET100232480132/855e45e591344c93915ad276ae777dfd。

二、《牡丹亭·惊梦》插图

《牡丹亭》是明代戏曲的扛鼎之作,特别是第十出"惊梦",在文学史上留下了惊鸿一瞥。这一出描写了杜丽娘自叹"吾生于宦族,长在名门。年已及笄,不得早成佳配,诚为虚度青春,光阴如过隙耳",因而梦中与柳梦梅幽会于牡丹亭畔、芍药阑边,梦醒之后又难离难舍的故事。曲本写到二人在梦中甜蜜幽会,直至梦醒之后,杜丽娘仍在回味她与柳梦梅的搂抱、云雨之欢、万种温存,展现了青年男女的真挚爱情。

万历四十五年(1617)玉茗堂刊本《牡丹亭还魂记》配置了四十幅单面插图,其中,第十出"惊梦"的插图(图6-2)如下,杜丽娘游园之后,面对满园春色独自伤心,"原来姹紫嫣红开遍,似这般都付与断井颓垣。良辰美景奈何天,赏心乐事谁家院",并由衷羡慕"韩夫人得遇于郎,张生偶逢崔氏",然而事实上,于佑与韩氏、张生与崔莺莺都是自由相爱,并非传统意义上的父母之命和媒妁之言。杜丽娘思春良久,以致于身体乏困、伏几而眠。插图中的杜丽娘头上出现了一个类似于螺旋形气球的画框,以此区隔现实空间与梦境空间。循着"螺旋形气球"的伸展方向,在画面左上角画有柳梦梅与杜丽娘正在一个亭台楼阁中相会,二者虽有头上簪花的亲昵动作,却看不到戏曲文本中所描绘的"紧相偎""搂抱""云雨之欢"等动作。这就需要观者反复比较曲本与插图,耐心爬梳插图选取了哪一个或者哪几个曲本情节,以体会图像对杜丽娘思春内心活动的再现。

图6-2 玉茗堂刊本《牡丹亭还魂记·惊梦》插图

三、 诗书画交融的《墨葡萄图》

徐渭是明代后期在多种艺术形式上取得卓越成就的文人,他自称"吾书第一,

诗二,文三,画四"①,但实际上,徐渭的写意
画在中国美术史上的影响,超过其诗文在
中国文学史上的影响,郑板桥就曾直呼甘
做"青藤门下走狗"。且看这幅《墨葡萄图》
(图6-3),图像横写一枝葡萄主干,垂挂三
束葡萄,其中,末端最长那束葡萄的枝干仿
佛若隐若现、若有若无,让人担心随时可能
断裂。当我们将目光转移到图像右侧,可
见在横枝上段还垂挂着几束葡萄,掩映在
繁茂的叶子下,徐渭以笔尖微微蘸墨写画
的葡萄,显得晶莹剔透。而葡萄树叶则是
在泼墨基础上加胶水晕染,凸显叶边大致
轮廓,却在浓淡相间中顿增萧瑟凄凉之感。
立轴上半部分有题诗——"半生落魄已成
翁,独立书斋啸晚风。笔底明珠无处卖,闲
抛闲掷野藤中。"由此思考《墨葡萄图》"诗
书画"三者之间的关系,徐渭题诗的书体用
笔流畅,表达了怀才不遇的悲慨,结体紧凑
而收锋稳重,这种草书笔法与其作画笔法
极为相近,书像的豪迈之气又与诗歌孤芳
自赏、心有不甘的情感融为一体,可谓诗书
画三绝。但值得注意的是,这首题诗并非
仅仅写在徐渭的这幅画上,其葡萄题材画

图6-3 墨葡萄图,徐渭,北京故宫博
物院藏

作多题此诗,诗歌与画作孰先孰后无法定论,"葡萄"已成为徐渭心中重要的图像
母题。

---

① 陶望龄:《徐文长传》,见徐渭:《徐渭集》,中华书局1983年版,第1341页。

要点与思考

1. 明代最具时代特点的文学图像类型是什么?

2. 明代小说插图与戏曲文本插图有哪些区别?

3. 明代诗意画与书法图像的特点。

延伸阅读

1. 赵宪章总主编,周群主编:《中国文学图像关系史·明代卷》,江苏凤凰教育出版社 2020 年版。

2. 颜彦:《中国古代四大名著插图研究》,社会科学文献出版社 2014 年版。

3. 何谷理:《明清插图本小说阅读》,生活·读书·新知三联书店 2019 年版。

4. 董捷:《明清刊〈西厢记〉版画考析》,河北美术出版社 2006 年版。

5. 汪涤:《明中叶苏州诗画关系研究》,上海文化出版社 2007 年版。

第七章　清代文学图像

　　清代是中国古代文学史上集大成的时代，此阶段各体文学都获得了长足发展。唐宋之后已呈衰势的诗、词、古文再度振兴：明遗民文人以诗记史、愤世守节，标志着清代诗风向关注现实的美刺传统复归；以陈维崧、朱彝尊为领袖的阳羡词派、浙西词派力倡"尊体"，引领了清词创作的中兴态势；骈文复兴，至乾嘉时大盛，与桐城派古文形成鼎峙局面。宋元时期开始兴起的小说、戏曲继续发展，文人参与程度更深，在小说方面出现了《红楼梦》《儒林外史》《镜花缘》等长篇章回体经典作品，以及《聊斋志异》这部文言短篇杰作；在戏曲方面则诞生了《长生殿》《桃花扇》这样深具社会历史关怀且才情、叙事兼长的传奇巅峰之作。民间文艺也极其繁盛，"花部"地方戏大兴，说唱艺术获得极大发展。

　　清代文学各体兼长、雅俗兼备，媒介技术空前发展，各类文学图像勃兴，文学与图像之间建立了前所未有的紧密交互关系。清代碑学崛起，郑燮、金农开其先声，邓石如、伊秉绶为中流砥柱，阮元、包世臣、康有为完善理论；上追秦汉，复兴篆隶，取法碑版，一洗馆阁帖学妍美书风，崇尚质朴雄浑，全面引领书道中兴。诸多诗书画兼擅的文人，如明遗民群体、扬州八怪等，创作了大量富有个性的融汇文图元素以抒写情志的作品。各类小说、戏曲刊本多附插图，清代版刻插图以绣像为主，晚清石印技术传入后则兼有大规模叙事图。随着花部戏从民间到宫廷的强势流行，各类民间戏曲图像和宫廷戏曲图像极盛。清代文学图像数量最多，类型最全，为后世留下了非常丰富的文学图像资源。

第一节　清代文学中的图像母题

清代文学中的图像母题分为两种情况：一种是清代的文学经典，催生了当时及后世的各类图像；另一种是前代各体文学以及泛文学的传说、记载，一路积累、流传到清代，产生了集大成的文学作品，其作为母题，催生了大量的相关图像。本节即在这两类作品中选取《聊斋志异》、钟馗故事、白蛇传故事、梁祝故事这四个有代表性的文学图像母题加以论述，具体分析其文学特征、故事演进脉络、图像资料以及文图关系特征。

一、《聊斋志异》图像母题

《聊斋志异》是蒲松龄于青年时代开始着笔的作品，至康熙四十九年(1710)他仍笔耕不辍，并将早年已完成的篇目加以改订，总量近五百篇，可谓是蒲松龄耗费大半生心血陆续编著而成的文言短篇小说巨帙。《聊斋志异》故事题材奇异纷呈，叙事手法简洁婉曲，寄寓深沉厚重情怀；该作品在写作过程中便有人传抄，在蒲松龄去世后，更是诸家传抄，版本甚多。自乾隆三十一年(1766)赵起杲、鲍廷博十六卷刊刻本(世称青柯亭本)问世，各种翻刻本纷至沓来，出现了大量注释本、评点本、图咏本，且久传不衰。至近现代，聊斋故事中的经典篇目更被连环画、影视剧所反复摹写。《聊斋志异》是志怪传奇类文言小说的顶峰，也是特具个性的文学图像母题。

(一)《聊斋志异》的文学特征

《聊斋志异》有鲜明的文学特征。

首先是题材奇幻。蒲松龄自言："才非干宝，雅爱搜神；情类黄州，喜人谈鬼。"[①]《聊斋志异》沿承了六朝志怪小说的传统，绝大多数篇章写狐仙鬼魅、花妖精怪的故事；狐女如婴宁、青凤、凤仙、红玉、娇娜、阿绣，鬼女如聂小倩、公孙九娘、

---

① 蒲松龄：《聊斋自志》，见朱一玄编：《〈聊斋志异〉资料汇编》，南开大学出版社2002年版，第275页。

林四娘、宦娘、梅女，花妖如菊花黄英、牡丹葛巾，精魅如獐子精花姑子、鼠精阿纤、蜂精绿衣女、白鳍豚精白秋练等，皆是脍炙人口的经典形象。与这些人物相关的聊斋故事发生的场景也奇异多样，有仙界异域（如《仙人岛》《罗刹海市》），有地狱冥府（如《三生》《考弊司》），有官衙大堂（如《冤狱》《折狱》），有古刹荒村（如《聂小倩》《公孙九娘》）等，皆有不同常态的景观与世相，对读者别具吸引力。

其次，《聊斋志异》的创作定位与六朝志怪小说记述怪异之事以达到娱乐以及宣传神道的目的不同，蒲松龄在《聊斋志异》中寄寓了其一生不得志的境遇感怀与深刻的社会观照。在个人意义上，落魄书生与貌美性灵的狐鬼女子之间的因缘际会，实为一种美好向往与精神补偿；在社会意义上，对科场积弊的讽刺（如《司文郎》《贾奉雉》）和对贪官酷吏的控诉（如《促织》《席方平》）也是入木三分。正如蒲松龄自言："人非化外，事或奇于断发之乡；睫在眼前，怪有过于飞头之国。遄飞逸兴，狂固难辞；永托旷怀，痴且不讳。"[1]于是"集腋为裘，妄续《幽冥》之录；浮白载笔，仅成孤愤之书"[2]。

最后，从艺术手法上看，《聊斋志异》超越了记述见闻的笔记体而以传奇手法志怪，实现了文言小说中少有的叙事艺术化。其用笔简练，不事铺张，但在白描与对话炉火纯青的运用中建构了鲜明的动作性、强烈的戏剧性和人物的高度个性化。这些特征使得读者几乎在《聊斋志异》每篇文章中都能找到特异的场景、富有戏剧性的动作和极具包孕性的出像点，这也正是其一直以来被各类图像青睐、反复摹写的原因所在。

（二）《聊斋志异》主要图咏本

《聊斋志异》现存最早、最重要的插图本是光绪十二年（1886）上海同文书局出版的铁城广百宋斋藏本《详注聊斋志异图咏》，它开创了我国文言小说配插图的先河，也使《聊斋志异》进入了图像传播的新时代。此本以青柯亭本为底本，据原书四百三十一篇每一篇目各绘图一幅，篇目中有二则、三则者亦并图之，据其例言共收图四百四十四幅。插图采用双面竖幅版式，工笔勾画。每图以隶书题写篇名，以行楷题写据原文内容咏赞的七绝一首，钤篇目名称印章一枚。此后诸家所刊

---

① 蒲松龄：《聊斋自志》，见朱一玄编：《〈聊斋志异〉资料汇编》，南开大学出版社2002年版，第275页。
② 同上，第276页。

《聊斋志异》图咏本多以此版图文为底本加以仿印。此本插图总体上是对文本叙事的形象化再现，是"因文生图"的典型，图像中即便存在模糊性能指，也被环绕的文字性成分强势消解。

《聊斋志异》的另一个重要图咏本是创作于光绪八年（1882）至光绪二十年（1894）间的《聊斋图说》，以原著条目为纲目，分别配以彩图，计有四百二十篇，七百二十五幅彩图。每页半开绘图、半开文字折叠式装裱，文字部分以青柯亭刻本为底本进行缩编，从编排体例上可见出明显的重图轻文倾向。区别于此前白描插图的简练朴素、概括明确、传神流畅，工笔重彩层次分明、色彩亮丽、精微丰富，独立观赏性强，文字几乎处于从属地位，文本与图画的关系在这里有了新的内涵。

二、钟馗故事图像母题

钟馗是中国民间传说中一位重要的神，关于钟馗的传说、小说、戏曲作品非常丰富，钟馗画像更是普及民间，也是文人画的独特题材之一。钟馗画像与钟馗故事之间，互相启发，彼此推动，构成了别具一格的文化现象。

（一）与钟馗相关的记载和文学作品

目前，最早有关钟馗的文献是道藏《太上洞渊神咒经》，据此经记载，钟馗的职责是打杀鬼祟，驱病辟邪。[①] 卿希泰先生认为该书可能出现于晋代，[②] 明代胡应麟也曾在《少室山房笔丛》中提及"余意钟馗之说，必汉、魏以来有之"[③]，可见对钟馗的信仰在中国民间早已存在，正是钟馗信仰的流行催生了钟馗文学。

唐五代时期的钟馗文学有敦煌文献中保留的民间讲唱写本，如《除夕钟馗驱傩文》，以及晚唐周繇的《梦舞钟馗赋》，此时期钟馗的形象、动作有所丰富。至北宋沈括的《梦溪笔谈》，有关记载更加故事化。唐玄宗久疾不愈，一夜梦一大鬼着大帽蓝袍，指刳小鬼之目而啖，大鬼自言："臣钟馗氏，即武举不捷之进士也，誓与陛下除天下之妖孽。"玄宗醒后病愈，命画工吴道子绘其形状，昭告天下；后又印发

① 叶贵良：《敦煌本〈太上洞渊神咒经〉辑校》，中国社会科学出版社 2013 年版，第 23 页。
② 卿希泰：《中国道教思想史纲》第一卷，四川人民出版社 1996 年版，第 249 页。
③ 胡应麟：《少室山房笔丛》卷二十二续乙部《艺林学山》四，中华书局 1958 年版，第 294 页。

钟馗像赐给辅臣，以在岁暮张贴除祟。① 沈括之后，还有高承的《事物纪原》以及《唐逸史》，其中的钟馗故事更为丰富，不同之处有二：一是钟馗的身份，从武举不第向终南进士这一更加文人化的方向转变，这应与唐宋迭代，唐之文武并重向宋之重文抑武的风气转变有关；二是一处逻辑调整，钟馗不是死后因除鬼而被帝王嘉奖，而是触阶死后帝王仁慈"赐绿袍安葬"，钟馗出于感恩立誓为王除天下妖孽。经民间与文人如此加工，钟馗故事大体轮廓已出。

唐宋之后，钟馗的地位越来越高。茆耕茹在《钟馗信仰的演进及拓展》一文中说，钟馗在世俗宗教里的地位显著提高，是从元代《新编搜神广记》将其编入开始的，后来明代刊刻出版了《绘图三教源流搜神大全》和干宝的《搜神记》，随着以上三书的流传，钟馗有了神坛正神的地位，成为中国本土宗教所崇奉之主要神祇之一。② 至明清，钟馗几乎成为全能之神，与钟馗故事相关的戏曲、小说作品也随之大量出现。

现存最早的与钟馗相关的戏曲是明初无名氏的《庆丰年五鬼闹钟馗》杂剧，为内廷供奉吉庆戏目，全剧共有四折一楔子，叙甘河秀士钟馗素有文名，终南山知县请其赴试；路宿五道将军庙，夜逢大小虚耗鬼及五方众鬼搅扰，钟馗驱之；科场主考杨国忠受贿将钟馗逐出考场，钟馗得中状元，另一位主考张伯循寻至客栈时，发现钟馗已愤懑而亡；殿官梦见上帝令钟馗掌管天下邪魔，加为判官，钟馗收服众鬼卒，殿官表奏为其立庙。③

在清代张大复撰《天下乐》传奇之前，戏曲舞台上的主流钟馗戏，如《五鬼闹判》《仙官庆会》之类，重点皆在斩鬼除祟；模式都是仙官上场颂福，而后钟馗驱鬼降妖，最后仙官赐福下场，基本是驱魔仪式的剧场化，包括后来清代的岁末承应戏，这种模式一直在延续。《天下乐》传奇叙唐高祖时期，终南山秀士钟馗受资助赴京应举；因谤佛殴僧，被观音大士令五鬼损其福、夺其算、变其形；中会元后殿试之时，以貌丑被黜，自触殒身，大闹酆都；玉帝悯其正直无私，怀才沦落，封为驱邪

---

① 沈括：《梦溪笔谈》，中华书局 2016 年版，第 704 页。
② 茆耕茹：《仪式·信仰·戏曲丛谈》，黄山书社 2009 年版，第 17 页。
③ 《庆丰年五鬼闹钟馗》，见中国戏剧出版社编辑部编：《孤本元明杂剧》，中国戏剧出版社 1958 年版，第 669 页。

斩祟将军；高祖也为钟馗平冤，赠其状元。① 此剧情节曲折，兼神魔与世情元素，显示出强烈的叙事趣味；钟馗形象丰满，对不平之事耿介不弯，对友人杜平知恩图报，对妹妹媚儿关心爱护，可谓可敬可亲；主题除恶扶正，结局喜庆，深得民众喜爱，影响很大。尤其是"钟馗嫁妹"，被扩充提炼成昆曲折子戏，后经净脚何桂山扮演，蜚声剧坛。

明清之际，还出现了三部有关钟馗题材的长篇小说：明刊四卷本《钟馗全传》（日本内阁文库藏，国内未见传本），另两部《斩鬼传》与《唐钟馗平鬼传》，皆是清代作品，有刊本流传。《斩鬼传》叙钟馗上京应试，受奸相卢杞诬害含冤赴死，下到酆都地府受阎君点化，带领咸冤、富曲二将，上界历斩四十二鬼，功德圆满，被玉帝敕封为翊正驱邪雷霆驱魔帝君。《唐钟馗平鬼传》作于《斩鬼传》之后，斩鬼主线与前作无异，正邪斗争更多谋算，更为激烈，二者都是于神魔中有所寄寓，借"鬼话""鬼事"批判人间世相。

（二）与钟馗相关的文人绘画与民间图像

钟馗图像与钟馗信仰关系密切，至迟自唐代开始，帝王岁末赏赐朝臣钟馗画以驱鬼辟邪已成惯例。玄宗时期宰相张说有《谢赐钟馗及历日表》，德宗时期刘禹锡也有此类谢表。初唐著名画家吴道子于宫廷供职时画过不少钟馗图，宋代郭若虚的《图画见闻志》卷六"钟馗样"条记载："昔吴道子画钟馗，衣蓝衫，鞹一足，眇一目，腰笏巾首而蓬发。以左手捉鬼，以右手抉其鬼目。笔迹遒劲，实绘事之绝格也……"②吴道子所绘钟馗图遂成后世样本。

信仰符号到了文人手中，与文人趣味相结合，钟馗图像也就不断有些新变。宋代的《宣和画谱》记载，御府藏有周文矩所绘"钟馗氏小妹图"③，还有董元所绘"寒林钟馗""雪陵钟馗"④。宋代李廌的《德隅斋画品》载，尝见石恪所作《鬼百戏图》，有"钟馗夫妇对案置酒"⑤。钟馗图中出现了钟馗妹与钟馗妇，前者在后世文

① 董康：《曲海总目提要》，人民文学出版社1959年版，第1033、1034页。
② 郭若虚：《图画见闻志》，人民美术出版社1963年版，第152页。
③ 俞剑华标点注释：《宣和画谱》，人民美术出版社1964年版，第123页。
④ 同上，第239页。
⑤ 王伯敏、任道斌主编：《画学集成——六朝—元》，河北美术出版社2002年版，第433、434页。

图中特别重要;钟馗的形象也从武人向文士方向转变,这在后世文人钟馗画中持续发展,产生了一些被反复摹绘的题材。如"寒林钟馗",元代画家陈琳于大德庚子年(1300)五月作《寒林钟馗》,明中期著名书画家文徵明曾与仇英合作《寒林钟馗》,此类画作中的钟馗并不捉妖啖鬼,而是独立寒林,大有文士之风。"钟馗嫁妹"的故事广为流传,宋代画家苏汉臣、颜庚、王振鹏等皆有《钟馗嫁妹图》。此类图中出现了骑驴钟馗、骑牛小妹形象,骑驴、骑牛,是文士心志清高的象征。①"钟馗出游"也是画家们热衷描绘的场景,南宋画家龚开有《中山出游图》,绘钟馗、小妹乘轿携众鬼出游的场面,鬼卒皆元兵打扮,当有所寄托;元代画家颜辉亦有《钟馗雨夜出游图》,鬼卒戴蒙军头盔,讽刺之意明显。二图皆为士大夫所喜爱。

　　明清时期钟馗画的文人化倾向继续发展。明代尤求的《小妹缝补图》有文士安贫守志之意,明代殷善的《五柳钟馗图》有陶渊明一类隐士之风。清代则出现了"醉钟馗"这一新的题材,此题材首开于扬州八怪之一的金农。明清时期,钟馗信仰已延伸至端午节,与雄黄酒之类联系起来,钟馗醉酒也是常见画题。金农原为戏作,但因深有文人趣味,故而在文人中仿效颇多。金农一人便有《醉钟馗》图不下六幅,李世倬有《钟馗策蹇载酒图》,罗聘有《钟馗醉吟图》《钟馗醉酒图》等六幅同类画作存世。清代文人的钟馗画中还经常出现石榴花这一意象,这与传说中钟馗触阶赴死,前额鲜血迸出这一情节相关,最典型的是王素的《醉赏榴花》。此外,清代有代表性的钟馗画还有罗聘的《钟馗垂钓》、黄慎的《钟馗训读》、方薰的《梅下读书》等,皆是文人趣味的展现。正如清人郑绩在《梦幻居画学简明》中所言:"画鬼神前辈名手多作之,俗眼视为奇怪,反弃不取。不思故人作画,并非以描摹悦世为能事,实借笔墨以写胸中怀抱耳。若寻常画本,数见不鲜。非假鬼神名目,无以抒磅礴之气。"②

　　民间的钟馗图像则始终与钟馗信仰的实用性功能联系紧密。明清时期,由于传说和文学作品的共同作用,钟馗作为神道的职能威力不断拓展,也带来了图像上的灵敏变化:一是"跳钟馗"从腊月二十四延长到了除夕,钟馗画的张贴除岁末

---

① 参见张伯伟:《骑驴与骑牛——中韩诗人比较一例》,《中国诗学研究》,辽海出版社 2000 年版;张伯伟:《再论骑驴与骑牛——汉文化圈图文人观念比较一例》,载《清华大学学报》2007 年第 1 期。
② 俞剑华:《中国画论类编》,人民美术出版社 1957 年版,第 576 页。

外,也用于端午所在的整个夏历五月。这一变化使得钟馗图像中融入了与端午相关的意象,如艾、蒲、石榴等。《清嘉录》卷五"挂钟馗"曾记载李福《钟馗图》诗云:"面目狰狞胆气粗,榴红蒲碧座悬图。仗君扫荡么麽技,免使人间鬼画符。"[①]二是,钟馗在民间成为"镇宅灵官""朱砂判官"及"天师钟馗"。各地年画中出现了大量的"朱砂钟馗图",如河北武强年画《朱砂神判图》、陕西凤翔年画《镇宅神判》、河南朱仙镇年画《镇宅钟馗》,等等。在清代小说《平鬼传》中,钟馗被玉帝封为"驱魔大帝",于是随即有了身为驱魔帝君的钟馗年画。清代戏曲《天下乐》传奇的流行,使钟馗多了财神这一职务,"五鬼闹判""钟馗嫁妹"这些经典桥段结合除祟辟邪、嫁娶生子之类的实用寓意,更成为民间钟馗图像的主要母题。

总而言之,自唐宋至明清,钟馗信仰的发生与演变,钟馗职能的拓展、神位的提升,是钟馗图像与钟馗文学产生与发展的共同文化背景。钟馗图像与钟馗故事之间呈现出鲜明的互动关系:一方面钟馗文学成为钟馗画的题材资源;另一方面钟馗画中的一些创意也有力反馈到钟馗文学中去,如钟馗妹与醉钟馗的出现。钟馗文学图像还体现出文人趣味与民间观念的分流与杂糅。这些都使得钟馗文学图像成为唐宋以来,尤其是清代非常值得瞩目的文学艺术以及文化奇观。

三、 白蛇传故事图像母题

白蛇传故事是流布广泛、影响深远的中国民间传说之一,经历世代积累的漫长过程,至清乾隆三十六年(1771)方成培水竹居刻本《雷峰塔传奇》最终定型,之后在弹词、宝卷等民间说唱中一直盛行。其在流传过程中不断衍生出丰富多样的图像,图文相得益彰,形成了一道独特的风景。

(一)白蛇传故事的演进

中国有着源远流长的精怪文化与蛇文化,蛇精与人的婚恋故事自魏晋以来多有记载。在魏晋南北朝时期的志怪小说中,蛇精多化为男子侵害人间女子,如《搜神记》中的《寿光侯》篇、《续搜神记》中的《太元士人》篇、《列异传》中的《楚王英女》篇等。蛇精虽会幻化,但兽形兽性鲜明,其目的在于交合,被惑女子也无情感反

---

① 顾禄:《清嘉录》,上海古籍出版社 1986 年版,第 82 页。

应,只有惊恐或失却本性,结局一般是蛇精被杀或逃逸。严格来说,那些并非婚恋故事。

唐传奇中出现了蛇精化为女子魅惑男子的故事。最有代表性的是《博异志》中的《李黄》篇,叙官宦子弟李黄,在长安东市遇一姿容绝代的白衣寡妇,便主动为其垫付货款,以图接近;后随车夜至其家,一青衣老妇自称其姨,以负债三十千试之,李黄立即命人取钱奉上;二人同住三日,饮乐无所不至;归家后,李黄自觉身重头旋,不久身化为水,唯有头存。家人寻至旧所,只有一座空园,一棵皂荚树,挂三十千钱;附近人说,常有一白色巨蛇盘于树下。与此前蛇精凭幻术强行交合不同,此中蛇精所化女子容貌言行极有风致,男子受色欲驱遣主动搭讪追随,故事的人情味和曲折性大有提升。其中,白蛇幻化成白衣寡妇、青衣侍女协助成事诸元素,也为后世白蛇传故事所继承。

宋代人蛇故事中最有名的文本是话本《西湖三塔记》:蛇精化作白衣妇人,不断猎取青年男子供自己享乐,每有新人还会把旧人心肝剖出下酒;临安府青年奚宣赞两度被捉,又被白衣妇人之女白卯奴救出;最后奚真人作法让蛇精现了原形,并在西湖中建石塔镇妖。此故事宣扬的是妖精害人,与后世白蛇传故事主旨相反,但第一次将白蛇故事与清明、西湖、石塔联系起来,男主人公姓名奚宣赞也与许宣(仙)有些相似,故多以此故事作为白蛇传故事的远源。其实,宋代有不少人蛇故事是沿着人性化的路子进展的,如志怪小说《夷坚志》中的《孙知县妻》《济南王生》《衡州司户妻》《历阳丽人》《钱炎书生》等皆是。故事中的蛇女温柔貌美,相夫教子,颇为贤良,只是略有些蛇的习性,悲剧往往起于男子偷窥或道士作法,男子得知真相后快快而死,更多是女子被杀、病死或默默离去。在此类故事中,无论蛇女还是男子,都更富有人性和世俗情感。

明末冯梦龙的话本小说《白娘子永镇雷峰塔》是白蛇传故事公认的初步定型之作。从许宣与白娘子、青青主仆西湖遇雨,同船借伞,说亲赠银,到许宣两度被发配,白娘子一路追随,再到法海钵盂收妖,许宣化缘砌塔镇压,故事基本框架已出。但冯本故事中的白娘子妖性尚存,许宣对白娘子也甚多猜疑,人妖对立的观念还是明显的。

白蛇传故事在明代天启、崇祯年间已有戏曲作品,但未流传下来。现存最早的是清乾隆三年(1738)黄图珌编撰的《雷峰塔传奇》,长达三十二出,将白蛇故事较为全面地加以敷演,但其主旨仍是白蛇、青鱼作祟,许宣对法海除妖心怀感激。因黄本不太近人情,伶工演出过程中多加以修改,其中以当时著名演员陈嘉言父女合编本最为流行。此本三十八出,增加了"端阳""盗草""水斗""断桥""指腹""祭塔"等重要情节。

　　清乾隆三十六年(1771)水竹居刻本《雷峰塔传奇》,是作者方成培应进京贺皇太后生辰献戏之需亲自编订的。因梨园旧本错漏甚多,《求草》《炼塔》《祭塔》等折仅存其目,方氏将曲词、宾白十之八九都重新更订,完成度很高。方本对白娘子极力美化,将其从话本中动辄展示神通甚至威胁许宣的蛇精,改编为温良高雅的女子和忠贞深情的妻子,尤其是不违夫意宁饮雄黄酒,为救夫命不惜盗仙草,为争许宣不畏斗法海,其形象鲜明程度,在同类故事中可谓空前绝后。青蛇所化青儿忠勇直率,作为白娘子的姐妹和战友,面对许宣的懦弱犹疑敢于批评,面对法海的迫害勇于反抗,青儿的形象从此也深入人心。法海则从替天行道、斩妖除魔的正义权威,变成了执意对不作恶的白娘子斩尽杀绝、亲手拆散美满婚姻的反面形象。至于许宣,虽对白娘子情意缠绵,但始终无法突破人妖之防,这也增加了人物和故事的现实深度,于观众虽不快意,但共情性还是很强的。

　　方本《雷峰塔传奇》将中国历史上丰厚的白蛇故事元素加以陶炼整合,形成了极具亲和力和理想性的主旨、人物形象和精彩情节,代表了白蛇传故事书写的高度成熟,是集大成又有匠心的定型之作。方本之后,还有陈遇乾弹词《义妖传》、玉花堂主人《雷峰塔奇传》《雷峰宝卷》等,结合民间传说,且多有丰富,基本延续了方本的框架和意旨。

(二)白蛇传故事图像

　　方成培的《雷峰塔传奇》使白蛇传故事最终定型,白蛇传故事图像也在清乾隆之后大量出现。从图像类型来看,主要有文学刊本插图和民间工艺美术图像。

　　白蛇传故事的文学刊本插图包括章回体小说和说唱文学刊本中的插图。章回体小说主要是玉花堂主人的《雷峰塔奇传》系列刊本,说唱文学主要是陈遇乾的《义妖传》系列刊本。

　　玉花堂主人的《雷峰塔奇传》共五卷十三回,在其系列刊本中,插图最为全备的是嘉庆十一年(1806)刊本,现藏于天津图书馆,有图十六幅,情节图位于目次之后、正文之前,图上题四字标题,是对相应回目内容的提炼,依次为游湖借伞、赠银缔盟、驾云寻夫、匹配良缘、露相惊郎、盗草救夫、穿戴宝物、二妖开铺、贪色求欢、友朋游玩、水淹金山、遣徒雪恨、金盂飞覆、瓶收青蛇、化尼治颠、脱罪超升。这十六幅叙事图概括了小说故事的主要情节。插图风格简约朴实,人物表情及环境刻绘并不精细,借助较为夸张的人物动作突显相应情节的戏剧性,尚属鲜明有力。

陈遇乾的弹词《义妖传》现存最早绣像本是嘉庆十四年(1809)所出的《绣像义妖传》,该本共二十八卷五十四回,有图十六幅,情节图位于目次之后、正文之前,图上题二字标题,基本取自对应回目标题,少数有改动,依次为仙踪、游湖、说亲、讯配、复艳、开店、斗法、端阳、仙草、盗宝、檀香、水漫、产子、合钵、学堂、祭塔。插图风格简洁,人物姿态柔和,动作鲜明,表情、心理亦有表达。后续刊本一般加以延用,如同治己巳刊本、光绪丙子刊本,绘刻更为粗疏。清末四卷本五十三回的《绣像义妖全传》,每卷卷首各冠四幅情节插图,与光绪十九年(1893)水竹居本《绘图白蛇奇传》同系,构图相似,更为精细。此本目次之后,另有人物绣像十幅,分别是金母、许仙、白氏、小青、白状元、钱塘县、南极仙翁、鹤童、法海、茅山道士。人物绣像与各卷卷首情节插图中的人物形象并不相同。

随着乾嘉之际白蛇传戏曲和说唱艺术的盛行,白蛇传故事的民间图像大量涌现。从形式上看,年画、剪纸、泥塑、石刻、砖雕、木雕等无所不包;从内容上看,多为白蛇传故事定型后经典情节的表现。虽取材体现出许多共性,但民间图像的地域性差异仍很鲜明,包括技法、造型和叙事角度。如"盗仙草"这一经典情节,乾隆年间杨柳青齐健隆画店绘制的年画、清代临汾年画、晚清开封年画、四川都江堰市土桥乡出土的清代僧人墓围石雕虽对此都有表现,但在人员构成、人物造型、打斗态势等方面各异其趣。

除了单幅情节图之外,民间图像中的白蛇传故事还常以情节组图形式出现,具体包括两种形式:一是以一图表现多个故事场景,如杨柳青墨线年画《白蛇传》;二是以连环组图构成小全本,这种形式晚清时期尤多,如上海小校场孙文雅画店印制的年画《白蛇传》,涵盖白蛇传中的十六个故事情节——别师下山、青峰山收小青、借伞成亲、盗库银、开店、吊打茅山道士、吃雄黄酒、显原形、盗仙草、小青迷顾公子、捉拿夜壶精、许仙拜法海、水漫金山、断桥相会、合钵、许仕林祭塔，另如杨家埠公茂堂画店绘制的《白蛇传》，有二十四幅图之多。

清代白蛇传故事图像，无论是文学刊本插图还是民间工艺美术图像，都显示了民间口传与文学记载两个流脉之间既互相彰显又多元异质的鲜活样态。

四、 梁祝故事图像母题

梁山伯与祝英台的爱情故事，在中国民间流传已久，河南汝南、浙江宁波、甘肃清水、安徽舒城、江苏宜兴、江苏江都、河北河涧、山东曲阜、山东嘉祥等地都有梁祝墓和梁祝读书处等纪念性建筑，可以见出其深入人心的程度。梁祝故事自齐梁时期起源，经过唐宋时期的发展，到清代以民间曲唱的形式大盛，其衍生的图像丰富多样。

（一）梁祝故事的演进

戏曲研究家钱南扬认为梁祝故事的源头可能在梁元帝之前的一百五十年之间，[①]这段时期的故事中已存在女扮男装、投棺殉情、化蝶这几个与后世梁祝故事相关的元素。女扮男装的故事历来有之，如北朝民歌《木兰诗》中代父从军的花木兰、《魏书》中与丈夫并肩作战的潘姓女子等。投棺殉情的情节以前也不少见，如南朝民歌《华山畿》中的情节，故事背景是一士子途经华山畿，见一女子，心生恋慕却悦之无因，感心疾而死，其灵车经过华山时，拉车之牛不肯前行，女子出门唱道："华山畿！华山畿！君既为侬死，独生为谁施？欢若见怜时，棺木为侬开！"棺木应声而开，女子跳入，遂二人合葬。此故事与梁祝故事颇为相似，顾颉刚、钱南扬、康新民等先生皆认为二者之间存在关联。[②] 化蝶的情节也有先例，如晋干宝《搜神记》中所载韩凭妻的故事，韩凭妻不从宋康王，自腐其衣，从高台跳下，左右揽之，着手化为蝶。

从现存资料看，唐代开始即有对梁祝故事的直接记载。清翟灏所编《通俗编》

---

① 钱南扬：《梁祝故事论》，见钱南扬等著，陶玮选编：《名家谈梁山伯与祝英台》，文化艺术出版社 2006 年版，第 2—10 页。
② 康新民：《〈华山畿〉和梁祝故事》，见钱南扬等著，陶玮选编：《名家谈梁山伯与祝英台》，文化艺术出版社 2006 年版，第 2—10 页。

卷三十七中曾引晚唐时期张读《宣室志》中所记梁祝故事：

> 英台，上虞祝氏女，伪为男装游学，与会稽梁山伯者同肄业。山伯，字处仁。祝先归。二年，山伯访之，方知其为女子，怅然如有所失。告其父母求聘，而祝已字马氏子矣。山伯后为鄞令，病死，葬鄮城西。祝适马氏，舟过墓所，风涛不能进。问知山伯墓，祝登号恸，地忽自裂陷，祝氏遂并埋焉。晋丞相谢安奏表其墓曰义妇冢。[①]

上述"义妇冢"故事已见梁祝故事的基本轮廓，但与后世作品相比仍有些差异，主要是梁山伯并非为情而死，而是病死于任中，最后也无化蝶情节。然而，宋淳熙年间《毗陵志》卷二十七《古迹·祝陵》有载："俗传英台本女子，幼与梁山伯共学，后化为蝶，其说类诞。"可见至少在南宋时期，民间已甚为流传梁祝化蝶的结局。

元代以来梁祝故事有些戏曲片段存留。钱南扬在《梁祝戏剧辑存》一书中，辑有元代戏文《祝英台》的三支曲和明代梁祝传奇四出，内容多与"送别""访友"相关，且来自不同选本和声腔，说明这两个情节在当时颇为流行。在小说方面，冯梦龙的《古今小说》第二十八卷《李秀卿义结黄贞女》篇的"入话"部分，叙述了梁祝故事：祝英台女扮男装征得哥嫂同意出外游学，临行前以榴花插于花台之上祷告，若保全名节则年年花发，反之则此枝枯萎。至书馆，与梁山伯甚相爱重，结为兄弟。三年学成相别，英台与山伯约定来访日期。不料山伯有事迟到数月，相见时得知英台果为女子且已许富户马氏，懊悔不迭，回去后相思病重，郁郁而亡。英台出嫁，行至山伯墓前，忽然狂风四起，天昏地暗，英台见山伯飘然而来，诉说前情。英台出轿，忽然一声响亮，地下裂开丈余，英台从裂中跳下。众人扯其衣服，衣服如蝉蜕一般，片片而飞，衣服碎片变成两只蝴蝶，红者为梁山伯，黑者为祝英台。[②]冯氏叙述中经典情节已备，但仅有梗概，比较简略。

到了清代，梁祝故事的民间文艺形式大盛，如民歌《梁山伯歌》、鼓词《新刻梁山伯祝英台夫妇攻书还魂团圆记》、川剧《柳荫记》、木鱼书《英台回乡》《山伯访友》《全本梁山伯即牡丹记南音》、清乾隆年间杏桥主人所撰弹词《新编东调大双蝴蝶》，等等，都在保留了梁祝故事经典情节的基础之上，多有丰富发挥。有

① 翟灏编：《通俗编》，商务印书馆1958年版，第833页。
② 冯梦龙编：《喻世明言》，浙江古籍出版社2010年版，第244—245页。

些关注梁山伯与祝英台的情感层面,集中渲染同窗伴读的情景;有些叙述梁山伯考中状元,为国立功,甚至死后显灵封神;还有些讲述梁山伯祝英台还魂成婚,享受荣华富贵,得享天年。如川剧《柳荫记》共有十二回,回目为:柳荫结拜、英台辞馆、山伯送行、英台归家、骂媒、山伯访友、山伯寄书、求药方、英台下山、百花楼、英台打楼、封官团圆。清乾隆四十七年(1782)有南管戏刊本《同窗琴书记》,其情节为:山伯游春、英台赏花、入赏花园、遇摘牡丹、同说牡丹、山伯行、英台行、入学从师、马家求亲、画美人、看美人、巡视送琴书、英台归家、山伯辞师、山伯归家、打鸳鸯、见曾公、报厢思病、探病、打媒婆、封官主婚、团圆贺拜。诸如此类的大团圆结局很多见,这些与化蝶悲剧深入人心并行不悖,都体现了民间对梁祝故事的关切与美好愿望。

(二)梁祝故事图像

清代以前,梁祝故事图像留存甚少,主要是明代梁祝戏曲散出的几幅配图。如明崇祯年间刊本《缠头百炼》中《同窗记·访友》一出的配图,此图并未展现梁祝重逢时的悲愁场景,而是梁祝二人在室内对坐,目光看向庭院,院中丫鬟与书童在嬉戏打闹。内容与趣味符合钱南扬先生《梁祝戏文辑存》中张传芳先生口述、赵景深笔录的吹腔打闹戏《访友》一出。另有明刊《精选天下时尚南北徽池雅调》中《同窗记·河梁分袂》一出的配图,展示梁祝学成分别的场景,二人且行且谈,周边景物描绘细腻,墙头有花枝,池中有鸳鸯。

清代梁祝故事图像丰富多样,主要是梁祝说唱文本插图和民间工艺美术图像。清代梁祝故事说唱文本很多,且多配有插图。如光绪二十六年(1900)上海书局石印本弹词《绣像梁祝因缘大双蝴蝶全传》,卷首有"双蝴蝶"图,绘两只交缠起舞的大蝴蝶,为梁祝故事的典型意象;其后为人物绣像,两人一图,依次为梁父与梁母、梁山伯与书童、祝父与祝母、祝英台与丫鬟春香;绣像之后为情节图,选取故事中几个重要情节加以图绘,插图题目与相应回目对应,如"梁山伯书斋染病"一图,对应弹词第二十四回"梁山伯书斋染病,姚光祖议论婚姻"回目的前半句,图绘梁山伯相思成疾,梁父进山伯卧房探病的情形。梁父探病这一情节弹词中并未正面描写,出于插图绘制者的合理发挥。再如上海惜阴书局民国年间古本精印《绣像梁山伯宝卷》,卷首有绣像一幅,共六人分两排站立,前排从右到左依次为祝员外、梁员外、祝安人、梁院君，后排为梁山伯与祝英台。《梁山伯宝卷》中梁祝二人是牛郎织女转世，渡劫后重返天庭，并未在人间结为夫妇，绣像大团圆式的设计也显示了民间的美好愿望。又如晚清民国时期上海尚古山房铅印的鼓词《梁山伯祝英台全传》，卷首有叙事图一幅，题名"山伯访英台"，图绘梁祝别后重逢场景，从二人姿态看，山伯主动诉说，英台则有所顾虑，与鼓词相关内容对应。

　　清代梁祝故事的民间工艺美术图像特别丰富，尤其是年画，梁祝题材成为一个专类，以至于有专门的叫卖词。苏州桃花坞年画中的梁祝故事叫卖词为："梁山伯，祝英台，结拜兄弟顶开心，男上左脚，女上右脚进仔学堂门，困末困仔三年份，山伯像个活死人，拨勒先生来看清，英台连忙转家门，梁山伯，来讨亲，一看英台原来是美人，犯仔相思病，黄昏想到早起来，一命配棺材，英台得知哭伤心，花轿抬过山伯坟，下轿跳仔坟当中，恨煞马官人。"①梁祝故事年画中有很多连环图，选取系列经典情节以串联梁祝故事。如武强年画《梁山伯与祝英台》由《草桥结拜》《十八相送》《访祝》《楼台会》《祷墓》《化蝶》六幅画组合。《东方的罗密欧与朱丽叶：梁祝口头遗产文化空间》一书收录潍坊杨家埠年画《梁祝》，共有四个画面，分别题名"马文才迎亲""祝英台吊孝""祝英台入坟化蝶""一对蝴蝶自由飞舞"，当是梁祝故事年画后本。② 清末上海小校场筠香斋印制年画《新绘梁山伯相送祝英台》（前后本），前本绘一张图，分四格，分别题名"因游学山伯辞双亲""为投师英台改男装""梁山伯初会祝英台""庆投师梁祝结金兰"；后本绘一张图，亦分四格，分别题名"梁山伯得诗哭英台""祝英台改装吊山伯""梁祝死化双蝴蝶""马十二郎游地府"。年画着色多用红蓝，场景绘制细致，人物造型女性着旗装，男性则戴髯口、着厚底靴，有戏台扮相特征。情节点选取虽依循传统，亦有不同，如二人别后，梁山伯死前，并无二人重逢的"访友"一节，最后"马十二郎游地府"一节较晚出，但在当时民间说唱中多见，绘刻者也及时收纳了进来，与"新绘"之意相合。在其他民间艺术

---

① 苏州工艺美术职业技术学院、苏州桃花坞木刻年画社编：《桃花坞木刻年画：作品·技法·文献》，上海人民美术出版社 2010 年版，第 258 页。
② 陈勤建主编：《东方的罗密欧与朱丽叶：梁祝口头遗产文化空间》，黑龙江人民出版社 2005 年版，第 48页。

形式中,如剪纸、瓷塑、石雕、木雕等,梁祝故事人物、故事情节或者意象符号比比皆是,体现了民间的趣味与追求。

第二节　清代文学图像概观

文学图像发展至清代,主要特征是集大成性,清代图像数量最多、类型最全,与文学之间的联系空前紧密。

一、 清代文学图像的特点

清代诗词、骈文、小说、戏曲等各体文学创作极盛,体量庞大。在诗词方面,据《全清诗》《全清词》编纂部门估算,清代有作品传世的诗人数量过十万,词人过万,词作超过三十万,总量远超唐、宋、元、明历代总和。作者身份也有所拓展,除文士外,僧道、商医等各社会阶层均有人参与且占比不小,特别是女性作家大量出现,多达三四千位。在戏曲方面,文坛著名人物吴伟业、王夫之、傅山、洪昇、孔尚任等皆有戏曲作品问世,说明中国文人对戏曲创作的深度参与。文人戏曲征实尚史、讲求寄托,尊体观念强烈。在小说方面,以《红楼梦》《儒林外史》《镜花缘》等长篇章回体小说的出现为标志,中国古代白话小说最终进入文人文化传统,各体兼备,才情、叙事兼重,成为深具中国传统文化特质的叙事文学体类。文言小说中值得注意的是《聊斋志异》,它被视为文言短篇小说的巅峰之作。

清中叶以后,随着经济文化的发展,通俗文学极其繁荣,成为清代文学的一大重要特色。在戏剧方面,地方戏大兴,所谓"花部""乱弹"从农村进入城市商业戏园,并最终走进宫廷。在民间说唱方面,弹词、鼓词、评书等获得极大发展,出现了《再生缘》《珍珠塔》等著名作品,子弟书、道情、琴书、民歌、宝卷等也都非常兴盛。

与文学发展相应,清代文学图像也有鲜明的特征:一是图像数量空前庞大,类型空前丰富。除前代已有的图像形式,如文人画、插图、壁画、雕塑等之外,还出现了前代没有或很少存留的图像类型,如年画、剪纸、刺绣、戏曲脸谱、面具、泥塑等,种类多不胜数。二是清代图像与文学的关系更为密切。清代以前,常常是先有文学,此后而生图像,清代则不同,《红楼梦》《镜花缘》《聊斋志异》等小说都是问世不久即产生相应的文学图像;"花部"戏也是几乎在问世的同时即在年画等民间图像中得到呈现。三是清代图像的叙事意识更为自觉主动。如清代出现了大量具有连环画性质的年画组图,表现白蛇传故事、孟姜女故事、珍珠塔故事等的重要图像母题,从主旨到造型再到叙事,都有着不同于文学文本的自身特质。四是自清中叶以来,随着文学的通俗转向,图像也出现了广泛而深刻的民间转向。这主要表现在碑派书法的勃兴,以及各类民间文艺图像的流行。后者尤以戏曲图像为重,其舞台表演对各类图像产生了强势的塑形作用,如刊本插图、年画、剪纸、皮影、瓷画、砖雕等,都有明显的"戏台化"或"戏扮化"特征。

二、 清代图像与前代文学

清代图像对前代文学的摹绘,涵盖了各主要文学类型,具体包括清代文人画对前代诗文的摹绘,清代各类图像对前代小说的摹绘,以及清代各类图像对前代曲本的摹绘。

(一)清代图像与前代诗文

清代文人画取意前代诗文者甚多,据徐邦达编《历代流传书画作品编年表》《中国绘画全集》以及名画家专册等目录、图片资料统计,清代文人画摹写前代诗、词、曲、文、赋等,各体皆有。

取意诗歌者以唐诗为最,涉及的唐代诗人诗作范围颇广,尤以杜甫、陆游、王维、白居易为多,如王时敏的杜甫诗意图(十二页)、王翚的《写放翁诗意册》(十二页)、王原祁的《为皇士写摩诘诗意轴》、袁耀的《浔阳饯别图轴》,等等。其他时段的诗歌,如魏晋诗取意陶渊明者,宋诗取意苏轼者,明诗取意沈周、唐寅者,皆较多。除诗歌之外,另有取意楚辞者,如赫奕的《渔父词意轴》、丁观鹏的《九歌图卷》、门应兆的《补萧离骚图册》等。取意词曲者,如王翚的《秋树昏鸦图轴》取马致远的《天净沙·秋思》,袁耀的《汉宫秋月图轴》取马致远的元曲《汉宫秋》。取意于赋者,如崔错的《洛神图轴》取三国曹植的《洛神赋》,袁耀的《阿房宫图轴》取唐杜牧的《阿房宫赋》,任颐的《赤壁赋诗意图轴》取苏轼的《赤壁赋》。取意于文者,如华喦的《列子御风图轴》取自《庄子·逍遥游》,华喦的《陋室铭图轴》取自唐刘禹锡的《陋室铭》,僧原济的《爱莲图轴》则取自宋周敦颐的《爱莲说》。

(二) 清代图像与前代小说

清代图像对前代小说的摹绘,以版画和民间工艺图像这两种类型为主。小说版画包括随小说刊行的版画插图,也包括依据小说人物、情节所刊刻的独立版画。总体来说,清代小说版画较明代呈衰落之势,这与清廷对小说屡加禁毁的专制文化政策有直接关系。然而,小说作为深得民众喜爱的通俗文学形式,坊间刊刻不绝。前代小说中刊刻最多的依然是《西游记》《水浒传》《三国演义》和《金瓶梅》这几部名著,它们皆有插图本传世。

《西游记》清刊插图本中最有影响的是《西游证道书》。其康熙初原刊本,前附十六幅方形叙事图,绘刻以经典打斗场景为主。《水浒传》清刊插图本有《文杏堂批评水浒传》《李卓吾忠义水浒全传》。需要说明的是:清代《水浒传》版画中最有成就的并非小说插图,而是清光绪六年(1880)广东臧修堂刊本独立版画集《水浒全图》,图计五十四幅,每幅二人,绘梁山一百单八将,人物全备,绘刻俱佳。《三国演义》有顺治元年(1644)的三槐堂刊本《第一才子书》,前冠绣像,绘刻精整,声名较著,不同于清中晚期常见的粗制滥造之图。《三国志》诸本版画中绘镌最精者,为康熙年间绿荫草堂刊《李卓吾先生批评三国志》,有插图二百四十面;《李笠翁批阅三国志》,亦有图二百四十幅,绘刻较前者更为精美。另有《三国画像》,光绪七年辛巳(1881)桐荫馆刊本,绘《三国》人物一百一十九人,绘刻皆精。《金瓶梅》清代插图刊本有康熙年间的本衙藏版本,收图一百幅,数量众多,刻绘粗疏,格调甚低,但视角多样,叙事容量颇大。

前代小说中的人物、故事到了清代依然在民间广为流传,清代民间年画、剪纸、皮影、雕塑等丰富多彩的图像类型中都包含有这部分资料,其中《西游记》《三国演义》《水浒传》仍是被表现得最多的作品。民间图像造型活泼夸张,场面热闹,富有装饰性、戏剧性,诠释着鲜活的民间趣味。

(三) 清代图像与前代曲本

清代图像与前代曲本有关的,主要包括前代剧目的清刊本插图,清人创制的前代剧目的戏曲绘画,以及前代剧目的民间图像。

戏曲版画插图的辉煌期是明代中晚期，入清后版画技艺虽有发展，但数量和艺术性都呈下降趋势。虽然如此，清代仍有前代曲本的插图本刊刻。以单行本形态刊刻的主要有《琵琶记》《牡丹亭》《西厢记》等名剧，且不止一种插图本。曲选刊本则取前代剧目中的经典散出集合刊刻，有代表性的如《歌林拾翠》《醉怡情》，一般也会配以插图。清代曲选刊本多为坊间刊刻，往往刻绘不精。

清代戏画展现的前代剧目多是元明南戏、传奇和杂剧中某出折子戏的一个精彩演出场面。如道光年间江宁织造府官员周氏父子以纪实之笔绘就清嘉庆、道光年间尚见于红氍毹的昆曲折子戏八十三出，戏画现存三百余页。据丁修询《思梧书屋昆曲戏画》一文所述，涉及清代以前剧目的戏画主要有《琵琶记·杏园》《牡丹亭·惊梦》《绣襦记·教歌》《荆钗记·别祠》《翠屏山·交账·送礼·反诳·杀山》《义侠记·别兄》《鸣凤记·醉二》《浣纱记·养马》《红梨记》等。

清代尤其是乾隆年间以来，由于戏曲对民间文化的强势渗透，各种民间图像都对戏曲人物、故事加以表现。就内容而言，大多是前代剧目；就形式而言，包括建筑雕饰中的"人马戏文"，瓷器上的戏画，以及剪纸(熏画)、织绣、年画中的图像；就风格而言，雅俗相兼，极富趣味和生命力。

三、　清代图像与本时段文学

清代文学本身也衍生出很多图像作品，主要包括清代碑派书像、摹绘清代诗文的诗意画、摹绘清代戏曲作品的各类图像，以及摹绘清代小说作品的各类图像。

（一）清代碑派书像

书道行至清代，以碑学革命与碑派书像为其突破性成就与代表性特色。其内在动因在于传统帖学日渐僵化没落，馆阁体书风几成樊笼；外在动因则是清廷思想钳制加剧，文人为避祸转向金石考据，复古崇实的朴学之风深刻影响了清代书学的观念好尚，大量故旧碑版的发掘也为篆隶复兴提供了物质基础。

清代书家在取法上由阁帖法帖转向民间俗刻拓本，师法秦篆、汉隶、魏碑以及金文小篆等碑版刻石，尤以六朝碑版墓志、摩崖和画像记之属为重，汲取其古拙雄奇、新异意态，直指以金石气、质朴美为核心的方正劲健、拙朴险峭、紧结瘦硬、倔强硬朗的审美理想。①

清代碑派书像的成就体现在临池实践与理论建构两方面，大体如近人丁文隽所言："郑燮、金农发其机，阮元导其源，邓石如扬其波，包世臣、康有为助其澜，始成巨流耳。"②郑燮、金农等取秦汉篆隶意趣入笔，开碑派之先声。邓石如遍访碑版，寝馈其中，在线条力度、用笔技术、结体章法等方面潜心研摹，融会贯通；篆隶真草，各体兼擅，承古开今，成为清代碑派巨擘。而阮元的《南北书派论》《北碑南帖论》、包世臣的《艺舟双楫》、康有为的《广艺舟双楫》等专论，则在理论上阐明了碑派书学的审美标准和技法特征。嘉庆之后，北魏碑铭大量面世，何绍基、翁同龢、吴昌硕、沈曾植等大批书家继续拓进，碑派书学由在庶民中流行转而为文人深度接受，形成了晚清碑学大盛的局面。

（二）清代诗文与图像

清代很多文人诗书画兼长。一方面，诗文之外的书画才能，成为文人修养的重要组成部分，如顾炎武、屈大均、陈恭尹、郭都贤等著名文人颇能书画；另一方面，画坛注重才学，著名画家多能诗文。清代李浚之所编《清画家诗史》辑录清代二千余位画家的四千余首诗作，"以为诗史，作读画之助"③。傅山、龚贤、萧云从、丁元公等在诗坛也有一席之地。

清代文人的全才观念与兼善能力，使得清代诗文与图像的关系空前紧密。在特定境遇背景之下的文人个体或群体，综合运用诗书画手段来抒发胸臆；文图互彰互补，大大开拓了表现空间与内涵深度。其中尤以明遗民文人和扬州八怪文人群体最有特色，他们将发自内心的诗文创作与独特的绘画意象、个性的书法风格相结合，表达了各自不妥协、不从俗的意志与操守。

（三）清代戏曲与图像

清代宫廷演剧为历代以来最盛，尤其乾隆、光绪两朝，戏曲成为宫廷娱乐的最主要形式。与此相应，清代留存了大量与宫廷演剧相关的戏曲绘画。就类型而言，主要有三种：第一种是清宫庆典演剧图，指的是表现宫廷庆典盛况的绘画中作

① 杨明刚：《清代碑学转向的革命意识》，载《信阳师范学院学报》(哲学社会科学版)2014年第1期。
② 丁文隽：《书法精论》(上编)，中国书店1983年版，第69页。
③ 李浚之：《清画家诗史》，王树楠序，中国书店1990年版，第3页。

为重要组成部分的演剧场面图。现存清宫庆典绘画有九幅,分别为《康熙南巡图》《(康熙)万寿图卷》《康熙庆寿图》《崇庆皇太后万寿盛典图》《乾隆南巡图》《(乾隆)八旬万寿图》《御制平定安南战图》《香林千衲图》《清宫大戏台庆寿演戏图》,前八幅为巨幅长卷,末幅为小型横幅,皆绘制精细,保留了当时剧目、脚色扮相、动作排场、砌末使用、观演情况等丰富而重要的信息。第二种是清宫戏曲人物画,是宫廷画师绘制,供后妃赏玩的戏曲人物画,有半身扮相画、全身扮相画和多人全像画(戏出场面画)三类,这些戏曲人物画绘工精细,绢本设色,数量近千,记录了咸丰十年(1860)以来清宫戏演出的实况。第三种是清代宫廷戏曲壁画,目前主要指钟粹宫外檐与颐和园长廊上的戏曲壁画,有戏出场面图,也有戏曲故事图,形式丰富活泼。

随着中国古典戏曲由全本戏向折子戏的演进,乾隆中叶以来,出现了大量折子戏戏画。文人所绘大多为较雅致的昆剧折子戏戏画,而民间艺人所绘大多为较通俗的花部折子戏戏画。现存最主要的清代昆剧折子戏戏画,有道光年间江宁织造府官员周氏父子据嘉庆、道光年间昆曲折子戏八十三出所绘制的戏出场面画,现存三百多页,墨笔线描,风格质朴,形态鲜活。另有道光、咸丰年间昆班名伶李涌绘制的《昆剧人物画册》,残存八帧,为八出昆戏之场面画,细致入微,非常传神。晚清最著名的昆剧戏画是宣鼎的《三十六声粉铎图咏》,同治五年(1866)绘制,光绪年间石印出版,绘三十六出净丑戏戏出场面,左图右文,每图附歌行体诗于右,总字数愈万,文图并茂,嬉笑怒骂,颇有意趣。民间艺人所作花部折子戏图像,则包括绘画、泥人和纱阁戏人。其中花部折子绘画又包括写真画、戏出画、灯画、《图画日报》中"三十年来伶界之拿手戏"专栏画,以及壁画等,形式多样。

随着花部戏在清代乡村与城市的广泛流行,各类民间戏曲图像大量出现,尤其是戏曲年画蔚为大观,现存戏曲年画都是清代作品。清代戏曲图像从雅部到花部,从宫廷到民间,从文人到艺人,其全面盛行说明戏曲在有清一代广泛而强势的文化影响力。

(四)清代小说与图像

清代小说就题材类型而言,可以分为历史演义与英雄传奇小说、神怪小说以及世情儿女小说这三个主要品类。小说刊行时大多附有插图,不同题材的小说刊本,其插图有着各自明显的类型特征。

历史演义小说借历史故事探兴亡之道,其由宋代讲史演进而来,其奠基之作是明初罗贯中的《三国志通俗演义》,由明入清创作依然繁盛,较著名的有《警世阴阳梦》《梼杌闲评》等,清中叶转入低潮,至清后期则走向没落。英雄传奇实为历史演义小说的一支,更加突显英雄人物,情节也更多发挥创造,更受民众欢迎。其开山之作是明代的《水浒传》,清中叶创作兴盛,以"说宋"系列为多,至清后期也走向末路。历史演义、英雄传奇类小说刊本插图有人物绣像,也有叙事图,呈现出重视忠奸对比,突显打斗场面的特征。

神怪小说语涉神佛、妖魔,直接源头是宋元说话中的"说经"一类,自明万历中期《西游记》刊行,创作开始兴盛。至明清之际,神怪小说已呈式微之势,直到清中叶,由于社会环境、其他小说流派的影响及其自身的衍变,创作有所回升,出现了《绿野仙踪》《瑶华传》《何典》《希夷梦》等代表性作品,至清后期,逐渐陷入绝境。神怪类小说刊本插图显示了明显的因果报应观念、三教合流倾向,以及戏曲脚色化特征。

世情儿女小说包括描写青年男女婚恋故事的才子佳人小说和描摹世态人情的世情小说。产生于明清之际的《玉娇梨》标志着才子佳人小说的崛起和成熟,才子佳人小说在康熙、雍正年间达到高峰,《平山冷燕》《玉支玑》《春柳莺》等接踵问世,形成中国小说史上一个强劲的创作流派,至清中叶势头明显减弱。世情小说在清中叶进入繁荣阶段,且出现了堪称中国古代小说最高成就的《红楼梦》,另外《歧路灯》《蜃楼志》也堪称佳作。道光前期,世情小说创作已呈现式微状态,渐趋末路。世情儿女类小说的刊本插图所表现人物多为普通民众,所描绘事件多为儿女情事,同时间杂其他类型的元素及戏曲造型特征。

四、清代文学图像对后世的影响

清代各体文学创作繁盛,存世图像资料空前丰富,成为后世不断发掘的宝藏,影响深厚久远。

从文学作品本身的经典性角度看,清代产生了大量文学经典:文言短篇小说如《聊斋志异》,长篇章回体小说如《红楼梦》,传奇如《雷峰塔传奇》,弹词如《珍珠塔》,等等。这些作品一出,随即被刊本插图、文人绘画、民间工艺美术等各类图像加以演绎,到后世仍热度不减,连环画、戏曲、戏剧、影视剧等形式的改编不断涌现。

从绘画技法角度看,西洋画技法的传入在宫廷和民间均产生了巨大影响。清帝爱好西学,西方传教士得以把西洋画技法带入清宫。钦天监官员兼宫廷画家焦秉贞,将透视法与传统界画相融合,将西洋画技法从绘制科学插图引入到绘制宫廷画作,但清帝以及其他文士都更加认同中国传统绘画的风格意趣。直到意大利画家郎世宁到来,郎世宁在清宫画院五十年,他从材料到韵味对中国传统绘画进行了深度体悟,真正做到了中西合璧。同时,西洋画技法在版画插图和民间工艺美术中也多有运用。

从媒介角度看,晚清之际,我国引入了机械印刷技术,报刊媒介诞生。采用新的印刷技术后,书刊印刷速度快、质量好、成本低,文学图像得以媒介化传播,出现了《点石斋画报》《启蒙画报》《时事画报》等一系列画报,文学图像深入民众的程度与先前相比,不可同日而语。

从绘画风格角度看,清代戏曲艺术极盛,其表演性(非再现性)和脸谱化风格对后世文学、图像的启发和影响也非常深远。尤其是在宣传画领域,其鲜明强烈的类型化特征催生了特异的宣传效果;在动画、影视领域,其也成为重要甚至核心的国风元素。

第三节　明遗民文人的诗书画

明清易代,外族入主中原,一批文士秉持汉家气节,不肯随顺新朝,或奋起抗争,或悲愤孤守,是为明遗民文人。因不意仕进,明遗民文人潜心学问、诗文与书画;这与有清一代诗坛、画坛推崇诗画兼长的观念相关,明遗民文人大多工诗善画,博学多才。据谢正光、范金民所编《明遗民录汇辑》(南京大学出版社,1995)、上海图书馆所编《中国丛书综录》(中华书局,1959)二书著录情况统计,明遗民画家中有七十位著有诗集,传世者为绝大多数。通过时人对他们的评论也能见出他们当日的才情,周亮工曾言:"曹顾庵曰,止祥(祁豸佳)书不在董文敏右,画则入荆关之室。诗文填词皆有致。能歌能弈能图章,以至意钱、蹴鞠之戏无不各尽其致。"①傅山、龚贤、程邃、萧云从、丁元公等以画著名者,其诗文在当时也颇有影响。诗歌发展至清代已走向低潮,然明遗民诗因其时代与身世之悲而独具深沉意味,其画作中也蕴含着独特的遗民意象或符号,诗书画一体,互相发见,互为补偿,共同承载着他们深切的遗民情怀。

一、 明遗民文人的身份焦虑与认同

处境的艰难和身份的焦虑,使得明遗民文人上溯历史,从义士节行中去寻求人格认同,并在其诗画作品中加以表达。

商周易代,伯夷、叔齐采薇首阳,宁愿饿死也不食周粟,是中国历史上最早的遗民典范。明遗民中不乏以伯夷、叔齐自比者,如屈大均的《孤竹吟》中即有"夷齐忧无臣,叩马空忼慷"与"吁嗟命之衰,挥涕归首阳"之句。② 有感于屈原爱国忠君,受馋流放,愤而自沉,萧云从绘《离骚图》,陈洪绶绘《屈子行吟图》等,都表达了对屈原的认同。敬佩汉代苏武被困匈奴十九年持节不屈,萧云从《雪景》图题诗中有"身处穷庐望雁飞,独怜汉使旄节秃"之句。韩遗民张良狙秦不成,得黄石公授兵法,助刘邦立汉,功成身退,千古流芳。傅山加入道教之后有诗云:"贫道初方外,兴亡著意拼。入山直是浅,孤径独能盘。却忆神仙术,如无君父关。留侯自黄老,终始未忘韩!"③他以张良自比,表明自己不忘复兴之志。处于晋宋易代之际的陶渊明,安贫守志,归隐田园,是明遗民非常青睐的典范人物,其《桃花源诗并序》中所描摹的桃源更成为他们的向往之地。徐枋《诗画卷》题诗云:"千春流水渺无津,万树桃花好避秦。高卧此中堪白首,不知人世有红尘。"④另外,宋元易代也是明遗民非常关注的历史节点,八大山人的《题画》云:"郭家皴法云头小,董老麻皮树上多。想见时人解图画,一峰还写宋山河。"⑤正是借黄公望的感受抒发自身

---

① 周亮工:《读画录》卷之一"祁止祥"条,商务印书馆1936年版。
② 卓尔堪辑:《遗民诗》(十二卷)卷七,华东师范大学出版社2013年版。
③ 傅山:《霜红龛集》卷八《龙门山径中》。
④ 陆心源:《穰梨馆过眼录》,见《中国书画全书》第十三册,上海书画出版社1993年版,第192页。
⑤ 卓尔堪辑:《遗民诗》(十二卷)卷十一,华东师范大学出版社2013年版。

的故国之情。诸如此类的典范人物典故,成为明遗民诗画作品中寄予其遗民情结的富有特色的意象符号。

二、 明遗民山水画中的避世情结

陶渊明的"桃花源"相关意象,具有避乱、去政治、回归自然的乌托邦内涵,又易于结合文人山水画传统,明遗民文人诗画取意于此者特别多,陈洪绶、项圣谟、石涛、髡残、樊圻、陈卓、查士标等皆有以此为题的画作,对于研究明遗民诗画关系具有很高价值。

在明遗民画家的以桃花源为母题的画作中,风格较为写实的,可以项圣谟的《桃源梦》[①]与查士标的《桃源图》[②]为代表。二者皆为长卷(前者卷末附朱茂昉恭楷誊录《桃花源记》全文),对《桃花源记》内容都作了全景式的描绘,皆可与原文对读。但二者也有明显不同:查图是平面构图,画面自右向左,右部为桃源外景,左部为桃源内景;比例虽基本对半而分,但右部虚、左部实,视觉重点显然落在左部亦即桃源内景;作为桃源内景中心的是人物,渔人与村民相向而立,处于聚精会神的听说状态;所以查图虽笔法简淡,但旨意尚实,重在叙事。而项图则大异其趣,不同于查图的侧剖面视角平面构图,项图是正面视角,以纵向深入为主导架构,结合横向延展,形成自右前向左后的斜纵向构图;右前部近三分之二是桃源外景,弧形线条及墨线皴擦,营造出充满质感、动感与层次感的山壁,以及旋涡状有神秘纵深感的山洞;左后部平面比例虽只占三分之一,然纵向延展深远的是桃源内景,项图着笔非常精细,局部放大可见屋舍、人物俨然,但整体以山水为主,甚至突破了原文"土地平旷"的整片质实空间,以水为带,两旁错落点缀小片田庄,呈现一派宁静悠远景象;与右前部诡异屏障所携带的外部世界的危机感截然两样。对比看来,项图虽笔法细密,但旨意尚虚,重在意境,情感带入性更强。可见,画有所本的所谓写实,实也处处师心。

明遗民文人以桃花源为母题的画作多数并不摹绘诗文全景,而只是取其中标志性意象加以图绘。如戴本孝亲见父亲抗清负伤继而绝食殉国,他饱读诗书却拒

---

① 项圣谟:《桃源梦》,纸本设色,28 厘米×107 厘米。
② 查士标:《桃源图》,纸本设色,35.2 厘米×312.9 厘米。

不出世，一生隐居山谷，他曾绘《赠冒青若山水图》①，主体为自左下往右上的S形盘曲山峰，几乎占满画面，右下部为一角水流，一叶小舟停靠在一条山径的入口，有树木掩映，右上角留白处题诗："何处无深山，但恐俗难免。一心溯真源，千载不卷转。扁舟弄桃花，此兴自不浅。"诗中"深山""源""扁舟"诸意象在画面中有明确呈现，因无粉彩点染，"桃花"意象不甚明确，但草木颇多，可认作有，即便如此，若非题诗，这些意象也就是文人山水画中的常见主题，画面并未遵循陶渊明《桃花源诗并序》的空间格局，人物、事件部分更是悉数滤去，换言之，正是这首题画诗赋予了这些意象以"桃花源"的语境，使之突显出来，成为有特定指向的标志性意象系统。画家本人也无意摹写原文或原"境"，题诗中"何处无深山""一心溯真源"，已明确表示，此山非彼山，此源非彼源，兴会一方静谧山水，神往桃源即是。再如位列"金陵八家"之首的龚贤，他早年是复社重要人物，经历明末战乱，入清后隐居不出。其《山水册》第二开②，画面以山石为主，呈环抱之势，周围树木环绕，上端平缓处有房舍几处；该画笔法细密，墨色苍润，风格极其简淡雅洁。裱边上有题诗："人家俱辟向阳门，左右图书对酒尊。何必逃秦入深洞，桃花开处即仙源。"诗画对读，"人家"对应房舍，至于"辟向阳门""左右图书对酒尊"这样的细节与内景则未表现，借以点题之"桃花"，也只能从画面不着花叶的疏枝去想见。总体看来，诗、画物象"对应"者甚少，作者也未想去机械对应，一句"何必逃秦入深洞，桃花开处即仙源"，说明了身居山林、心远地偏之意。

实际上，很多明遗民文人以桃花源为母题的画作并无标志性意象。如龚贤的另一画作《仙山楼台图》③，画面中未出现桃花、山洞、渔舟等，只有山脉蜿蜒、树木参天中一丛屋舍，题诗云："楼台一片是仙家，煮石为餐酿紫霞。常笑武陵避秦客，犹谈鸡犬与桑麻。"画为隐居地实景或代表画者处身之实际空间，题画诗则赋予其"桃花源"这一对照空间，二者无物象联结而平行映照，现实也就有了理想之光辉。类似的再如高岑的《松窗飞瀑图》，画面中山石巍峨，清泉如线，松木参天，屋舍静谧，有人安坐其间，左上角小字题诗："古树云封带雨烟，桃花源在别人间。碧落小

---

① 戴本孝：《赠冒青若山水图》册页，纸本设色，19厘米×13.1厘米，上海博物馆藏。
② 龚贤：《山水册》六开第二开，22.2厘米×43.4厘米，美国纽约大都会艺术博物馆藏。
③ 龚贤：《仙山楼台图》，纸本水墨，尺寸不详，美国王南屏家族藏。

窗松径外,半空飞泻经千年。"桃源意象同样是画中无,诗中有,但正是这诗中之有,令画中事物皆得沐浴于桃源的理想光辉之中。

明遗民文人山水画中的桃花源母题,逐渐淡化与陶渊明桃花源诗文的直接对应性书写关系,而更多显示出在当下甚至实地,通过清心自守达至人间桃源的倾向。①

三、 明遗民文人花鸟画中的人格象喻

正如描画山水意在寄寓遗民情怀一样,明遗民文人的花鸟画意也不在花鸟,那些姿态特异充满张力的植物、动物形象,实为遗民文人深沉的人格象喻,八大山人的花鸟画堪为代表。

八大山人原名朱耷,为明王室后裔。明亡后,清政府残酷清扫残明势力,八大山人先是隐居乡野,继而遁入佛门,然而,禅理并不能消除国破家亡给他带来的精神创痛。康熙平定"三藩之乱"后,开博学鸿词科,修纂《明史》,以笼络明遗民文人,八大山人也借此还俗,时年五十三岁。在相对宽松的境况下,他更是把一腔积愤尽付笔端。八大山人的花鸟画在笔法、墨法、构图、寓意等方面都极具特色。清康熙二十一年(1682)他五十七岁时作《古梅图》轴②,图绘一株老梅,根部虬曲外露,主干中空焦黑,且有雷劈断裂之态,枝桠光秃,末端几支芒稍如刺、几点花叶如墨。全图笔法苍健,用墨枯中有重,构图寓平衡于倾斜扭结之中,极富表现力。画面上部三分之一部分有三首题诗:

其一:"分付梅花吴道人,幽幽翟翟莫相亲。南山之南北山北,老得焚鱼扫□尘。""梅花道人"为元代画家吴镇自号,吴镇是宋遗民,入元一生不仕。"幽幽""南山"典出《诗经·小雅·斯干》,颂扬周宣王宫室落成,宗族繁盛安乐。末句所缺之字,当是为避文字狱由收藏者有意剜去,一般猜测为"胡""虏"之类。全诗告诫人们不能安于现状,要有所行动以恢复宗社,反清复明之意相当明显。

其二:"得本还时末也非,曾无地瘦与天肥。梅花画里思思肖,和尚如何如采薇。"此诗中"思肖"用元初遗民画家郑所南之典,郑氏擅画无土之露根兰花,隐喻

① 参见石守谦:《移动的桃花源:东亚世界中的山水画》,生活·读书·新知三联书店 2019 年版。
② 八大山人:《古梅图》轴,纸本墨笔,96 厘米×55 厘米,北京故宫博物院藏。

国破家亡,无立足之地;"采薇"用殷遗民伯夷、叔齐之典,"如何如"之语是自嘲也是反诘,全诗在抒发亡国之愤的同时,也显示了入世之志。

其三《易马吟》:"夫婿殊如昨,何为不笛床?如花语剑器,爱马作商量。苦泪交千点,青春事适王。曾云午桥外,更买墨花庄。"此诗中"夫婿殊"用《陌上桑》典,罗敷对使君夸言丈夫出众;"笛床"用《世说新语》中桓子野踞胡床为王子猷吹笛三调之典,有知音之意;"爱马"即"爱妾换马",用唐代陈翰《异闻集》中以伎婢换骏马之典;"午桥"即午桥庄,为唐丞相裴度的别墅,"墨花庄"则是宋末宗室赵孟坚隐居之陋室。诗意较为隐晦,一般解释为对"贰臣"不顾亡国之耻,奴颜婢膝以仕新朝的讽刺和自己甘贫守志的决心。①

三首诗用典绵密,情怀激烈,思绪万端,从画面上部压下,似有千钧之重,老梅横枝作受力承托之状;"梅花""本末""无地""墨花"等字眼在老梅形象中皆有呼应,构形、构图、文图勾连可谓极具匠心。

文人画多有寄寓,限于绘画表意的局限,也常借题画诗赋予画面意象以深度开掘的空间;八大山人的突出之处,在于其特别擅长构形,使得画面形象强烈而不贫弱,能够承接住诗文所撑开的意义空间,使文图势均力敌,充满张力。其画作中反复出现的鸟、鱼意象也是如此,如1694年他在《安晚帖》之六《鱼》②中,仅绘一条鱼,鱼翻着白眼张着嘴,悬置于画面中心,在大面留白的背景下,显得鱼身墨色尤其之重,充满特立独行的阴郁之态;画面左上部题诗曰:"左右此何水,名之曰曲阿。更求渊注处,料得晚霞多。"画者独自探寻、不同流俗的孤傲与孤寂跃然纸上。再如《安晚帖》之十二《鹌鹑图》③,该图构图较满,自右下角起,至左,再向右上角,枯墨飞白擦出抽象的地面连着石壁连着枝叶,呈半包围态势,中有两只鹌鹑,毛色一轻一重,皆弓腰缩脖,尖喙紧闭,白眼向天,一副戒备、决绝之态;唯一留白的右侧中部题诗云:"竟作一日谈,胸怀若雄雌。黄金并白日,都负五坊儿。"愤世嫉俗、特立独行之意也是昭然可见。

---

① 参见杨飞飞:《墨点无多泪点多:八大山人花鸟画中的遗民思想》,载《艺术探索》2015年第6期,第99—107页。
② 八大山人:《安晚帖》之六《鱼》,纸本水墨,31.5厘米×27.5厘米,日本泉屋博古馆藏。
③ 八大山人:《安晚帖》之十二《鹌鹑图》,纸本水墨,31.5厘米×27.5厘米,日本泉屋博古馆藏。

八大山人还有着非常自觉的书画相通的理念,提出"画法兼之书法"[①]"书法兼之画法"[②],并在书画实践中以书入画、以画入书,书与画在笔法、墨法和空间造型方面互相渗透,使得"八大画"颇有书写意味,而"八大体"书法则深具画意。如其《杂画册》中《兔》和《鱼》两图,方圆、枯润、大小、收放,书与画之间都有神奇的呼应。八大山人的作品真正做到了诗书画印的同体共舞,如交响之乐。其理念和实践的影响,不仅及于清中叶画坛,尤其是郑板桥对"以画之关纽,透入于书""以书之关纽,透入于画"[③]理念的积极践行,且下及近代吴昌硕、齐白石、张大千等,可谓影响深远。

第四节 小说绣像

小说刊行时附加的版刻插图,是与小说文本关系最为紧密的图像形式。版刻插图发展至清代,已过了其黄金时期,开始以绣像形式为主。小说有多种分类方式:按语体,可分为文言小说与白话小说;按篇幅,可分为短篇、中篇与长篇小说;按题材,则可分为历史演义与英雄传奇小说、神怪小说、世情儿女小说等。其中,小说题材与其刊本绣像特征之间的对应关系最为明显,考察清代几种主要题材类型的小说刊本绣像可以发现,绣像的人物择取与位次排布,以及绣像的形态特征,都包含着与特定小说题材相关的深层观念。

一、绣像的人物择取与位次排布

清代小说刊本卷首常附有绣像,即不携带明显情节信息的人物图像,且数量一般较多。绣像的人物择取与小说的题材类型有明显的相关性,绣像的位次排布显示出较强的规律性,反映了刊行者对小说文本涉及的诸多价值维度的不同重视

---

① 八大山人:《题〈书法山水册〉之五》,见欧阳云:《清初四僧——绘画艺术读解与鉴赏》,陕西人民美术出版社 2010 年版,第 161 页。

② 八大山人:《临李北海〈麓山寺碑〉题识》,见欧阳云:《清初四僧——绘画艺术读解与鉴赏》,陕西人民美术出版社 2010 年版,第 168 页。

③ 郑板桥:《郑板桥集》,上海古籍出版社 1962 年版,第 155 页。

程度。

历史演义和英雄传奇小说演绎历史故事,人物多涉帝王将相,尊卑意识尤其强烈。这类小说的绣像通常以帝王居首,按身份位次逐级排列。如《慈云走国》,叙述忠将高勇、狄龙等为保护太子慈云(即后来的宋徽宗),与右相庞思忠奸党斗争的故事。清嘉庆二十年(1815)福文堂刊本《慈云走国》有人物绣像二十二幅,明显按尊卑顺序排列:宋神宗、陆皇后、庞氏贵妃、陆云忠、庞思忠、吏部天官寇元、包缎、宋哲宗、国舅陆凤扬、慈云太子,这十位是皇室成员和高级官员,从小说叙事而言,其中并无主要行动者,也并非都是正面人物。居首的宋神宗杀害陆皇后,还屡杀忠臣,贵妃庞氏、右丞相庞思忠则是反面人物,陆皇后、陆云忠、寇元等皆是次要人物,但因其身份尊贵,故位列第一梯队。潞花王赵世涛、东平王高勇、汝南王郑彪、平西王狄龙、平南王杨文广、靖山王呼延庆、威武王柴刚,这七位英雄人物是故事的主要行动者,但按身份只能排在第二梯队。金霞道人、丁燕龙、司狱友吴晋、王昭秀才、侯拱,这五位身份低微,自然排在最末一级。再如《狄青初传》清嘉庆十九年(1814)长庆堂刊本,卷首附有绣像二十五幅,狄青作为主人公,仅位列第十七位,此前则是以宋真宗居首的皇族及各部高官。《双凤奇缘》清嘉庆二十一年(1816)兆敬堂刊本绣像、《东汉演义评》同治十一年(1872)善成堂刊本绣像、《南史演义》乾隆六十年(1795)陈景川局刊本绣像、《宋太祖三下南唐》清同治十三年(1874)英文堂刊本绣像、《说呼全传》清乾隆年间书业堂刊本绣像等,皆如此排列,不胜枚举。

家族序列在绣像图中也很受重视。如京都藏版本《绘图梼杌闲评全传》卷首有绣像十六幅,主人公魏忠贤位列第三,排在他前面的是魏云卿与侯一娘,二人身份极其低微,魏云卿为昆剧旦角,侯一娘是杂技女艺人,只因二人为魏忠贤的生身父母,故列于其前。类似情形非常普遍,家族序列常常与尊卑序列一起构成绣像排列的最主要原则。

神怪小说除了讲述人间之事外,还涉及神佛、鬼怪,且有意宣扬因果报应。按理讲,应是"神—人—鬼"三级序列,但实际上,人间帝王将相位次往往在神佛之上。西游系列就非常典型。如清代陈士斌所撰《西游真诠》芥子园中小型本有绣像二十幅,唐太宗居首,魏徵第二,构成第一序列;道家仙祖太上老君居其后,为第二序列;唐僧师徒四人作为西天取经的主要人物,仅居第三序列;最后是牛魔王、造化小儿之类较为低级的神魔精怪。在中国政治文化传统里,帝王受命于"天",是"天子",对"神"都享有敕封之权。在西游故事中,唐僧受唐王之命去往西天拜佛求经,取经归来需向唐王复命。途中遇到诸般劫难时,则以孙悟空为中介,神佛轮番支援,共成"取经"为表、"贞观"为里的宏大功业。不独是西游系列,在其他神怪小说中这种现象也很普遍,如《草木春秋演义》《飞跎全传》《醉菩提传》等,皆是如此。

世情儿女小说多叙家庭或家族故事,人物多为市井小民、富户、乡绅之类,鲜有高官大户、帝王将相。世情儿女小说尤重夫妇、亲子关系,其绣像的家庭化组织比较明显。如《白圭志》主要写张庭瑞与杨菊英、刘秀英一男二女一波三折的婚恋故事,同时涉及张家财产之争及其官司裁断。清嘉庆十二年(1807)永安堂刊本有绣像八幅,张庭瑞之父张博居首,之后是张庭瑞与杨菊英、刘秀英这几位主要人物,另几个次要人物居于末位。

清代各体小说绣像的组织排布,均体现出强烈的君权意识、家族意识和社会层级意识,叙事意义上的主人公并未得到优先考虑,这是总体规律。然而,同时不可忽略的是,不同刊行者对同一小说文本的主旨有不同的侧重,也会体现在绣像的安排上。《红楼梦》刊本绣像的几大不同系统,正是说明这种现象的很好案例。

《红楼梦》插图数量很多,难以计数,但阶段性特征明显,各刊本图版之间的承继关系清晰。《红楼梦》刊行初期,以程甲本为代表的二十四页绣像体系,以石头、宝玉为首,僧道结尾,是《红楼梦》由色即空主体框架的体现;主体部分则按家族位次排列:首先是贾氏宗祠、史太君和贾政王夫人,之后是作为《红楼梦》女儿世界和情感主题主要载体的众钗。众女儿虽得以集群出现,并作为绣像的主体,但绣像并没有遵守小说中按品貌才情所赋予众钗的位次,而是将其打乱重新编排进严整的家族长幼尊卑序列之中。这种绣像处理方式反映了在小说家族主题与情感主题两重观照之间产生的复杂张力。坊间流行的以藤花榭本为代表的十五页绣像体系,则悉数去除家族符号,只保留十二正钗。这种设置与其看作是对小说情感主题的强调,不如看作是将小说旨意缩减为才子佳人模式以招徕看客。到了《红楼梦》刊行中期,以双清仙馆本为代表的六十四页绣像体系,则第一次非常纯粹地展现了女儿世界,并将宝、黛、钗三者的情感纠葛有力突显出来。及至清末民初,石印、铅印技术的发展使得大规模版刻插图再次兴起,《红楼梦》刊本人物绣像与回目图一起,呈现出一幅甚为广阔丰富的社会生活图景;特别是以《增刻红楼梦图咏》为图版的绣像体系,以贾氏家族为核心的男女群像得以充分展现。这于红楼绣像而言,可谓又是一种不同的定位。

二、 绣像的形态特征

绣像的人物选取与组织排布从宏观角度体现了刊行者在小说主旨、题材方面的观念倾向,绣像的形态则更为具体地反映了各类小说的个性化类型特征。

首先,绣像形态突出了各类题材小说的主要看点。

历史演义和英雄传奇小说以忠奸斗争为重要主题,这在绣像中体现为忠奸形态的鲜明对比。如在《慈云走国》中,陆皇后含冤在冷宫中生下太子后被绞死,庞贵妃勾结奸相庞思忠迫害忠良,是一正一反两个人物。绣像中陆皇后怀抱婴儿、颔首低眉、形容哀伤,而庞贵妃则趾高气扬、拧眉瞪目、手持利剑。小说中庞贵妃并未直接以剑杀人,绣像显然是为突显其凶残才如此描绘。左丞相陆云忠与右丞相庞思忠也是一对正反对比人物,绣像中忠相陆云忠面庞清爽、眉目慈善、仪态端方,而奸相庞思忠则大脸浓须、神情奸猾、大腹便便。

神怪小说的标志性人物是神佛精怪,各自都有约定俗成的来自其叙事传统的视觉标志,身份可谓一望即知。有意味的是,此类小说绣像中透露出"三教合流"的讯息。神怪小说故事本身就有很多三教合流的叙事,作为儒家至高代表的君王,与佛门高僧、道家仙人,常常共同作为主人公的支持者与辅助者,如《后西游记》中的悟真祖师与冥报和尚,《飞跎全传》中的悬天上帝与脱空祖师,等等。神怪小说绣像除了在人物选取和排布方面体现出三教共在之外,还表现出"佛道一体"的独特形态特征。所谓佛道一体,是指在某个人物身上汇集了佛、道双重视觉标志。如《西游真诠》中的唐僧、《后西游记》中的唐半偈,戴佛帽,着僧衣,披袈裟,整体上是佛家的装扮,却都手执拂尘。拂尘在道教体系里是道场中的一种法器,人们熟知的太上老君、太乙真人、八仙中的吕洞宾等皆以拂尘标其仙风鹤骨;佛家也有些人以拂尘为庄严具,如住持手执拂子上堂为大众说法,但使用场合较少,不像道教那样几乎成为道士身份之标志。故此二图中僧道典型符号的"杂糅",也可视为释道通用这一内在观念的外化。虽为细节,却耐人寻味。

世情儿女小说中的人物多为市井小民,其绣像也呈现出鲜明的民间形态。如《麟儿报》中的廉小村乃明朝湖广孝感县鸿渐村一普通村民,绣像中人物穿粗衣布服,蓬头赤足,身处简陋磨豆腐用具之中。即便是身份略高、家境略好的也至多是个富户、乡绅之类。如《痴人福》中的田北平乃明代荆州府一富户,但形容丑陋、佝偻跛足。这类形象在其他类型小说绣像中是很难见到的。

可见,各类小说的刊本绣像将各自题材类型小说中的主要人物和重点内容加以视觉化,以更加直观的方式起到招徕看客,唤起其阅读期待的作用。

其次,绣像形态体现了各类题材小说的多元杂糅。

所谓历史演义与英雄传奇小说、神怪小说、世情儿女小说,是就其最主要题材而言的,实际上各类作品中都有其他类型元素的存在,这种题材的多元杂糅性在绣像中也有所体现。

历史演义和英雄传奇小说中常夹杂神怪元素。如《狄青初传》中有鬼谷子王禅,此人将狄青救至峨眉山,授其武艺韬略,才成就狄青此后的一番作为。《争春园》中有仙人司马傲,他赠予镇殿将军之后郝鸾宝剑三口,助其遍访天下英豪、行侠仗义。《说呼全传》中的杨五郎也是身兼"太行山英雄"与"五台山和尚"这双重身份,在他身上发生了颇多神异之事。再如《粉妆楼》中的祁巧云原是一介民女,梦遇谢应登,得授驾云之术及无字天书,故其绣像乃手持拂尘,一副道姑装扮。如此等等,这类非佛即道、皆有神能异术的人物,在绣像中占有一席之地。

历史演义小说,特别是英雄传奇小说,除善恶忠奸斗争外,还会有男女英雄情缘类情节。如在《粉妆楼》故事中,在讲述英雄罗灿与马金锭,英雄罗焜与柏玉霜、祁巧云的故事时,皆有比较完整的情感线。其小序有云:"所载忠男烈女,侠士名流,慷慨激昂,令人击节歌呼,几于唾壶欲碎。""忠男烈女"显然也是这类小说的重要看点之一。《粉妆楼》卷首绣像正是将这两组男女列在一起,加以强调。另如《忠烈全传》中的顾孝威与姚梦兰,《争春园》中的孙佩与凤栖霞,《说呼全传》中的呼守勇与王金莲等,皆是如此。绣像这样处理显然更能招徕顾客,唤起读者的阅读期待。

世情儿女小说除了叙述儿女情长、家庭故事之外，其他主题往往也牵涉甚广，这在绣像中自然亦有鲜明体现。如《绣球缘》虽写才子朱能与佳人黄素娟历经磨难终成眷属的故事，但朱、黄两家报仇雪冤是更为主要的情节，实为未完全脱尽才子佳人小说皮毛的侠义小说。清咸丰元年(1851)《绣球缘》刊本有绣像八幅，分别画有万历皇、奸臣镇国公胡豹、忠臣何象峰、协奸行凶的胡云福、图色忘恩的铁太岁、英勇侠义的黄世荣、武勇除奸的朱能和运筹帷幄的黄贵宝。绣像中竟无一位女性角色，更无从成双成对。这也直观提示了小说的核心旨趣不在儿女之情，而在忠奸、善恶之争。世情儿女小说中也常常含有佛道神怪元素，绣像中也会出现相关人物。如《铁花仙史》中的天台道人、《麟儿报》中的葛仙翁、《绣鞋记》中的和尚，等等。

　　可见，小说题材的多元构成在绣像中也有直观的展示。其列于卷首，显然有利于多维度吸引读者，增强读者对故事内容的期待。

　　最后，绣像形态呈现出鲜明的戏台化扮相特征。

　　清中叶以来，戏曲，特别是花部戏极盛，成为上至宫廷下至民间最流行的娱乐形式，戏曲舞台形象作为一种强势符号迅速影响包括小说刊本插图在内的各种民间图像。戏曲是一种高度程式化的表演艺术，人物皆脚色行当化，每一脚色行当皆有程式化的视觉表达，身份与性情一看即知。这种夸张的程式化呈现，能够使观众最快最准地通过视觉把握一个人物。这无疑正是小说绣像所需要达到的效果，故而小说绣像借鉴戏台人物扮相的情况非常普遍。

　　在清代小说刊本绣像诸多人物中，武将与类似净丑的人物，戏台化特征最为突出。历史演义与英雄传奇小说中打斗情节很多，其人物绣像中武将人物相应也多，绣像中戏台化扮相特征也就最明显。如《慈云走国》中的平南王杨文广，《忠烈全传》中的王宗宝、姚梦兰，《绣像瓦岗寨演义传》中的西魏王，《忠烈全传》中的摩利牙等，他们或为男将，或为女将，或为汉将，或为番将，皆是颇为典型的戏曲舞台扮相。另有一些反面人物，地位并不高，也不算大奸大恶，这类人物绣像往往呈现出戏台上的丑角扮相，如《慈云走国》中的丁燕龙、《狄青初传》中的焦廷贵。

　　不只是历史演义英雄传奇小说，其他类型小说的绣像也积极借鉴戏台扮相。如清中叶最有代表性的神怪小说《绿野仙踪》，故事中人物众多，绣像就有四十二幅,形态各异,很多图像戏台感颇强。如大奸臣严嵩,其服饰非常类似戏台中专扮奸臣的白面,而状元邹应龙则是官生打扮,书禀巡抚曹邦辅则是老生装扮,帮闲苗秃、腐儒邹继苏等则类似丑角,荆州总镇林桂芳、勇将林岱、大盗师尚诏及其妻蒋金花、贼将邹炎等武将,其穿扮、姿态皆如戏台之武脚,虎虎有生气。这种图像展现方式无疑能够起到引起观者兴趣,并形成对人物形象的初步定位与叙事期待的作用。

即便是世情儿女小说,其人物绣像也有戏台化特征。如《痴人福》中的恶匪兄妹黑天王、白天王,《铁花仙史》中的剿匪大将苏紫宸等,都穿戴翎毛、靠旗、盔甲,手持诸般兵器,类似戏台武将;《绣球缘》中千金恤旧、义侠可风的黄世荣,俨然类似末的装扮神色,而协奸行凶的胡云福则有丑角之态;《麟儿报》中的纨绔子弟富无知,竟直接鼻梁点白,类似丑或副。这既说明了戏曲在民间深入人心的程度,同时也是中国古代叙事人物类型化思维的一种视觉表征。

第五节 《红楼梦》孙温绘本

清代《红楼梦》绘画,除第四节已论及的刊本插图外,还有一种重要的类型是独立画作。《红楼梦》独立画作按题材可分为人物画册与情节绘本。人物画册以改琦、费丹旭、王挥等的《红楼梦》画册、图咏为代表,此类画作风格柔美秀逸,属于清代仕女画一类。《红楼梦》情节绘本意在展示《红楼梦》小说中的故事情节,多为民间画师所绘,孙温、汪沂、王钊等各有绘本,其中孙温的绘本尤为精细全备。周汝昌先生誉之"工细数倍于一般常见的上品红楼画,令人赏玩不置,堪称珍品"①。

《红楼梦》孙温绘本现藏于辽宁旅顺博物馆。2004年9月,我国国家博物馆公开展出孙温的画作,使其声名大盛,作家出版社印行出版了《清·孙温绘全本红楼梦》。绘本为工笔彩绘绢本大幅,推篷装,二十四册,其中一册为十开空白页,其余二十三册每册十开,共计二百三十开画面,无题签,无题跋。据考证,此绘本由

---

① 刘广堂主编,孙温绘,周汝昌题诗:《清·孙温绘全本红楼梦》,作家出版社2004年版,第231页。

孙温和孙允谟两位民间画师联合绘制,自大约同治六年(1867)着手酝酿,至光绪二十九年(1903)大体完成,前后历时三十六年之久。孙温绘制前八十回、第八十一回三幅中的一幅以及第一零九回至一百一十二回的七幅,共计一百六十一幅,孙允谟绘制首册首开《石头记大观园全景》以及后四十回中的剩余部分,共计六十九幅,所以此绘本是以孙温为主、孙允谟参与的孙氏合绘本。孙温所绘部分取景较为开阔,人在景中,青绿色调,人体比例修长,刻画精细;孙允谟所绘部分取景较窄近,以人物为主,赭石色调,刻画较质朴。[1] 两位画者绘图风格虽差异明显,但绘本作为整体,显示出了非常自觉一贯的叙事意识,力图将《红楼梦》小说故事加以最大限度的图绘。

《红楼梦》孙温绘本具有强烈的叙事意识,既表现在单一情节场景的营构方面,也表现在系列情节场景的组构方面,既显示出对文本情节的"实录"精神,也显示出自身的理解与创造性。其叙事追求,在突显小说情节维度的同时,与小说中其他维度的价值之间也存在着张力。这都是研究《红楼梦》孙温绘本时需要注意的问题。

一、 单一情节场景的营构

绘画是将"瞬间永固"的艺术形式,只能于丰富的事件流中选取一个瞬间加以呈现。孙温擅长选取某一事件中元素最为富集的"顷刻",将其中人物细节加以精细摹绘,以实现与相应文段之间的密实"锚定"。

如《王凤姐接风迎贾琏》一图[2],对应《红楼梦》第十六回相关内容,贾琏应贾母之命送黛玉回苏州办理完林如海丧事回至家中,王熙凤虽忙于协理宁府秦可卿丧仪,也拨冗接待贾琏,夫妻二人于内室叙话。这一事件情节性并不强,孙温本着"求全""实录"的精神,选取了此过程中人物最多的一个时刻加以图绘:画面右部以王熙凤为中心,王熙凤坐于炕上,一旁脚踏上贾琏乳母赵嬷嬷请托她为两个儿

---

[1] 相关内容可参考刘广堂:《清·孙温绘全本红楼梦》序言;许军杰:《从孙温、孙允谟合绘〈红楼梦〉画册的命名谈画册的著作权问题》,载《曹雪芹研究》2021年第2期。

[2] 如未特别说明,本节所引《红楼梦》图例皆出自刘广堂主编,孙温绘,周汝昌题诗:《清·孙温绘全本红楼梦》,作家出版社2004年版,不一一加注。

子寻差事,面前立着王夫人打发来的人正请她过去议事,她端着漱口杯准备漱完就走;画面左部以贾琏为中心,贾琏才漱了口,平儿捧着盆盥手,贾蓉、贾蔷到来,一是奉贾珍之命请贾琏去议事,二是为贾蔷谋采买女伶等差事;画面中部立着贾蓉,暗暗求王熙凤说情,王熙凤一面说下了这事,一面把赵嬷嬷两个儿子派给了贾蔷差使,周全了所有事情。①图绘选取的这一场景,人物最多,人物间互动关系最丰富,人物的动作细节也刻绘精细,颇为用心。

又如《秦鲸卿天逝黄泉路》一图,情形十分相似,摹绘宝玉惊闻秦钟病重垂危,急忙携李贵、茗烟赶去探视的情景:"蜂拥至内室,吓的秦钟的两个远房婶娘、嫂子并几个姐妹,都藏之不迭";宝玉忍悲近前,"见秦钟面如白蜡,合目呼吸,展转枕上""连叫了两三声,秦钟不睬";秦钟魂魄已离体,忽听见"宝玉来了",央神差放他回去说一句话再走;判官问知这位朋友是宝玉,"先就唬慌起来,忙喝骂那些小鬼",众鬼"也都忙了手脚"。一个场景之中,集"宝玉呼唤秦钟""女眷躲避一边""云雾引出幻景""鬼判骂小鬼"等全部情节内容和相关细节。

再如《荣国府宝钗做生辰　听曲文宝玉悟禅机》一图,对应小说第二十二回,宝钗生辰点戏,投贾母之好点一出热闹戏"山门",宝玉颇有微词,宝钗为他讲解"寄生草"一曲好处,宝玉深为叹服,黛玉出言讥讽。画面将陈设、排场甚至戏台情状俱加细描,宝玉、宝钗、黛玉三人间微妙又紧张的关系也得以突显。《众姊妹进住大观园》一图,对应小说第二十三回,贾妃嘱咐贾政勿让大观园空置,要宝玉与众姐妹一同入内居住,贾政命宝玉到他书房训话。文中描述很具体形象:宝玉前往贾政处,一步挪不了三寸,蹭到这边来。可巧贾政在王夫人房中商议事情,金钏儿、彩云、彩霞、绣鸾、绣凤等众丫鬟都在廊檐底下站着,一见宝玉来,都抿着嘴笑他。金钏一把拉住宝玉,悄悄说道:"我这嘴上是才擦的香香甜甜的胭脂,你这会子可吃不吃了!"彩云一把推开金钏儿,笑道:"人家心里发虚,你还怄他!——趁这会子喜欢,快进去罢。"宝玉只得挨门进去。对读可见,人物、方位、动作、神情,图绘皆如实传达。

值得进一步注意的是,孙温在单一情节场景图绘中体现出来的叙事意识,不

---

① 本节关于《红楼梦》相关内容的引用或转述,皆取自曹雪芹、高鹗著:《红楼梦》,人民文学出版社 1974 年版,不一一加注。

仅停留在大容量、多细节这个层面，他常选取相关人物齐集的瞬间，这一喜好背后其实是对戏剧性的追求。如宝玉探病宝钗，二人互赏所佩宝玉、金锁时，屋外黛玉正缓缓走来；"林黛玉俏语谑娇音"一节，宝玉只顾和黛玉、湘云一处打闹，不远处袭人正对此深感忧虑；"蒋玉函情赠茜香罗"一节，宝玉和蒋玉函互赠腰带，薛蟠在转角处偷看；史湘云和翠缕在园中论辩阴阳，偶拾金麒麟，正在出神，宝玉正好走来；"俏平儿情掩虾须镯"一节，窗内平儿和麝月正说坠儿偷镯子一事，宝玉在墙外跟听；"痴公子杜撰芙蓉诔"一节，宝玉作芙蓉女儿诔祭晴雯，黛玉躲在石后偷听。如此等等，不胜枚举。这一"听壁根"式组织方式实为一种突显戏剧性的有效策略。

二、 系列情节场景的组构

孙温绘本的叙事意识，除了上述的在单一场景的静态表达中有所追求外，还表现在用系列组图的形式，通过对关键节点的描绘去追摹事件的完整情节线。如《金寡妇贪利权受辱　张太医论病细穷源》一图，对应小说第十一回，大闹书房事件之后，贾璜妻金氏到宁府欲告状，不想秦可卿病重，贾珍夫妇忧心无暇旁顾，金氏倒不好开口。画面近端两个场景即摹绘金氏听贾珍夫妇诉忧以及看张太医论病开方。值得注意的是，画面右后部高树密叶间草屋小窗中还有一个场景：金荣母正将学堂受欺之事告诉小姑金氏，这正是后续情节的起始。孙温不忘摹绘这一节点，正是其讲求来龙去脉、首尾俱全的意识使然，且如此"隐秘"式构图亦与"密谋""挑拨"类情节风格契合。类似的再如《魇魔法叔嫂逢五鬼　通灵玉蒙蔽遇双真》一图，对应小说第二十五回，画面中后部山石树木掩映，后面一个小窗内正发生的是赵姨娘问计马道婆，右前部屋内、屋外分别是宝玉、王熙凤受诅咒陷入痴呆癫狂，左部则是贾政求助一僧一道。三个场景，或隐秘或开阔，有主有从，以点带线，生动摹绘了小说中此段事体。

孙温擅长将短时程事件细说，将长时程事件概说。如小说第十七回叙及宝玉随贾政游大观园题诗得到肯定，小厮讨彩将其所佩饰物一抢而空，黛玉误以为自己赠给宝玉的荷包也在其列，赌气回房将做了一半的香囊绞破，后经宝玉解释哄转，二人和好。小说中这一非常集中的情节段落，孙温在前后两幅图中择取五个节点去摹绘：前图自右前向左后由轩、窗、围墙隔出三个场景，分别是：书房内贾政和清客闲叙,书房外小厮抢彩;贾母处袭人发现饰物全无,黛玉倾身细看神情惊诧;黛玉一怒回房绞破香囊,宝玉从衣内解出荷包,黛玉愧悔无言。后图两个场景,右侧窗内宝黛和好,宝玉重新戴上荷包,中部宝黛二人出门去王夫人上房,正巧遇到宝钗等。这一短时程事件,孙温摹绘得可谓精细绵密。

孙温图绘将长时程事件概说者,如小说第十二回讲述贾瑞调戏王熙凤,遭王熙凤几番算计至死的完整过程。《王熙凤毒设相思局 贾天祥正照风月鉴》一图右部一栋臆造的建筑里其实叠合了两个场景,室内正发生的是王熙凤假应夜会,诱贾瑞进屋,贾瑞被贾蓉、贾蔷捉住,罚写借条;室外是贾瑞蹲在过道等清晨开门好逃走,却被淋了一桶粪便;画面左部是贾瑞病重仍执迷不悔,正照风月鉴致死,贾代儒命人架起火来欲烧毁风月宝鉴,跛足道人忽又现身抢了宝鉴飘然离去。一幅图中几个关键节点,便把历时数月的情节线轮廓完整勾勒,可谓高明。

三、 图绘的创造性处理

图绘通常以小说文本为依据,孙温绘本的实录意识就很强,但图绘与文说毕竟不是同一种媒介叙事方式,绘者个体化理解和表达的成分始终存在。这表现在图绘对文意的填补、图绘视角的选择,以及多事件拼合带来的表意增值等方面。

图绘对文意的填补指的是对小说中未明言之处,图绘者可以有出于自身理解的直观呈现。如小说第七十五回"开夜宴异兆发悲音",叙贾珍居丧,竟常聚赌饮酒行乐。中秋前夜,在会芳园丛绿堂设家宴。将有三更时分,贾珍酒已八分。大家正添衣饮茶,换盏更酌之际,忽听那边墙下有人长叹之声。墙外四面并无人居住,又紧靠祠堂。一阵风声,恍惚闻得祠堂内槅扇开阖之声,大家心内惊恐。次日一早,贾珍带领众子侄开祠堂行朔望之礼,细查祠内,并无怪异之迹。礼毕,仍闭上门,看着锁禁起来。文中从未明言这声叹息来自祠堂,而图绘中却用云雾引出着朱衣冠冕的祖宗形象,应是图绘者想借此突显贾珍一干行径之玷祖背德。

图绘视角选择的个性化指的是对小说中全知视角叙述的事件,图绘者可设计独特的视角加以选择性呈现。如小说第三十六回"绣鸳鸯梦兆绛芸轩",叙及宝钗来怡红院寻宝玉说话,宝玉正在午睡,坐在身旁的袭人做针线乏了想出去走走,便请宝钗略坐坐;宝钗见活计鲜活可爱,不留心坐到袭人刚才位置替她做了起来;不想黛玉过来,隔窗纱看见了这一幕,招手叫湘云来看。孙温图绘时并未选择"内景",即展现室内宝钗坐在宝玉身边做针线的场景,也未选择"全绘",即通过打开的轩窗同时展现屋内宝钗、宝玉,屋外黛玉、湘云的两个场景(如前所述,孙温很擅长这样设计);而是选择很真实的门外视角,只呈现黛玉隔窗而望,转头招呼湘云过来。这样处理虽"损失"了明场容量,却有引起悬念的效果。又如小说第四十七回,叙薛蟠痴缠柳湘莲,被诓到郊外遭一顿苦打,《呆霸王调情遭苦打 冷郎君惧祸走他乡》一图,左后部仅以两匹马系在郊外树边,暗示是野外发生的事件。视角的自限和信息的扣留有时会起到独特的叙事效果。

多事件拼合带来的表意增值指的是绘画这种空间艺术将不同事件并置在同一空间场域,从而产生不同于小说线性叙事的奇特效果。如《贾元春才选凤藻宫 林黛玉却赐苓香串》一图,右部是贾政跪接元春加封宣谕,左部是黛玉轻掷北静王赐赠。这两个场景并列对举,黛玉清高不从俗的性格得到突显。另如《情中情因情感妹妹 错里错以错劝哥哥》一图,中前部是宝玉挨打后黛玉悄悄去探视,黛玉哭得眼肿如桃;左后部是宝钗也信宝玉挨打与薛蟠告发有关,便告诉母亲,薛蟠喝酒回来受冤大闹,对宝钗出言不逊,宝钗转脸流泪;右后部则是黛玉思量有父母兄弟的好处,伤心流泪,命将鹦哥挂在廊下解闷。三个场景并置,观者能通过类比,感受到黛玉、宝钗对宝玉都堪称用心有情,也能通过对比,感受到黛玉的孤苦。

四、 叙事追求与情境的失落

《红楼梦》这样的小说,绝非以情节为中心的叙事作品,其大旨谈情,情味、情境是其核心和统摄性的价值维度。孙温绘本对叙事容量的追求,不可避免会带来情境的损失。《红楼梦》中诸多经典情境,几乎都因为事件元素的"拥挤"而失了味。

"黛玉泣残红"一节,在小说描述中相当幽怨凄美,且以篇幅不短的《葬花词》加以渲染。而在《埋香冢黛玉泣残红 花园中暇游观鹤舞》一图中,中前部是宝钗、黛玉看鹤,探春拉宝玉石榴树下说话;右侧是小红当李纨面向凤姐汇报事情。"黛玉泣残红"一幕仅居画面左侧远端,空间的局促必然导致意境的丧失,且这一幕采取孙温擅用的"听壁根"式构图,虽小说中确有宝玉听黛玉泣诉一事,但这样处理客观上把最低限度的注意力也从情境转到事件上去了。类似的还有《牡丹亭艳曲警芳心》一图,黛玉路过,听见墙内女孩子们唱《牡丹亭》曲文,引起身世之悲,心痛神驰。绘本中将"林黛玉暇游听悲曲"与"宝玉问病至宁国府""醉金刚轻财尚义侠"(贾芸、倪二事)、"痴女儿遗帕惹相思"(贾芸、小红事)四个场景并列于一图,黛玉听曲居于右侧远端,且为追求叙事容量,捎带画上了香菱走来找她。《凸碧堂品笛感凄清　凹晶馆联诗悲寂寞》一图,描绘中秋赏月,黛玉对景伤怀,湘云拉她去凹晶馆联诗遣怀,"寒塘渡鹤影,冷月葬花魂",情境幽冷凄清。孙温同样用了"偷听"式构图,绘山石后妙玉探出头来。小说第四十二回,叙黛玉与宝钗的情感转变:因黛玉行酒令时情急说出了戏文曲词,宝钗将黛玉叫至房内,悉心教导,黛玉改变了对宝钗的成见,二人从此亲密,此节在小说描述中甚有情味。而《刘姥姥醉卧怡红院　蘅芜君兰言解疑癖》一图,将之与刘姥姥醉入宝玉房间这一村俗滑稽场景并置,且让轩门大开,毫无避人私语的意味,门外素云正欲进来传话说李纨请他们去议作画事。小说中温厚的情味,被叙事挤压破坏无余。

综上所述,《红楼梦》孙温绘本有着强烈的叙事意识:在单一情节场景的营构方面,他擅长选取某一事件中元素最为富集的"顷刻",将其中人物细节加以精细摹绘,并使用"听壁根"式构图方式突显场景的戏剧性;在系列情节场景的组构方面,孙温以关键节点的描绘去追摹事件的完整情节线,擅长将"短时程"事件"细说",将"长时程"事件"概说"。在追求"实录"的同时,孙温图绘也有着创造性的处理,这主要表现为图绘对文意的填补、图绘视角的选择,以及多事件拼合带来的表意增值。然而,需要注意的是,孙温绘本对叙事容量的追求,也不可避免地导致了情味与情境的损失。

第六节　花部戏与戏曲年画

丰子恺曾在《深入民间的艺术》一文中说:"据我观察,最深入民间的只有两种艺术,一是新年里到处市镇上贩卖着的'花纸儿',一是春间到处乡村开演着的'戏文'。一切艺术当中,没有比这两种风行地更普遍的了。"[1]此处"花纸儿"指年画,

---

① 丰子恺:《艺术漫谈》,岳麓书社 2010 年版,第 93 页。

即年节期间张贴于门窗、室内墙壁等处以避祸祈福的有装饰性、趣味性的一种图画形式;而"戏文"主要指"花部"戏,即清中叶以后盛行于民间的以方言入唱的地方戏。

乾隆中叶以后,随着中国社会经济文化的重要转变,商业性戏馆、戏屋大量出现,为迎合市民趣味、提高卖座率,热闹有趣、雅俗共赏的花部戏倍受青睐,发展迅速;加上历代掌权者,特别是乾隆、咸丰、慈禧的个人喜好,花部戏得以从乡村走向城镇甚至宫廷,其自身也有意取法雅部昆曲,不断提升自我,最终成为席卷全国上下的最为流行的艺术形式。其巨大的文化影响力,辐射并影响了其他各类民间艺术形式,其中自然包括民间普遍盛行的年画,于是出现了大量表现戏曲故事与戏曲演出的年画。我国民间年画遍布二十多个省市自治区,各有风貌,尤以天津杨柳青、苏州桃花坞、山东杨家埠、河北武强、四川绵竹最为声名显赫。现存戏曲年画都是清代作品,已经构成具有内在系统性,又自成系列的历史图像史料资源库,是清代戏曲图像的重要组成部分,具有重要的研究价值。

戏曲年画有两种类型:一种是戏曲故事年画,表现戏曲故事而无戏曲扮相,更无戏台背景。这类年画多出现于清代早期,当时根据戏曲演出场景作画的风气尚未形成。如清康熙年间苏州年画《桃花记·崔护偷鞋》①,表现的是明传奇《桃花记》中的一个场景,才子崔护藏在佳人庄慕琼身后以避来访者之耳目。此画所绘虽为戏曲故事内容,但人物造型与故事场景皆非戏曲戏台样貌。这类年画数量较少。另一种可称为戏曲演出年画,表现戏曲故事,有戏扮人物与戏台场景、戏扮人物与生活实景两种组合方式,无论哪种,其人物扮相、道具与身段形态,都有非常鲜明的戏曲特征。这类年画数量很多,与戏曲关系密切,故而作为本节主要研究对象。

清代戏曲演出年画,按其与戏曲的关系,可分为三种类型:一是戏曲人物年画,二是单幅戏出年画,三是连环戏出年画。以下分而论之。

---

① 《桃花记·崔护偷鞋》,尺寸不详,清康熙年间作品,墨版套色敷彩,画店不详,大英博物馆藏。图像来自冯骥才主编:《中国木版年画集成·桃花坞卷》,中华书局 2011 年版,第 287 页。本节所引年画图像,若无特别说明,皆来自此书相关地域卷,不一一加注。

一、 戏曲人物年画

戏曲人物年画是指专意展现戏曲人物造型,没有特定情节的戏曲年画作品。如苏州年画《八大锤》①,画面中有五位英雄人物,皆戴翎毛,插靠旗,穿盔甲,手持兵器,全套京戏武将扮相,姿态则是武将台上亮相的典型身段动作。画面上部题有标题"八大锤",画中英雄人物的兵器,居中者用红缨枪,其余四位皆用双锤。结合标题及标志性兵器,人们能够迅速识别出所绘人物为北宋名将岳飞及帐下四名用锤大将:金锤将岳云(擂鼓瓮金锤)、银锤将何元庆(八棱梅花亮银锤)、铜锤将严成方(青铜倭瓜锤)、铁锤将狄雷(镔铁轧油锤)。画中人物来自当时流行的岳飞戏,但不指向任何特定情节,戏中也并无这五位英雄同台亮相的场景,此画兴趣点全在绘制经典戏曲人物造型。

清代年画中这类戏曲人物造型图,多取地方戏中流行的历史演义、英雄传奇中的经典人物,其故事代代流传可谓妇孺皆知,其主题一般是除暴安良、惩恶扬善,人物多为武角,造型鲜明,姿势夸张,可谓装饰性、趣味性、感染力皆强。所以这类年画十分盛行,出现了很多系列造型和全员造型。如四川绵竹年画中的《水浒人物》图②,为斗方门画,一套共十八对,每对由六个水浒人物组成,共计一百单八将。画作对每一位英雄进行了精细绘制,无论男女、文武,其穿扮、妆容、神情,以及"亮相"姿势,皆是清代花部水浒戏演出样貌。苏州年画《忠义堂》③图绘水浒人物,忠义堂即是梁山泊好汉结拜聚义的大堂。不同于绵竹斗方系列图,这幅年画将众多英雄集于一图之中,标注人名,角色皆按晚清京剧行头,穿戴齐整,姿态各异,颜色鲜明,颇为醒目。

其他如以杨家将故事为题材的有苏州年画《杨家女将征西》④,取材自杨家将故事传说《十二寡妇征西》《百岁挂帅》等。佘太君虽屡受奸臣排挤,但面临西夏入

---

① 《八大锤》,桃花坞年画,四开,36.2厘米×53.6厘米,清晚期,单色墨版,吴太元画店,高福民收藏。
② 《水浒人物》,斗方,手工彩绘,清代,52厘米×34厘米,制作店铺不详,绵竹年画博物馆藏。
③ 《忠义堂》,桃花坞年画,四开,29厘米×48厘米,清末作品,墨版套色,姑苏王荣兴溶记画店。阿英原藏,现藏于苏州桃花坞木刻年画博物馆。
④ 《杨家女将征西》,桃花坞年画,四开,29厘米×48厘米,清晚期作品,墨版套色,姑苏王荣兴溶记画店。阿英原藏,现藏于苏州桃花坞木刻年画博物馆。

侵,深明大义,以百岁高龄亲自挂帅,率杨家女将出征,取得胜利。传统的忠勇主题,加上女性英雄,使此年画深受民间大众欢迎。画面以佘太君为中心,两排女将头戴翎毛绒球,身披亮色披风,雁翅状排开,呈围拱之势,战袍下金莲尖小,有着独特的阳刚与阴柔并济之美,突显了民间趣味。另有小校场年画《杨老令婆挂帅女将征西》,也是杨门女将戏曲人物造型图,构图虽不完全一样,形态意趣皆相似。再如以隋唐英雄故事为题材的苏州年画《隋唐英雄大会贾家楼前本》《三十六条好汉结金兰后本》①,取材自《隋唐演义》,为庆秦琼之母六十大寿,三十六条好汉会聚贾家楼,歃血为盟,义结金兰。前后本各绘十八好汉,脸谱、装扮、造型、兵器皆按戏台规制精细刻画,姓名逐一列出,务求准确全备。类似题材被各地年画反复摹绘,如此等等,不一而足。

二、 单幅戏出年画

单幅戏出年画指的是绘制一出戏中某个情节场面的戏曲年画作品,这是清代戏曲年画中数量最多的品类,它又分为两种类型:一种是狭义的戏出年画,即画中人物为戏台扮相,道具、布景也是舞台样式;另一种则是戏台扮相的人物活动于生活场景之中,可称为广义戏出年画。

狭义戏出年画堪称舞台实录。如杨柳青年画《清河桥》②,讲战国时期,楚庄王领兵出征到东湖,手下令尹斗越椒起兵反叛;为减少楚国内部残杀,楚庄王的神射手养由基与斗越椒隔河比箭,一箭射死斗越椒,并赦免了其他叛军;所以将士们称这座桥为"请和桥",后改名为"清河桥"。画面布景是戏曲舞台传统的一桌二椅,主要人物皆全套武将装扮,楚庄王在高台(桌)上擂鼓助阵,养由基与斗越椒分列左右河岸(椅),搭弓射箭。这一场面是这出戏中戏剧性最强的节点,人物、场景则完全是当时的戏台实况。再如桃花坞年画《拾玉镯》③出自京剧《法门寺》,写富家子弟傅朋与小家碧玉孙玉娇之间的情感故事。画面所选场景是:傅朋故意将玉

① 《隋唐英雄大会贾家楼前本》《三十六条好汉结金兰后本》(对),四开,30厘米×49厘米,清末作品,墨版套色,王荣兴溶记画店,苏州桃花坞木刻年画社收藏。
② 《清河桥》,杨柳青年画,贡尖,107厘米×61.9厘米,清代作品,齐健隆画店,天津博物馆收藏。
③ 《拾玉镯》,桃花坞年画,八开,25厘米×28厘米,清晚期作品,墨版套色,王荣兴溶记画店。苏州图书馆原藏,现藏于苏州桃花坞木刻年画博物馆。

镯委于地上,孙玉娇羞怯欲偷拾玉镯,一旁看破二人情意的刘媒婆也欲用烟斗钩取玉镯。这一场景的戏剧性很强,傅朋与孙玉娇,一个欲擒故纵,一个欲拒还迎,二人与刘媒婆之间,一方欲掩饰,一方欲试探,但三方皆希望和美如愿,可谓既紧张又美好。画面场景更是将舞台实景都绘制了出来,包括戏台结构、上下场门以及台口红漆柱上张贴的两块戏牌。这都反映了这类戏出年画对戏剧性和舞台造型的双重迷恋。

广义戏出年画则将戏扮人物置于更为灵活的非戏台背景之中。如桃花坞年画《孙悟空大闹天宫》①,画面描绘孙悟空大战天兵天将,主要人物辨识度很强,与孙悟空正面对战的是杨戬携哮天犬、李天王、哪吒等,画面左上部还有急忙赶来的观音菩萨与太上老君。武角人物的扮相、神情、身段都来自戏台,但不是戏台布景,而是脚踩祥云,以配合天宫大战的剧情需要。另如桃花坞年画《唐僧女人国招亲》②,叙唐僧途经西梁女国遭遇逼亲的故事,画面由近及远分为三层,近景是唐僧被女儿国国王拘在车娇内,面露无奈之色,女王则面向唐僧,柔情劝慰;车娇前方,猪八戒与沙和尚分别被两个女使夹持前行,且行且回头望向唐僧。中景是沿路看热闹的女儿国子民,有在子母河船上惬意观看的,也有在阁楼里开窗观看的。远景则是孙悟空在昴日星官助力下收复琵琶洞蝎子精的情景。主要人物唐僧、女王、孙悟空、沙和尚、蝎子精等,都是明显戏扮,场景则完全不是舞台布景,画中是实景的地面、车娇、房屋、树木、河流、船只和虚景的祥云,以及为点明身份出现的大公鸡与蝎子真身,这些都是根据叙事需要而灵活设置的。这类年画在保留戏曲人物造型特点的同时,叙事性和表现力更强。

三、 连环戏出年画

连环戏出年画指的是一张年画中分区域描绘多个情节场景,构成一个相对连贯的全本戏图绘。如上海戏曲年画《连环计》③,故事出于《三国演义》,叙董卓专

---

① 《孙悟空大闹天宫》,桃花坞年画,四开,27.5厘米×47.3厘米,清末作品,墨版套色,画店不详。苏州图书馆原藏,现藏于苏州桃花坞木刻年画博物馆。
② 《唐僧女人国招亲》,桃花坞年画,四开,28厘米×48厘米,清末作品,墨版套色,姑苏土荣兴浴记画店。阿英原藏,现藏于苏州桃花坞木刻年画博物馆。
③ 《连环计》,小校场年画,55厘米×32厘米,清末作品,彩色套印,上海筠香斋出品,上海图书馆藏。

权,王允忧国而与歌姬貂蝉定下连环计,将貂蝉先许婚吕布,又献于董卓;吕布与貂蝉私会凤仪亭,被董卓撞见,二人反目;王允机智激吕布刺死董卓。这幅年画分为四格,每格绘制一个情节点,标题依次为"替主忧貂蝉拜月""连环计王允献美""凤仪亭董卓掷戟""逞私心吕布刺义父"。这四个情节点的选择很有眼光,恰为故事起承转合之关键节点,文武动静,一来二去,清晰利落,十分简明有力。每个小画幅的构图布局、人物形态也颇有造型美感和传神之处。

连环戏出年画为求叙事容量,有时会划分出更多叙事区域。苏州桃花坞年画中即保存了很多此类连环戏出年画,如《玉麒麟》①选取了六个情节场景,描绘《水浒传》中玉麒麟卢俊义的故事。《武十回》②选取了十个情节场景,描绘武松的故事。《金枪传杨家将前后本》③共计十六幅图:前本八幅,描绘杨大郎兵困幽州、杨二郎短剑自刎、杨三郎马踏军中散、杨四郎中计遭番兵擒、五郎出家、杨老令公别驾、七郎遭乱箭、老令公碰死李陵碑;后本亦八幅,描绘杨六郎告御状、八娘用计、延德大破番兵、大闹陈家庄、宗宝受书、宗宝遇穆桂英、穆桂英兵助佘太君、神仙救驾。④ 连环戏出年画有时不以格线划分区域,而将众多情节场景随势分布在亭台楼阁、花草树木之中,婉转自然。在苏州早期戏曲年画中,《墨浪子全本西厢记》《十友斋全本西厢记》《新镌全本西厢记》等均如此。这类连环戏出年画显示了对情节性的强烈追求,人们可注目于具体某个情节,亦可连续欣赏整个故事,如同把一出在不同时间演进的全本戏,并置在这些叙事图像之中。

清代花部戏曲与戏曲年画之间紧密互动,戏曲故事的流行为年画提供了源源不绝的内容题材,戏曲表演的舞台形式,更为年画提供了最容易被民众接受的形式创意;与此同时,戏曲年画作为一种直观的图像资料,记录了当时戏曲剧目、脚色扮相、道具布景、演出情况等方面的重要信息。通过戏曲与年画的对读,我们可以更加深入地理解民间文艺之间互动交流的鲜活状态。

---

① 《玉麒麟》,桃花坞年画,32厘米×53厘米,清末作品,单色墨版,画店不详,阿英收藏。
② 《武十回》,桃花坞年画,28厘米×48厘米,清晚期作品,线版,王荣兴溶记画店,高福民收藏。
③ 《金枪传杨家将前后本》,桃花坞年画,29.5厘米×50.5厘米,清晚期作品,墨版套色,王荣兴溶记画店。阿英原藏,现藏于苏州桃花坞木刻年画博物馆。
④ 冯骥才主编:《中国木版年画集成·桃花坞卷》,中华书局2011年版,第364页。

第七节　白蛇传故事图像

白蛇传故事是流布广泛、影响深远的中国民间传说之一。经历世代积累,至清乾隆三十六年(1771)方成培的水竹居刻本《雷峰塔传奇》出现后,最终定型,之后在弹词、宝卷等民间说唱中一直盛行。其在流传过程中不断衍生出丰富多样的图像,文图相得益彰,形成了一道独特的风景。

从图像类型来看,清代白蛇传故事图像主要包括文学刊本插图和民间工艺美术图像,尤其是年画。清代白蛇传文学刊本插图主要有玉花堂主人编撰的章回体小说《雷峰塔奇传》和陈遇乾编撰的弹词唱本《义妖传》系列刊本所附插图,这两种文学作品在内容风格与观念旨趣上有所不同,刊本插图作为与文字叙述共享同一文本语境的图像形式,对这种不同有着灵敏的反映,但也因刊行者的观念差异而存在与文字叙述之间的张力。白蛇传年画是以白蛇传故事为背景而独立呈现的民间图像形式,有着鲜明多元的民间特征。在此将以文图细读的方式,对这三类有代表性的白蛇传图像加以解析,对上述观点加以阐发。

一、 章回体小说《雷峰塔奇传》插图

玉花堂主人的《雷峰塔奇传》共五卷十三回。章回体小说结构规整,回目是其主要内容及组织方式的直观体现,现将《雷峰塔奇传》回目标题列出,以便考察刊本插图的情节覆盖情况。

第一回:谋生计娇容托弟　　思尘界白蛇降凡;

第二回:游西湖喜逢二美　　配姑苏获罪三千;

第三回:吴员外见书保友　　白珍娘旅店成亲;

第四回:白珍娘吕庙斗法　　许汉文惊蛇殒命;

第五回:冒百险瑶池盗丹　　决双胎府堂议症;

第六回:狠郎中设计赛宝　　慈太守怀情拟轻;

第七回:巧珍娘镇江卖药　　痴汉文长街认妻;

《雷峰塔奇传》系列刊本多有插图,图版前后多承袭,最为典型全备的是嘉庆十一年(1806)刊本,现藏于天津图书馆。此版于目次之后、正文之前,有情节图十六幅,每图有四字标题,依次为游湖借伞、赠银缔盟、驾云寻夫、匹配良缘、露相惊郎、盗草救夫、穿戴宝物、二妖开铺、贪色求欢、友朋游玩、水淹金山、遣徒雪恨、金盂飞覆、瓶收青蛇、化尼治颠、脱罪超升。将小说回目与插图标题对比可知,除第一回外,其余十二回皆有对应插图,少则一图,多则两图,堪称细密全备。

再看文图对应情况。插图有与小说文字叙述对应者,如"赠银缔盟",讲许仙借取伞之由寻至白珍娘住处,白氏设酒菜款待,席间自托终身,并让小青取两锭白银过来,亲赠许仙以打消他窘迫之虑;图绘白氏与许仙对坐桌前,小青手捧银子走来。又如"匹配良缘",文中表述简略,"二人拜堂后,同入香房,当晚成亲,恩爱异常";图中许仙、白氏着吉服并坐,小青立侍一旁,三人皆含笑相望。再如"二妖开铺",讲许仙因展示盗来宝物而获罪发配镇江,白青二人寻来,在许仙寄身的徐员外药铺不远处重开保安堂;图绘许仙邀徐员外一同来看,果然又是二妖,破口便骂,白氏流泪解释,小青从旁劝和,符合小说描写的情节。复如"贪色求欢",讲徐员外贪慕白氏美色成疾,徐氏夫人以赏花为名骗白氏入房间,自己借故出门并将门锁好,助其夫成就好事,文中描述为,徐员外走到跟前,双膝跪下,向白氏求欢,白氏双手扶起,与之周旋;图中所绘正是内室场景,徐员外跪地,白氏正弯腰伸手,还特写门栓插紧,虽不符合逻辑,但强调细节之意甚明。

然而,插图与小说文字叙述并不全然对应者居多,有些是细节不符,有些则是整体不符。

细节不符者,如"游湖借伞",文中描述为三人离船登岸,许仙见细雨未停,主动把伞递给小青,以便遮小姐回府;图上的空间位置则是许仙居右、白氏居中,许仙欲递伞，白氏伸手欲接，二人脉脉对视，小青则持扇立于最左端，且身形最小，这样处理显然是为了突显许、白二人及其情感关系。又如"驾云寻夫"，讲许仙因白氏赠银为失盗库银而获罪发配苏州，白氏主仆寻来解释重聚；图绘许仙、吴员外二人坐于药铺内，白氏、小青二人高架云端向下俯视。按小说叙述，二女驾云寻至时，药铺台前只坐许仙一人；二女走至店堂，汉文惊怒相骂，白氏哭诉时，则有旁边之人相劝；员外听见喧嚷才从里面走出，将三人带入厅内，并让夫人出来相陪；无论哪个环节，都没有许仙、员外在店中，白氏、小青在云头的场景。画面这样处理，也是删繁就简，突出主要人物、主要动作。再如"露相惊郎"，这是经典场面，讲端午节时许仙强灌白氏一满杯雄黄酒，致其现原形而被其惊死；图绘一白蛇从帐内探头吐信，许仙吓得跌坐地上以袖护脸，一旁小青惊惶无措。按小说叙述，端午节是蛇精的劫难，小青道行浅，白氏让她装病不出；小青听到前房惊叫，慌忙起身赶来时午时已过，许仙已被惊死，但画面的处理方式显然更富戏剧性和情感张力。复如"化尼治癫"，讲许梦蛟得知父母遭遇，病势沉重，观音化为道人赠药相救，文中迎出的是姑丈，而图中开门的却是姑姑，虽是细节，也显示了人物在刊行者心中的亲疏关系。另如"脱罪超升"，讲许梦蛟得中状元，西湖祭塔，法海奉佛旨放白氏出塔，一家团聚；画面发挥创造性，状元在祭桌前跪祷，法海、姑父母坐于一边，祭桌正对雷峰塔，塔底竟是身子镇于塔下只露出头颅的白娘子，而文中并非如此"镇"法，画面如此处理显然是为了更加直观形象。

　　整体不符者，如"盗草救夫"，讲白氏从南极仙翁处讨得仙草救许仙还阳之事；画面展示的是白氏与白鹤童子(二人真身蛇与鹤也显示在各自上方)酣战斗法，南极仙翁貌似赶来劝阻；小说叙述则是，白氏已得南极仙翁所赐仙草，但在返回途中，白鹤童子察觉妖气，追上大喝一声，白氏应声跌落，惊死在山下，鹤童飞身下来正待要啄，白莺仙童奉观音之命前来相救，念动真咒吹出真气，白氏才还魂醒来。这样的叙述有损白氏形象，刊本插图不予遵从。又如"瓶收青蛇"，按画面所绘，似乎是观音在用玉净瓶收伏小青，而小青亮出多把飞刀在负隅顽抗。然而，小说中并无这一情节。此前白氏被法海金钵罩住时，曾嘱咐小青回清风洞潜修，以求正果，小说中明确交代，小青遵照执行且终得正果。相关情节在弹词唱本《义妖传》中倒是有的，讲小青修炼十几年后出洞，竭力对抗法海，要毁塔救白氏出来，最终被法海用玉瓶收伏，观音出于怜悯，赶来将玉瓶连同小青一齐带走。此幅插图可能是从别处挪来的，刊本插图挪用的情况并不少见，《雷峰塔奇传》光绪十九年(1893)版本的插图即直接取自弹词唱本《绘图义妖全传》，连中缝题名与插图题目皆原封不动。类似如"水淹金山"一图，白氏形象旁标注"白云仙"，也未使用小说中对白氏的称呼，民间年画则多有使用。刊行者无论是挪用别图，还是根据自己的习惯观念创制与小说叙述相悖的图版，都能反映刊行者的相关意识，如对小青与白氏的情感认同。

由以上文图细读比较可见，刊本插图虽大体根据小说内容择取重要情节点加以图绘，但大多不是实录式图绘，而是将相关情节段落的主要人物和标志性元素进行富有创造性的排布，有时甚至不惜背离文字叙述，以突显刊行者的观念和趣味。

三、 弹词唱本《义妖传》插图

陈遇乾的弹词唱本《义妖传》共二十八卷五十四回，回目依次为：序像、仙踪、游湖、说亲、赠银、踏勘、讯配、逼丐、驿保、复艳、客阻、乱伙、开店、散瘟、赠符、斗法、端阳、现迹、盗草、复迷、婢争、聘仙、降妖、虑后、赛盗、惊堂、迷迁、恋唬、京叙、巧换、化檀、开光、水漫、姑留、二赏、降蜈、盘青、结账、产贵、成衣、惊梦、飞钵、镇塔、遗容、剪发、闹学、盘姑、哭塔、收青、逼试、见父、考魁、祭塔、仙圆。除"序像"指插图外，另外五十三回是实质性内容。与章回体小说《雷峰塔奇传》相比，弹词唱本篇幅增加很多，但基本仍是在传统情节主线上加以丰富渲染，如"逼丐"一回是对许仙发配到苏州时被逼乞讨惨状的渲染，"迷迁、恋唬、京叙、巧换"皆是对好色之徒陈不仁求欢、白素贞机智化解一事的敷衍。"镇塔"之前的"成衣、惊梦"与"镇塔"之后的"遗容、剪发"，则是对白氏母爱的渲染。诸如此类，回目沿主线与核心情节点聚合的板块性特征相当明显。

现存最早的嘉庆十四年(1809)《绣像义妖传》刊本，"序像"部分有情节图十六幅，每图有二字标题，依次为仙踪、游湖、说亲、讯配、复艳、开店、斗法、端阳、仙草、盗宝、檀香、水漫、产子、合钵、学堂、祭塔。对比可知，图绘所选取的节点，基本是白蛇传故事的经典大节点，这一方面说明了民众惯性的力量，另一方面也契合弹词唱本内容的组织实况。

然而,因为弹词唱本与前述小说叙事内容不完全相同,插图叙事也因此有所差异。主要表现为:一是对弹词中特有的情节加以图绘,二是在经典情节段落中选取不同情节点加以图绘,三是对相同情节点采用不同的图绘方式。

对弹词中特有情节加以图绘的,如"仙踪",对应弹词开篇对白素贞身份的叙述,章回体小说《雷峰塔奇传》中白珍娘只是清风洞修行的蛇精,无甚身份可言,插图也直接从游湖借伞这一世俗场景开始;但弹词中白氏虽为蛇精,但在蕊芝仙门下修行,奉金慈圣母之命下界报恩,身份还是大有不同的。弹词刊本选择白氏拜别师门、下界报恩的图像作为首图,既是时序逻辑使然,也有为白氏抬身份、正名分的目的。又如"复艳",对应的是小说插图"驾云寻夫",大体都讲许仙被发配到苏州,白氏携小青寻来重修旧好一事。但不同于小说叙述,弹词中白氏冒充官宦王锡章的外甥女,与小青住在王家空宅内,算定许仙路过时间,让小青候在路口;插图中小青一手指向宅内,一手扯住许仙衣服往里走,白氏则在楼上关切地往下探望,对应的正是弹词中创新的内容。[①] 再如"檀香",对应小说插图"友朋游玩",讲了许仙接触到法海的方式,小说中是许仙与徐员外同游金山寺,法海趁机进言,而弹词则是金山寺住持法海以上门化缘方式诱许仙入寺,白氏也在楼上不安探视;插图各自依循其刊本文字叙述加以描绘。复如"盗宝",对应小说插图"穿戴宝物",药行同业赛宝,为免许仙愁虑,白氏遣小青盗宝。小说中小青往梁王府偷盗,后案发牵连许仙,并无旁支。弹词中小青则去顾府偷取宝物,因前番与顾公子有情,还几度顾盼;插图即展现小青立于云头顾盼顾公子之情状,这一情节在民间接受度很高。

在经典情节段落中选取不同情节点加以图绘的,如"讯配",属于白蛇传故事中许仙因库银失盗案被发配到苏州这一情节段落,小说插图选取"赠银缔盟""驾云寻夫""匹配良缘"这三个情节点入图;而弹词则在"说亲"和"复艳"之间增添了"讯配"这一出图点,所绘是许仙堂上受审的场景:县官在伸手讯问,许仙在堂下跪求,衙役一旁持棒侍立,许仙姐夫则从中尽力周旋,与弹词叙述契合。又如"开店"

---

① 弹词中白氏并未从楼上探望,而是居于室内等待小青的消息。图绘常常不遵细节,前文已有论述,故相似情况不一一指出。

"斗法"，小说中没有相关插图，小说插图"匹配良缘"后直接是"露相惊郎"，而弹词中增添了"开店"以承上，绘白氏、小青帮助许仙在苏州打理保安堂，又增添"斗法"以启下，绘白氏与授灵符挑唆许仙的道士斗法的场面，后续从"端阳"到"水漫"到"合钵"可谓开始急转直下。再如，弹词在"水漫"与"合钵"之间添加了"产子"一图，绘白氏、许仙喜得麟儿；在"合钵"与"祭塔"之间添加了"学堂"一图，绘许梦蛟在学堂受同学讥讽；其实是强化白氏母子亲情这一情节线。上述情节点，在小说和弹词中都存在，只不过小说未将其提取出图，而弹词却着意图绘。"开店""产子""学堂"属于夫妻、亲子情意，有家庭伦理感染力；"讯配""斗法"则属于断案、神魔之类，富有戏剧性。弹词补充这些图绘点是符合民间趣味的。

对相同情节点进行不同方式的图绘，如"端阳"，对应小说插图中的"露相惊郎"，同是图绘端阳节白氏被许仙灌入雄黄酒以致现原形的情节，小说插图直接呈现白氏现出巨蛇真身吓坏许仙的场景，弹词插图呈现的则是此前"山雨欲来"的场景：许仙与白氏对坐，许仙在伸手力劝白氏饮雄黄酒，白氏弓腰伏于桌前摆手婉辞，小青则在稍远处紧张探望。熟悉故事的读者清楚，端午对许仙而言是节日，对白氏、小青而言却是劫难；出于姐妹之情，白氏让小青躲避，作为人妇，白氏情愿忍受不适与危险也要陪伴许仙；许仙劝酒是出于好意，白氏体谅其意，甚至也曲意沾了一些酒；怎奈后来许仙引逗白氏开口，然后将满杯雄黄酒灌入，导致白氏现形、许仙惊死这样的悲剧；弹词选取的显然是更具包孕性的"顷刻"。又如"祭塔"，对应小说插图"脱罪超升"，如前所述，小说插图将白氏绘成被压塔下、头颅露出的形象，虽表意直观，但较为可怖；弹词插图则用一缕祥云引白氏出塔，其纤细柔弱的身形升腾于云端之上，形象显然更加美好而有仙气。这些都显示了刊行者对白氏的情感认同。

通读小说与弹词文本，对比二者的插图，可以发现一种奇特的整体错位。《雷峰塔奇传》虽为小说，但出于文人之手，文词雅致，白氏虽为蛇精，但对小青有姐妹之义，对许仙有忠贞深情，对水淹金山时无辜丧命之人有深切忏悔，温柔善良，出言吐语、行事待人皆有闺秀风范。而《义妖传》是艺人的说唱底本，文词粗陋，白氏、小青二人妖性强烈，初见许仙，白氏在小青手心写"迷"字，命其拍入许仙胸口，方结下许仙对白氏的一世痴迷；后续几番款待许仙，包括成亲的婚宴菜食，皆是摄取人家坟头祭品;诸如此类,不一而足。然而考察这两种刊本的插图,不论绘刻精粗,单看旨趣,可以发现,小说刊本插图多次出现"蛇",而弹词刊本插图则皆以袅娜女子形态描绘白氏、小青,其添加的许多场景,也渲染了二者的重情重义。这与文学刊本的文图创作主体二元性相关,不同的创作主体会引入不同的观念,形成文学插图刊本的错位糅合。

三、 白蛇传故事年画

如上所述,刊本插图依附文字叙述而产生,尽管也有深刻的内部张力,但相较而言,与文字叙述的对应关系相当明确。白蛇传故事年画,从形态上看是独立图像,没有可以直接溯源的特定文字文本;历来的传说、小说、戏曲以及民间曲艺都是白蛇传故事民间观念的形成来源,这些来源在民间图像输出过程中都打上了鲜明的民间色彩,白蛇传故事年画就特别典型。

第一,白蛇传年画是承载民间祥瑞意识的祈福图。年画本身是以祈福为主要功能的图像体裁,而民间化用各种故事资源以契合祈福心愿的能力是强大的。中国传统的四大民间传说,牛郎织女、孟姜女、梁祝以及白蛇传故事,其实都有明显的悲剧性成分,但同时有着深刻的情感力量,故而都成了年画祈福的热门资源。白蛇传故事在流传过程中,白蛇、青蛇的妖性逐渐被人性所替代,成了贤良忠勇且有法力的超人女性,白蛇忠贞深情、帮夫旺夫、和睦家族、传宗接代,儿子是文曲星下凡、高中状元郎,使许仙那非富非贵的经商人家一下子跃迁上了俗世最高段位,并且最后双双列位仙班,实现了终极圆满。过程虽曲折,结果却是人人称羡。民间年画对白蛇传故事的经典场景呈现是全覆盖式的:白氏与许仙一线,代表夫妻和睦;白氏、小青对抗法海、道士以及世俗恶人一线,代表对幸福生活的捍卫和争取;状元祭塔一线,更是现实意义上的大团圆;所以百无禁忌,皆可入画,凡入画者,皆强化白氏、小青的英勇形象。对小青的爱重也是民间认同的一大表现,凡有白氏处一般都有小青,另外还出现了单独表现小青的年画场景,尤其是小青与顾公子的情感线得到了广泛关注。

第二,白蛇传年画是突显民间审美风尚的美人图。年画具有装饰作用,历史上有名的女性人物,无论是传说中的还是文学作品中的,年画皆乐于展示,如四大美人、崔莺莺、红楼众女子，等等。白蛇传故事以白氏、小青两位女性为主要人物，自然也承载了美人图的功能。如杨柳青年画《盗仙草》①，绘白氏、小青一齐对抗鹤童，守护来之不易的仙草的场面。该年画设色鲜亮，人物面容明丽，装扮精细，风姿飒爽。又如另一幅白蛇传年画②是游湖借伞、饮雄黄酒、水漫金山三个场景的融合。此为墨线年画，虽不上色，却极富线条美，白氏悠然游湖时体态柔婉，水漫金山时则身姿俏拔。无论是前者的浓墨重彩，还是后者的清丽白描，皆别具匠心。

第三，白蛇传年画是体现民间戏曲爱好的戏扮图。如前所述，自清中叶开始，戏曲成为民间最为流行的艺术形式，年画受其影响，普遍呈现出鲜明的戏扮特征。白蛇传故事中人物类型齐全，符合生旦与净丑戏扮特征的场景很多，故而戏扮特征非常突出。如在上述《盗仙草》《白蛇传》两幅年画中，白氏、小青二人皆戴渔婆罩，穿战衣战裙，披云肩，系腰带，水漫金山中的韦陀则是武将装扮。又如清光绪年间杨柳青年画《游湖借伞》③与《灵丹救夫　斩蛇去疑》④，除白氏、小青为戏扮外，男性人物许仙及船夫的化妆、穿扮、姿态也皆为戏扮。清代杨家埠年画《白蛇传》（裱褙之一）⑤则直接是狭义戏出年画，即人物、场景皆是戏台规格。

第四，白蛇传年画是满足民间故事需求的叙事图。民间有着强大的故事需求，历代传说与文学作品中的故事情节一直为年画提供着源源不断的图绘资源。白蛇传故事包含神魔与世情元素，类型丰富，情节曲折，白蛇传年画都是叙事图，除了有单幅表现经典场景的作品外，特别值得注意的是，还出现了非常多的连环式年画图像，突出体现了民间对白蛇传连贯故事的兴趣。连环式年画包括两种形式：一种是一幅图中融合多个故事场景，如上述杨柳青墨线年画《白蛇传》，又如清

① 杨柳青年画《盗仙草》（页尖），乾隆版后印，纵84.2厘米，横157.5厘米。见天津市艺术博物馆编：《杨柳青年画》，文物出版社1984年版。
② 参见王树村编：《杨柳青墨线年画》，人民美术出版社1980年版。
③ 清光绪年间杨柳青年画《游湖借伞》，纵32.5厘米，横59.5厘米。见天津市艺术博物馆编：《杨柳青年画》，文物出版社1984年版。
④ 清光绪年间杨柳青年画《灵丹救夫　斩蛇去疑》，纵36.5厘米，横59厘米。见天津市艺术博物馆编：《杨柳青年画》，文物出版社1984年版。
⑤ 清代杨家埠年画《白蛇传》（裱褙之一），纵62厘米，横23厘米，潍坊杨家埠年画研究所藏。见《潍坊杨家埠年画全集》编委会编：《潍坊杨家埠年画全集》，西苑出版社1996年版，第107页。

光绪年间杨柳青年画《白蛇传》①，包含了"游湖借伞""开药铺""端阳饮雄黄酒""盗仙草""斩蛇去疑""水漫金山""断桥""瓶收白蛇""状元祭塔"这九个场景；另一种是一幅图中分多格展现多个故事场景，如清末上海小校场孙文雅画店印制的年画《白蛇传》②分前后本，包含了《白蛇传》中的十六个故事情节：别师下山、青峰山收小青、借伞成亲、盗库银、开店、吊打茅山道士、吃雄黄酒、显原形、盗仙草、小青迷顾公子、捉拿夜壶精、许仙拜法海、水漫金山、断桥相会、合钵、许仕林祭塔。

通过对白蛇传故事小说刊本、弹词唱本插图，以及民间年画的细读，可以见出文学刊本插图随文学叙述一同刊行，有着与特定文学叙述相契合的一面，这会造成不同文学刊本插图之间的差异性，然而由于文图创制主体的二元性，图叙与文叙之间也存在错位与背离。《白蛇传》年画是携带故事背景的独立图像，其强烈的民间主体性与应用场景，使得白蛇传故事资源进入年画图像时，经历了充分的民间化吸收与呈现。

第八节　清代文学图像赏析

一、郑板桥《扎根乱岩图》赏析

郑板桥，名燮，江苏兴化人。郑板桥是康熙朝秀才、雍正朝举人、乾隆朝进士，曾任山东潍县知县，体恤民间疾苦，颇有政声。他为人慷慨啸傲，后辞官，以卖字画为生。其诗、书、画并称"三绝"，他最喜画竹、兰、石，几乎每画皆有自题诗文，追求"诗画更唱叠和"的和谐境界。③ 此幅《扎根乱岩图》(图7-1)是郑板桥诗书画唱和的代表作品，画面意象经典，题诗脍炙人口。赏析时可注意三个主要方面：

一是诗与画形成内容层面的应和。画面意象是山石与修竹，题诗内容为"咬

---

① 天津市艺术博物馆编：《杨柳青年画》，文物出版社1984年版。

② 清末上海年画《白蛇传》(中轴)，彩色套印。见上海图书馆近代文献室编：《清末年画：上海图书馆藏精选》，人民美术出版社2000年版，第189页。

③ 曹惠民、李红权编：《郑板桥诗文书画全集》，中国言实出版社2006年版，第132页。

图7-1　扎根乱岩图，郑板桥，南京博物院藏①

定青山不放松，立根原在乱岩中。千磨万击还坚劲，任尔东西南北风"。二者除物象勾连之外，题诗会引领我们再度返回画面，关注到右下角修竹"扎根"山石的构图关系，以及由竹茎、枝叶形态所侧写的"风"势。题画诗赋予画面以基础物象之外的感官维度与主题深度。

二是诗与画达成形式层面的融通。郑板桥践行"以画之关纽，透入于书""以书之关纽，透入于画"②的理念，其所绘兰竹借草书中竖、长撇法，清新俏拔；他以隶书笔法形体掺入行楷，自称"六分半书"，大小、长短、方圆、粗细、浓淡错落有致，与画面风格协调呼应；诗文布局灵活，或以诗辅画，甚或以画辅诗，还有将题画诗文融入画面，作为山石纹理、竹枝根茎的情形，十分巧妙。

三是诗与画之间构成矛盾和张力。文字和图像本是两种不同性质的符号，它们共处于同一文本时，文字的强势常常导致画本体被遗忘。③ 除了上述题画诗赋意这个基本层面之外，还有中国文人画中常见的一诗多题现象。郑板桥此首题诗也在其他画作中出现过，虽然因为画面图像元素差异不大，画面图像的象征意义也比较固定，这种移用并没有显得特别不协调，但是这种移用行为本身就已说明了文与图之间关系的非必然性，其实质还是显示图像的弱势。

---

① 曹惠民、李红权编：《郑板桥诗文书画全集》，中国言实出版社2006年版，第63页。
② 郑板桥：《郑板桥集》，上海古籍出版社1962年版，第155页。
③ 赵宪章：《语图互仿的顺势与逆势——文学与图像关系新论》，载《中国社会科学》2011年第3期。

二、 邓石如《四体书册》赏析

邓石如,原名琰,因避仁宗讳,遂以字行,怀宁(今安徽安庆)人。邓石如是布衣寒士,性廉介,以书法篆刻为生。他曾遍访名胜古迹,临摹秦汉六朝金石碑碣,"篆隶真行草"各体皆备,自成一家,是清代碑学实践意义上的奠基者和代表人物。他的《四体书册》(图7-2)包括《怪石长松篆书册》《少学琴书隶书册》《雪斋清境楷书册》《择故山滨水地行草书册》,每册三页,计十二页,是邓石如成熟期的代表作,能全面反映邓石如各种书体的面貌特色。

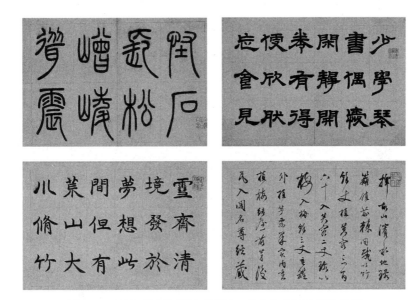

图7-2　四体书册(局部),邓石如,日本东京国立博物馆藏

邓石如最有成就的书体是篆书和隶书。其篆书一反均匀婉通的传统风格,打破篆隶壁垒,以秦篆为体,取汉隶笔意,结体微方带圆。他擅用柔毫长颖,提捺、转折自然灵活,笔画如玉箸或如铁线,苍古雅健,凝练舒畅;篆风融会各体,贯通古今,康有为赞誉其为集篆之大成。其隶书以汉为体,以魏碑为用,擅中锋逆笔,苍劲浑厚;融篆、草笔势于其中,体方而神圆,毫刚而墨柔,如绵裹铁,精妙非常。

邓石如的楷书和行草虽不如篆隶般达至顶流,但其开拓碑派用笔之功不容忽视。其楷书尤其是中晚年之作,取法六朝,钩点撇捺中显隶书笔致,结体自然率真,风格清新简远。其行草渗透篆隶笔意,行笔多提捺、逆顺,轻重变化,飞扬灵动。他擅用转笔,贯注金石意味,苍厚雄健,神采丰实。后续一系列行草名家如赵之谦、康有为、于右任,皆取法魏碑,沿邓石如开拓的某一维度,创造出不同于帖派而各具个性的书艺风格。

三、《丽姝萃秀》之"吴西施"册页赏析

《丽姝萃秀》是清代乾隆年间由满族官员赫达资所绘的一套仕女图册(共十二开),每开右幅绘一位历史、文学或传说中的女性人物,左幅配内阁学士梁诗正誊抄的一首唐诗。画家在画法上继承了仇英"工笔重彩"的仕女画特征,线条工细流畅,设色秾丽明艳,人物情态细腻、端庄秀美;亭台楼阁皆用"界画"技巧,工整精细;配诗体裁多样,书法端正得体。此幅"吴西施"(图7-3)是册页之第一开,现分析如下:

图7-3 丽姝萃秀之吴西施,赫达资,台北"故宫博物院"藏

一是图像与诗文的基本描述。画册右幅绘一女子溪边浣纱,身后草木葱茏,花枝着粉,右上角有标题"吴西施";左幅为王维的五言古诗《西施咏》:"艳色天下重,西施宁久微。朝为越溪女,暮作吴宫妃。贱日岂殊众,贵来方悟稀。邀人傅脂

粉,不自着罗衣。君宠益娇态,君怜无是非。当时浣纱伴,莫得同车归。持谢邻家子,效颦安可希。"未题诗名。

二是图像与其文学出处的关系。历史传说与文学作品中对西施的观看方式与欣赏角度有不同的路径:一种视其为"红颜祸水",自汉代赵晔《吴越春秋》、袁康《越绝书》中即已构建,晋代王嘉在《拾遗记》中也直接用"吴王妖惑忘政"几个字来谴责西施;另一种则饱含对西施身世浮沉的同情及对其与范蠡之间爱情的讴歌。尤其到了明代,随着俗文学的发展,西施又一次成为文学作品中的经典形象,在民间产生了广泛的影响。明代嘉靖年间梁辰鱼在《浣纱记》中所塑造的深明大义并且忠于爱情的浣纱女西施形象,让西施故事最终定型。赫达资显然选择了从审美角度去欣赏这位绝代佳人,也合"丽姝萃秀"之名旨。

三是图像与题诗之间的关系。二者存在指向性偏差。王维诗前两联中尚处"微"时的"艳色""越溪女"形象,与画像中西施的人物、情境相符,但"宁久微"已露贬义,后续更是直接批判,整首诗中西施是恃宠而骄的负面形象,而赫达资只取一个极富包孕性的瞬间:在溪边浣纱的西施若有所思,她还不知道范蠡的出现以及情感与命运的巨变即将到来。画家让之后惊天动地的变化暂时停滞在这一刻宁静和安稳之中,显示出高超的取景与构思能力。正出于画家与诗人不同的创作初衷,在此开册页中,同为塑造西施形象的图像与文字构成了一个复杂的双声部。

要点与思考

1. 文人画如何综合运用诗、书、画结合的方式来表达作者内心的创作意图?

2. 中国古典小说的"同题异图"现象说明什么问题?

3. 中国古典戏曲图像有哪些类型,对其他图像的影响如何?

延伸阅读

1. 赵宪章总主编,解玉峰主编:《中国文学图像关系史·清代卷》,江苏凤凰教育出版社 2020 年版。

2. 赵宪章:《诗歌的图像修辞及其符号表征》,《中国社会科学》2016 年第1 期。

3. 赵宪章:《文学书像论——语言艺术与书写艺术的图像关系》,《清华大学学报》(哲学社会科学版)2021年第2期。

4. 赵宪章:《论书写之为艺术》,《文化艺术研究》2021年第6期。

5. 赵宪章:《小说插图与图像叙事》,《文艺理论研究》2018年第1期。

6. 朱良志:《八大山人研究》,安徽教育出版社2008年版。

7. 巫鸿:《时空中的美术》,生活·读书·新知三联书店2009年版。

8. 廖奔:《中国戏剧图史》(修订版),大象出版社2000年版。

9. 上海图书馆近代文献室编:《清末年画:上海图书馆藏精选》,人民美术出版社2000年版。

　　图像是中国现代文学发展进程中的一股强大助推力量,连环画、漫画、木刻等
手绘图像的兴起,摄影、电影等机绘图像的出现,促进了现代文学与图像关系的更
迭,以鲁迅、闻一多、徐志摩、沈从文、张爱玲、丰子恺等为代表的文人,在其"现代
转型"过程中以各自的方式深受图像文化的助推和影响。

　　就内容而言,"西学东渐"和白话文的兴起,孕育了新的文学创作主流,催生了
新的文学图像母题;就形式而言,伴随着图像的现代变革,机械复制成像技术不断
推进现代文学创作转型,同时出现了连环画、漫画、木刻、摄影、电影等不同语图转
换方式,形成了新的"文图体"形态。

第一节　现代文学中的图像母题

　　现代文学图像的演进与时代紧密相连,"西学东渐"打开了我国封闭的国门,
新的文学思潮不断涌进,特别是五四以后,新文化运动冲破旧文学传统,孕育出新
的文学样式,同时也出现了不同的文学图像母题,包括"启蒙""救亡""摩登""乡
土"等诸多形态。

一、 现代文学中的"启蒙"图像母题

　　五四以后,"人的文学"成为创作的方向,文学书写的焦点走向了"立人"主题。

以鲁迅为代表的作家,塑造了阿Q那样的国民众生相,同时还塑造了"铁屋子"那样的视觉空间,这些形象被语言和图像反复书写,成了现代文学中重要的图像母题。

在鲁迅的文学书写中,"铁屋子"常常被提及。这种说法最早见于鲁迅的《呐喊·自序》,作者描摹了一间没有窗户而令人气闷的铁屋子。[①] 这一极具隐喻性质的"铁屋子"黑漆漆的,令人压抑。鲁迅借此隐喻自己的文学意图:极少数人从"铁屋子"中发出呐喊,从而引出疗救社会之意。在鲁迅的文学世界里,"铁屋子"语象主要有如下几种(表8-1):

表8-1　鲁迅作品中的"铁屋子"语象

出处	"铁屋子"语象	"铁屋子"特征
《狂人日记》	"狂人"的屋子	黑漆漆的,不知是日是夜。
《明天》	单四嫂子的屋子	黑沉沉的灯光
《白光》	陈士成的屋子	只有莽苍苍的一间旧房,和几个破书桌都没在昏暗里。
《孤独者》	魏连殳租住的房子	灯火销沉下去了……灯火在微微地发抖。
《伤逝》	涓生与子君的寓所	"破窗""败壁""昏黑"
《铸剑》	眉间尺的屋子	松明似乎都骤然失去了光辉。

可以看出,鲁迅在描述这些幽暗空间时,就好像用黑色在涂抹,表现出一种幽闭感和窒息感。这些"铁屋子"空间表现出比较压抑的心理感受,从而引申出"启蒙"主题表达。

由此,鲁迅的作品开始着力于众生相的视觉构想,塑造了视觉性极为强烈的国民众生相。通观鲁迅的全部小说,可以明显地感受到"廓大"的视觉效果;就人物群像塑造而言,鲁迅常使用"画眼睛""画鼻子""画嘴巴""画胡须""画疤痕"等局部"廓大"方式,突出人物局部的面貌特征(表8-2):

---

① 鲁迅:《鲁迅全集》(第1卷),人民文学出版社2005年版,第441页。

表 8–2　鲁迅作品中的人物众生相

作品出处	人物	具体特征
《故乡》	杨二嫂	细脚伶仃的圆规
《阿Q正传》	阿Q	体态上的"瘦伶仃"、头上的"癞疮疤"和"黄辫子"
《长明灯》	庸众	"三角脸""方头"、四爷的"鲇鱼须"
《示众》	看客	十一二岁的胖孩子、秃头老头子、红鼻子胖大汉、猫脸的人、椭圆脸型的人

由此可以发现，鲁迅作品中有一群"廓大"式的人物群像，呈现出直观的视觉刺激。如《故乡》中杨二嫂的双脚被画成细脚伶仃的圆规，充满了戏谑的味道；阿Q的相貌则以"画疤痕"方式突出脑袋上的"癞疮疤"。众多看客的面貌也被进行了"廓大"处理，有的脸部被变形为三角形，有的脸部被变形为椭圆形。鲁迅的小说中还描述了形形色色的"鼻子"，即通过对各种人物鼻子的勾画，揭示他们丑的一面，如《明天》中的红鼻子老拱、《示众》中的红鼻子胖大汉等，这些看客、酒客的鼻子上涂抹上红色，让他们在人群中现形，呈现出各色嘴脸。鲁迅小说中的人物涵盖各个阶层，这一群像充满了戏谑感，鲁迅还突出了这些人物各自的不同特征，使得他们虽模糊笼统，但不失特点，依然是一人有一人的形象特征。有评价指出："鲁迅用文字画的人物，实在比民国任何一个画家要复杂多姿，政客的嘴脸，流民的苦态，奴才的媚眼，生死间的鬼魂，无不精致传神，有脱俗的高妙处。"[①]这也进一步证明，在鲁迅的众多人物图谱中，他尝试"廓大"人物的形态特征，呈现人物百态。

从现代作家的视觉实践出发，诸多艺术家试图探索中国现代文学的视觉新形式，如刘岘、丰子恺、蒋兆和、丁聪、程十发、赵延年、裘沙、王伟君、范曾等人，都分别以不同的方式——版画、漫画、连环画、水墨画等为鲁迅笔下的原型绘制出不同的图像作品，由此承担起启蒙主义"立人"的文学指归。

二、现代文学中的"救亡"图像母题

"救亡"是中国现代文学图像发展进程中的重要母题，特别是在全民族抗战背

———

① 孙郁：《鲁迅藏画录》，花城出版社 2008 年版，第 100 页。

景下的文学创作，从启蒙走向了激昂的救亡，表现出文学与民族命运的血肉联系。

在文学地理空间，解放区对于文学民族化、大众化的形式探索，诸如信天游式、新歌剧、新小说等文学样式的出现，在视觉形式上显现出现代文学的新方向，并在民族救亡道路上体现出延安文学的"工农兵"方向。其中，有代表性的作品包括马烽、西戎的《吕梁英雄传》，孔厥、袁静的《新儿女英雄传》，这些作品描写解放区的抗日英雄事迹，在形式上采用民间口语叙述方式，同时大量采用传奇性的情节。这两部作品成了连环画的典型叙事母题。

文学期刊在抗战全面爆发后转向"救亡"的呐喊。《呐喊》《七月》《文艺阵地》《抗战文学》等相继创刊，聚集了一批现代作家和艺术家，刊出诗歌、小说、报告文学、杂文、漫画、木刻等文艺作品。其中，《七月》最有代表性。该刊创办于1937年，聚集了一批力量雄厚、风格独特的七月诗人，主要成员包括艾青、田间、胡风等人，他们将抗争救亡的呐喊投掷于诗歌的空间里，强调主观战斗精神，对侵略的暴行呐喊，为受难的同胞哀痛，为抗战英雄礼赞。《七月》所登载的诗歌，诸如艾青的《雪落在中国的土地上》、田间的《给战斗者》等颇具代表性。艾青作为民族解放战争的"吹号者"，在战争的炮火中将诗歌情绪升华为对苦难的描摹，诗中的"忧郁"显现出一种深沉的力量。田间的《给战斗者》给人留下强烈的视觉印象，如茅盾所说："我觉得好像看了一部剪去了全部'动作'而只留下几个'特写'几个'画面'接连着演映起来的电影。"[①]

抗战救亡的文学图像包括新兴木刻这种艺术形式，其中，李桦的木刻《怒吼吧！中国》是最重要的代表作品之一。该作品以"力之美"的笔调刻画了一个男子被蒙住眼睛捆绑着，在不断挣扎抗争的顷刻，突出抗争和挣脱一切的力量。"用绘画来表现声音，是挑战视觉艺术的常规和极限，目的往往是通过对不可见的声音的捕捉，来召唤出远远洋溢于画面之外的灵魂、气概、激情和深度。"[②]在现代文学史上，"沉郁顿挫"的文图叙事基调已成为最有深度和力度的新文学图像创作标识，并显现出深沉的民族风格。

---

① 茅盾：《茅盾论中国现代作家作品》，北京大学出版社1980年版，第248页。
② 唐小兵：《〈怒吼吧！中国〉的回响》，载《读书》2005第9期。

三、 现代文学中的"摩登"图像母题

在近代以来的现代化进程中,文学中的都市空间显现尤为突出。海派文学中的"摩登"图影表现出对都市和现代化进程的肯定和认同,特别是新感觉派图绘的都市空间,显现了现代主义文学群体性风貌。同时,张爱玲笔下对香港、上海双城的想象,也成了文学"摩登"想象的典型图像母题。

一方面,在现代文学流派中,以刘呐鸥、穆时英为代表的新感觉派创作,绘就了都市空间中的人和物,歌舞厅、电影院、舞女、少爷、姨太太……构成了一个现代性都市的风景线。穆时英在 *PIERROT* 中,对都市空间有这样的描绘:

> 街上有着无数都市的风魔的眼:舞场的色情的眼,百货公司的饕餮的蝇眼,"啤酒园"的乐天的醉眼,美容室的欺诈的俗眼,旅邸的亲昵的荡眼,教堂的伪善的法眼,电影院的奸滑的三角眼,饭店的朦胧的睡眼……①

这就是都市空间中的众生相,作者用另类的"画眼睛"的方式,表达出对都市空间的独特体验。

张爱玲对摩登的描写是更进一步的都市变形记。在上海和香港之间,她笔下的男男女女上演着"双城记"。张爱玲在处女作《沉香屑·第一炉香》中描绘了这样一个都市空间:山腰里的白房子。当女主人公葛薇龙第一次来到姑妈家,回望这座建筑的时候,感觉像是古代的皇陵,葛薇龙觉得自己是聊斋里的书生,闯入了一座大坟山。在这一段主观的视觉心理过程中,建筑空间成为主人公命运的视觉隐喻。

另一方面,左翼文学表现出对"摩登"都市空间的批评性思考。以茅盾的《子夜》为开端,我们可以感觉到另一种体验:

> 太阳刚刚下了地平线。软风一阵一阵地吹上人面,怪痒痒的。苏州河的浊水幻成了金绿色,轻轻地,悄悄地,向西流去。黄浦的夕潮不知怎的已经涨上了,现在沿这苏州河两岸的各色船只都浮得高高地,舱面比码头还高了约莫半尺。风吹来外滩公园里的音乐,却只有那炒豆似的铜鼓声最分明,也最

---

① 穆时英:《白金的女体塑像》,现代书局 1934 年版,第 190 页。

叫人兴奋。暮霭挟着薄雾笼罩了外白渡桥的高耸的钢架,电车驶过时,这钢架下横空架挂的电车线时时爆发出几朵碧绿的火花。从桥上向东望,可以看见浦东的洋栈像巨大的怪兽,蹲在暝色中,闪着千百只小眼睛似的灯火。向西望,叫人猛一惊的,是高高地装在一所洋房顶上而且异常庞大的霓虹电管广告,射出火一样的赤光和青磷似的绿焰:Light,Heat,Power![1]

这段对现代都市的全景描写成为现代文学中的经典都市景观图,引起观者带着批判的眼光"观看",这与海派的摩登书写有着明显差异,表达出对都市现代化进程批判性的思考,从而构成了摩登图像的另一种呈现方式。

摩登图像母题一直在演绎:张爱玲曾亲自为《传奇》《流言》作插图和封面,刘岘等人为茅盾的《子夜》作版画插图,后来大量的影视剧也对张爱玲作品进行改编。都市图景的两面性被置于图像的流传中,不断演绎出"摩登"都市的侧影。

四、 现代文学中的"乡土"图像母题

"乡土"是现代文学中的另一图像母题,与乡土中国社会紧密相连。其中,以鲁迅为代表的写实乡土和以沈从文为代表的抒情乡土共同组成了沉重而又舒缓的乡土叙事范式。

就写实性乡土作品中的可视性而言,其表现出一种沉重的视觉情绪。例如,"离去—归来—再离去"[2]的归乡轨迹描摹,便带有沉重的笔调。鲁迅为我们展示出一系列故乡空间画面:鲁镇、未庄、咸亨酒店、S城、茶馆、临河土场、酒楼,等等,这些空间都是现代中国社会的一个个缩影,如果我们把鲁迅的小说连在一起,就好像在看一幅"现代版的清明上河图"。又如,王鲁彦、彭家煌、台静农等作家在乡土小说中的描写,显示了中国农业社会落后的蹒跚步履,极具民间性的人间悲剧被大量抒写,对"典妻""水葬""冥婚"等地方特色的描绘,极具视觉冲击力。

就抒情性乡土作品中的可视性而言,现代文学表现出写意的一面。例如,沈从文笔下的湘西世界,意境悠远,类似传统写意中的神似,设置大量留白,从而构建了情景交融的境界。沈从文笔下的那山、那人、那水,就好比一幅素雅的水墨

---

① 茅盾:《子夜》,人民文学出版社 2021 年版,第 1 页。
② 钱理群、温儒敏、吴福辉:《中国现代文学三十年》,北京大学出版社 1998 年版,第 42 页。

画,其《边城》开端是这样描绘的:

> 由四川过湖南去,靠东有一条官路。这官路将近湘西边境到了一个地方名为"茶峒"的小山城时,有一小溪,溪边有座白色小塔,塔下住了一户单独的人家。这人家只一个老人,一个女孩子,一只黄狗。
>
> 小溪流下去,绕山岨流,约三里便汇入茶峒的大河。人若过溪越小山走去,则只一里路就到了茶峒城边。溪流如弓背,山路如弓弦,故远近有了小小差异。小溪宽约二十丈,河床为大片石头作成。静静的水即或深到一篙不能落底,却依然清澈透明,河中游鱼来去皆可以计数。①

沈从文的湘西世界和外界存在阻断感,让人体验到一种脱离现实世界的笔墨设计,充满灵韵的山水,仿佛是一个入画的世外桃源。边城的视觉性想象由此成为另一种"乡土"想象以抵抗城市文明。

"乡土"是现代文学中典型的图像母题,鲁迅的《祝福》《风波》等小说不断被图像转换,沈从文还亲自绘制过《湘行散记》插图,曾引起广泛关注,乡土作家的文学作品也被不断搬上影视银幕,当代导演侯孝贤甚至专门研习过沈从文的作品。②

第二节　现代文学图像概观

读图时代,我们无时无刻都在遭遇图像。米歇尔指出:"21 世界的问题是形象的问题。我们生活在由图像、视觉类像、脸谱、幻觉、拷贝、复制、模仿和幻想所控制的文化当中。"③中国现代作家同样如此,"图像情结"直接影响到他们的文学创作,从而形成现代文学图像发展的新趋向。

现代以来,连环画、漫画、木刻等新兴手绘图像的兴盛,成为中国现代文学转型的助推力量,同时,由于现代摄影、电影技术的发展,机绘图像萌发了文学图像

---

① 沈从文:《沈从文全集》(第 8 卷),北岳文艺出版社 2002 年版,第 61 页。
② 翟业军:《退后,远一点,再远一点!——从沈从文的"天眼"到侯孝贤的长镜头》,载《文学评论》2020 年第 2 期。
③ [美]W. J. T. 米歇尔著,陈永国、胡文征译:《图像理论》,北京大学出版社 2006 年版,序言,第 2 页。

演进的新的契机,对文学创作产生了诸多影响,促进了作家图像意识的成熟和显现,特别是在现代文学作品纷纷被改编成影视作品的过程中,形成了现代文学图像的新样式,"图像文学"成为文学与图像关系延展的新方向。

一、 现代文学图像的基本特征

(一)现代作家的图像情结与其文学创作形成互动

纵观现代作家的文学创作,确实清晰地显示出文学与图像的紧密关系,具体来说主要有以下两个方面:一是对图像价值的充分信任和肯定。如鲁迅不断尝试为自己的著作设计封面并为全书进行整体的装帧设计,张爱玲更是亲自为自己的小说设计插图和封面,丰子恺的漫画创作也颇为成功。二是对文学叙述进行图像化尝试。现代作家对色彩的运用更是丰富而卓绝,鲁迅等作家表现出对黑白色调的青睐,呈现出黑白对比的"版画风格"。张爱玲则以现代色彩涂抹小说中的场景和人物。这些作家笔下的语象,与其说是用"语言"去表述,不如说是用"画笔"在涂抹,形成了一幅幅令人惊叹的图画。卡勒指出:"文学是语言的'突出'。"①对于文学语言的图像化尝试,当是将文学语言置于突出地位的一种尝试,也是现代作家图像性实践的重要体现。

(二)现代文学图像获得技术媒介的支持

现代文学图像的演进过程与连环画、漫画、木刻、摄影、电影等诸多图像媒介交织在一起,标志着现代文学图像技术的媒介化走向繁荣和成熟。"耳听为虚,眼见为实"已成为重要的叙事策略和表意原则。同时,现代文学图像技术的媒介化呈现出两个明显趋势:一是文学艺术期刊中图文互动频繁,特别是随着近代画报的发端和繁荣,包括四大小说杂志——《新小说》《绣像小说》《月月小说》《小说林》在内的文艺期刊中涌现出大量的"机绘图像",从某种意义上说,"期刊在制造着文学的繁荣、变异和危机"②。五四文化运动的中心刊物《新青年》连续刊出鲁迅的《狂人日记》《孔乙己》《药》,显示出文学革命的实绩。在抗日救亡时期,《七月》等期刊的涌现更是促成了七月诗派救亡的呐喊。二是文学和电影相互影响,相互转

① [美]卡勒著,李平译:《牛津通识读本:文学理论入门》,译林出版社 2013 年版,第 30 页。
② 杨义、[日]中井政喜、张中良:《中国现代文学图志》,生活·读书·新知三联书店 2009 年版,第 31 页。

换,例如,鸳鸯蝴蝶派等通俗文学与电影联姻,徐枕亚的《玉梨魂》被改编成电影,新感觉派文学主动表明与电影的亲近关系,文学叙述中的蒙太奇手法直接成为新感觉派文学的叙事方式,"叠印并置成了新感觉派作家最经常用的叙事手法"①。借助机械复制技术,现代文学图像艺术空前繁荣,正如本雅明所言:"在机械复制时代,艺术作品被触及的,就是它的'灵光';这类转变过程具有征候性,意义则不限于艺术领域。也可以说,一般而论,复制技术使得复制物脱离了传统的领域。这些技术借着样品的多量化,使得大量的现象取代了每一事件仅此一回的现象。"②

（三）现代文学图像成为现代启蒙的标识

现代文学图像的传播促成现代文学及其启蒙意识的生成。静观图像在现代文学发展过程中具有启蒙作用,如木刻版画对大众启蒙的推动作用。新文化运动提出"美术革命",同时,文艺大众化过程中的新兴木刻运动成为重要的图像转化形式。鲁迅曾大力提倡木刻版画,不断发表关于木刻艺术的评论,并把珂勒惠支原版版画、新俄版画等一系列绘画作品译介到中国。同时,鲁迅更是亲自参与了中国的新兴木刻运动,奖掖中国青年木刻家。版画图像由此成为启蒙主义"立人"的新形式。此外,机绘图像在现代文学发展过程中也发挥了启蒙作用,如电影对文艺大众化的推动。左翼文学思潮离不开电影的推动,其代表性作品《春蚕》就被搬上银幕,成为左翼文学影像化的标志。左翼文学主张在文学向电影的转化过程中应有社会批判意识,从而形成了文学图像启蒙的新风向。

二、现代图像与前代文学

（一）现代期刊与绣像小说

现代以来的"期刊热",使文学找到了快速的传播方式。近代四大小说期刊包括《新小说》(1902)、《绣像小说》(1903)、《月月小说》(1906)和《小说林》(1907),其中,《绣像小说》由上海商务印书馆发行,从该期刊的封面图画可以看出其向传统回归的倾向,一株挺秀的牡丹占据画幅中央,显示了一种自信感。刊物连载的小

---

① 吴福辉:《插图本中国现代文学发展史》,北京大学出版社2010年版,第312页。
② ［德］瓦尔特·本雅明著,许绮玲、林志明译:《摄影小史》,广西师范大学出版社2017年版,第68页。

说遵循了绣像小说的体例,是对明清绣像小说传统的回归。

(二)连环画与章回体小说

现代以来,连环画作为典型的现代图像形式,对传统章回体小说进行了新的语图转换,《红楼梦》《西游记》《水浒传》《三国演义》等图像母题被改编为连环画形式。例如,《石头记新评》共有近四百幅连环画,图绘了《红楼梦》故事。又如,上海世界书局出版的《西游记》《水浒传》《三国演义》系列连环画,图绘了经典章回体小说中的场景和人物。从连环画的加工、演绎方式来看,其叙事在场性大大增强,章回体小说也被更多大众所接受。

(三)封面、插图与传统文学图像母题

现代文学作品的封面、插图与传统文学图像母题紧密相连。例如,陶元庆设计的《故乡》[①]封面给人一种"新瓶装旧酒"的感觉。在这幅图画中,最引人注目的是穿着大红袍的人物画像,含有绍兴戏中"女吊"的余影,是对中国民间文学中"鬼"原型的追溯。现代文学对图像的承继也体现在对汉画像的采用当中。其中有两幅封面图像尤为典型:一幅是鲁迅绘制的《桃色的云》,另一幅是鲁迅绘制的《心的探险》。《桃色的云》采用汉画像中的云纹图案作为视觉元素,并选用明亮的红色作图,红色彰显中国传统文化精神,形成一幅典雅灵动的云纹羽人图。《心的探险》封面下部是龙的形状,中间是长着翅膀的群魔,顶端是云,这些图案明显带有神话传说的气息,鲁迅在该书目录页说明:"掠取六朝人墓门画像作书面。"这两个封面都采用了汉画像中的元素,充满了东方情调。

三、 现代图像与现代文学

(一)版画图像与左翼文学

版画图像与左翼文学关系紧密,特别是在域外版画介绍方面表现得尤为突出。其中,鲁迅对珂勒惠支版画的介绍就是一例,他对选编的珂勒惠支版画进行了详细的解读。

1. 第一组图:《织工一揆》,共六幅,作于 1898 年,取材于 1844 年的勒列济安

---

① 《故乡》是乡土小说家许钦文的小说集,收录了包括《这一次的离故乡》《传染病》《理想的伴侣》《父亲的花园》《小狗的厄运》等二十七篇短篇小说。

麻布工人起义。该组图描绘出工人因不堪压迫而进行反抗的情节。其中两幅图像的解释性文字如下:

(1)《穷苦》……我们借此进了一间穷苦的人家,冰冷,破烂,父亲抱一个孩子,毫无方法的坐在屋角里,母亲是愁苦的,两手支头,在看垂危的儿子,纺车静静的停在她的旁边。

(2)《突击》……工场的铁门早经锁闭,织工们却想用无力的手和可怜的武器,来破坏这铁门,或者是飞进石子去。女人们在助战,用痉挛的手,从地上挖起石块来。孩子哭了,也许是路上睡着的那一个。

2. 第二组图:《农民战争》,共七幅,作于1904—1908年。该组图描写的是以马丁·路德新教改革为背景的农民运动。其中两幅图像的解释性文字如下:

(1)《反抗》……谁都在草地上没命的向前,最先是少年,喝令的却是一个女人,从全体上洋溢着复仇的愤怒。她浑身是力,挥手顿足,不但令人看了就生勇往直前之心,还好像天上的云,也应声裂成片片。她的姿态,是所有名画中最有力量的女性的一个。

(2)《俘虏》……画里是被捕的孑遗,有赤脚的,有穿木鞋的,都是强有力的汉子,但竟也有儿童,个个反缚两手,禁在绳圈里。他们的运命,是可想而知的了,但各人的神气,有已绝望的,有还是倔强或愤怒的,也有自在沉思的,却不见有什么萎靡或屈服。

3. 第三组图:《失业》《德国的孩子们饿着!》主要表现穷人的贫困和悲痛。两幅图像的解释性文字如下:

(1)《失业》……他现在闲空了,坐在她的床边,思索着——然而什么法子也想不出。那母亲和睡着的孩子们的模样,很美妙而崇高,为作者的作品中所罕见。

(2)《德国的孩子们饿着!》……他们都擎着空碗向人,瘦削的脸上的圆睁的眼睛里,炎炎的燃着如火的热望。谁伸出手来呢? 这里无从知道。

这三组图表现出强烈的现实干预意识。从图画描绘的内容来看,大都是关于工人、农民受到压迫的现状,黑白版画把这样一些情状刻画得极为深刻,这正是珂勒惠支绘画中要表达的核心主题思想,在这里,鲁迅的文字和珂勒惠支所要表达的是同一主题:反抗。语图之间的互文性表达使得两个不同领域人的精神世界交织在一起。有评价指出："珂勒惠支的画与鲁迅的文字已经融为一体，这是东西方两个伟大民族的伟大生命的融合，是世界上最强有力的男性与同样强有力的女性生命的融合，是真正具有震撼力的。"①鲁迅希望用文学语言唤醒国民，无独有偶，珂勒惠支则在另一国度用图像艺术呈现出相同的主题，二者对下层劳动者的同情和对社会现实的深刻反思，用有力量感的艺术形式表达出来。二十世纪 30 年代以来，在民族存亡的危难之际，左翼文学将自己与祖国被压迫的命运紧紧联系在一起，进行了文艺大众化实践，其中，版画的图像实践是重要的一个方面，这种形式有利于将普通大众与左翼文学创作紧密联系在一起。

（二）摄影图像与翻译文学

在中国现代文学的转型过程中，摄影图像逐渐取代了手绘图像，特别是各种期刊的封面与插图。其中，《小说月报》刊出多幅外国作家的照片，以文图结合的方式推荐外国文学作品，从而促进了翻译文学的发展。《小说月报》在图像选择方面表现出有趣的"诺贝尔情结"：在泰戈尔访华期间，《小说月报》连续推出了两期"泰戈尔号"报道，刊登了泰戈尔本人的照片和手稿，在"泰戈尔号"的扉页上还刊登了泰戈尔的诗歌，形成了有趣的文图对应。另外，郑振铎、茅盾、徐志摩等人在专号中对泰戈尔的生平和著作进行了全方位的介绍。之后，《小说月报》还推出了法国文学报道、俄国文学报道等专题号，以此推介外国文学作家和作品。

此外，鲁迅还译介了大量外国作家的作品，包括易卜生、裴多菲、高尔基、托尔斯泰、果戈里、厨川白村等人的作品。鲁迅在其主编的《奔流》期刊中不断推荐外国作家和作品。鲁迅译介了厨川白村的《苦闷的象征》，并在扉页刊出了厨川白村本人的签名照片。鲁迅在译介果戈里《死魂灵》的过程中，在扉页刊出了果戈里本人的签名照片。这些照片是作家形象"自塑"的一个侧面，反映了不同时期作家所处的状态，同时也与他们的精神世界形成互文关系，推动了外国文学在我国的流传。

（三）影视图像与海派文学

电影流入中国的初期，现代文学作家便开始与电影合作，特别是作为海派文

---

① 钱理群：《与鲁迅相遇》，生活·读书·新知三联书店 2003 年版，第 15—16 页。

学源头的鸳鸯蝴蝶派作家的作品最先被改编为电影上映，包括《玉梨魂》《空谷兰》等。1924 年，郑正秋改编了鸳鸯蝴蝶派的开山作品——徐枕亚的《玉梨魂》，这成为现代文学与电影联姻的标志性开端。另外，早期武侠电影《火烧红莲寺》热映之后，武侠题材的文学作品成为电影的主要改编来源。据统计，1928—1931 年间，上海共拍摄了近四百部电影，其中武侠神怪片有二百五十部左右，占全部出品的 60%。[①]

二十世纪 30 年代的新感觉派是最为重要的海派文学流派，它与电影有着极为紧密的关系。以刘呐鸥、穆时英等为代表的新感觉派作家，在他们的作品中有着镜头感极强的文字，"摩登"的镜头想象渗入到文学书写当中，叠印、并置等蒙太奇叙述方式成了新感觉派作家最经常使用的叙事范式。同时，海派文学作品被改编为电影时，极大限度地凸显了"图像主因"，从而促使中国现代主义文学创作转型，张恨水、张爱玲等作家作品的影像转换，显现出丰富性和现代性。

从图像技术方面来看，电影作为一种"机绘"图像，其机械复制功能被放大，静观图像转向"施为"，图像的表意机能大大增强，现代文学中的"电影热"也显现出这种趋向，其"现代性"得以显现。虽然，从严格意义上来讲，本书的"文学图像"不包括影视图像，但在文学图像论域，文学影视改编的重构成了现代文学图像走向更深层面的必然趋势，于此，"文学图像"转换为"图像文学"，语象的影像化成为趋势。总体而言，文学图像依赖图像文学得以拓展，图像文学又必须依托对传统文学图像的理解，二者形成呼应(参见本书《绪论》)。

四、 现代文学图像对后世的影响

图像文化促成现代文学及其启蒙、救亡意识的生成，包括连环画、漫画、摄影图像、影视图像等在内的现代图像，在文学启蒙大众化的过程中起到关键作用，并对中国现代文学图像的演进起到助推作用。

首先，现代文学图像形态呈现多元化。近代以来机绘图像的出现，极大地改变了之前文学图像化的路径，从单一转向多元的"文图体"形态重构。特别是摄

---

① 范烟桥：《历史影片之价值》，载《电影月报》创刊号，1928 年 4 月出版，第 1 页。

影、电影等机绘图像的出现,改变了文学作品的传播方式。现代文学不同于古典文学,除了表现在思想意识、审美趣味等方面,还与其生产过程的路径相关。现代文学的生产过程显现出文图融合、文影融合等特征,形成了现代文学"文图体"传播的新形态。

其次,现代文学图像风格的现代感也对后世文学图像产生巨大影响。现代文学图像中的"启蒙""救亡""摩登""乡土"等母题类型,显现出强烈的现代性特征,促成现代中国国民意识、审美倾向的现代转型。

最后,现代文学的成像史也是一部文学接受史,从绘画到影像,图像在现代文学中的形象不断更新,建构了丰富的文学传播史。现代文学图像的样式显现了在场直观性,特别是机绘图像的出现,使"施为性"成为图像制作技术演进过程中的基本属性,从而引发"图像文学"的兴盛。

第三节　鲁迅的文学图像

纵观鲁迅从事文学创作的一生,他从童年时期接触"山海经"图像到青年时期了解"幻灯片",再到晚年时期频繁参与美术活动,极力推广现代版画,鲁迅与图像之间的联系具有某种必然性。本节将围绕鲁迅的作品,探讨图像如何呈现文学作品中的文学主题、人物、场景等要素。

一、 鲁迅的图像观:"山海经"和"幻灯片"

鲁迅文学作品中文学主题的图像呈现与鲁迅的图像观有着紧密的联系。想要进一步了解鲁迅作品的语图互文生成机理,需要深入研究鲁迅的图像观。其中,"山海经"和"幻灯片"便是对鲁迅产生重大影响的两类图像。"山海经"是鲁迅早年接触的文化图像,"幻灯片"则是鲁迅留日期间接触的政治图像。这两种图像对于鲁迅的图像观具有原型意义。

(一)作为文化表征的"山海经"图像

《山海经》中保存了大量神话图像原型。鲁迅曾在散文《阿长与〈山海经〉》中描述了他接触《山海经》图像的过程,我"渴慕着绘图的《山海经》了,这渴慕是从一个远房叔祖惹起来的……画着人面的兽,九头的蛇,三脚的鸟,生着翅膀的人,没有头而以两乳当作眼睛的怪物"①。接着,阿长找来了《山海经》,鲁迅才真正接触到《山海经》图像,顿时全身都为之"震悚"起来。通过这一图像接触,可以看出,《山海经》是鲁迅极为心爱的宝物。虽然鲁迅在童年时期接触的《山海经》装帧十分粗拙,但这并不影响他的喜爱之情。在这部书里,鲁迅看到了从来没有看到过的神异图像,其形象粗犷、率真、稚拙,充满野性,其造型夸张、怪诞,通过人与动物器官、肢体的加减、交错、异位、夸张变形、重新组合,贴合成了新的神话图像。由此可见,《山海经》图像是极有文化意蕴的图像,正如周作人在《鲁迅的故家》中所说的那样:"鲁迅与《山海经》的关系可以说很是不浅。第一是这引开了他买书的门,第二是使他了解了神话传说,扎下创作的根。"②归根结底,鲁迅是扎下了对于《山海经》一类传统文化图像想象的根,鲁迅后来的创作与这一传统民俗文化有着密切的联系。恰如有的学者评论的那样:"民间是他的一种立场,一种态度,一种资源,也是一种方法。他从民间的窗口看这个世界,这个世界又从民间的窗口看那个鲁迅。"③

鲁迅的杂文集《坟》的扉页有一幅猫头鹰图像,极具文化意味。从正面看,这只猫头鹰是睁一眼闭一眼,右眼埋入了羽毛,折射出一种彷徨矛盾的心态;从侧面看,便是一只向天而鸣的猫头鹰,发出呐喊之声。由于观看角度不同,我们可以推测出这只怪枭反映出不同的人生态度。另外,方框中间是作者的名字和书名,边框四周是装饰性图像,除猫头鹰外,还有雨、天、树、月、云,以及数字 1907—25。这是颇费苦心的组合设计,其中,正方形方框中有"鲁迅""坟"三个古体字,既标明了书名和作者,又隐喻了鲁迅的生命体验,与周围边框中的雨、天、树、月、云等抽象图案一起,构成了形状酷似一个墓碑的图案,而在边框左上角兀立着的猫头鹰赋予图画"坟墓"特有的气息。杂文集《坟》扉页上的猫头鹰不同于鲁迅早年所绘的猫头鹰,图中的猫头鹰一只眼睛闭着,一只眼睛睁着,大多数时间处于休息

---

① 鲁迅:《鲁迅全集》(第 2 卷),人民文学出版社 2005 年版,第 253—254 页。
② 周作人:《鲁迅的故家》,北京十月文艺出版社 2013 年版,第 104 页。
③ 杨义:《鲁迅文化血脉还原》,安徽大学出版社 2013 年版,第 152 页。

状态。

　　猫头鹰作为一种视觉文化图腾,在中国传统文化中并没有好名声,形状难看,叫声凄惨,是一种预示死亡的恶鸟。在古希腊神话中,猫头鹰却是智慧女神雅典娜的精神原型。对于这样一个充满悖论的视觉文化图腾,鲁迅给予它极大的肯定,这与鲁迅反传统的姿态相契合。据沈尹默回忆,鲁迅"在大庭广众中,有时会凝然冷坐,不言不笑,衣冠又一向不甚修饰,毛发蓬蓬然,有人给他起了个绰号,叫作猫头鹰"①。鲁迅自己也说道:"因为我的言论有时是枭鸣,报告着不大吉利的事,我的言中,是大家会有不幸的。"②可以说,鲁迅的骨子里确有着一种"猫头鹰情结",他以极大的热情抒写了猫头鹰所展现的原始文化的野性之美。

　　另外,鲁迅的文学世界里始终有"鬼影"闪动,有十分形象化的对鬼的书写,比较典型的有无常、女吊。无常是鲁迅用语言和图像同时抒写的典型形象,他在《无常》中描写了一个"鬼而人,理而情,可怖而可爱的无常"③。无常鬼是这样的一种造型:浑身都是雪白的,头上戴着一顶白纸的高帽,脖子上挂着纸锭,手里握着芭蕉扇、铁索、算盘,身上穿着斩衰凶服,腰间束着草绳,脚上穿着草鞋,粉面朱唇,眉黑如漆,蹙着,不知道是在笑还是在哭。鲁迅根据自己所见图画和目连戏中的活无常形象进行了重新刻画。鲁迅将活无常"鬼而人,理而情,可怖而可爱"的特点描摹得惟妙惟肖。线条之精准简练,神态动作之生动诙谐,绝对高超。他画出了一个"平民化"的鬼,这正和《无常》文中的主旨相互契合:《无常》是站在"乡下人"立场上,显示"可怖"与"可爱"。鲁迅关于无常的造像正是抓住这鬼影的民间记忆,进行了深刻的描摹和刻画。另外,从宽泛意义上来讲,鲁迅的文学世界里确实充满了"鬼的影像"④,孔乙己是科场鬼,阿Q、祥林嫂等不幸的人都死于非命,让我们看到了地狱,在人身上见出了鬼影。进一步来说,"鬼的影像"也是鲁迅民间记忆与文学世界的联结点。鲁迅在文图中显现的人和鬼的纠葛,复活出一幅

① 沈尹默:《鲁迅生活中的一节》,见北京鲁迅博物馆等选编:《鲁迅回忆录》(散篇·上册),北京出版社1999年版,第248页。
② 鲁迅:《鲁迅全集》(第6卷),人民文学出版社2005年版,第225页。
③ 鲁迅:《鲁迅全集》(第2卷),人民文学出版社2005年版,第281页。
④ [日]丸尾常喜著,秦弓译:《"人"与"鬼"的纠葛——鲁迅小说论析》,人民文学出版社2010年版,第230页。

关于"山海经"图像的外延图景。

（二）作为政治隐喻的"幻灯片"图像

鲁迅在《呐喊·自序》中描述了接触"幻灯片"图像的过程：在日本期间，鲁迅观看了关于中国人充当俄国间谍被杀头的幻灯片。大家都来围观这一示众的场景，引起了鲁迅极为震惊的感受。除了《呐喊·自序》之外，鲁迅还在《藤野先生》等文中，又数次提及这一图像。关于鲁迅遭遇的"幻灯片"，有学者解释为："一次视觉性的遭遇。"[1]也就是说，鲁迅身处一种强有力的视觉图像之中，图像本身的力量让鲁迅感受到震惊。进一步来说，鲁迅在"幻灯片"图像中组织起一个非常复杂的视觉空间，他第一次在他者的图像中，以图像的形式来观看自身，从而受到强烈触动，这种触动对于他来说无异于一次至关重要的政治启蒙。因此，鲁迅确立了另一种图像观——图像的政治隐喻，并在他的文学创作中得以彰显。

浏览鲁迅作品的封面，我们可以强烈地感受到图像背后的政治隐喻。例如，他亲自设计的《呐喊》封面[2]主要有红、黑两种色彩，其中，深红色铺满整个版面，黑色的长方形方框置于封面正上方三分之一处，方框内刻着"呐喊"二字，题字采用白色隶书字体。就色彩而言，这幅封面图像有着强烈的红黑对比，让人感受到积极进取的一面，而图像中长方形的黑框就像一间铁屋子，黑漆漆的不知是黑是夜，正好与《呐喊》中"铁屋子"的比喻相契合。另外，《呐喊》封面嵌在黑色方框内的"呐喊"二字，三个"口"字排列非常醒目，构成了一个倒立的"品"字，仿佛一个人瞪大眼睛在呐喊，也可看作三张嘴巴在怒吼。由此可见，封面所表达的视觉心理感受与《呐喊》本身有着某种相通之处，突出了《呐喊》的反抗精神。

《呐喊》收录了鲁迅 1918—1922 年间创作的十五篇小说[3]，《狂人日记》《药》《故乡》《阿 Q 正传》等作品取材于病态社会中不幸的国民，揭示现代国民的精神

---

[1] 周蕾：《视觉性、现代性与原始的激情》，见罗岗、顾铮主编：《视觉文化读本》，广西师范大学出版社 2003 年版，第 261 页。

[2] 最初出版的《呐喊》封面上"呐喊""鲁迅"四个字使用的是宋体字，1926 年 10 月，北新书局印行至第四版时，鲁迅将这四个字的字体改为隶书。隶书比宋书更朴拙，更富有力感，更能表达鲁迅小说的内在精神。本文对《呐喊》封面图像的分析也以第四版为依据。

[3] 1923 年 8 月北京新潮出版社初版的《呐喊》收入鲁迅的十五篇小说。从 1924 年 5 月第三次印刷时起，改由北京北新书局出版。1930 年 1 月第十三次印刷时，鲁迅抽去其中的《不周山》一篇。自此，《呐喊》收入鲁迅 1918 年至 1922 年所作小说十四篇。

病痛;而《呐喊》封面图像中的红色就像是深夜暗谷中燃烧的火,显示出鲁迅内心激烈抗争的一面。另外,鲁迅在《呐喊》中色彩词的运用和封面图像也构成一种互文关系,本文对《呐喊》中色彩词出现的频率进行了统计,黑色词和红色词出现的频率远远超过其他色彩词,黑色和红色是其使用的主要颜色。而这恰恰就是《呐喊》各个篇章中的视觉冲击力:一方面,《呐喊》中的环境、人物描写被黑色所涂抹。例如,《狂人日记》中"黑沉沉的屋",《孔乙己》中"黑而且瘦的脸",《药》中"黑沉沉的街"和"黑色的人"……另一方面,《呐喊》中的形象描写也离不开红色的渲染。例如,《孔乙己》中"涨红的脸",《药》中"暗红的镶边""鲜红的馒头"以及"红白的花",《明天》中的"红鼻子老拱",《风波》中"红缎子裹头的长毛"……特别是《药》中的"人血馒头",发出"红黑的火焰",变为"乌黑的东西",这一具有符号学意义的物象昭示出现代人反抗的精神寓言。由此可见,红黑两色成为鲁迅文学图像共同追寻的色彩,蕴含着鲁迅"反抗"式主题的诉说,更彰显出鲁迅在现代社会转型过程中强烈的"介入意识"。

二、 阿 Q 图像面面观

阿 Q 是中国现代文学史上若干人物的原型,阿 Q 形象的内涵丰富而复杂。然而,鲁迅作品中关于阿 Q 行状的视觉化描述却极为简略,只提及体态上的"瘦伶仃"、头上的"癞疮疤"以及"黄辫子"。小说发表之后,鲁迅先生曾对阿 Q 的描绘作过说明:"我的意见,以为阿 Q 该是三十岁左右,样子平平常常,有农民式的质朴、愚蠢,但也很沾了些游手之徒的狡猾。在上海,从洋车夫和小车夫里面,恐怕可以找出他的影子来的,不过没有流氓样,也不像瘪三样。只要在头上给戴上一顶瓜皮小帽,就失去了阿 Q,我记得我给他戴的是毡帽。这是一种黑色的,半圆形的东西,将那帽边翻起一寸多,戴在头上的;上海的乡下,恐怕也还有人戴。"[①]周作人则评价阿 Q 是一个"可笑可气而又可怜"[②]的人物。这些关于阿 Q 的阐述都可看作是阿 Q 造像的参照。与此同时,《阿 Q 正传》发表之后,陆续产生了大量图像作品,如表 8-3 所示:

---

① 鲁迅:《鲁迅全集》(第6卷),人民文学出版社 2005 年版,第 154 页。
② 周作人:《关于阿 Q》,见彭小苓、韩蔼丽编选:《阿 Q70 年》,北京十月文艺出版社 1993 年版,第 104 页。

表 8－3 阿 Q 图像作品简表

序号	作品名称	作者	出版时间	备注
1	《阿 Q 正传插图》	陈铁耕	1934 年	插图十幅,发表于《中华日报·戏》周刊
2	《阿 Q 正传插图》	刘岘	1935 年	木刻二十幅,未名木刻社发行
3	《阿 Q 正传画册》	叶浅予	1937 年	漫画十二幅,上海东方快报社印行
4	《阿 Q 像》	蒋兆和	1938 年	国画一幅
5	《阿 Q 像》	史铁尔	1939 年	漫画一幅,载 1939 年上海《现代》半月刊第 7 期第 47 页
6	《漫画阿 Q 正传》	丰子恺	1939 年	漫画五十三幅,上海开明书店印行
7	《阿 Q 的造像》	刘建庵	1943 年	木刻五十幅,桂林远方书店印行
8	《阿 Q 正传插画》	丁聪	1946 年	漫画二十五幅,上海出版公司发行
9	《阿 Q 画传》	郭士奇	1946 年	漫画三十幅,青岛爱光社印行
10	《阿 Q 正传插图》	顾炳鑫	1958 年	版画八幅,上海人民美术出版社印行
11	《阿 Q 正传一零八图》	程十发	1963 年	连环画,上海人民美术出版社印行
12	《阿 Q 正传》	赵延年	1980 年	木刻五十八幅,上海人民美术出版社印行
13	《阿 Q 正传二百图》	裘沙、王伟君	1981 年	素描,人民美术出版社印行

　　这些作品以不同的图像形式转译了文学世界里的阿 Q,其中有单幅图像作品,也有多幅连续性图像作品,就绘画的种类而言,有版画、漫画、油画、素描、水墨画,等等,形成了极为丰富的"阿 Q 群像",就艺术风格而言,其基本形态如下:

(一)版画式

　　以木刻版画形式对鲁迅笔下的阿 Q 进行图像呈现的作品有不少,其中以赵延年的《阿 Q 正传》[①]为代表。就其艺术风格而言,赵延年绘制的阿 Q 图像形成了"以黑白为正宗,以人物为中心,以平刀和斜刀放刀直干的极具刀、木风味的艺术风格"[②]。鲁迅曾经评论过木刻版画的特点为"放刀直干,以木代纸"[③],木刻版画

① 1980 年,上海人民美术出版社出版了赵延年绘制的黑白木刻连环画《阿 Q 正传》。在编印出版时,每幅画尺寸相应作了缩小,按小说原文节录分幅,左页为鲁迅小说节录文字,右页系有关图画。参见赵延年:《阿 Q 正传》,上海人民美术出版社 1980 年版。
② 赵延年:《赵延年木刻鲁迅作品图鉴》,人民文学出版社 2005 年版,"序言",第 5 页。
③ 鲁迅:《鲁迅全集》(第 7 卷),人民文学出版社 2005 年版,第 336 页。

体现的是一种"有力之美"①。

赵延年绘制的阿Q图像中，具有代表性的是第一幅阿Q头像：消瘦、回头、蔑视、撇嘴，一副不服气的样子。这幅肖像还特别突出嘴唇的厚度，使得阿Q的神态更加生动。同时，这幅木刻图像更突出黑白两色强烈的对比，用简练明快的刀法，表现出木刻艺术的刀味和木味。赵延年为了完成阿Q像，专门到绍兴农村调研，收集素材，画出一大批速写的农民头像，参酌速写，经过多次调整，在头形、五官、动态上都做了处理，才最终形成了这样一个令人"哀其不幸，怒其不争"的传神形象。杨义说："赵延年的阿Q肖像木刻，显得略微严肃。侧面反顾的构图，使脑后的辫子相当突出。"②由此可见，这幅阿Q图像抓住了阿Q形态上的一个关键点："辫子"，这也是鲁迅小说中唯一出现的关于阿Q形态的语象。更重要的是，赵延年进一步对阿Q的头像进行了想象性再造，通过木刻技艺，突出对于"力之美"的追求，此"力之美"是鲁迅语象的转化，鲁迅"力之美"的语象道出国民"羸弱"的一面，令人过目不忘，从而给观者一种如在目前的存在感。

此外，陈铁耕、刘岘、刘建庵等人创作的阿Q图像，也都属于版画式图像。这种图像从形式上来讲与鲁迅批判国民性的精神相契合。正因为如此，鲁迅语象和图像在这一层面实现了共享，使得鲁迅的精神原型呈现出版画式风格。

（二）漫画式

以漫画形式对阿Q进行图像呈现的特点是简洁明了，突出戏谑性和讽刺性，丰子恺创作的《漫画阿Q正传》③堪称代表。这种漫画常常是写实中透出轻松，小中见大，弦外有余音，给观者以深刻的视觉冲击与丰富的内心体验。

丰子恺绘制的《漫画阿Q正传》正文之前配插了一幅"阿Q遗像"，颇具代表性。这幅画类似于明清以来刻画在小说卷头的人物"绣像"，让观者在进入故事前

---

① 鲁迅：《鲁迅全集》（第7卷），人民文学出版社2005年版，第351页。
② 杨义、[日]中井政喜、张中良：《中国现代文学图志》，生活·读书·新知三联书店2009年版，第135页。
③ 丰子恺创作漫画阿Q颇费周折，他1937年开始创作，后因战火，画稿化为灰烬。1938年居住在武汉时，丰子恺应《文丛》杂志之邀绘制画稿，又因战火，只刊登了二幅。1939年，他又进行重绘，交由开明书店出版发行。漫画在形式上采用了古书的"左图右史"形式，右页系丰子恺节取的小说原文，左页是根据这段原文绘制而成的漫画。同时，每一幅漫画都配上一个题句。参见丰子恺：《漫画阿Q正传》，开明书店1939年版。

有一个总体的视觉轮廓。丰子恺绘制了这样一幅人物图像:厚嘴唇、侧视的眼睛、不规整的稀疏的头发,脸孔痴呆,身着补丁旧衣,腰间束粗布带,是一个贫困、愚昧的农民形象。人物腰束上插着旱烟杆,双手叉于腰后的动作显出阿Q很讲究面子,同时也沾了些游手之徒的习气,体现了漫画富于小品式的场景感和装饰感。

有评论指出:"丰子恺的《漫画阿Q正传》造型简单拙朴,不夸张、不做作,平和中有淡淡幽默,体现出一种小品式的韵味。"①具体来分析,丰子恺绘制的阿Q图像成功的关键是采用了漫画的"变形"手法。人物的形态与小说中的语象不太一致,小说语象中的辫子变成了不规整的稀疏的头发,小说语象中的"癞疮疤"也没有出现在画面中,反而在人物腰束上增加了旱烟杆。丰子恺使用漫画式图绘,在语象与图像的对应、增加与遗漏过程中发生了审美激变。从学理机制来看,这是一个由心理图式向物理图式转变的过程,漫画式图像透出戏谑之味道,形成一种新的审美效果。

此外,叶浅予、丁聪、郭士奇等人创作的阿Q图像,也都属于漫画式。这种图像从形式上来讲是一种谐趣,这使得原本的文学原型和图像内涵产生了一定的缝隙,原文中的阿Q和图像的阿Q并不一一对应,从漫画式的作画方式来看,阿Q可笑的一面表达得更为突出。

（三）水墨画式

水墨画式是以中国画写意形式对鲁迅笔下的阿Q进行图像呈现。这种形态的图像以程十发的《阿Q正传一零八图》②为代表。程十发采用以形写神的方式,利用写意的色彩、线条和构图来描绘阿Q形象。

程十发绘制的阿Q图像中,开篇第一幅图像具有代表性:癞疮疤、厚嘴唇、黑辫子、破烂衣衫。程十发更注重刻画阿Q的神情,"以形写神"的描摹方式是这幅阿Q像的特点,在这幅画中有一个有趣的现象,鲁迅关于阿Q身体形态曾强调"瘦骨伶仃"的一面,而程十发这一版的阿Q形象明显比较健壮。阿Q的样子都

---

① 王文新:《文学作品绘画改编中的语-图互文研究——以丰子恺〈漫画阿Q正传〉为例》,载《文艺研究》2016年第1期。

② 《阿Q正传一零八图》是程十发为纪念鲁迅诞生80周年而创作的连环画,先在广州《羊城晚报》上连载,产生了很大影响。1980年,上海人民美术出版社出版了程十发的《阿Q正传一零八图》,每幅画的尺寸相应做了缩小,每幅画旁边均有原文节录。参见赵延年:《阿Q正传》,上海人民美术出版社1980年版。

成了一个身体健康的正常农民了,年龄明显变小,体格比较结实,如果与原文语象对比,这种刻画方式很明显表明语图之间产生了缝隙。有学者分析采用这种绘画方式的原因时指出:"这是因把阿Q理解为一个单纯贫苦农民的通行想法,从'阶级论'的角度将他看成是农民阶级的代表,尽力从其身上挖掘出农民的革命热情,在那个年代大大抬头所造成的果实。"①

考察完各种阿Q图像后,可以发现,文学语象转译为图像艺术后,鲁迅笔下的阿Q呈现出截然不同的形象,分别表现为:木刻式的深刻、漫画式的谐趣、水墨画式的写意,文学的图像化并非将语言一一坐实,而是选择性地模仿语象。图像如何模仿语象,阿Q图像的"语图切换"有其自身的方式。

三、"鲁镇"空间的图像呈现

场景是文学构成画面的基本单元。美国小说理论家利昂·塞米利安指出:"场景生动地再现了现实生活的过程,每一个场景都为我们提供了一个特定环境的特写镜头。它是情节中一个个互不相同的片刻,是一幅幅戏剧性的画面。这些互异的环节组合在一起,就为我们展示了一个行动的整个运动场面。"②鲁迅非常注重场景的运用,他在小说中设置了不少令人难忘的场景,李欧梵指出:"从一种现实基础开始,在他二十五篇小说的十四篇中,我们仿佛进入了一个以S城(显然是绍兴)和鲁镇(他母亲的故乡)为中心的城镇世界。"③鲁迅作品中的场景也不断被图绘,丰子恺、刘岘、丁聪、赵延年、程十发、吴冠中、贺友直、范曾等人,都分别以不同的方式——漫画、版画、水墨画等将鲁迅笔下的场景绘制成不同的图像作品。其中,"鲁镇"作为极具文化意味的场景受到空前关注,这些场景凝聚着鲁迅的故乡记忆。

(一)酒肆空间图

酒店是鲁迅小说中的典型场景之一,小说中的故事情节有很多都发生在酒肆空间,其中,《孔乙己》中的咸亨酒店尤为典型。关于酒店的格局,原文开篇中提

---

① 吴福辉:《插图本中国现代文学发展史》,北京大学出版社2010年版,第162页。
② [美]利昂·塞米利安著,宋协立译:《现代小说美学》,陕西人民出版社1987年版,第10页。
③ 李欧梵著,尹慧珉译:《铁屋中的呐喊》,人民文学出版社2010年版,第60页。

道："鲁镇的酒店的格局,是和别处不同的:都是当街一个曲尺形的大柜台,柜里面预备着热水,可以随时温酒。"①从原文的描述来看,咸亨酒店的格局主要有三个区域:一是柜台外面的区域,它是"短衣帮"活动的场地;二是柜台里面的区域,它是酒店经营者活动的地方;三是店面隔壁的房子,是"穿长衫的人"才能进出的地方。王富仁曾对这一酒店布局进行过如下分析:"在构成'鲁镇的酒店的格局'中起着关键性作用的是'当街的一个曲尺形的大柜台'和'隔壁的房子'的'壁'。它们共同把'鲁镇的酒店'分割成了截然不同的三个部分。"②孔乙己的悲剧就在于,他不属于酒店格局中的任何一个部分,孔乙己是"站着喝酒而穿长衫的唯一的人"③。

1934 年,刘岘绘制《孔乙己》图像三十一幅,系黑白木刻式作品,集中描绘了咸亨酒店的格局,我们可以看到,画面以近景展示酒店格局,"曲尺形的大柜台"和"墙"在画面中显得非常醒目。刘岘极力进行语象与图像的融合,力图还原酒店的格局。从构图上来看,画面由黑、白两种色彩构成,按照鲁迅的说法,黑白是木刻之"正宗",酒店布局中柜台的黑色块与墙面的白色块组成画幅的整体色调,酒店伙计、顾客,在画面中被分割在两个区域里,黑白对比显现明快之感。同时,这幅画利用木刻刀笔勾画出整个酒店的格局,用刀是木刻的关键,一刀下去既要形准,又要有表现力,要使得不同的每一刀都在整个画面中具有恰如其分的位置与效果。总的来说,这幅画通过强烈的黑白对比和木刻式的有力刻画,营造出一个比较真实可感的酒店氛围。

1949 年,丰子恺绘制了《孔乙己》图七幅,系漫画式作品。丰子恺笔下的咸亨酒店通过"曲尺形的大柜台"和"隔壁的房子的'壁'"分割开来。与刘岘的绘制方式相比,丰子恺的《孔乙己》图像体现了丰子恺漫画一贯富于小品式场景感和装饰感的特点,构图几乎都是正面平视,人物被安排在中景靠前的位置,画面给人以平和亲切之感。通过进一步观察,我们还可以看到,丰子恺的《孔乙己》图像在还原

---

① 鲁迅:《鲁迅全集》(第 1 卷),人民文学出版社 2005 年版,第 457 页。
② 王富仁:《中国反封建思想革命的一面镜子:〈呐喊〉〈彷徨〉综论》,中国人民大学出版社 2010 年版,第 445 页。
③ 鲁迅:《鲁迅全集》(第 1 卷),人民文学出版社 2005 年版,第 458 页。

鲁镇酒店格局的基础上,进行了一些场景改造,酒店布局的近景中出现了动物图像元素,而原文并没有对动物的描写。丰子恺把这些动物放在画面近景醒目的位置,动物视觉元素加入后,紧张感有所减弱,观者就仿佛在欣赏一幅闲静的社会风俗画。

(二)围观场景图

围观场景是鲁迅小说中的另一种典型场景,在这一场景中,"看"的行为贯穿了整个故事。例如,在《阿 Q 正传》中路人争相观看阿 Q 被杀头的场景,在《药》中潮水般涌入的众人围观杀头的场景,在《示众》中众多看客围观的场景……在这一系列"看"中,各种目光交织,锐利的、诡异的、呆滞的,"看"构筑了令人震惊的画面效果。进一步来说,"看客"是鲁迅的一个独特创造,凝聚了鲁迅对国民灵魂的持久关注和反复叙写,寄寓了鲁迅的启蒙主义情旨,鲁迅曾评价:"群众,——尤其是中国的,——永远是戏剧的看客。"[①]

丁聪图绘的围观场景中尤以《阿 Q 正传》中的刑场围观图为典型。丁聪选取了"阿 Q 赴刑场"的场景,图像两旁是许多张着嘴的看客。从构图上来看,丁聪采用了逼迫感强烈的近景构图方式,众多看客的目光集中在阿 Q 身上。众多看客挤满了整个画面,只在画面的上端留有一点空白,再加上丁聪使用的木刻式刻画,画面阴森,突显了一种令人恐惧的围观行为。从视角角度来看,丁聪的画面没有固定的视点,众看客各异的目光投射而来,而众多人物不在一个视域之中,阿 Q却是退缩的、渺小的,不敢出声。丁聪采取透视感很强的近距离聚焦方式,表达了叙事者强烈的个人情感。由此可见,围观成了一种可怕的群众行为,特别是通过图像直观的方式展现时,更显出令人震惊的效果。

丰子恺以《药》中的革命者被杀头为题材绘制过一幅众人围观图。他以漫画的形式对围观场景予以图像呈现,这类画的特点在于以简洁的笔调展现主题。鲁迅原文中描写的这一场景主要表现一堆人的后背,他们的"颈项都伸得很长,仿佛许多鸭,被无形的手捏住了的,向上提着"[②],丰子恺正是试图抓住这一顷刻进行渲染。丰子恺采用常用的正面平视构图方式,将人物安排在中景靠前的位置,突

---

① 鲁迅:《鲁迅全集》(第1卷),人民文学出版社 2005 年版,第 170 页。
② 同上,第 464 页。

出画面的平和之感。从视角角度来看,丰子恺采取的是"外聚焦叙事"①方式,叙述者客观地呈现场景中各色人物的外貌和表情,而不做主观评述,于是,观察者仿佛置身于故事之内,与画面中的众人共同形成"围观"。实际上,这幅围观场景图还采用了"内聚焦叙事"②,让故事随着一个人物的感受来呈现,老栓就是这一视角的代言人,丰子恺借助这一视角,制造了一种在场的舞台见证效果。

（三）水乡景观图

鲁迅对水乡景观的描绘大多充满了封闭、死寂、荒凉的氛围。具体来说,水乡被他想象为闭塞、落后的场所,尽显颓废之感。如《故乡》中描绘的荒村景象,就没有一丝活气。有学者指出:"鲁迅以一个具有现代意识的知识分子的'他者'眼光在进行空间构形时,把自己的生活经历、童年印象和乡村生活经验渗透其中,完成了独特的乡村空间想象,揭开了田园诗形成的对乡村空间的遮蔽,建构了另一种全新意义的乡村空间。"③

吴冠中以《鲁迅故乡》为题,于1978年创作了一幅油画。作品对鲁迅的故乡做了全景式的描绘,表现了对江南水乡的独特理解。从构图上来看,画面远处由古宅、拱桥、乌篷船、河道等典型江南水乡景观构成,画面近处是树林、灰色围墙和白色小屋等实景。从色彩上来看,画面以黑、白、灰为主要色调,表现江南的素净之美。从整体上来看,这幅画色彩清新淡雅,带有南方特有的温润,画面里萦绕着吴冠中对江南水乡的独特理解。对比来看,鲁迅在小说《故乡》中描绘道:"苍黄的天底下,远近横着几个萧索的荒村,没有一些活气。"④显然,《故乡》中的"荒村"景观并没进入吴冠中的视野,他在图像作品中把故乡理想化,并做了乌托邦式的涂抹。

贺友直以鲁迅小说《白光》为脚本,创作了三十六幅水墨画。《白光》讲述的是没落知识分子陈士成参加县考十六回都不中的悲剧故事。陈士成最后因为理想幻灭,发疯失足落水而死。画家贺友直以水墨图绘方式呈现了这样一个悲剧故

---

① [法]热拉尔·热奈特著,王文融译:《叙事话语·新叙事话语》,中国社会科学出版社1990年版,第130页。

② 同上,第129页。

③ 张文诺:《鲁迅小说中的乡村空间想象》,载《学术探索》2011年第4期。

④ 鲁迅:《鲁迅全集》(第1卷),人民文学出版社2005年,第501页。

事。其中,在描绘陈士成"惘惘地走向归家的路"时,贺友直采取以水乡景物衬托人物的方式构图,在画面中,陈士成行走在拱桥上,其形态垂头丧气,衬以夜幕来临下江南的瓦屋、蜿蜒的河流、远处的牌坊,形成一种苍凉悲婉的意境。从构图上来看,陈士成被置于远景中,显得非常渺小,贺友直表达出对于老童生的怜悯和同情。这幅水乡景观图显示出凄清悲凉的基调和沉郁压抑的氛围。

图绘故乡空间,也并不意味着与鲁迅小说中语象的一一对应,语象与图像一方面形成了"语图融合"态势,另一方面又产生了诸多的"语图缝隙"。就"语图融合"而言,图像试图抓住原文故事中关键性的场景,用"图说"来代替"言说";就"语图缝隙"而言,图像组成的场景必然因为叙事逻辑的转换产生诸多缝隙,在这三种典型的场景中,艺术家们都在采取不同的转译策略,如酒店场景的不同版本呈现、绘画元素的增加与删减,等等,同时,语言叙事的意图在图像叙事的逻辑链条中也会产生诸多变化。例如,刘岘版、丰子恺版、程十发版的酒店图像,都在发挥图像叙事的"预示"功能,特别是刘岘版的酒店图像,他用了整整五幅酒店场景图来作为故事的铺垫,从黑白木刻的阴郁构图中我们能够明显预见接下来酒店中将要发生的故事是一个悲剧。对比来看,丰子恺版使用了两幅酒店场景图作为开端,酒店的布局是轻描淡写的漫画式展示,这就让观者有了不一样的视觉期待,在这样的酒店环境中,应该不会发生阴沉沉的故事。而程十发版的酒店场景图更显水墨写意的味道,这种场景让人感觉故事有着浓烈的江南水乡味道。由此可见,酒店就像一个预示的符号,预示故事接下来的发展态势。又如,吴冠中版的水乡景观图和贺友直版的水乡景观图分别"预示"出不同的故事情境:吴冠中版的水乡景观图完全跳出了鲁迅《故乡》中"荒村"图景的设置,选择用白瓦房、乌篷船、石拱桥等故乡视觉元素,预示一个令人向往的乌托邦世界;而贺友直版的水乡景观图则运用瓦屋、河流、牌坊营造了阴郁的氛围,预示一个知识分子悲剧故事的发生。

第四节　闻一多、徐志摩的文学图像

作为新月派诗人代表的闻一多和徐志摩,在图像实践中取得诸多实绩,其中包括封面插图设计、书法篆刻实践等。新月派诗人的"三美"主张中就有对"绘画美"的秉持,他们在进行文学创作时图像意识更为突显。

一、"带着脚镣跳舞":闻一多的图像实践

闻一多的诗文创作与图像有着紧密的联系。作为前期新月派的旗手,闻一多坚持"'理性节制情感'的美学原则与诗的形式格律化"①主张,开始了"纯诗"的探索与实践,创作了《红烛》《死水》等诗歌集。闻一多还进一步提出诗的"三美"原则,即音乐美、绘画美、建筑美,其中对绘画美的强调"考虑了中国诗画相通的传统"②。青年时期的闻一多有诸多绘画实践。1921 年,他从清华大学毕业时为毕业年刊设计制作了十四幅题图画,其中一幅题为《梦笔生花》。

"梦笔生花"母题源自唐代诗人李白。闻一多的《红烛》首辑取名为"李白篇",可见他对清俊飘逸的李白是何等倾心,他把这一图像母题融入画作中。图中的李白呈现酣睡状态,烛光和窗外的明月,一远一近遥相呼应,让人想到闻一多在《李白之死》中所描写的情状,从而形成语图互文。同时,这幅画也表现出东西方绘画手法的融通:一方面,整个构图符合西方人体解剖学原理;另一方面,整幅图意境的营造又运用了中国传统的装饰手法。有评论指出,他是"从中国古典绣像小说插图和英国画家比亚兹来的线描艺术中得到启发和灵感"③。闻一多的这次图像实践体现出他的"带着脚镣跳舞"的主张:做中西艺术结婚后产生的宁馨儿④。

闻一多的图像实践还可在他的封面、插图设计中找寻到踪迹,闻一多不仅给自己的《红烛》《死水》设计封面,还曾给徐志摩、梁实秋、潘光旦、林庚等人的作品设计过封面和插图。其中包括徐志摩的《落叶》《巴黎的鳞爪》《猛虎集》、梁实秋的《浪漫的与古典的》、潘光旦的《冯小青》、林庚的《夜》等。

闻一多给徐志摩设计的《猛虎集》封面最具中西结合的风格,可以说是他"带着脚镣跳舞"的又一次实践。封面选用了猛虎的形象,以鲜黄的底色和浓黑的花

---

① 钱理群、温儒敏、吴福辉:《中国现代文学三十年》,北京大学出版社 1998 年版,第 129 页。
② 同上,第 131 页。
③ 闻立鹏:《艺术家闻一多——20 世纪 20 年代一闪而过的艺术新星》,载《美术研究》2007 年第 1 期。
④ 闻一多:《闻一多全集》(第 2 卷),湖北人民出版社 1993 年版,第 118 页。

纹构图,像一张摊开的虎皮,视觉上产生咄咄逼人的视觉冲击力。闻一多巧妙地把中国的写意与西方的抽象表达融为一体,完成了极富想象性的一次描摹。这种图像性表达恰好又与徐志摩的后期诗风产生通融,即《猛虎集》中流露出的精神抗争。

闻一多认为:"在我们中国的文学里,尤其不当忽略视觉一层。"[①]这句话表明了图像介入文学创作的重要性。同时,闻一多也在诗歌的形式层面进行了尝试和开拓,开辟了诗歌创作的新形式和新空间。新月派诗歌对于形式的讲究,很大程度来自"带着脚镣跳舞"式的"绘画美"主张。新月派诗人图像意识的觉醒,赋予诗歌以光色美和线条美,在追寻古典诗画的传统中形成了"纯诗"的意境。

二、 温馨清丽的浪漫:徐志摩的图像实践

徐志摩的诗文创作与图像有着较深的联系。有评论指出,他"受到新月派先驱梁启超美术观念及趣味影响,作为梁氏弟子的徐志摩也不由得对美术产生了兴趣,进而关注与思考美术问题,并直接参与了中国现代美术发展历史上尤为重要的展览活动"[②]。徐志摩具有良好的艺术感受力,他曾将绘画与戏剧结合起来进行分析:"高品的艺术往往借单纯的外形,阐显深奥的内境,线索分明的结构却蕴涵着探讨不尽的意义。林肯那戏,看来似乎一笔直写,从选举直到被刺,仅仅就事言事,不易看出作者的匠心。其实直写而不陷于弱,明写不流于浅,文字自简易而笔力因简而愈著,像白纸写黑字点画分明,这就是作者的成功。我们但看古希腊的造像与建筑,自会领悟单纯艺式之价值与意趣。"[③]徐志摩对造型艺术深入的分析,也从这一侧面反映了徐志摩图像意识的自觉。

徐志摩的诗歌创作和新月派秉承的形式美观念高度一致,"他热烈的追求爱、自由与美,追求人与自然的和谐"[④],形成了特有的"温馨清丽的浪漫"[⑤]。就如他在《雪花的快乐》诗篇中描摹的那样,在半空中翩翩地飞扬,这里的雪花视觉意象

① 闻一多:《闻一多全集》(第2卷),湖北人民出版社1993年版,第140页。
② 李徽昭:《审美的他者:20世纪中国作家美术思想研究》,中国社会科学出版社2019年版,第97页。
③ 徐志摩:《徐志摩全集》(第1卷),天津人民出版社2005年版,第259页。
④ 钱理群、温儒敏、吴福辉:《中国现代文学三十年》,北京大学出版社1998年版,第133页。
⑤ 杨义、[日]中井政喜、张中良:《中国现代文学图志》,生活·读书·新知三联书店2009年版,第249页。

和诗人的气质同为一体,是五四一代人的精神气质。

徐志摩"温馨清丽的浪漫"诗文风格在他的封面设计中有诸多体现。1925年,徐志摩的第一本诗集《志摩的诗》就融合了古典和浪漫的情调,装饰雅致,画面的中心是绚烂的三角构图,代表了诗人的性灵追求。1927年,他出版了《翡冷翠的一夜》,封面上有一个南欧少女,与徐志摩的爱情诗歌形成语图对应关系。有评价指出徐志摩本人和他的诗都是"古典理想的现代重构"。[1] 从这个封面图像来看,徐志摩更进了一步,他开始追寻文学图像转换的古典底蕴与现代形式的杂糅。

新月派诗人后期的诗文风格有所改变,他们在保持诗歌纯粹性的同时,也开始出现情绪上的自我怀疑。这时,徐志摩出版了《自剖》文集,封面头像是徐志摩的一张自画像,画面中的一把尖刀把漫画中徐志摩的脸一分为二,形成"两面人"[2]图像模式。浪漫诗人心灵探寻的痕迹在这幅画里得到充分体现,与后期新月派创作诗风的转向形成语图对应。

通过语图对照可以发现,徐志摩的图像实践轨迹保持了文学创作中温馨清丽的浪漫底色,同时,又增加了许多动态图像的流转和溢出。在文图关系层面,徐志摩的文学创作一方面与图像实践紧密勾连,另一方面又呈现出语图之间的缝隙。

第五节　沈从文、张爱玲的文学图像

沈从文、张爱玲的图像情结与文学事业紧密相关,沈从文的文学创作中有强烈的视觉性,张爱玲在文学创作过程中更是亲自设计封面和插图。沈从文表现了对"乡土"的视觉追寻,张爱玲书写了"摩登"的空间想象,二者显现了现代文学作家强烈的图像意识。

一、抒情想象:沈从文的图像观

沈从文是个美术爱好者,他青少年时期就对中国古典山水花鸟画产生了兴

---

① 李怡:《中国现代新诗与古典诗歌传统》,西南师范大学出版社 1994 年版,第 216 页。
② 付建舟:《中国现代文学"图像世界"的三种图像模式》,载《学术月刊》2021 年第 7 期。

趣。他曾表示自己"常常向往做个画家"①。有学者分析了沈从文人生的"三次启悟"②,并指出视觉性遭遇是一个关键因素。在沈从文的整个文学创作过程中,其作品中的视觉性非常突出,其中包括《边城》《长河》等小说中的山水描摹,还包括《七色魇》中直接以颜色命名的篇章,即《绿魇》《黑魇》《白魇》《赤魇》《青色魇》与《橙魇》。

沈从文曾以钢笔速写方式完成过三幅画,以站在窗口的视点来描绘上海外白渡桥和黄浦江的风景。这三幅画作为一种图像程式,发生在沈从文图像接触进程的转折点,对于沈从文的图像观具有原型意义。想要理解沈从文的图像性表达,需要做图像学式的分析。潘诺夫斯基曾提出"前肖像学描述""肖像学分析""圣像学解释"三个层次的意义解读模式。③"前肖像学描述"是对于"基本的或自然的题材(色彩、线条、构图等)的图像分析","肖像学分析"是对于"从属性的或约定俗成的题材(形象、寓言、故事)的图像分析","圣像学解释"是对于"内在含义或内容(文化、风俗等)的图像阐释"。现以此为参照对沈从文的这三幅画略作分析。

第一幅画是作者五一节五点半在外白渡所见,画面中有外白渡桥上拥挤的人群和黄浦江上横着的船只,沈从文用题款对场景进行了详细描述:江潮在下落,慢慢的。桥上走着红旗队伍。艑艑船还在睡着,和小婴孩睡在摇篮中,听着母亲唱摇篮曲一样,声音越高越安静,因为知道妈妈在身旁。

第二幅画是作者六点钟所见,画面中依然是外白渡桥上拥挤的人群,但船只剩下一艘,题款对场景描述为:艑艑船还在作梦,在大海中飘动。原来是红旗的海,歌声的海,锣鼓的海。(总而言之不醒。)

第三幅画中只剩下一些虚线条和一艘船,桥和桥上的人都消失了,题款对场景描述为:声音太热闹,船上人居然醒了。一个人拿着个网兜捞鱼虾。网兜不过如草帽大小,除了虾子谁也不会入网。奇怪的是他依旧捞着。

---

① [美]金介甫著,符家钦译:《凤凰之子·沈从文传》,光明日报出版社 2004 年版,第 94—95 页。
② [美]王德威:《抒情传统与中国现代性——在北大的八堂课》,生活·读书·新知三联书店 2010 年版,第 98—131 页。
③ [美]潘诺夫斯基著,傅志强译:《视觉艺术的含义》,辽宁人民出版社 1987 年版,第 48 页。

从图像学角度看,沈从文的这三幅画中的前两幅都有两个焦点,分别为左右两端的桥和船,而第三幅画的焦点却比较集中,就是右端的船,这三幅画由此形成了视点的转移,最终聚焦在第三幅画的孤舟上。另外,沈从文的这三幅画都有文字的锚定,画面中增加题句是另一种增补方式,题句对于画面描绘的情形形成一种"锚定"作用,从而达到一种有意味的图像修辞效果。如果进一步做图像学分析,还会发现,这三幅画有渔夫图的余影。有研究指出:"沈从文这三张插画,显示他刻意抽离时空因素,以成全自己一方风景——他的心灵风景。借由第三张画里的孤舟和渔夫,他似乎表明自己已经找到一个方法来应付现实。"①可以看到,这三幅画中的河和船是传统渔夫归隐的重要原型,沈从文的《边城》《长河》等作品中的主要场景也包括河和船,文学表达与图像之间建构起了逻辑关联,沈从文的图像观在"想象的乡愁"中逐渐清晰可见。

湘西世界是极具文化意味的场景想象,沈从文用抒情性的笔调造境,建造了一个特异的"湘西世界"。沈从文的《湘行散记》是其回乡途中的纪录,描绘了湘西的人和事物,展现了湘西的风土人情。沈从文对风景的描绘方式与中国古典山水画中的"三远"构图方式极为接近,是"典型的中国山水画式的"②:

高远:这地方是个长潭的转折处,两岸皆高大壁立的山,山头长着小小竹子,长年翠色逼人。这时节两山只剩余一抹深黑,赖天空微明为画出一个轮廓。③

高远:一列青黛崭削的石壁,夹江高矗,被夕阳烘炙成为一个五彩屏障。④

平远:小船去辰州还约三十里,两岸山头已较小,不再壁立拔峰,渐渐成为一堆堆黛色与浅绿相间的邱阜,山势既较和平,河水也温和多了。两岸人家渐渐越来越多,随处皆可见到毛竹林。⑤

---

① [美]王德威:《史诗时代的抒情声音——二十世纪中期的中国知识分子与艺术家》,生活·读书·新知三联书店 2019 年版,第 140—141 页。
② 刘泰然:《"文字不如绘画":直感经验与视觉成规——论〈湘行书简〉〈湘行散记〉中的语-图关系》,载《文艺理论研究》2018 年第 3 期。
③ 沈从文:《沈从文全集》(第 11 卷),北岳文艺出版社 2002 年版,第 241 页。
④ 同上,第 277 页。
⑤ 同③,第 250 页。

平远:沿河两岸连山皆深碧一色,山头常戴了点白雪,河水则清明如玉。①

《湘行散记》中还用了较多的插图,成为沈从文"湘西世界"的另一种展示方式。从《湘行散记》的插图可以看出,沈从文的文学创作与书画传统相关联,特别是传统书画中意境的营造。图像对场景的重构,说到底是关于时间和空间的重置,也就是打破语图之间的时空界限。关于二者的界限,莱辛在《拉奥孔》中所论及的"诗画异质"话题可为我们提供理论参照。莱辛旨在以《拉奥孔》为典型个案,分析诗歌与绘画的区别:绘画是空间的艺术,诗歌是时间的艺术。莱辛也并不否认二者转化的可能性,绘画要模仿动作,就要选择"最富有孕育性的那一顷刻,使得前前后后都可以从这一顷刻中得到最清楚的理解"②。进一步来说,图像叙事的本质就是要追寻"空间的时间化"③。《湘行散记》中的风景画是湘西世界的侧影,通过古代山水画中的"三远"法则,与文字共同营造出不同的山水意境图。

二、 仕女图:张爱玲的图像演绎

图像在张爱玲的文学世界中显现出文学讲述的另一种方式。有评价指出:"张爱玲文、画双绝。"④张爱玲自幼喜爱绘画,她后来回忆,自己八岁就开始自绘插图。张爱玲最早正式刊物的亮相不是文学,而是绘画。青年时期的张爱玲更是痴迷于绘事。夏志清在评价张爱玲时曾说:"她假如好好地受过一些图画训练,可能成为一个画家。"⑤张爱玲亲自为自己的作品设计封面、插图,这些图像成为张爱玲图像情结与文学事业的佐证,也引起了学界不断的关注。⑥ 据统计,张爱玲

---

① 沈从文:《沈从文全集》(第11卷),北岳文艺出版社2002年版,第270页。
② [德]莱辛著,朱光潜译:《拉奥孔》,人民文学出版社2008年版,第85页。
③ 龙迪勇:《空间叙事研究》,生活·读书·新知三联书店2014年版,第419页。
④ 陈子善:《说不尽的张爱玲》,上海三联书店2004年版,第202页。
⑤ 夏志清:《中国现代小说史》,复旦大学出版社2005年版,第257页。
⑥ 止庵、万燕等对张爱玲的封面、插图进行了研究,将其传世的七十六幅绘画悉数收入。同时,黄开发、李今对张爱玲的《传奇》《流言》初版本封面图像进行了整理。详见止庵、万燕编著的《张爱玲画话》(天津社会科学院出版社2003年版),黄开发、李今编著的《中国现代文学初版本图鉴》(河南文艺出版社2018年版)。

亲自设计的《传奇》插图有二十二幅,《流言》插图也有二十二幅,①总共四十四幅之多。张爱玲如此倾心于作品的图像性实践,这在现代文学作家中是极为罕见的。在张爱玲的图像性实践中,以《传奇》的封面、插图设计为代表。从设计小说《传奇》封面到图绘小说人物,张爱玲都在借用近代以来仕女图图像母题进行演绎。

1946年,上海山河图书公司推出《传奇》的增订本,采用了一张晚清仕女图作为封面图像,封面画有一个女子,她正幽幽地在那里玩弄骨牌,旁边坐着奶妈,奶妈抱着小孩,而窗外却有一个探着身子往里窥视的现代女子的轮廓,显得格外突兀,像鬼魂似的,"给仕女图增添不安感"②。从张爱玲《传奇》封面的立意可以见出,"张的小说或图像的叙述,主要立足于一个场景——老中国宗法制家庭的场景。在这一场景中演述'女性',张爱玲的女性人物,只能是一群丑女,封建宗法制家庭重压之下一群畸形女性"③。封面画与张爱玲小说世界中的不安感形成呼应。

《传奇》封面图像既具体又抽象,不是对文学叙述的补充,而形成一种独立的叙事意味,从而使得张爱玲的图像叙述真正融入其小说世界百态。进入张爱玲亲自设计的小说插图群像,我们可以看到其更为丰富的图像性实践轨迹。张爱玲为自己的《传奇》绘制了大量的人物插图,其中包括苦寂的、妩媚的、冷嘲的,或扭曲挣扎的,或在温顺中分裂的,凡此种种,就是要画就一群畸形的女性群像。

例如,张爱玲给《金锁记》中的曹七巧画像,高而硬的领子包住瘦而尖的脸部,横眉冷对中流露出复仇的疯狂。张爱玲在《金锁记》中这样描述曹七巧的出场:"那曹七巧且不坐下,一只手撑着门,一只手撑了腰,窄窄的袖口里垂下一条雪青洋绉手帕,身上穿着银红衫子,葱白线香滚,雪青闪蓝如意小脚裤子,瘦骨脸儿,朱口细牙,三角眼,小山眉,四下里一看,笑道:'人都齐了,今儿想必我又晚了! 怎怪我不迟到——摸着黑梳的头! 谁叫我的窗户冲着院子了呢? 单单派了那么间房

---

① 据统计,张爱玲亲自设计的《传奇》插图包括:《茉莉香片》,两幅;《心经》,三幅;《倾城之恋》,三幅;《琉璃瓦》,两幅;《金锁记》,四幅;《年青的时候》,一幅;《花凋》,两幅;《红玫瑰与白玫瑰》,五幅。详见刘德胜:《〈传奇〉〈流言〉的语图关系研究》,《文学与图像》(第四卷),江苏凤凰教育出版社2015年版,第264—267页。

② 杨义、[日]中井政喜、张中良:《中国现代文学图志》,生活·读书·新知三联书店2009年版,第516页。

③ 姚玳玫:《文化演绎中的图像:中国近现代文学/美术个案解读》,广东人民出版社2010年版,第47页。

给我,横竖我们那位眼看是活不长的,我们尽净等着做孤儿寡妇了——不欺负我们,欺负谁?'"①曹七巧出场伴随着自己怨毒的姿态,这与张爱玲所绘的曹七巧画像中描摹的样貌比较一致,从具体的五官样貌再到具体的人物姿态,都展现出女性畸形的面貌。

从张爱玲的仕女图像还可以看出,在封面图像元素的选择上,有诸多基于文化传统的意味。我们可以看到一条海派图像流传的轨迹:从早期鸳鸯蝴蝶派刊物复制式图像到新感觉派摩登式图像程式,再到张爱玲雅俗融通的仕女图像,她通过传统与现代的融合,找到了属于自己的图像表达方式。

《流言》中的日常絮语显现出张爱玲对日常生活描述的现时感。张爱玲对各式人物、各式样貌都有集体性的展现。而《流言》的封面图像则表达了张爱玲的日常生活观,这幅封面由炎樱设计,画面中是一位穿着晚清大袄的仕女,"女子依然没有五官,却醒目地凸显着装饰性:纯色绸缎长袄的领口和袖边盘着深色云头,卷起一朵旋转纹的浪花"②。联系到张爱玲对于服饰的诸多论述,这幅封面图像及其隐喻性,特别是这张没有五官的脸与《传奇》封面中的那个现代人的脸照应。《流言》中还有大量的日常人物插图,《物伤其类》是其中有代表性的一幅,张爱玲采用漫画手法,将人物五官变形,夸张,廓大人物形象的扭曲感和怪异感,从而形成了畸形女性的人物群像。

综上所述,张爱玲从小就用文字、图画来记录自己看到的世界,她一生接触了诸多图像,如绘画、照片、电影等,促成了关于图像的认知,即图像作为自我表达的方式。纵观张爱玲的文学创作,可发现清晰的文学与图像的互文关系。

第六节　丰子恺的文学图像

丰子恺文学家和画家的双重身份使其作品显现出现代文学图像性实践的丰富性和复杂性。在丰子恺的创作历程中,其漫画创作蔚为大观,同时他还投身现

---

① 张爱玲:《传奇》,北京十月文艺出版社 2021 年版,第 5—6 页。
② 姚玳玫:《文化演绎中的图像:中国近现代文学/美术个案解读》,广东人民出版社 2010 年版,第 46 页。

代文学作品的插图、封面实践,创作出《子恺漫画》(1925)、《子恺画集》(1927)、《护生画集》(1929)、《学生漫画》(1931)、《儿童漫画》(1932)、《儿童生活漫画》(1932)等文图兼擅的作品。

一、 丰子恺的图像观

丰子恺认为:"画家与诗人,对于自然的关照态度,是根本相同的。风景画与写景诗,在内容上是同样的艺术品。"①可见丰子恺对于中国诗画传统的认同,显现出他"诗画同源、语图一体"的图像观。

(一) 文学中的远近法

丰子恺指出:"绘画中有远近法,文学中也有远近法。"②丰子恺对文学中的远近法进行了具体的探讨,丰子恺指出:"要把远近不同的许多事物拉到同一平面上来,使它们没有远近之差,只假定你眼前竖着一块很大的玻璃板,隔着玻璃板而眺望,许多景物透过玻璃而映入你的眼中时,便在玻璃上显出绘画的状态。'透视法'这个名称,就是从这意义上出来的。"③在远近法的运用中,图中物体的大小、形状与实际物体完全不同,大的东西有时候小,高的东西有时候很低。例如,在透视形象中桥比船小,塔比桅细,山比帆低。具体来说,根据透视原则,凡是在视线之上的景物,距离越远,其在画面中的位置越低,例如,孟浩然描写的"野旷天低树,江清月近人"。反过来说,凡在视线之下的景物,距离越远,其在画面中的位置越高,例如,李白描写的"黄河之水天上来"。由此可知,诗歌中的景物凡是涉及远近法的,与实际的景物大小、高低完全不同。丰子恺指出了文学平面视觉的特性,也进一步阐明了文学与图像之间的共通性。

(二) 文学的写生

丰子恺指出:文学的写作,具体体现出"有情化的描写"和"印象的描写"两个层面。一方面,"画家与诗人的观察自然,都取有情化的态度"④。丰子恺进一步

---

① 丰子恺:《绘画与文学》,岳麓书社 2011 年版,第 4 页。
② 同上。
③ 同①,第 1—2 页
④ 同①,第 14 页。

指出中国画注重"气韵生动"的艺术传统,文学中的花、树木、鸟、月亮等物像同样"有情"。诸如"人比黄花瘦""举杯邀明月,对影成三人"等诗句,都显现出自然有情化的一面。另一方面,文学还表现出对物象的印象描写倾向,特别注重删除琐碎点,形成对事物的简化描写。丰子恺的这一图像观在他之后的漫画创作过程中有极为明显的显现,形成了简笔漫画的图像叙述倾向。

二、"子恺漫画"中的众生相

丰子恺漫画中的众生相极为丰富,其中包括古典相、儿童相、社会相、自然相等不同类型,丰子恺曾指出:"我作漫画,断断续续,至今已有二十多年了。今日回顾这二十年的历史,自己觉得,约略可分为四个时期:第一是描写古诗的时代,第二是描写儿童相的时代,第三是描写社会相的时代,第四是描写自然相的时代。但又交互错综,不能判然划界,只是我的漫画中含有这四种相的表现而已。"①由此可见,丰子恺漫画的题材极为丰富,也形成了典型环境中的典型形象。其中包括:

(一)古典相

丰子恺对古典诗词的回溯,采用了漫画古典诗词的方式,丰子恺曾指出:"我觉得古人的诗词,全篇都可爱的极少。我所爱的,往往只是一篇中的一段,或其一句。"②同时,对于古典诗词中的形象,漫画表现出来的往往也会形成一些反差,丰子恺对原有文学语象的有意遗漏或错置,形成了自己鲜明的画风。如丰子恺绘制的《无言独上西楼》,画中没有穿古装的人物,反而画了一个穿白大褂的现代人。丰子恺"意在笔先"的表达方式,促成古典诗词中的形象转换成"古诗新画"。

(二)儿童相

丰子恺的儿童漫画,最初多描写家里儿童的生活相,绘就了各种天真浪漫的儿童美好侧影。丰子恺指出:"我初尝世味,看见了所谓'社会'里的虚伪矜恣之状,觉得成人大都已失本性,只有儿童天真烂漫,人格完整,这才是真正

---

① 丰子恺:《漫画创作二十年》,见丰陈宝、丰一吟、丰元草编:《丰子恺文集》(第4卷),浙江文艺出版社、浙江教育出版社1990年版,第388页。
② 同上。

的'人'"①。因此,在丰子恺的笔下绘就了各种童心未泯的童趣,其中《阿宝两只脚,凳子四只脚》就颇具代表性。画中小孩的形状样貌都简化为一种美好的顷刻,充分显现了童心童趣。

(三) 社会相

丰子恺的漫画也不乏对社会的侧面描摹,成人的日常生活现状成为他画框中的重要景观。丰子恺感慨到:"……这些中的情景,多少美观! 这些人的生活,多少幸福!"②丰子恺的社会相多描绘闲适的一面,包含了人间的情味,但对于社会残酷面的聚焦稍显缺失。如他在《都会之春》中画了一个纸鸢,烘托了春到人间的气氛。

(四) 自然相

丰子恺的《护生画集》是对自然相描摹得最为突显的一本漫画集。通过这部作品可看出丰子恺的漫画开始转向对自然的再现,如《生机》的画面中描绘了从破墙的砖缝中钻出来的一根小草,小草历经苦难,彰显顽强的生命力,"护生"的生命意识凸显。另外,《护生画集》中的《倏然而逝》《蝴蝶来仪》等都是此类作品,这也成了丰子恺最喜爱的漫画相。

三、"书画一体"与"子恺漫画"

丰子恺"书画一体"的笔墨踪迹在其漫画作品中有以下两种体现方式:

(一) 以书入画

从形式上来看,丰子恺漫画最为重要的特点是书画笔墨进入画作当中,成为不可分割的一部分,在丰子恺漫画的画面中总能寻找到各种题画笔迹,或是摘自古典诗词,或是自己作品中的字句,或是为他人所作插图题句。这种书写方式是对画意的进一步锚定,书像笔墨的视觉注意并不会打破画面的意境,反而让其画意更为聚焦和集中。"子恺漫画"的书写方式多是"诗意"的,众生相的风格都可归入诗意的视觉体验中,形成古典诗意、童真诗意、民俗诗意、生命诗意等各个侧面。丰子恺"以书入画"的方式也显现出诗意的一面,在其古诗新画的系列作品中,每

① 丰子恺:《漫画创作二十年》,见丰陈宝、丰一吟、丰元草编:《丰子恺文集》(第4卷),浙江文艺出版社,浙江教育出版社1990年版,第389页。
② 同上,第390页。

一幅画上都有题字,使得古典诗意得到锚定,如《野渡无人舟自横》取自唐代诗人韦应物的《滁州西涧》,此诗句是中国文学图像的典型母题,丰子恺把小舟作为画面构图的主体,同时把此诗句加入画面之中,形成了疏朗的几笔墨迹。在其儿童画系列作品中,同样存在大量的题字,以锚定画面中的童真和童趣,如在其为俞伯平的儿童文学诗集《忆》(1925)所作的十八幅插图中,丰子恺绘制的漫画优美而抒情,与俞伯平对童年美好追忆的诗句形成呼应,特别是其中的一些题句,与优美娴雅的画面一起共同营造出童真和谐趣。

(二)语图合体

从绘画风格上来看,丰子恺漫画显现出"字像、书像、画像"合体的视觉范式,丰子恺的图像性实践承继了"文学写生"的图像观念,利用书画一体的方式,绘就疏朗的笔墨踪迹。同时,丰子恺漫画图像又有自身的"气韵",特别注重追寻传统艺术精神中的写意方式,形成独有的语图合体式写意风格。在漫画《人散后,一钩新月天如水》中,画面并置了帘子、一张桌子、一把茶壶、几个杯子等物像,左图上端有一轮明月,并出现了"人散后,一钩新月天如水"的题字,显现出丰子恺独有的笔墨构图方式。丰子恺对漫画倾注了毕生心力,他对这一绘画形式钟爱至极,无论是浪漫的童真书写,还是现实生活的复现,无论是现代的生命玄想,还是古典的诗意回归,都表现出"子恺漫画"独特的笔墨兴致。丰子恺曾给漫画下定义:"漫画是简笔而注重意义的一种绘画。"[①]从丰子恺的漫画定义可以看出,一幅漫画的成功在于形式的极致,而丰子恺漫画中的书画一体态势是最关键之处,让其显现出中国文学图像现代转型的成熟一面。

第七节　现代文学图像赏析

一、阿Q连环画赏析

阿Q是中国现代文学中被图像反复呈现的文学形象,在诸多模仿《阿Q正

---

① 丰子恺:《丰子恺漫画精品集》,中国青年出版社2013年版,第3页。

传》的图像性作品中,丁聪版的《阿Q正传插画》尤其值得关注,丁聪的作品最初于1944年刊载在《华西晚报》副刊上,1945年由重庆群益出版社出版,上海出版公司于1946年、1949年、1950年、1951年多次再版。丁聪版的《阿Q正传插画》(图8-1)风格与原作契合度较高,能够深刻体现令人"怒其不争"的阿Q的各种形态样貌。同时,该系列画作在形式上还采用了连环画脚本方式,以小说原作的相关段落为脚本,连环画脚本语言被印在半透明的薄纸上,覆盖在图像插页之上。当读者翻动书页的时候,文字页与图画页的重叠便产生独特的语图互文效果:语言和文字以叠加的方式互相映衬。"文图合体"也使得语图在切换过程中呈现出"语图唱和"的修辞效果。

图8-1　阿Q正传插画之一,丁聪

二、丰子恺书画赏析

"子恺漫画"是经典的中国现代文学图像之一。1945年,开明书店出版了《子恺漫画全集》(六册):古诗新画、儿童相、学生相、民间相、都市相、战时相。丰子恺的漫画将文学、书法、绘画融为一体,绘就一幅幅妙想的视觉情境。在丰子恺的漫画中,有不少对古典诗文进行演绎的"诗意画",形成了极为丰富多面的意趣。画中有诗是中国画的一般特色,丰子恺的"诗意画"在形式层面承继了这一传统,他还对中国古典诗词中的典型意境进行了视觉转译。如《折荷图》(图8-2),该幅画是对唐代诗人滕传胤名句"折得莲花浑忘却,空将荷叶盖头归"的视觉转译,画面当中两个小孩头戴荷叶,背后荷叶田田,显现了童真和童趣。同时,画面左上角出现了丰子恺的书法,其形质与整个画面的情境融为一体,丰子恺以心写形,形成书画一体的视觉意味。

图8-2 折荷图,丰子恺

三、 刘岘木刻赏析

刘岘是中国现代新兴木刻的代表性画家,相继出版了《木刻集》《无名木刻集》

《未名木刻选》《孔乙己画集》《子夜之图》等画作,刘岘表现出为文学作木刻插画的热忱,他与鲁迅、茅盾都有密切的来往。《子夜之图》是刘岘为茅盾的长篇小说《子夜》所作的插图,1937 年出版,共计二十八幅。其中,《子夜之图》的封面(图 8-3)展现出都市空间的全貌,画面中有暮色苍茫中的厂房和塔楼,厂房的窗户成行密集排列,图中一片灯火阑珊,展现出现代化进程中中国工业文明发展的侧影。刘岘的这幅画显然与《子夜》的总体风貌相吻合,特别是与《子夜》开头所描述的城市奇观相契合。在形式层面,木刻的"黑白对比"以及"力之美"的审美趣味,与《子夜》现实题材风格相互呼应。

图 8-3　《子夜之图》封面,刘岘

要点与思考

1. 现代文学中最具时代特点的文学图像类型是什么?

2. 图像情结与现代作家的文学创作有何关系?

3. 图像文化如何促成现代文学启蒙意识的生成?

延伸阅读

1. 杨义、[日]中井政喜、张中良:《中国现代文学图志》,生活·读书·新知三联书店 2009 年版。

2. 吴福辉:《插图本中国现代文学发展史》,北京大学出版社 2010 年版。

3. 范伯群:《插图本中国现代通俗文学史》,北京大学出版社 2007 年版。

4. 陈平原:《左图右史与西学东渐:晚清画报研究》,生活·读书·新知三联书店 2018 年版。

5. 黄开发、李今:《中国现代文学初版本图鉴》,河南文艺出版社 2018 年版。

6. 彭小苓、韩蔼丽编选:《阿 Q70 年》,北京十月文艺出版社 1993 年版。

7. 丰子恺:《漫画阿 Q 正传》,开明书店 1939 年版。

8. 丁聪:《阿 Q 正传插画》,上海出版公司 1946 年版。

9. 赵延年:《赵延年木刻鲁迅作品图鉴》,人民文学出版社 2005 年版。

后 记

多卷本《中国文学图像关系史》(简称《关系史》)出版后反响良好,但是,许多读者由于各方面原因难以通读全书,而他们又对"文学图像"非常感兴趣,这就是编撰《中国文学图像简史》(简称《简史》)的动因。

多卷本《关系史》是本《简史》的母本,但本《简史》又不是对前者的简单压缩,而是重新调整视角之后的再创作,主要表现在以下几个方面:1.《关系史》以文学与图像的"关系"立意,本《简史》侧重"文学图像"本身,兼及文学与图像的关系。2."文学图像"理应包括书法,即"书像艺术",但是,《关系史》并没来得及论析,本《简史》将其纳入其中。3.《关系史》论及的时间下限是清代,本《简史》延伸至民国。4.《关系史》主要是面向学术界,意在为该论域的进一步研究提供参照,而本《简史》主要面向一般读者,特别是文学艺术爱好者。

本《简史》按照大学教材的体例编撰,意在为大学生、研究生、留学生、海外孔子学院的学生等,提供一本别开生面的新教材。南京大学包兆会教授等,已率先在他们所服务的学校开设了本课程。从教学效果来看,学生非常喜欢,《简史》将为其抱薪添柴。其实,无论是对专业选修课还是对通识教育课而言,无论是作为教材抑或参考书,本《简史》都应当是不错的选择。学生们会在寓教于乐中增长知识、陶冶性情,初识中国审美文化的博大精深和别具一格。

本《简史》初稿写作分工如下:赵宪章(南京大学)负责绪论部分,包兆会(南京大学)负责第一章和第二章,吴昊(渤海大海)负责第三章、第四章和第五章,赵敬鹏(江苏第二师范学院)负责第六章,何萃(扬州大学)负责第七章,张乃午(长沙学院)负责第八章。全书由赵宪章策划、统稿。

在《简史》即将交稿之际,"吃水不忘掘井人",衷心感谢《关系史》各位主编和全体作者,感谢江苏凤凰教育出版社的鼎力支持。

编　者

2022 年 6 月